【典藏本】

金庸作品集 24

天龍八部

四

金庸

图书在版编目(CIP)数据

天龙八部：典藏本/金庸著. — 广州：广州出版社，2019.10（2020.2重印）
ISBN 978-7-5462-2979-9

Ⅰ.①天… Ⅱ.①金… Ⅲ.①侠义小说－中国－当代 Ⅳ.①I247.5

中国版本图书馆CIP数据核字（2019）第238973号

朗声图书

本书版权由著作权人授权广州市朗声图书有限公司在中国大陆（不包括香港、澳门、台湾地区）专有使用

版权所有·侵权必究

敬告读者

为了维护读者、著作权人和出版发行者的合法权益，本书采用了新型数码防伪技术。正版图书的定价标示处及外包装盒上均贴有完好的防伪标签。刮开涂层，可见到一组数码，您可以通过两种途径查验真伪。

1. 拨打全国免费电话4008301315，按语音提示从左到右依次输入相应数码并按#键结束。
2. 扫描防伪标上的二维码，按提示输入相应数码。

读者如发现盗版图书，可向当地"扫黄打非"办公室、新闻出版局、公安机关、市场监督管理局等部门举报，或直接与我们联系。

联系电话：020-34297719　13570022400

我们对举报盗版、盗印、销售盗版图书等侵权行为的有功人员将予以重奖。

广州市朗声图书有限公司

衬页印章／黄易「得自在禅」：黄易（1744—1802），字小松，浙江钱塘人，清乾嘉年间的大金石家，西泠八家之一，对汉魏碑碣的发掘研究为功极大。少林寺为中国禅宗初祖达摩面壁之处，佛家以「得自在」为解脱，为学佛之最高境界。

左图／敦煌石窟中的西夏壁画：图中所绘王者及随从的装束，是西夏当时生活的写实。西夏文化较低，画风有粗拙之美。

1

张择端《清明上河图》（部分）：张择端，北宋画家，所绘《清明上河图》长卷以写实手法描绘北宋京城开封府各色居民的生活，是中国绘画的希世珍品，可惜原作已毁失（据说是为宫中太监所窃，藏于沟渠，适是晚大雨而毁），现传世的都是元明画家的临摹本，共有十种。

《清明上河图》（部分）：图正中是一家弓店，弓匠正在试弓，左上角是一家三层楼的大酒楼。

《清明上河图》（部分）：开封城城门，一队骆驼队正在出城。

苏六朋《东山报捷图》：苏六朋，晚清广东顺德人，善画人物。图中弈棋者为东晋人谢安，由此可想见本书苏星河在松下石上与人拆解珍珑棋局之情景。

宋人《云峰远眺图》：旧题夏珪作。夏珪，杭州人，北宋大画家。本书逍遥子、聪辩先生一派人的生活，当与图中人相似。

以下六图／周臣「人物」：周臣所绘长卷中之人物，道士、和尚、中年妇人、少妇、江湖人物等，形象生动，兼具写意与写实之所长，是我国绘画中的珍品。在以前注重文人画时代，不甚为人所重，近代则评价甚高。

赵孟頫《红衣天竺僧卷》：

赵孟頫，宋末元初大书画家，在此图卷之题记中赵氏云：唐时画家多见西域人，故画天竺罗汉得其神情，其后画家所绘者与汉僧无异，他在京师曾与天竺僧侣交游，故自谓有得。本书中之哲罗星、波罗星形貌或相似，但未成罗汉耳。

蒋莲《达摩图》：
蒋莲，清嘉庆年间广东香山人，生平仰慕陈老莲，故名「莲」。

苏六朋《达摩图》：苏六朋，号「怎道人」。蒋莲笔下之达摩代表禅悟之一面，苏六朋所绘达摩则表现传说中一苇渡江、武功奇术之一面。

宋人《山店风帘图》：武侠小说中常有在旅途中小客店打尖饮食的描写，此图当即此等情景。

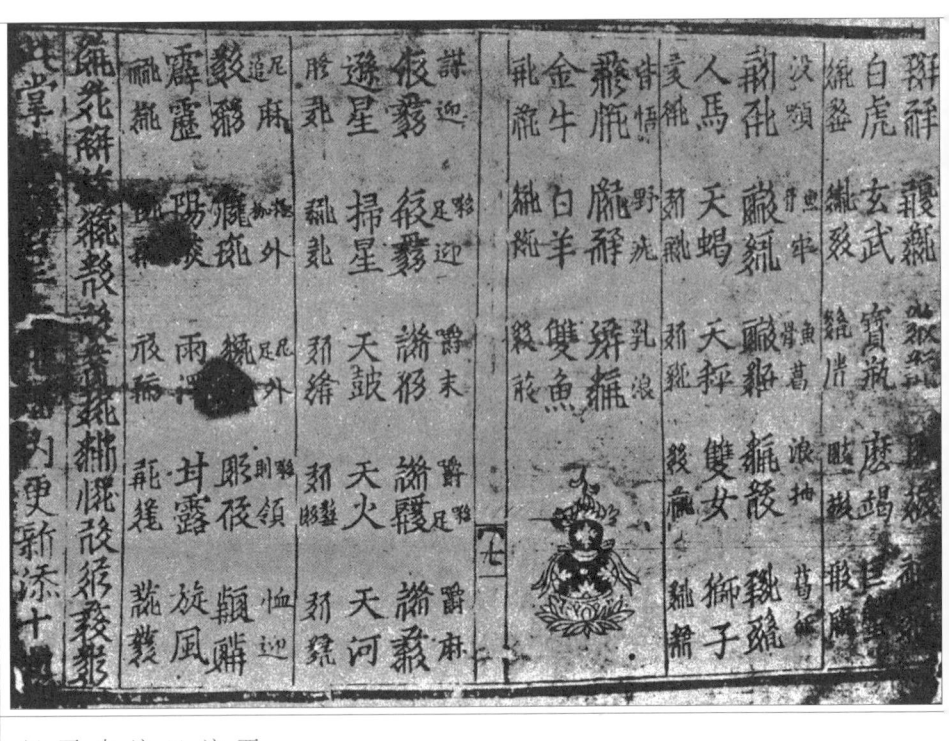

西夏文字（番汉合时掌中珠）：这是西夏文与汉字对译字典中的一页，1907至1908年间在俄国黑城出土，这一页上主要是星座与气象的名称。中间大字：右为西夏文字，左为对应之汉字。两旁小字：西夏字之旁以汉字注音，汉字旁以西夏字注音。

目 录

三十一　输赢成败　又争由人算 …………………… 1165

三十二　且自逍遥没谁管 ……………………………… 1201

三十三　奈天昏地暗　斗转星移 ……………………… 1237

三十四　风骤紧　缥缈峰头云乱 ……………………… 1277

三十五　红颜弹指老　刹那芳华 ……………………… 1313

三十六　梦里真真语真幻 ……………………………… 1353

三十七　同一笑　到头万事俱空 ……………………… 1389

三十八　胡涂醉　情长计短 …………………………… 1421

三十九　解不了　名缰系嗔贪 ………………………… 1455

四　十　却试问　几时把痴心断 ……………………… 1495

（三十一至四十回回目调寄《洞仙歌》。）

可是数着一下之后,局面竟起了极大的变化。这个"珍珑"的秘奥,正是要白棋先挤死了自己一大块,以后的妙着方能源源而生。

三十一

输赢成败　又争由人算

　　车行辚辚，日夜不停。玄难、邓百川、康广陵等均是当世武林大豪，这时武功全失，成为随人摆布的囚徒。众人只约莫感到，一行人是向东南方行。

　　如此走得八日，到第九日上，一早便上了山道。行到午间，地势越来越高，终于大车再也无法上去。星宿派众弟子将玄难等叫出车来。步行半个多时辰，来到一地，见竹荫森森，景色清幽，山涧旁用巨竹搭着一个凉亭，构筑精雅，极尽巧思，竹即是亭，亭即是竹，一眼看去，竟分不出是竹林还是亭子。冯阿三大为赞佩，左右端相，惊疑不定。

　　众人刚在凉亭中坐定，山道上四人快步奔来。当先二人是丁春秋的弟子，当是在车停之前便上去探山或是传讯的。后面跟着两个身穿乡农衣衫的青年汉子，走到丁春秋面前，躬身行礼，呈上一封书信。

　　丁春秋拆开一看，冷笑道："很好，很好。你还没死心，要再决生死，自当奉陪。"

　　那青年汉子从怀中取出一个炮仗，打火点燃。砰的一声，炮仗窜上了天空。寻常炮仗都是"砰"的一声响过，跟着在半空中"拍"的一响，炸得粉碎，这炮仗飞到半空之后，却拍拍拍连响三

·1167·

下。冯阿三向康广陵低声道:"大哥,这是本门的制作。"

不久山道上走下一队人来,共有三十余人,都是乡农打扮,手中各携长形兵刃。到得近处,才见这些长物并非兵刃,乃是竹杠。每两根竹杠之间系有绳网,可供人乘坐。

丁春秋冷笑道:"主人肃客,大家不用客气,便坐了上去罢。"当下玄难等一一坐上绳网。那些青年汉子两个抬一个,健步如飞,向山上奔去。

丁春秋大袖飘飘,率先而行。他奔行并不急遽,但在这陡削的山道上宛如御风飘浮,足不点地,顷刻间便没入了前面竹林之中。

邓百川等中了他的化功大法,一直心中愤懑,均觉误为妖邪所伤,非战之罪,这时见到他轻功如此精湛,那是取巧不来的真实本领,不由得叹服,寻思:"他便不使妖邪功夫,我也不是他对手。"风波恶赞道:"这老妖的轻功甚是了得,佩服啊佩服!"

他出口一赞,星宿群弟子登时竞相称颂,说得丁春秋的武功当世固然无人可比,而且自古以来的武学大师,什么达摩老祖等等,也都大为不及,谄谀之烈,众人闻所未闻。

包不同道:"众位老兄,星宿派的功夫,确是胜过了任何门派,当真是前无古人,后无来者。"众弟子大喜。一人问道:"依你之见,我派最厉害的功夫是哪一项?"包不同道:"岂止一项,至少也有三项。"众弟子更加高兴,齐问:"是哪三项?"

包不同道:"第一项是马屁功。这一项功夫如不练精,只怕在贵门之中,活不上一天半日。第二项是法螺功,若不将贵门的武功德行大加吹嘘,不但师父瞧你不起,在同门之间也必大受排挤,无法立足。这第三项功夫呢,那便是厚颜功了。若不是抹煞良心,厚颜无耻,又如何练得成马屁与法螺这两大奇功。"

他说了这番话,料想星宿派群弟子必定人人大怒,一齐向他拳足交加,只是这几句话犹似骨鲠在喉,不吐不快,岂知星宿派弟子听了这番话后，一个个默默点头。一人道："老兄聪明得紧，对本派的奇功倒也知之甚深。不过这马屁、法螺、厚颜三门神功，那也是很难修习的。寻常人于世俗之见沾染甚深，总觉得有些事是好的，有些事是坏的。只要心中存了这种无聊的善恶之念、是非之分，要修习厚颜功便事倍功半，往往在要紧关头，功亏一篑。"

包不同本是出言讥刺，万万料想不到这些人安之若素，居之不疑，不由得大奇，笑道："贵派神功深奥无比，小子心存仰慕，还要请大仙再加开导。"

那人听包不同称他为"大仙"，登时飘飘然起来，说道："你不是本门中人，这些神功的秘奥，自不能向你传授。不过有些粗浅道理，跟你说说倒也不妨。最重要的秘诀，自然是将师父奉若神明，他老人家便放一个屁……"

包不同抢着道："当然也是香的。更须大声呼吸，衷心赞颂……"那人道："你这话大处甚是，小处略有缺陷，不是'大声呼吸'，而是'大声吸，小声呼'。"包不同道："对对，大仙指点得是，倘若大声呼气，不免似嫌师父之屁……这个并不太香。"

那人点头道："不错，你天资很好，倘若投入本门，该有相当造诣，只可惜误入歧途，进了旁门左道的门下。本门的功夫虽然变化万状，但基本功诀，也不繁复，只须牢记'抹杀良心'四字，大致上也差不多了。"

包不同连连点头，道："闻君一席话，胜读十年书。在下对贵派心向往之，恨不得投入贵派门下，不知大仙能加引荐么？"那人微微一笑，道："要投入本门，当真谈何容易，那许许多多艰难困苦的考验，谅你也无法经受得起。"另一名弟子道："这里耳目众多，不宜与他多说。姓包的，你若真有投靠本门之心，当我师父心情大好之时，我可为你在师父面前说几句好话。本派广收徒众，我瞧你根骨倒也不差，若得师父大发慈悲，收你为徒，日后或许能有

· 1169 ·

些造就。"包不同一本正经的道:"多谢,多谢。大仙恩德,包某没齿难忘。"

邓百川、公冶乾等听得包不同逗引星宿派弟子,不禁又是好气,又是好笑,心想:"世上竟有如此卑鄙无耻之人,以吹牛拍马为荣,实是罕见罕闻。"

说话之间,一行人已进了一个山谷。谷中都是松树,山风过去,松声若涛。在林间行了里许,来到三间木屋之前。只见屋前的一株大树之下,有二人相对而坐。左首一人身后站着三人。丁春秋远远站在一旁,仰头向天,神情甚是傲慢。

一行人渐渐行近,包不同忽听得身后竹杠上的李傀儡喉间"咕"的一声,似要说话,却又强行忍住。包不同回头望去,见他脸色雪白,神情极是惶怖。包不同道:"你这扮的是什么?是扮见了鬼的子都吗?吓成这个样子!"李傀儡不答,似乎全没听到他的说话。

走到近处,见坐着的两人之间有块大石,上有棋盘,两人正在对弈。右首是个矮瘦的干瘪老头儿,左首则是个青年公子。包不同认得那公子便是段誉,心下老大没味,寻思:"我对这小子向来甚是无礼,今日老子的倒霉样儿却给他瞧了去,这小子定要出言讥嘲。"

但见那棋盘雕在一块大青石上,黑子、白子全是晶莹发光,双方各已下了百余子。丁春秋慢慢走近观弈。那矮小老头拈黑子下了一着,忽然双眉一轩,似是看到了棋局中奇妙紧迫的变化。段誉手中拈着一枚白子,沉吟未下。包不同叫道:"喂,姓段的小子,你已输了,这就跟姓包的难兄难弟,一块儿认输罢。"段誉身后三人回过头来,怒目而视,正是朱丹臣等三名护卫。

突然之间,康广陵、范百龄等函谷八友,一个个从绳网中挣扎起来,走到离那青石棋盘丈许之处,一齐跪下。

包不同吃了一惊,说道:"捣什么鬼?"四字一说出口,立即省悟,这个瘦小干枯的老头儿,便是聋哑老人"聪辩先生",也即是康广陵等函谷八友的师父。但他是星宿老怪丁春秋的死对头,强仇到来,怎么仍好整以暇的与人下棋?而且对手又不是什么重要脚色,不过是个不会武功的书呆子而已?

康广陵道:"你老人家清健胜昔,咱们八人欢喜无限。"函谷八友被聪辩先生苏星河逐出了师门,不敢再以师徒相称。范百龄道:"少林派玄难大师瞧你老人家来啦。"

苏星河站起身来,向着众人深深一揖,说道:"玄难大师驾到,老朽苏星河有失迎迓,罪甚,罪甚!"眼光向众人一瞥,便又转头去瞧棋局。

众人曾听薛慕华说过他师父被迫装聋作哑的缘由,此刻他居然开口说话,自是决意与丁春秋一拼死活了。康广陵、薛慕华等等都不自禁的向丁春秋瞧了瞧,既感兴奋,亦复担心。

玄难说道:"好说,好说!"见苏星河如此重视这一盘棋,心想:"此人杂务过多,书画琴棋,无所不好,难怪武功要不及师弟。"

万籁无声之中,段誉忽道:"好,便如此下!"说着将一枚白子下在棋盘之上。苏星河脸有喜色,点了点头,意似嘉许,下了一着黑子。段誉将十余路棋子都已想通,跟着便下白子,苏星河又下了一枚黑子。两人下了十余着,段誉吁了口长气,摇头道:"老先生所摆的珍珑深奥巧妙之极,晚生破解不来。"

眼见苏星河是赢了,可是他脸上反现惨然之色,说道:"公子棋思精密,这十几路棋已臻极高的境界,只是未能再想深一步,可惜,可惜。唉,可惜,可惜!"他连说了四声"可惜",惋惜之情,确是十分深挚。段誉将自己所下的十余枚白子从棋盘上检起,放入木盒。苏星河也检起了十余枚黑子。棋局上仍然留着原来的

· 1171 ·

阵势。

段誉退在一旁，望着棋局怔怔出神："这个珍珑，便是当日我在无量山石洞中所见的。这位聪辩先生，必与洞中的神仙姊姊有甚渊源，待会得便，须当悄悄向他请问，可决计不能让别人听见了。否则的话，大家都拥去瞧神仙姊姊，岂不亵渎了她？"

函谷八友中的二弟子范百龄是个棋迷，远远望着那棋局，已知不是"师父"与这位青年公子对弈，而是"师父"布了个"珍珑"，这青年公子试行破解，却破解不来。他跪在地下看不清楚，膝盖便即抬了起来，伸长了脖子，想看个明白。

苏星河道："你们大伙都起来！百龄，这个'珍珑'，牵涉异常重大，你过来好好的瞧上一瞧，倘能破解得开，那是一件大大的妙事。"

范百龄大喜，应道："是！"站起身来，走到棋盘之旁，凝神瞧去。

邓百川低声问道："二弟，什么叫'珍珑'？"公冶乾也低声道："'珍珑'即是围棋的难题。那是一个人故意摆出来难人的，并不是两人对弈出来的阵势，因此或生、或劫，往往极难推算。"寻常"珍珑"少则十余子，多者也不过四五十子，但这一个却有二百余子，一盘棋已下得接近完局。公冶乾于此道所知有限，看了一会不懂，也就不看了。

范百龄精研围棋数十年，实是此道高手，见这一局棋劫中有劫，既有共活，又有长生，或反扑，或收气，花五聚六，复杂无比。他登时精神一振，再看片时，忽觉头晕脑胀，只计算了右下角一块小小白棋的死活，已觉胸口气血翻涌。他定了定神，第二次再算，发觉原先以为这块白棋是死的，其实却有可活之道，但要杀却旁边一块黑棋，牵涉却又极多，再算得几下，突然间眼前一团漆黑，喉头一甜，喷出一大口鲜血。

苏星河冷冷的看着他，说道："这局棋原是极难，你天资有限，虽然棋力不弱，却也多半解不开，何况又有丁春秋这恶贼在旁施展邪术，迷人心魄，实在大是凶险，你到底要想下去呢，还是不想了？"范百龄道："生死有命，弟……我……我……决意尽心尽力。"苏星河点点头，道："那你慢慢想罢。"范百龄凝视棋局，身子摇摇晃晃，又喷了一大口鲜血。

丁春秋冷笑道："枉自送命，却又何苦来？这老贼布下的机关，原是用来折磨、杀伤人的，范百龄，你这叫做自投罗网。"

苏星河斜眼向他睨了一眼，道："你称师父做什么？"丁春秋道："他是老贼，我便叫他老贼！"苏星河道："聋哑老人今日不聋不哑了，你想必知道其中缘由。"丁春秋道："妙极！你自毁誓言，是自己要寻死，须怪我不得。"

苏星河随手提起身旁的一块大石，放在玄难身畔，说道："大师请坐。"

玄难见这块大石无虑二百来斤，苏星河这样干枯矮小的一个老头儿，全身未必有八十斤重，但他举重若轻，毫不费力的将这块巨石提了起来，功力实是了得，自己武功未失之时，要提这块巨石当然也是易事，但未必能如他这般轻描淡写，行若无事，当下合什说道："多谢！"坐在石上。

苏星河又道："这个珍珑棋局，乃先师所制。先师当年穷三年心血，这才布成，深盼当世棋道中的知心之士，予以破解。在下三十年来苦加钻研，未能参解得透。"说到这里，眼光向玄难、段誉、范百龄等人一扫，说道："玄难大师精通禅理，自知禅宗要旨，在于'顿悟'。穷年累月的苦功，未必能及具有宿根慧心之人的一见即悟。棋道也是一般，才气横溢的八九岁小儿，棋枰上往往能胜一流高手。虽然在下参研不透，但天下才士甚众，未必都破解不得。先师当年留下了这个心愿，倘若有人破解开了，完了先师这个心愿，先师虽已不在人世，泉下有知，也必定大感欣慰。"

玄难心想："这位聪辩先生的师父徒弟，倒均是一脉相传，于琴棋书画这些玩意儿，个个都是入了魔，将毕生的聪明才智，浸注于这些不相干的事上，以致让丁春秋在本门中横行无忌，无人能加禁制，实乃可叹。"

只听苏星河道："我这个师弟，"说着向丁春秋一指，说道："当年背叛师门，害得先师饮恨谢世，将我打得无法还手。在下本当一死殉师，但想起师父有个心愿未了，倘若不觅人破解，死后也难见师父之面，是以忍辱偷生，苟活至今。这些年来，在下遵守师弟之约，不言不语，不但自己做了聋哑老人，连门下新收的弟子，也都强着他们做了聋子哑子。唉，三十年来，一无所成，这个棋局，仍是无人能够破解。这位段公子固然英俊潇洒……"

包不同插口道："这位段公子未必英俊，潇洒更是大大不见得，何况人品英俊潇洒，跟下棋有什么干系，欠通啊欠通！"苏星河道："这中间大有干系，大有干系。"包不同道："你老先生的人品，嘿嘿，也不见得如何英俊潇洒啊。"苏星河向他凝视片刻，微微一笑。包不同道："你定是说我包不同比你老先生更加的丑陋古怪……"

苏星河不再理他，续道："段公子所下的十余着，也已极尽精妙，在下本来寄以极大期望，岂不知棋差一着，最后数子终于还是输了。"

段誉脸有惭色，道："在下资质愚鲁，有负老丈雅爱，极是惭愧……"

一言未毕，猛听得范百龄大叫一声，口中鲜血狂喷，向后便倒。苏星河左手微抬，嗤嗤嗤三声，三枚棋子弹出，打中了他胸口穴道，这才止了他喷血。

众人正错愕间，忽听得拍的一声，半空中飞下白白的一粒东西，打在棋盘之上。

苏星河一看，见是一小粒松树的树肉，刚是新从树中挖出来的，正好落在"去"位的七九路上，那是破解这"珍珑"的关键所在。他一抬头，只见左首五丈外的一棵松树之后，露出淡黄色长袍一角，显是隐得有人。

苏星河又惊又喜，说道："又到了一位高人，老朽不胜之喜。"正要以黑子相应，耳边突然间一声轻响过去，一粒黑色小物从背后飞来，落在"去"位的八八路，正是苏星河所要落子之处。

众人"咦"的一声，转过头去，竟一个人影也无。右首的松树均不高大，树上如藏得有人，一眼便见，实不知这人躲在何处。苏星河见这粒黑物是一小块松树皮，所落方位极准，心下暗自骇异。那黑物刚下，左首松树后又射出一粒白色树肉，落在"去"位五六路上。

只听得嗤的一声响，一粒黑物盘旋上天，跟着直线落下，不偏不倚的跌在"去"位四五路上。这黑子成螺旋形上升，发自何处，便难以探寻，这黑子弯弯曲曲的升上半空，落下来仍有如此准头，这份暗器功夫，实足惊人。旁观众人心下钦佩，齐声喝采。

采声未歇，只听得松树枝叶间传出一个清朗的声音："慕容公子，你来破解珍珑，小僧代应两着，勿怪冒昧。"枝叶微动，清风飒然，棋局旁已多了一名僧人。这和尚身穿灰布僧袍，神光莹然，宝相庄严，脸上微微含笑。

段誉吃了一惊，心道："鸠摩智这魔头又来了！"又想："难道刚才那白子是慕容公子所发？这位慕容公子，今日我终于要见到了？"

只见鸠摩智双手合什，向苏星河、丁春秋和玄难各行一礼，说道："小僧途中得见聪辩先生棋会邀帖，不自量力，前来会见天下高人。"又道："慕容公子，这也就现身罢！"

但听得笑声清朗，一株松树后转了两个人出来。段誉登时眼前一黑，耳中作响，嘴里发苦，全身生热。这人娉娉婷婷，缓步而来，正是他朝思暮想、无时或忘的王语嫣。

她满脸倾慕爱恋之情，痴痴的瞧着她身旁一个青年公子。段誉顺着她目光看去，但见那人二十七八岁年纪，身穿淡黄轻衫，腰悬长剑，飘然而来，面目俊美，潇洒闲雅。

段誉一见之下，身上冷了半截，眼圈一红，险些便要流下泪来，心道："人道慕容公子是人中龙凤，果然名不虚传。王姑娘对他如此倾慕，也真难怪。唉，我一生一世，命中是注定要受苦受难了。"他心下自怨自艾，自叹自伤，不愿抬头去看王语嫣的神色，但终于忍不住又偷偷瞧了她一眼。只见她容光焕发，似乎全身都要笑了出来，自相识以来，从未见过她如此欢喜。两人已走近身来，但王语嫣对段誉视而不见，竟没向他招呼。段誉又道："她心中从来就没我这个人在，从前就算跟我在一起，心中也只有她表哥。"

邓百川、公冶乾、包不同、风波恶四人早抢着迎上。公冶乾向慕容复低声禀告苏星河、丁春秋、玄难等三方人众的来历。包不同道："这姓段的是个书呆子，不会武功，刚才已下过棋，败下了阵来。"

慕容复和众人一一行礼厮见，言语谦和，着意结纳。"姑苏慕容"名震天下，众人都想不到竟是这么一个俊雅清贵的公子哥儿，当下互道仰慕，连丁春秋也说了几句客气话。

慕容复最后才和段誉相见，说道："段兄，你好。"段誉神色惨然，摇头道："你才好了，我……我一点儿也不好。"王语嫣"啊"的一声，道："段公子，你也在这里。"段誉道："是，我……我……"

慕容复向他瞪了几眼，不再理睬，走到棋局之旁，拈起白子，下在棋局之中。鸠摩智微微一笑，说道："慕容公子，你武功虽强，这弈道只怕也是平常。"说着下了一枚黑子。慕容复道："未必便输于你。"说着下了一枚白子。鸠摩智应了一着。

慕容复对这局棋凝思已久，自信已想出了解法，可是鸠摩智这一着却大出他意料之外，本来筹划好的全盘计谋尽数落空，须得从头想起，过了良久，才又下一子。

鸠摩智运思极快，跟着便下。两人一快一慢，下了二十余子，鸠摩智突然哈哈大笑，说道："慕容公子，咱们一拍两散！"慕容复怒道："你这么瞎捣乱！那么你来解解看。"鸠摩智笑道："这个棋局，原本世上无人能解，乃是用来作弄人的。小僧有自知之明，不想多耗心血于无益之事。慕容公子，你连我在边角上的纠缠也摆脱不了，还想逐鹿中原么？"

慕容复心头一震，一时之间百感交集，反来覆去只是想着他那两句话："你连我在边角上的纠缠也摆脱不了，还想逐鹿中原？"

眼前渐渐模糊，棋局上的白子黑子似乎都化作了将官士卒，东一团人马，西一块阵营，你围住我，我围住你，互相纠缠不清的厮杀。慕容复眼睁睁见到，己方白旗白甲的兵马被黑旗黑甲的敌人围住了，左冲右突，始终杀不出重围，心中越来越是焦急："我慕容氏天命已尽，一切枉费心机。我一生尽心竭力，终究化作一场春梦！时也命也，夫复何言？"突然间大叫一声，拔剑便往颈中刎去。

当慕容复呆立不语、神色不定之际，王语嫣和段誉、邓百川、公冶乾等都目不转睛的凝视着他。慕容复居然会忽地拔剑自刎，这一着谁都料想不到，邓百川等一齐抢上解救，但功力已失，终是慢了一步。

段誉食指点出，叫道："不可如此！"只听得"嗤"的一声，慕容复手中长剑一晃，当的一声，掉在地下。

鸠摩智笑道："段公子，好一招六脉神剑！"

慕容复长剑脱手，一惊之下，才从幻境中醒了过来。王语嫣拉着他手，连连摇晃，叫道："表哥！解不开棋局，又打什么紧？你何苦自寻短见？"说着泪珠从面颊上滚了下来。

慕容复茫然道："我怎么了？"王语嫣道："幸亏段公子打落了你手中长剑，否则……否则……"公冶乾劝道："公子，这棋局迷人心魄，看来其中含有幻术，公子不必再耗费心思。"慕容复转头向着段誉，道："阁下适才这一招，当真是六脉神剑的剑招么？可惜我没瞧见，阁下能否再试一招，俾在下得以一开眼界。"

段誉向鸠摩智瞧了瞧，生怕他见到自己使了一招"六脉神剑"之后，又来捉拿自己，这路剑法时灵时不灵，恶和尚倘若出手，那可难以抵挡，心中害怕，向左跨了三步，与鸠摩智离得远远地，中间有朱丹臣等三人相隔，这才答道："我……我心急之下，一时碰巧，要再试一招，这就难了。你刚才当真没瞧见？"

慕容复脸有惭色，道："在下一时之间心神迷糊，竟似着魔中邪一般。"

包不同大叫一声，道："是了，定是星宿老怪在旁施展邪法，公子，千万小心！"

慕容复向丁春秋横了一眼，向段誉道："在下误中邪术，多蒙救援，感激不尽。段兄身负'六脉神剑'绝技，可是大理段家的吗？"

忽听得远处一个声音悠悠忽忽的飘来："哪一个大理段家的人在此？是段正淳吗？"正是"恶贯满盈"段延庆的声音。

朱丹臣等立时变色。只听得一个金属相擦般的声音叫道："我们老大，才是正牌大理段氏，其余都是冒牌货。"段誉微微一笑，心道："我徒儿也来啦。"

南海鳄神的叫声甫歇，山下快步上来一人，身法奇快，正是云中鹤，叫道："天下四大恶人拜访聪辩先生，谨赴棋会之约。"苏星河道："欢迎之至。"这四字刚出口，云中鹤已飘行到了众人身前。

过了一会，段延庆、叶二娘、南海鳄神三人并肩而至。南海鳄神大声道："我们老大见到请帖，很是欢喜，别的事情都搁下了，赶着来下棋，他武功天下无敌，比我岳老二还要厉害。哪一个不服，这就上来跟他下三招棋。你们要单打独斗呢，还是大伙儿齐上？怎地还不亮兵刃？"叶二娘道："老三，别胡说八道！下棋又不是动武打架，亮什么兵刃？"南海鳄神道："你才胡说八道，不动武打架，老大巴巴的赶来干什么？"

段延庆目不转睛的瞧着棋局，凝神思索，过了良久良久，左手铁杖伸到棋盒中一点，杖头便如有吸力一般，吸住一枚白子，放在棋局之上。

玄难赞道："大理段氏武功独步天南，真乃名下无虚。"

段誉见过段延庆当日与黄眉僧弈棋的情景，知他不但内力深厚，棋力也是甚高，只怕这个"珍珑"给他破解了开来，也未可知。朱丹臣在他耳畔悄声道："公子，咱们走罢！可别失了良机。"但段誉一来想看段延庆如何解此难局，二来好容易见到王语嫣，便是天塌下来也不肯舍她而去，当下只"唔，唔"数声，反而向棋局走近了几步。

苏星河对这局棋的千变万化，每一着都早已了然于胸，当即应了一着黑棋。段延庆想了一想，下了一子。苏星河道："阁下这一着极是高明，且看能否破关，打开一条出路。"下了一子黑棋，封住去路。段延庆又下了一子。

那少林僧虚竹忽道："这一着只怕不行！"他适才见慕容复下过这一着，此后接续下去，终至拔剑自刎。他生怕段延庆重蹈覆辙，心下不忍，于是出言提醒。

南海鳄神大怒，叫道："凭你这小和尚，也配来说我老大行不行！"一把抓住他的背心，提了过去。段誉道："好徒儿，别伤了这位小师父！"南海鳄神到来之时，早就见到段誉，心中一直尴尬，最好是段誉不言不语，哪知他还是叫了出来，气愤愤的道："不伤便不伤，打什么紧！"将虚竹放在地下。

众人见这个如此横蛮凶狠的南海鳄神居然听段誉的话，对他以"徒儿"相称也不反口，都感奇怪。只有朱丹臣等明白其中原由，心下暗暗好笑。

虚竹坐在地下，心下转念："我师父常说，佛祖传下的修证法门是戒、定、慧三学。《楞严经》云：'摄心为戒，因戒生定，因定发慧。'我等钝根之人，难以摄心为戒，因此达摩祖师传下了方便法门，教我们由学武而摄心，也可由弈棋而摄心。学武讲究胜败，下棋也讲究胜败，恰和禅定之理相反，因此不论学武下棋，均须无胜败心。念经、吃饭、行路之时，无胜败心极易，比武、下棋之时无胜败心极难。倘若在比武、下棋之时能无胜败心，那便近道了。《法句经》有云：'胜则生怨，负则自鄙。去胜负心，无诤自安。'我武功不佳，棋术低劣，和师兄弟们比武、下棋之时，一向胜少败多，师父反而赞我能不嗔不怨，胜败心甚轻。怎地今日我见这位段施主下了一着错棋，便担心他落败，出言指点？何况以我的棋术，又怎能指点旁人？他这着棋虽与慕容公子的相同，此后便多半不同了，我自己不解，反而说'只怕不行'，岂不是大有贡高自慢之心？"

段延庆下一子，想一会，一子一子，越想越久，下到二十余子时，日已偏西，玄难忽道："段施主，你起初十着走的是正着，第十一着起，走入了旁门，越走越偏，再也难以挽救了。"段延庆脸上肌肉僵硬，木无表情，喉头的声音说道："你少林派是名门正宗，依你正道，却又如何解法？"玄难叹了口气，道："这棋局似正非正，似邪非邪，用正道是解不开的，但若纯走偏锋，却也不行！"

段延庆左手铁杖停在半空，微微发颤，始终点不下去，过了良久，说道："前无去路，后有追兵，正也不是，邪也不是，那可难也！"他家传武功本来是大理段氏正宗，但后来入了邪道，玄难这几句话，触动了他心境，竟如慕容公子一般，渐渐入了魔道。

这个珍珑变幻百端，因人而施，爱财者因贪失误，易怒者由愤坏事。段誉之败，在于爱心太重，不肯弃子；慕容复之失，由于执着权势，勇于弃子，却说什么也不肯失势。段延庆生平第一恨事，乃是残废之后，不得不抛开本门正宗武功，改习旁门左道的邪术，一到全神贯注之时，外魔入侵，竟尔心神荡漾，难以自制。

丁春秋笑咪咪的道："是啊，一个人由正入邪易，改邪归正难，你这一生啊，注定是毁了，毁了，毁了！唉，可惜，一失足成千古恨，再想回首，那也是不能了！"说话之中，充满了怜惜之情。玄难等高手却都知道这星宿老怪不怀好意，乘火打劫，要引得段延庆走火入魔，除去一个厉害的对头。

果然段延庆呆呆不动，凄然说道："我以大理国皇子之尊，今日落魄江湖，沦落到这步田地，实在愧对列祖列宗。"

丁春秋道："你死在九泉之下，也是无颜去见段氏的先人，倘若自知羞愧，不如图个自尽，也算是英雄好汉的行径，唉，唉！不如自尽了罢，不如自尽了罢！"话声柔和动听，一旁功力较浅之人，已自听得迷迷糊糊的昏昏欲睡。

段延庆跟着自言自语："唉，不如自尽了罢！"提起铁杖，慢慢向自己胸口点去。但他究竟修为甚深，隐隐知道不对，内心深处似有个声音在说："不对，不对，这一点下去，那就糟糕了！"但左手铁杖仍是一寸寸的向自己胸口点了下去。他当年失国流亡、身受重伤之余，也曾生过自尽的念头，只因一个特异机缘，方得重行

· 1181 ·

振作，此刻自制之力减弱，隐伏在心底的自尽念头又冒了上来。

周围的诸大高手之中，玄难慈悲为怀，有心出言惊醒，但这声"当头棒喝"，须得功力与段延庆相当，方起振聋发聩之效，否则非但无益，反生祸害，心下暗暗焦急，却是束手无策。苏星河格于师父当年立下的规矩，不能相救。慕容复知道段延庆不是好人，他如走火而死，除去天下一害，那是最好不过。鸠摩智幸灾乐祸，笑吟吟的袖手旁观。段誉和游坦之功力均甚深厚，却全不明白段延庆此举是什么意思。王语嫣于各门各派的武学虽所知极多，但丁春秋以心力诱引的邪派功夫并非武学，她是一窍不通了。叶二娘以段延庆一直压在她的头上，平时颐指气使，甚为无礼，积忿已久，心想他要自尽，却也不必相救。邓百川、康广陵等不但功力全失，且也不愿混入星宿老怪与"第一恶人"的比拼。

这中间只有南海鳄神一人最是焦急，眼见段延庆的杖头离他胸口已不过数寸，再延搁片刻，立时便点了自己死穴，当下顺手抓起虚竹，叫道："老大，接住了这和尚！"说着便向段延庆掷了过去。

丁春秋拍出一掌，道："去罢！别来搅局！"南海鳄神这一掷之力极是雄浑，虚竹身带劲风，向前疾飞，但被丁春秋软软的一掌，虚竹的身子又飞了回去，直撞向南海鳄神。

南海鳄神双手接住，想再向段延庆掷去，不料丁春秋的掌力之中，蕴蓄着三股后劲，南海鳄神突然双目圆睁，腾腾腾退出三步，正待立定，第二股后劲又到。他双膝一软，坐倒在地，只道再也没事了，哪知还有第三股后劲袭来。他身不由主的倒翻了一个筋斗，双手兀自抓着虚竹，将他在身下一压，又翻了过来。他料想丁老怪这一掌更有第四股后劲，忙将虚竹的身子往前一推，以便挡架。

但第四股后劲却没有了，南海鳄神睁眼骂道："你奶奶个雄！"将虚竹放在地下。

丁春秋发了这一掌，心力稍弛，段延庆的铁杖停在半空，不再移动。丁春秋道:"来不及了,来不及了,段延庆,我劝你还是自尽了罢,还是自尽了罢!"段延庆叹道:"是啊,活在世上,还有什么意思?还是自尽了罢!"说话之间,杖头离着胸口衣衫又近了两寸。

虚竹慈悲之心大动,心知要解段延庆的魔障,须从棋局入手,只是棋艺低浅,要说解开这局复杂无比的棋中难题,当真是想也不敢想,眼见段延庆双目呆呆的凝视棋局,危机生于顷刻,突然间灵机一动:"我解不开棋局,但捣乱一番,却是容易,只须他心神一分,便有救了。既无棋局,何来胜败?"便道:"我来解这棋局。"快步走上前去,从棋盒中取过一枚白子,闭了眼睛,随手放在棋局之上。

他双眼还没睁开,只听得苏星河怒声斥道:"胡闹,胡闹,你自填一气,自己杀死一块白棋,哪有这等下棋的法子?"虚竹睁眼一看,不禁满脸通红。

原来自己闭着眼睛瞎放一子,竟放在一块已被黑棋围得密不通风的白棋之中。这大块白棋本来尚有一气,虽然黑棋随时可将之吃净,但只要对方一时无暇去吃,总还有一线生机,苦苦挣扎,全凭于此。现下他自己将自己的白棋吃了,棋道之中,从无这等自杀的行径。这白棋一死,白方眼看是全军覆没了。

鸠摩智、慕容复、段誉等人见了,都不禁哈哈大笑。玄难摇头莞尔。范百龄虽在衰疲之余,也忍不住道:"那不是开玩笑吗?"

苏星河道:"先师遗命,此局不论何人,均可入局。小师父这一着虽然异想天开,总也是入局的一着。"将虚竹自己挤死了的大块白棋从棋盘上取了下来,跟着下了一枚黑子。

段延庆大叫一声,从幻境中醒觉,眼望丁春秋,心道:"星宿老怪,你乘人之危,暗施毒手,咱们可不能善罢干休。"

丁春秋向虚竹瞧了一眼,目中满含怨毒之意,骂道:"小贼

·1183·

秃！"

段延庆看了棋局中的变化，已知适才死里逃生，乃是出于虚竹的救援，心下好生感激，情知丁春秋挟嫌报复，立时便要向虚竹下手，寻思："少林高僧玄难在此，谅星宿老怪也不能为难他的徒子徒孙，但若玄难老朽昏庸，回护不周，我自不能让小和尚为我而死。"

苏星河向虚竹道："小师父，你杀了自己一块棋子，黑棋再逼紧一步，你如何应法？"

虚竹陪笑道："小僧棋艺低劣，胡乱下子，志在救人。这盘棋小僧是不会下的，请老前辈原谅。"

苏星河脸色一沉，厉声道："先师布下此局，恭请天下高手破解。倘若破解不得，那是无妨，若有后殃，也是咎由自取。但如有人前来捣乱棋局，渎亵了先师毕生的心血，纵然人多势众，嘿嘿，老夫虽然又聋又哑，却也要誓死周旋到底。"他叫做"聋哑老人"，其实既不聋，又不哑，此刻早已张耳听声，开口说话，竟然仍自称"又聋又哑"，只是他说话时须髯戟张，神情极是凶猛，谁也不敢笑话于他。

虚竹合什深深行礼，说道："老前辈……"

苏星河大声喝道："下棋便下棋，多说更有何用？我师父是给你胡乱消遣的么？"说着右手一挥，拍出一掌，砰的一声巨响，眼前尘土飞扬，虚竹身前立时现出一个大坑。这一掌之力猛恶无比，倘若掌力推前尺许，虚竹早已筋折骨断，死于非命了。

虚竹吓得心中怦怦乱跳，举眼向玄难瞧去，盼望师伯祖出头，救他脱此困境。

玄难棋艺不高，武功又已全失，更有什么法子好想？当此情势，只有硬起头皮，正要向苏星河求情，忽见虚竹伸手入盒，取过一枚白子,下在棋盘之上。所下之处,却是提去白子后现出的空位。

这一步棋,竟然大有道理。这三十年来,苏星河于这局棋的千百种变化,均已拆解得烂熟于胸,对方不论如何下子,都不能逾越他已拆解过的范围。但虚竹一上来便闭了眼乱下一子,以致自己杀了一大块白子,大违根本棋理,任何稍懂弈理之人,都决不会去下这一着。那等如是提剑自刎、横刀自杀。岂知他闭目落子而杀了自己一大块白棋后,局面顿呈开朗,黑棋虽然大占优势,白棋却已有回旋的余地,不再像以前这般缚手缚脚,顾此失彼。这个新局面,苏星河是做梦也没想到过的,他一怔之下,思索良久,方应了一着黑棋。

原来虚竹适才见苏星河击掌威吓,师伯祖又不出言替自己解围,正自彷徨失措之际,忽然一个细细的声音钻入耳中:"下'平'位三九路!"虚竹也不理会此言是何人指教,更不想此着是对是错,拿起白子,依言便下在"平"位三九路上。待苏星河应了黑棋后,那声音又钻入虚竹耳中:"'平'位二八路。"虚竹再将一枚白棋下在"平"位二八路上。

他此子一落,只听得鸠摩智、慕容复、段誉等人都"咦"的一声叫了出来。虚竹抬头起来,只见许多人脸上都有钦佩讶异之色,显然自己这一着大是精妙,又见苏星河脸上神色又是欢喜赞叹,又是焦躁忧虑,两条长长的眉毛不住上下掀动。

虚竹心下起疑:"他为什么忽然高兴?难道我这一着下错了么?"但随即转念:"管他下对下错,只要我和他应对到十着以上,显得我下棋也有若干分寸,不是胡乱搅局,侮辱他的先师,他就不会见怪了。"待苏星河应了黑子后,依着暗中相助之人的指示,又下一着白子。他一面下棋,一面留神察看,是否师伯祖在暗加指示,但看玄难神情焦急,却是不像,何况他始终没有开口。

钻入他耳中的声音,显然是"传音入密"的上乘内功,说话者

·1185·

以深厚内力，将说话送入他一人的耳中，旁人即是靠在他的身边，亦无法听闻。但不管话声如何轻，话总是要说的。虚竹偷眼察看各人口唇，竟没一个在动，可是那"下'去'位五六路，食黑棋三子"的声音，却清清楚楚的传入了他耳中。虚竹依言而下，寻思："教我的除了师伯祖外，再没第二人。其余那些人和我非亲非故，如何肯来教我？这些高手之中，也只有师伯祖没下过棋，其余的都试过而失败了。师伯祖神功非凡，居然能不动口唇而传音入密，我不知几时才能修得到这个地步。"

他哪知教他下棋的，却是那个天下第一大恶人"恶贯满盈"段延庆。适才段延庆沉迷棋局之际，被丁春秋乘火打劫，险些儿走火入魔，自杀身亡，幸得虚竹捣乱棋局，才救了他一命。他见苏星河对虚竹厉声相责，大有杀害之意，当即出言指点，意在替虚竹解围，令他能敷衍数着而退。他善于腹语之术，说话可以不动口唇，再以深厚内功传音入密，身旁虽有好几位一等一的高手，竟然谁也没瞧出其中机关。

可是数着一下之后，局面竟起了大大变化，段延庆才知这个"珍珑"的秘奥，正是要白棋先挤死了自己一大块，以后的妙着方能源源而生。棋中固有"反扑"、"倒脱靴"之法，自己故意送死，让对方吃去数子，然后取得胜势，但送死者最多也不过八九子，决无一口气奉送数十子之理。这等"挤死自己"的着法，实乃围棋中千古未有之奇变，任你是如何超妙入神的高手，也决不会想到这一条路上去。任何人所想的，总是如何脱困求生，从来没人故意往死路上去想。若不是虚竹闭上眼睛、随手瞎摆而下出这着大笨棋来，只怕再过一千年，这个"珍珑"也没人能解得开。

段延庆的棋术本来极为高明，当日在大理与黄眉僧对弈，杀得黄眉僧无法招架，这时棋局中取出一大块白棋后再下，天地一宽，既不必顾念这大块白棋的死活，更不再有自己白棋处处掣肘，反而腾挪自如，不如以前这般进退维谷了。

鸠摩智、慕容复等不知段延庆在暗中指点，但见虚竹妙着纷呈，接连吃了两小块黑子，忍不住喝采。

玄难喃喃自语："这局棋本来纠缠于得失胜败之中，以致无可破解，虚竹这一着不着意于生死，更不着意于胜败，反而勘破了生死，得到解脱……"他隐隐似有所悟，却又捉摸不定，自知一生耽于武学，于禅定功夫大有欠缺，忽想："聋哑先生与函谷八友专骛杂学，以致武功不如丁春秋，我先前还笑他们走入了歧路。可是我毕生专练武功，不勤参禅，不急了生死，岂不是更加走上了歧路？"想到此节，霎时之间全身大汗淋漓。

段誉初时还关注棋局，到得后来，一双眼睛又只放在王语嫣身上，他越看越是神伤，但见王语嫣的眼光，始终没须臾离开过慕容复。段誉心中只说："我走了罢，我走了罢！再耽下去，只有多历苦楚，说不定当场便要吐血。"但要他自行离开王语嫣，却又如何能够？他寻思："等王姑娘回过头来，我便跟她说：'王姑娘，恭喜你已和表哥相会，我今日得多见你一面，实是有缘。我这可要走了！'她如果说：'好，你走罢！'那我只好走了。但如果她说：'不用忙，我还有话跟你说。'那么我便等着，瞧她有什么话吩咐。"

其实，段誉明知王语嫣不会回头来瞧他一眼，更不会说"不用忙，我还有话跟你说。"突然之间，王语嫣后脑的柔发微微一动。段誉一颗心怦怦而跳："她回过头来了！"却听得她轻轻叹了口气，低声叫道："表哥！"

慕容复凝视棋局，见白棋已占上风，正在着着进逼，心想："这几步棋我也想得出来。万事起头难，便是第一着怪棋，无论如何想不出。"王语嫣低声叫唤，他竟没听见。

王语嫣又是轻轻叹息，慢慢的转过头来。

段誉心中大跳："她转过头来了！她转过头来了！"

王语嫣一张俏丽的脸庞果然转了过来。段誉看到她脸上带着一丝淡淡的忧郁，眼神中更有幽怨之色，寻思："自从她与慕容复公子并肩而来，神色间始终欢喜无限，怎地忽然不高兴起来？难道……难道为了心中对我也有一点儿牵挂吗？"只见她眼光更向右转，和他的眼光相接，段誉向前踏了一步，想说："王姑娘，你有什么话说？"但王语嫣的眼光缓缓移了开去，向着远处凝望了一会，又转向慕容复。

段誉一颗心更向下低沉，说不尽的苦涩："她不是不瞧我，可比不瞧我更差上十倍。她眼光对住了我，然而是视而不见。她眼中见到了我，我的影子却没进入她的心中。她只是在凝思她表哥的事，哪里有半分将我段誉放在心上。唉，不如走了罢，不如走了罢！"

那边虚竹听从段延庆的指点落子，眼见黑棋不论如何应法，都要被白棋吃去一块，但如黑棋放开一条生路，那么白棋就此冲出重围，那时别有天地，再也奈何它不得了。

苏星河凝思半晌，笑吟吟的应了一着黑棋。段延庆传音道："下'上'位七八路！"虚竹依言下子，他对弈道虽所知甚少，但也知此着一下，便解破了这个珍珑棋局，拍手笑道："好像是成了罢？"

苏星河满脸笑容，拱手道："小神僧天赋英才，可喜可贺。"

虚竹忙还礼道："不敢，不敢，这个不是我……"他正要说出这是受了师伯祖的指点，那"传音入密"声音道："此中秘密，千万不可揭穿。险境未脱，更须加倍的小心在意。"虚竹只道是玄难再加指示，便垂首道："是，是！"

苏星河站起身来，说道："先师布下此局，数十年来无人能解，小神僧解开这个珍珑，在下感激不尽。"虚竹不明其中缘由，只得谦虚道："我这是误打误撞，全凭长辈见爱，老先生过奖，实在愧不敢当。"

苏星河走到那三间木屋之前，伸手肃客，道："小神僧，请进！"

虚竹见这三间木屋建构得好生奇怪，竟没门户，不知如何进去，更不知进去作甚，一时呆在当地，没了主意。只听得那声音又道："棋局上冲开一条出路，乃是硬战苦斗而致。木屋无门，你也用少林派武功硬劈好了。"虚竹道："如此得罪了！"摆个马步，右手提起，发掌向板门上劈了过去。

他武功有限，当日被丁春秋大袖一拂，便即倒地，给星宿派门人按住擒获，幸而如此，内力得保不失。然在场上这许多高手眼中，他这一掌之力毕竟不值一哂，幸好那门板并不坚牢，喀喇一声，门板裂开了一缝。虚竹又劈两掌，这才将门板劈开，但手掌已然隐隐生疼。

南海鳄神哈哈大笑，说道："少林派的硬功，实在稀松平常！"虚竹回头道："小僧是少林派中最不成器的徒儿，功夫浅薄，但不是少林派武功不成。"只听那声音道："快快进去，不可回头，不要理会旁人！"虚竹道："是！"举步便踏了进去。

只听得丁春秋的声音叫道："这是本门的门户，你这小和尚岂可擅入？"跟着砰砰两声巨响，虚竹只觉一股劲风倒卷上来，要将他身子拉将出去，可是跟着两股大力在他背心和臀部猛力一撞，身不由主，便是一个筋斗，向里直翻了进去。

他不知这一下已是死里逃生，适才丁春秋发掌暗袭，要制他死命，鸠摩智则运起"控鹤功"，要拉他出来。但段延庆以杖上暗劲消去了丁春秋的一掌，苏星河处身在他和鸠摩智之间，以左掌消解了"控鹤功"，右掌连拍两下，将他打了进去。

这两掌力道刚猛,虚竹撞破一重板壁后,额头砰的一下,又撞在一重板壁之上,只撞得昏天黑地,险些晕去,过了半晌,这才站起身来,摸摸额角,已自肿起了一大块。但见自己处身在一间空空荡荡、一无所有的房中。他想找寻门户,但这房竟然无门无窗,只有自己撞破板壁而跌进来的一个空洞。他呆了呆,便想从那破洞中爬出去。

只听得隔着板壁一个苍老低沉的声音传了过来:"既然来了,怎么还要出去?"

虚竹转过身子,说道:"请老前辈指点途径。"

那声音道:"途径是你自己打出来的,谁也不能教你。我这棋局布下后,数十年来无人能解,今日终于给你拆开,你还不过来!"

虚竹听到"我这棋局"四字,不由得毛发悚然,颤声道:"你……你……你……"他听得苏星河口口声声说这棋局是他"先师"所制,这声音是人是鬼?只听那声音又道:"时机稍纵即逝,我等了三十年,没多少时候能再等你了,乖孩儿,快快进来罢!"

虚竹听那声音甚是和蔼慈祥,显然全无恶意,当下更不多想,左肩在那板壁上一撞,喀喇喇一声响,那板壁已日久腐朽,当即破了一洞。

虚竹一眼望将进去,不由得大吃一惊,只见里面又是一间空空荡荡的房间,却有一个人坐在半空。他第一个念头便是:"有鬼!"吓得只想转身而逃,却听得那人说道:"唉,原来是个小和尚!唉,还是个相貌好生丑陋的小和尚,难、难、难!唉、难、难、难!"

虚竹听他三声长叹,连说了六个"难"字,再向他凝神瞧去,这才看清,原来这人身上有一条黑色绳子缚着,那绳子另一端连在横梁之上，将他身子悬空吊起。只因他身后板壁颜色漆黑，绳子也是黑色，二黑相叠，绳子便看不出来，一眼瞧去，宛然是凌空而坐。

虚竹的相貌本来颇为丑陋，浓眉大眼，鼻孔上翻，双耳招风，嘴唇甚厚，加上此刻撞破板壁时脸上又受了些伤，更加的难看。他自幼父母双亡，少林寺中的和尚心生慈悲，将他收养在寺中，寺中僧众不是虔诚清修，便是专心学武，谁也没来留神他的相貌是俊是丑。佛家言道，人的身子乃是个"臭皮囊"，对这个臭皮囊长得好不好看，若是多加关怀，于证道大有妨碍。因此那人说他是个"好生丑陋的小和尚"，虚竹生平还是第一次听见。

他微微抬头，向那人瞧去。只见他长须三尺，没一根斑白，脸如冠玉，更无半丝皱纹，年纪显然已经不小，却仍神采飞扬，风度闲雅。虚竹微感惭愧："说到相貌，我当真和他是天差地远了。"这时心中已无惧意，躬身行礼，说道："小僧虚竹，拜见前辈。"

那人点了点头，道："你姓什么？"虚竹一怔，道："出家之人，早无俗家姓氏。"那人道："你出家之前姓什么？"虚竹道："小僧自幼出家，向来便无姓氏。"

那人向他端相半晌，叹了口气，道："你能解破我的棋局，聪明才智，自是非同小可，但相貌如此，却终究不行，唉，难得很。我瞧终究是白费心思，反而枉送了你的性命。小师父，我送一份礼物给你，你便去罢！"

虚竹听那老人语气，显是有一件重大难事，深以无人相助为忧，大乘佛法第一讲究"度众生一切苦厄"，当即说道："小僧于棋艺一道，实在浅薄得紧，老前辈这个棋局，也不是小僧自己拆解的。但若老前辈有什么难事要办，小僧虽然本领低微，却也愿勉力而为，至于礼物，可不敢受赐。"

那老人道："你有这番侠义心肠，倒是不错。你棋艺不高，武功浅薄，都不相干，你既能来到这里，那便是有缘。只不过……只不过……你相貌太也难看。"说着不住摇头。

虚竹微微一笑,说道:"相貌美丑,乃无始以来业报所聚,不但自己做不得主,连父母也作不得主。小僧貌丑,令前辈不快,这就告辞了。"说着退了两步。

虚竹正待转身,那老人道:"且慢!"衣袖扬起,搭在虚竹右肩之上。虚竹身子略略向下一沉,只觉这衣袖有如手臂,挽住了他身子。那老人笑道:"年轻人有这等傲气,那也很好。"虚竹道:"小僧不敢狂妄骄傲,只是怕让老前辈生气,还是及早告退的好。"

那老人点了点头,问道:"今日来解棋局的,有哪些人?"虚竹一一说了。那老人沉吟半晌,道:"天下高手,十之六七都已到了。大理天龙寺的枯荣大师没来么?"虚竹答道:"除了敝寺僧众之外,出家人就只一位鸠摩智大师。"那老人又问:"近年来武林中听说有个人名叫乔峰,甚是了得,他没来吗?"虚竹道:"没有。"

那老人叹了口气,自言自语的道:"我已等了这么多年,再等下去,也未必能遇到内外俱美的全材。天下不如意事常七八,也只好将就如此了。"沉吟片刻,似乎心意已决,说道:"你适才言道,这棋局不是你拆解的,那么星河如何又送你进来?"

虚竹道:"第一子是小僧大胆无知,闭了眼睛瞎下的,以后各着,却是敝师伯祖法讳上玄下难,以'传音入密'之法暗中指点。"当下将拆解棋局的经过情形,说了一遍。

那老人叹道:"天意如此,天意如此!"突然间愁眉开展,笑道:"既是天意如此,你闭了眼睛,竟误打误撞的将我这棋局解开,足见福缘深厚,或能办我大事,亦未可知。好,好,好,乖孩子,你跪下磕头罢!"

虚竹自幼在少林寺中长大,每日里见到的不是师父、师叔伯,便是师伯祖、师叔祖等等长辈,即在同辈之中,年纪比他大、武功比他强的师兄也是不计其数，向来是服从惯了的。佛门弟子，讲究谦下，他听那老人叫他磕头，虽然不明白其中道理，但想这人是武林前辈，向他磕几个头是理所当然，当下恭恭敬敬的跪了下来，咚咚咚咚的磕了四个头，待要站起，那人笑道："再磕五个，这是本门规矩。"虚竹应道："是！"又磕了五个头。

那老人道："好孩子，好孩子！你过来！"虚竹站起身，走到他的身前。

那老人抓住他手腕，向他上上下下的细细打量。突然虚竹只觉脉门上一热，一股内力自手臂上升，迅速无比的冲向他的心口，不由自主的便以少林心法相抗。那老人的内力一触即退，登时安然无事。虚竹知他是试探自己内力的深浅，不由得面红过耳，苦笑道："小僧平时多读佛经，小时又性爱嬉戏，没好好修练师父所授的内功，倒教前辈见笑了。"

不料那老人反而十分欢喜，笑道："很好，很好，你于少林派的内功所习甚浅，省了我好些麻烦。"他说话之间，虚竹只觉全身软洋洋地，便如泡在一大缸温水之中一般，周身毛孔之中，似乎都有热气冒出，说不出的舒畅。

过得片刻，那老人放开他手腕，笑道："行啦，我已用本门'北冥神功'，将你的少林内力都化去啦！"

虚竹大吃一惊，叫道："什……什么？"跳了起来，双脚落地时膝盖中突然一软，一屁股坐在地下，只觉四肢百骸尽皆酸软，脑中昏昏沉沉，望出来犹如天旋地转一般，情知这老人所说不假，霎时间悲从中来，眼泪夺眶而出，哭道："我……我……和你无怨无仇，又没得罪你，为什么要这般害我？"

那人微笑道："你怎地说话如此无礼？不称'师父'，却'你呀，我呀'的，没半点规矩？"虚竹惊道："什么？你怎么会是我师父？"那人道："你刚才磕了我九个头，那便是拜师之礼了。"

· 1193 ·

虚竹道："不，不！我是少林子弟，怎能再拜你为师？你这些害人的邪术，我也决计不学。"说着挣扎站起。

那人笑道："你当真不学？"双手一挥，两袖飞出，搭上虚竹肩头。虚竹只觉肩上沉重无比，再也无法站直，双膝一软，便即坐倒，不住的道："你便打死我，我也不学。"

那人哈哈一笑，突然身形拔起，在半空中一个筋斗，头上所戴方巾飞入屋角，左足在屋梁上一撑，头下脚上的倒落下来，脑袋顶在虚竹的头顶，两人天灵盖和天灵盖相接。

虚竹惊道："你……你干什么？"用力摇头，想要将那人摇落。但这人的头顶便如用钉子钉住了虚竹的脑门一般，不论如何摇晃，始终摇他不脱。虚竹脑袋摇向东，那人身体飘向东，虚竹摇向西，那人跟着飘向西，两人连体，摇晃不已。

虚竹更是惶恐，伸出双手，左手急推，右手狠拉，要将他推拉下来。但一推之下，便觉自己手臂上软绵绵的没半点力道，心中大急："中了他的邪法之后，别说武功全失，看来连穿衣吃饭也没半分力气了，从此成了个全身瘫痪的废人，那便如何是好？"惊怖失措，纵声大呼，突觉顶门上"百会穴"中有细细一缕热气冲入脑来，嘴里再也叫不出声，心道："不好，我命休矣！"只觉脑海中愈来愈热，霎时间头昏脑胀，脑壳如要炸将开来一般，这热气一路向下流去，过不片时，再也忍耐不住，昏晕了过去。

只觉得全身轻飘飘地，便如腾云驾雾，上天遨游；忽然间身上冰凉，似乎潜入了碧海深处，与群鱼嬉戏；一时在寺中读经；一时又在苦练武功，但练来练去始终不成。正焦急间，忽觉天下大雨，点点滴滴的落在身上，雨点却是热的。

这时头脑却也渐渐清醒了，他睁开眼来，只见那老者满身满脸大汗淋漓，不住滴向他的身上，而他面颊、头颈、发根各处，仍是有汗水源源渗出。虚竹发觉自己横卧于地，那老者坐在身旁，两人相连的头顶早已分开。

虚竹一骨碌坐起,道:"你……"只说了一个"你"字,不由得猛吃一惊,见那老者已然变了一人,本来洁白俊美的脸之上,竟布满了一条条纵横交叉的深深皱纹,满头浓密头发已尽数脱落,而一丛光亮乌黑的长髯,也都变得了白须。虚竹第一个念头是:"我昏晕了多少年?三十年吗?五十年吗?怎么这人突然间老了数十年。"眼前这老者龙钟不堪,没有一百二十岁,总也有一百岁。

那老人眯着双眼,有气没力的一笑,说道:"大功告成了!乖孩儿,你福泽深厚,远过我的期望,你向这板壁空拍一掌试试!"

虚竹不明所以,依言虚击一掌,只听得喀喇喇一声响,好好一堵板壁登时垮了半边,比他出全力撞上十下,塌得还要厉害。虚竹惊得呆了,道:"那……那是什么缘故?"

那老人满脸笑容,十分欢喜,也道:"那……那是什么缘故?"虚竹道:"我怎么……怎么忽然有了这样大的力道?"那老者微笑道:"你还没学过本门掌法,这时所能使出来的内力,一成也还不到。你师父七十余年的勤修苦练,岂同寻常?"

虚竹一跃而起,内心知道大事不妙,叫道:"你……你……什么七十余年勤修苦练?"那老人微笑道:"难道你此刻还不明白?真的还没想到吗?"

虚竹心中隐隐已感到了那老人此举的真义,但这件事委实太过突兀,太也不可思议,实在令人难以相信,嗫嗫嚅嚅的道:"老前辈是传了一门神功……一门神功给了小僧么?"

那老人微笑道:"你还不肯称我师父?"虚竹低头道:"小僧是少林派的弟子,不能欺祖灭宗,改入别派。"那老人道:"你身上已没半分少林派的功夫,还说是什么少林弟子?你体内蓄积有'逍遥派'七十余年神功,怎么还不是本派的弟子?"虚竹从来没听见过"逍遥派"的名字,神不守舍的道:"逍遥派?"那老人微笑道："乘天地之正，御六气之辩，以游于无穷，是为逍遥。你向上一跳试试！"

虚竹好奇心起，双膝略弯，脚上用力，向上轻轻一跳。突然砰的一声，头顶一阵剧痛，眼前一亮，半个身子已穿破了屋顶，还在不住上升，忙伸手抓住屋顶，落下地来，接连跳了几下，方始站住，如此轻功，实是匪夷所思，一时间并不欢喜，反而甚感害怕。

那老人道："怎么样？"虚竹道："我……我是入了魔道么？"那老人道："你安安静静的坐着，听我述说原因。时刻已经不多，只能择要而言。你既不肯称我为师，不愿改宗，我也不来勉强于你。小师父，我求你帮个大忙，替我做一件事，你能答应么？"

虚竹素来乐于助人，佛家修六度，首重布施，世人有难，自当尽力相助，便道："前辈有命，自当竭力以赴。"这两句话一出口，忽地想到此人的功夫似是左道妖邪一流，当即又道："但若前辈命小僧为非作歹，那可不便从命了。"

那老人脸现苦笑，问道："什么叫做'为非作歹'？"虚竹一怔，道："小僧是佛门弟子，损人害人之事，是决计不做的。"那老人道："倘若世间有人，专做损人害人之事，为非作歹，杀人无算，我命你去除灭了他，你答不答应？"虚竹道："小僧要苦口婆心，劝他改过迁善。"那老人道："倘若他执迷不悟呢？"虚竹挺直身子，说道："伏魔除害，原是我辈当为之事。只是小僧能为浅薄，恐怕不能当此重任。"

那老人道："那么你答应了？"虚竹点头道："我答应了！"那老人神情欢悦，道："很好，很好！我要你去杀一个人，一个大大的恶人，那便是我的弟子丁春秋，今日武林中称为星宿老怪便是。"

虚竹嘘了口气，如释重负，他亲眼见到星宿老怪只一句话便杀了十名车夫，实是罪大恶极，师伯祖玄难大师又被他以邪术化去全

· 1196 ·

身内力，便道："除却星宿老怪，乃是莫大功德，但小僧这点点功夫，如何能够……"说到这里，和那老人四目相对，见到他目光中嘲弄的神色，登时想起，"这点点功夫"五字，似乎已经不对，当即住口。

那人道："此刻你身上这点点功夫，早已不在星宿老怪之下，只是要将他除灭，确实还是不够，但你不用担心，老夫自有安排。"

虚竹道："小僧曾听薛慕华施主说过星宿海丁……丁施主的恶行，只道老前辈已给他害死了，原来老前辈尚在人世，那……那可好得很，好得很。"

那老人叹了口气，说道："当年这逆徒突然发难，将我打入深谷之中，老夫险些命丧彼手。幸得我大徒儿苏星河装聋作哑，瞒过了逆徒耳目，老夫才得苟延残喘，多活了三十年。星河的资质本来也是挺不错的，只可惜他给我引上了岔道，分心旁骛，去学琴棋书画等等玩物丧志之事，我的上乘武功他是说什么也学不会的了。这三十年来，我只盼觅得一个聪明而专心的徒儿，将我毕生武学都传授于他，派他去诛灭丁春秋。可是机缘难逢，聪明的本性不好，保不定重蹈养虎贻患的覆辙；性格好的却又悟性不足。眼看我天年将尽，再也等不了，这才将当年所摆下的这个珍珑公布于世，以便寻觅才俊。我大限即到，已无时候传授武功，因此所收的这个关门弟子，必须是个聪明俊秀的少年。"

虚竹听他又说到"聪明俊秀"，心想自己资质并不聪明，"俊秀"二字，更无论如何谈不上，低头道："世间俊雅的人物，着实不少，外面便有两个人，一是慕容公子，另一位是姓段的公子。小僧将他们请来会见前辈如何？"

那老人涩然一笑，说道："我逆运'北冥神功'，已将七十余年的修为，尽数注入了你的体中，哪里还能再传授第二个人？"

虚竹惊道："前辈……前辈真的将毕生修为，都传给了小僧？

那……那教……"

那老人道："此事对你到底是祸是福,此刻尚所难言。武功高强也未必是福。世间不会半分武功之人,无忧无虑,少却多少争竞,少却多少烦恼?当年我倘若只是学琴学棋,学书学画,不窥武学门径,这一生我就快活得多了。"说着叹了口长气,抬起头来,从虚竹撞破的屋顶洞孔中望出去,似乎想起了不少往事,过了半晌,才道:"好孩子,丁春秋只道我早已命丧于他手下,是以行事肆无忌惮。这里有一幅图,上面绘的是我昔年大享清福之处,那是在大理国无量山中,你寻到我所藏武学典籍的所在,依法修习,武功便能与这丁春秋并驾齐驱。但你资质似乎也不甚佳,修习本门武功,只怕多有窒滞,说不定还有不少凶险危难。那你就须求无量山石洞中那个女子指点。她见你相貌不佳,多半不肯教你,你求她瞧在我的份上……咳,咳……"说到这里,连连咳嗽,已是上气不接下气,说着从怀中取出一个小小卷轴,塞在虚竹手中。

虚竹颇感为难,说道："小僧学艺未成,这次是奉师命下山送信,即当回山覆命,今后行止,均须秉承师命而行。倘若本寺方丈和业师不准,便无法遵依前辈的嘱咐了。"

那老人苦笑道："倘若天意如此,要任由恶人横行,那也无法可想,你……你……"说了两个"你"字,突然间全身发抖,慢慢俯下身来,双手撑在地下,似乎便要虚脱。

虚竹吃了一惊,忙伸手扶住,道："老……老前辈,你怎么了?"那老人道："我七十余年的修练已尽数传付于你,今日天年已尽,孩子,你终究不肯叫我一声'师父'么?"说这几句时,已是上气不接下气。

虚竹看到他目光中祈求哀怜的神气,心肠一软,"师父"二字,脱口而出。

那老人大喜,用力从左手上脱下一枚宝石指环,要给虚竹套在手指上，只是他力气耗竭，连虚竹的手腕也抓不住。虚竹又叫了声："师父！"将戒指套上了自己手指。

那老人道："好……好孩子！你是我的第三个弟子，见到苏星河，你……你就叫他大师哥。你姓什么？"虚竹道："我实在不知道。"那老人道："可惜你相貌不好看，中间实有不少为难之处，然而你是逍遥派掌门人，照理这女子不该违抗你的命令，很好，很好……"越说声音越轻，说到第二个"很好"两字时，已是声若游丝，几不可闻，突然间哈哈哈几声大笑，身子向前一冲，砰的一声，额头撞在地下，就此不动了。

虚竹忙伸手扶起，一探他鼻息，已然气绝，急忙合什念佛："南无阿弥陀佛，南无阿弥陀佛，求阿弥陀佛、观世音菩萨、大势至菩萨，接引老先生往生西方极乐世界。"

他和这老人相处不到一个时辰，原说不上有什么情谊，但体内受了他七十余年修练的功力，隐隐之间，似乎这老人对自己比什么人都更为亲近，也可以说，这老人的一部份已变作了自己，突然间悲从中来，放声大哭。

哭了一阵，跪倒在地，向那老人的遗体拜了几拜，默默祷祝："老前辈，我叫你师父，那是假的，你可不要当真。你神识不昧，可不要怪我。"祷祝已毕，转身从板壁破洞中钻了出去，只轻轻一跃，便窜过两道板壁，到了屋外。

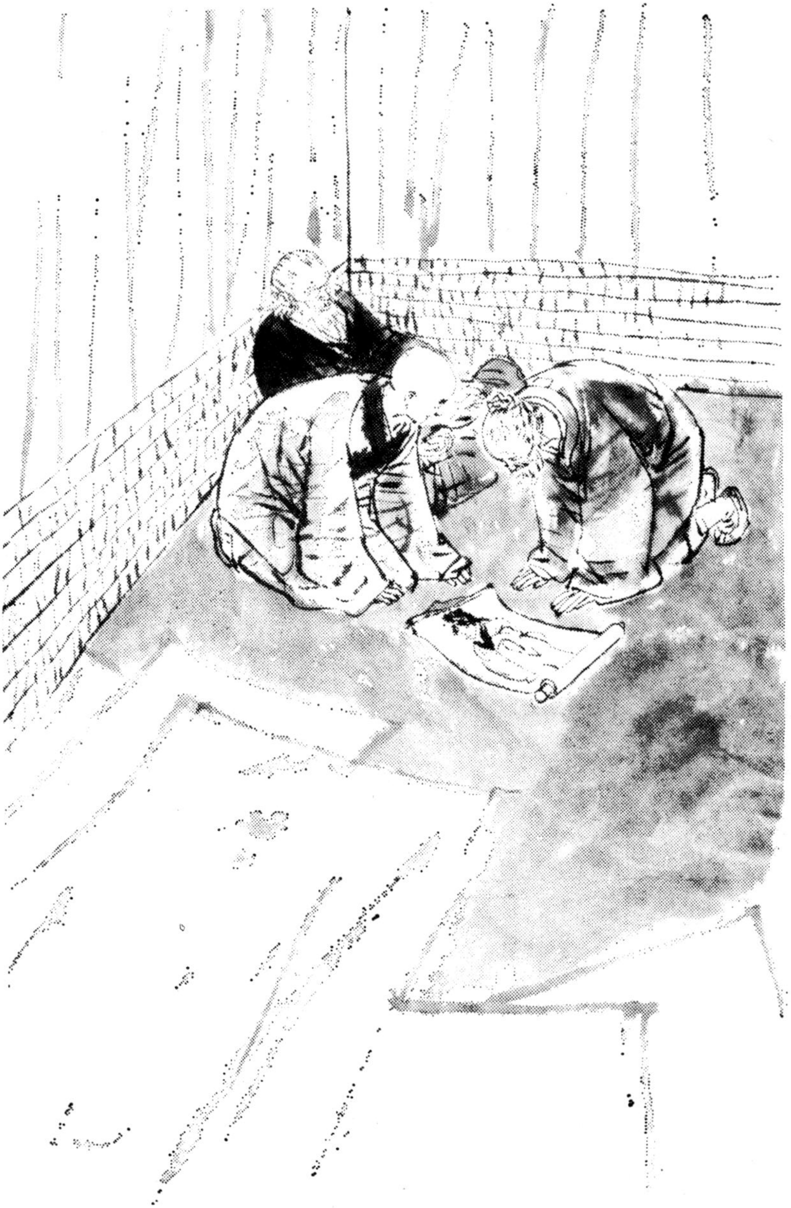

苏星河大吃一惊，跳起身来，放声大哭，跪在虚竹面前，磕头如捣蒜。虚竹忙即跪下对拜。

三十二

且自逍遥没谁管

虚竹一出木屋，不禁一怔，只见旷地上烧着一个大火柱，遍地都是横七竖八倒伏着的松树。他进木屋似乎并无多时，但外面已然闹得天翻地覆，想来这些松树都是在自己昏晕之时给人打倒的，因此在屋里竟然全未听到。

又见屋外诸人夹着火柱分成两列。聋哑老人苏星河站于右首，玄难等少林僧、康广陵、薛慕华等一干人都站在他身后。星宿老怪站于左首，铁头人游坦之和星宿派群弟子站在他身后。慕容复、王语嫣、段誉、鸠摩智、段延庆、南海鳄神等则疏疏落落的站于远处。

苏星河和丁春秋二人正在催运掌力，推动火柱向对方烧去。眼见火柱斜偏向右，显然丁春秋已大占上风。

各人个个目不斜视的瞧着火柱，对虚竹从屋中出来，谁也没加留神。当然王语嫣关心的只是表哥慕容复，而段誉关心的只是王语嫣，这两人所看的虽都不是火柱，但也决计不会来看虚竹一眼。

虚竹远远从众人身后绕到右首，站在师叔慧镜之侧，只见火柱越来越偏向右方，苏星河衣服中都鼓足了气，直如顺风疾驶的风帆一般，双掌不住向前猛推。

丁春秋却是谈笑自若，衣袖轻挥，似乎漫不经心。他门下弟子颂扬之声早已响成一片："星宿老仙举重若轻，神功盖世，今日教你们大开眼界。""我师父意在教训旁人,这才慢慢催运神功,否则早已一举将这姓苏的老儿诛灭了。""有谁不服,待会不妨一个个来尝尝星宿老仙神功的滋味。""你们胆怯,就算联手而上,那也不妨!""古往今来,无人能及星宿老仙!有谁胆敢螳臂挡车,不过自取灭亡而已。"

鸠摩智、慕容复、段延庆等心中均想,倘若我们几人这时联手而上,向丁春秋围攻,星宿老怪虽然厉害,也抵不住几位高手的合力。但各人一来自重身份,决不愿联手合攻一人;二来聋哑老人和星宿老怪同门自残,旁人不必参与;三则相互间各有所忌,生怕旁人乘虚下手,是以星宿派群弟子虽将师父捧上了天,鸠摩智等均只微微而笑,不加理会。

突然间火柱向前急吐,卷到了苏星河身上,一阵焦臭过去,把他的长须烧得干干净净。苏星河出力抗拒,才将火柱推开,但火焰离他身子已不过两尺,不住伸缩颤动,便如一条大蟒张口吐舌,要向他咬去一般。虚竹心下暗惊:"苏施主只怕转眼便要被丁施主烧死,那如何是好?"

猛听得镗镗两响,跟着咚咚两声,锣鼓之声敲起,原来星宿派弟子怀中藏了锣鼓铙钹、唢呐喇叭,这时取了出来吹吹打打,宣扬师父威风,更有人摇起青旗、黄旗、红旗、紫旗,大声呐喊。武林中两人比拼内功,居然有人在旁以锣鼓助威,实是开天辟地以来从所未有之奇。鸠摩智哈哈大笑,说道:"星宿老怪脸皮之厚,当真是前无古人!"

锣鼓声中,一名星宿弟子取出一张纸来,高声诵读,骈四俪六,却是一篇"恭颂星宿老仙扬威中原赞"。不知此人请了哪一个腐儒撰此歌功颂德之辞,但听得高帽与马屁齐飞,法螺共锣鼓同响。

别小看了这些无耻歌颂之声,于星宿老怪的内力,确然也大有推波助澜之功。锣鼓和颂扬声中,火柱更旺,又向前推进了半尺。

突然间脚步声响,二十余名汉子从屋后奔将出来,挡在苏星河身前,便是适才抬玄难等人上山的聋哑汉子,都是苏星河的门人。丁春秋掌力催逼,火柱烧向这二十余人身上,登时嗤嗤声响,将这一干人烧得皮焦肉烂。苏星河想挥掌将他们推开,但隔得远了,掌力不及。这二十余人笔直的站着,全身着火,却绝不稍动,只因口不能言,更显悲壮。

这一来,旁观众人都耸然动容,连王语嫣和段誉的目光也都转了过来。大火柱的熊熊火焰,将二十余名聋哑汉子裹住。

段誉叫道:"不得如此残忍!"右手伸出,要以"六脉神剑"向丁春秋刺去,可是他运剑不得其法,全身充沛的内力只在体内转来转去,却不能从手指中射出。他满头大汗,叫道:"慕容公子,你快出手制止。"

慕容复道:"段兄方家在此,小弟何敢班门弄斧?段兄的六脉神剑,再试一招罢!"

段延庆来得晚了,没见到段誉的六脉神剑,听了慕容复这话,不禁心头大震,斜眼相睨段誉,要看他是否真的会此神功,但见他右手手指点点划划,出手大有道理,但内力却半点也无,心道:"什么六脉神剑,倒吓了我一跳。原来这小子虚张声势,招摇撞骗。虽然故老相传,我段家有六脉神剑奇功,可哪里有人练成过?"

慕容复见段誉并不出手,只道他有意如此,当下站在一旁,静观其变。

又过得一阵,二十余个聋哑汉子在火柱烧炙之下已死了大半,其余小半也已重伤,纷纷摔倒。锣鼓声中,丁春秋袍袖挥了两挥,火柱又向苏星河扑了过来。

薛慕华叫道:"休得伤我师父!"纵身要挡到火柱之前。苏星河挥掌将他推开,说道:"徒死无益!"左手凝聚残余的功力,向火柱击去。这时他内力几将耗竭,这一掌只将火柱暂且阻得一阻,只觉全身炽热,满眼望出去通红一片,尽是火焰。此时体内真气即将油尽灯枯,想到丁春秋杀了自己后必定闯关直入,师父装死三十年,终究仍然难逃毒手。他身上受火柱煎迫,内心更是难过。

虚竹见苏星河的处境危殆万分,可是一直站在当地,不肯后退半步。他再也看不过去,抢上前去,抓住他后心,叫道:"徒死无益,快快让开罢!"便在此时,苏星河正好挥掌向外推出。他这一掌的力道已是衰微之极,原不想有何功效,只是死战到底,不肯束手待毙而已,哪知道背心后突然间传来一片浑厚无比的内力,而且家数和他一模一样,这一掌推出,力道登时不知强了多少倍。只听得呼的一声响,火柱倒卷过去,直烧到了丁春秋身上,余势未尽,连星宿群弟子也都卷入火柱之中。

霎时间锣鼓声呛咚叮当,嘈成一团,铙钹喇叭,随地乱滚,"星宿派威震中原,我恩师当世无敌"的颂声之中,夹杂着"哎唷,我的妈啊!""乖乖不得了,星宿派逃命要紧!""星宿派能屈能伸,下次再来扬威中原罢"的呼叫声。

丁春秋大吃一惊,其实虚竹的内力加上苏星河的掌风,也未必便胜过了他,只是他已操必胜之时,正自心旷神怡,洋洋自得,于全无提防之际,突然间遭到反击,不禁仓皇失措。同时他觉察到对方这一掌中所含内力圆熟老辣,远在师兄苏星河之上,而显然又是本派的功夫,莫非给自己害死了的师父突然间显灵?是师父的鬼魂来找自己算帐了?他一想到此处,心神慌乱,内力凝聚不起,火柱卷到了他身上,竟然无力推回,衣衫须发尽皆着火。

群弟子"星宿老仙大势不妙"呼叫声中,丁春秋惶急大叫:"铁头徒儿,快快出手!"

游坦之当即挥掌向火柱推去。只听得嗤嗤嗤声响,火柱遇到他掌风中的奇寒之气,霎时间火焰熄灭,连青烟也消失得极快,地下仅余几段烧成焦炭的大松木。

丁春秋须眉俱焦，衣服也烧得破破烂烂，狼狈之极，他心中还在害怕师父阴魂显灵，说什么也不敢再在这里逗凶，叫道："走罢！"一晃身间，身子已在七八丈外。

星宿派弟子没命的跟着逃走，锣鼓喇叭，丢了一地，那篇"恭颂星宿老仙扬威中原赞"并没读完，却已给大火烧去了一大截，随风飞舞，似在嘲笑星宿老怪如此"扬威中原"。

只听得远处传来"啊"的一声惨叫，一名星宿派弟子飞在半空，摔将下来，就此不动。众人面面相觑，料想星宿老怪大败之余，老羞成怒，不知哪一个徒弟出言相慰，拍马屁拍到了马脚上，给他一掌击毙。

玄难、段延庆、鸠摩智等都以为聋哑老人苏星河施了诱敌的苦肉之计，让丁春秋耗费功力来烧一群聋哑汉子，然后石破天惊的施以一击，叫他招架不及，铩羽而去。聋哑老人的智计武功，江湖上向来赫赫有名，适才他与星宿老怪开头一场恶斗，只打得径尺粗细的大松树一株株翻倒，人人看得惊心动魄，他最后施展神功，将星宿老怪逐走，谁都不以为怪。

玄难道："苏先生神功渊深，将这老怪逐走，料想他这一场恶斗之后丧魂落魄，再也不敢涉足中原。先生造福武林，大是不浅。"

苏星河一瞥间见到虚竹手指上戴着师父的宝石戒指，方明其中究竟，心中又悲又喜，眼见群弟子死了十之八九，余下的一二成也已重伤难愈，甚是哀痛，更记挂着师父安危，向玄难、慕容复等敷衍了几句，便拉着虚竹的手，道："小师父，请你跟我进来。"

虚竹眼望玄难，等他示下。玄难道："苏前辈是武林高人，如有什么吩咐，你一概遵命便是。"虚竹应道："是！"跟着苏星河从破洞中走进木屋。苏星河随手移过一块木板，挡住了破洞。

诸人都是江湖上见多识广之士，都知他此举是不欲旁人进去窥探，自是谁也不会多管闲事。唯一不是"见多识广"的，只有一个段誉。但他这时早又已全神贯注于王语嫣身上,连苏星河和虚竹进屋也不知道,哪有心情去理会别事?

苏星河与虚竹携手进屋,穿过两处板壁,只见那老人伏在地下,伸手一探,已然逝世。此事他早已料到八九成,但仍是忍不住悲从中来,跪下磕了几个头,泣道:"师父,师父,你终于舍弟子而去了!"

虚竹心想:"这老人果然是苏老前辈的师父。"

苏星河收泪站起,扶起师父的尸身,倚在板壁上端端正正的坐好,跟着扶住虚竹,让他也是倚壁而坐,和那老人的尸体并肩。

虚竹心下嘀咕:"他叫我和老先生的尸体排排坐,却作什么?难道……难道……要我陪他师父一块儿死么?"身上不禁感到一阵凉意,要想站起,却又不敢。

苏星河整一整身上烧烂了的衣衫,突然向虚竹跪倒,磕下头去,说道:"逍遥派不肖弟子苏星河,拜见本派新任掌门。"这一下只吓得虚竹手足无措,心中只说:"这人可真疯了!这人可真疯了!"忙跪下磕头还礼,说道:"老前辈行此大礼,可折杀小僧了。"

苏星河正色道:"师弟,你是我师父的关门弟子,又是本派掌门。我虽是师兄,却也要向你磕头!"

虚竹道:"这个……这个……"这时才知苏星河并非发疯,但唯其不是发疯,自己的处境更加尴尬,肚里只连珠价叫苦。

苏星河道:"师弟,我这条命是你救的,师父的心愿是你完成的,受我磕这几个头,也是该的。师父叫你拜他为师,叫你磕九个头,你磕了没有?"虚竹道:"头是磕过的,不过当时我不知道是拜师。我是少林派弟子,不能改入别派。"苏星河道:"师父当然已想到了这一着,他老人家定是化去了你原来的武功,再传

· 1208 ·

你本派功夫。师父已将毕生功力都传了给你，是不是？"虚竹只得点头道："是。"苏星河道："本派掌门人标记的这枚宝石指环，是师父从自己手上除下来，给你戴在手上的，是不是？"虚竹道："是！不过……不过我实在不知道这是什么掌门人的标记。"

苏星河盘膝坐在地下，说道："师弟，你福泽深厚之极。我和丁春秋想这只宝石指环，想了几十年，始终不能到手，你却在一个时辰之内，便受到师父的垂青。"

虚竹忙除下指环递过，说道："前辈拿去便是，这只指环，小僧半点用处也没有。"

苏星河不接，脸色一沉，道："师弟，你受师父临死时的重托，岂能推卸责任？师父将指环交给你，是叫你去除灭丁春秋这厮，是不是？"

虚竹道："正是。但小僧功行浅薄，怎能当此重任？"

苏星河叹了口气，将宝石指环套回在虚竹指上，说道："师弟，这中间原委，你多有未知，我简略跟你一说。本派叫做逍遥派，向来的规矩，掌门人不一定由大弟子出任，门下弟子之中谁的武功最强，便由谁做掌门。"

虚竹道："是，是，不过小僧武功差劲之极。"

苏星河不理他打岔，说道："咱们师父共有同门三人，师父排行第二，但他武功强过咱们的师伯，因此便由他做掌门人。后来师父收了我和丁春秋两个弟子，师父定下规矩，他所学甚杂，谁要做掌门，各种本事都要比试，不但比武，还得比琴棋书画。丁春秋于各种杂学一窍不通，眼见掌门人无望，竟尔忽施暗算，将师父打下深谷，又将我打得重伤。"

虚竹在薛慕华的地窖中曾听他说过一些其中情由，哪料到这件事竟会套到了自己头上，心下只暗暗叫苦，顺口道："丁施主那时居然并不杀你。"

苏星河道："你别以为他尚有一念之仁，留下了我的性命。一来他一时攻不破我所布下的五行八卦、奇门遁甲的阵势；二来我跟他说：'丁春秋，你暗算了师父，武功又胜过我，但逍遥派最深奥的功夫，你却摸不到个边儿。《北冥神功》这部书，你要不要看？"凌波微步"的轻功，你要不要学？"天山六阳掌"呢？"逍遥折梅手"呢？"小无相功"呢？'

"那都是本派最上乘的武功，连我们师父也因多务杂学，有许多功夫并没学会。丁春秋一听之下，喜欢得全身发颤，说道：'你将这些武功秘笈交了出来，今日便饶你性命。'我道：'我怎会有此等秘笈？只是师父保藏秘笈的所在，我倒知道。你要杀我，尽管下手。'丁春秋道：'秘笈当然是在星宿海旁，我岂有不知？'我道：'不错，确是在星宿海旁，你有本事，尽管自己去找。'他沉吟半晌，知道星宿海周遭数百里，小小几部秘笈不知藏在何处，实是难找，便道：'好，我不杀你。只是从今而后，你须当装聋作哑，不能将本派的秘密泄漏出去。'

"他为什么不杀我？他只是要留下我这个活口，以便逼供。否则杀了我之后，这些秘笈的所在，天下再也无人知道了。其实这些武功秘笈，根本就不在星宿海，一向分散在师伯、师父、师叔三人手中。丁春秋定居在星宿海畔，几乎将每一块石子都翻了过来，自然没找到神功秘笈。几次来找我麻烦，都给我以土木机关、奇门遁甲等方术避开。这一次他又想来问我，眼见无望，而我又破了誓言，他便想杀我泄愤。"

虚竹道："幸亏前辈……"苏星河道："你是本派掌门，怎么叫我前辈，该当叫我师哥才是。"虚竹心想："这件事伤脑筋之极，不知几时才说得明白。"便道："你是不是我师兄，暂且不说，就算真是师兄，那也是'前辈'。"苏星河点头道："这倒有理。幸亏我怎么？"虚竹道："幸亏前辈苦苦忍耐，养精蓄锐，直到最后关头,才突施奇袭,使这星宿老怪大败亏输而去。"

苏星河连连摇手,说道:"师弟,这就是你的不是了,明明是你用师尊所传的神功转而助我,才救了我的性命,怎么你又谦逊不认?你我是同门师兄弟,掌门之位已定,我的命又是你救的,我无论如何不会来觊觎你这掌门之位。你今后可再也不能见外了。"

虚竹大奇,说道:"我几时助过你了?救命之事,更是无从谈起。"苏星河想了一想,道:"或许你是出于无心,也未可知。总而言之,你手掌在我背心上一搭,本门的神功传了过来,方能使我反败为胜。"虚竹道:"唔,原来如此。那是你师父救了你性命,不是我救的。"苏星河道:"我说这是师尊假你之手救我,你总得认了罢?"虚竹无可再推,只得点头道:"这个顺水人情,既然你叫我非认不可,我就认了。"

苏星河又道:"刚才你神功斗发,打了丁春秋一个出其不意,才将他惊走。倘若当真相斗,你我二人合力,仍然不是他敌手。否则的话,师父只须将神功注入我身,便能收拾这叛徒了,又何必花费偌大心力,另觅传人?这三十年来,我多方设法,始终找不到人来承袭师父的武功。眼见师父日渐衰老,这传人便更加难找了,非但要悟心奇高,尚须是个英俊潇洒的美少年……"

虚竹听他说到"美少年"三字,眉头微皱,心想:"修练武功,跟相貌美丑又有什么干系?他师徒二人一再提到传人的形貌,不知是什么缘故?"苏星河向他掠了一眼,轻轻叹了口气。虚竹道:"小僧相貌丑陋,决计没做尊师传人的资格。老前辈,你去找一位英俊潇洒的美少年来,我将尊师的神功交了给他,也就是了。"

苏星河一怔,道:"本派神功和心脉气血相连,功在人在,功消人亡。师父传了你神功后便即仙去,难道你没见到么?"

虚竹连连顿足,道:"这便如何是好?教我误了尊师和前辈的大事。"

苏星河道:"师弟,这便是你肩头上的担子了。师父设下这个棋局,旨在考查来人的悟性。这珍珑实在太难,我苦思了数十年,便始终解不开,只有师弟能解开,'悟心奇高'这四个字,那是合式了。"

虚竹苦笑道:"一样的不合式。这个珍珑,压根儿不是我自己解的。"于是将师伯祖玄难如何传音入密、暗中指点之情说了。

苏星河将信将疑,道:"瞧玄难大师的神情,他已遭了丁春秋的毒手,一身神功,早已消解,不见得会再使'传音入密'的功夫。"他顿了一顿,又道:"但少林派乃天下武学正宗,玄难大师或者故弄玄虚,亦未可知,那就不是我井底之蛙所能见得到了。师弟,我遣人到处传书,邀请天下围棋高手来解这珍珑,凡是喜棋之人,得知有这么一个棋会,那是说什么都要来的。只不过年纪太老,相貌……这个……这个不太俊美的,又不是武林中人,我吩咐便不用请了。姑苏慕容公子面如冠玉,天下武技无所不能,原是最佳的人选,偏偏他没能解开。"

虚竹道:"是啊,慕容公子是强过我百倍了。还有那位大理段家的段公子,那也是风度翩翩的佳公子啊。"

苏星河道:"唉,此事不必提起。我素闻大理镇南王段正淳精擅一阳指神技,最难得的是风流倜傥,江湖上不论黄花闺女,半老徐娘,一见他便神魂颠倒,情不自禁。我派了好几名弟子去大理邀请,哪知他却不在大理,不知到了何处,结果却来了他一个呆头呆脑的宝贝儿子。"

虚竹微微一笑,道:"这位段公子两眼发直,目不转睛的只是定在那个王姑娘身上。"

苏星河摇了摇头,道:"可叹,可叹!段正淳拈花惹草,号称武林中第一风流浪子,生的儿子可一点也不像他,不肖之极,丢老子的脸。他拼命想讨好那个王姑娘,王姑娘对他却全不理睬,真气死人了。"

虚竹道："段公子一往情深，该是胜于风流浪子，前辈怎么反说'可叹'？"苏星河道："他聪明脸孔笨肚肠，对付女人一点手段也没有，咱们用他不着。"虚竹道："是！"心下暗暗喜欢："原来你们要找一个美少年去对付女人，这就好了，无论如何，总不会找到我这丑八怪和尚的头上来。"

苏星河问道："师弟，师父有没有指点你去找一个人？或者给了你什么地图之类？"

虚竹一怔，觉得事情有些不对，要想抵赖，但他自幼在少林寺中受众高僧教诲，不可说谎，何况早受了比丘戒，"妄语"乃是大戒，期期艾艾的道："这个……这个……"

苏星河道："你是掌门人，你若问我什么，我不能不答，否则你可立时将我处死。但我问你什么事，你爱答便答，不爱答便可叫我不许多嘴乱问。"

苏星河这么一说，虚竹更不便隐瞒，连连摇手道："我怎能向你妄自尊大？前辈，你师父将这个交了给我。"说着从怀中取出那卷轴，他见苏星河身子一缩，神色极是恭谨，不敢伸手来接，便自行打了开来。

卷轴一展开，两人同时一呆，不约而同的"咦"的一声，原来卷轴中所绘的既非地理图形，亦非山水风景，却是一个身穿宫装的美貌少女。

虚竹道："原来便是外面那个王姑娘。"

但这卷轴绢质黄旧，少说也有三四十年之久，图中丹青墨色也颇有脱落，显然是幅陈年古画，比之王语嫣的年纪无论如何是大得多了，居然有人能在数十年甚或数百年前绘就她的形貌，实令人匪夷所思。图画笔致工整，却又活泼流动，画中人栩栩如生，活色生香，便如将王语嫣这个人缩小了、压扁了、放入画中一般。

虚竹啧啧称奇,看苏星河时,却见他伸着右手手指,一笔一划的摩拟画中笔法,赞叹良久,才突然似从梦中惊醒,说道:"师弟,请勿见怪,小兄的臭脾气发作,一见到师父的丹青妙笔,便又想跟着学了。唉,贪多嚼不烂,我什么都想学,到头来却一事无成,在丁春秋手中败得这么惨。"一面说,一面忙将卷轴卷好,交还给虚竹,生恐再多看一阵,便会给画中的笔墨所迷。他闭目静神,又用力摇了摇头,似乎要将适才看过的丹青笔墨从脑海中驱逐出去,过了一会,才睁眼说道:"师父交这卷轴给你时,却如何说?"

虚竹道:"他说我此刻的功夫,还不足以诛却丁春秋,须当凭此卷轴,到大理国无量山去,寻到他当年所藏的大批武学典籍,再学功夫。不过我多半自己学不会,还得请另一个人指点。他说卷轴上绘的是他从前大享清福之处,那么该是名山大川,或是清幽之处,怎么却是王姑娘的肖像?莫非他拿错了一个卷轴?"

苏星河道:"师父行事,人所难测,你到时自然明白。你务须遵从师命,设法去学好功夫,将丁春秋除了。"

虚竹嗫嚅道:"这个……这个……小僧是少林弟子,即须回寺覆命。到了寺中,从此清修参禅,礼佛诵经,再也不出来了。"

苏星河大吃一惊,跳起身来,放声大哭,噗的一声,跪在虚竹面前,磕头如捣蒜,说道:"掌门人,你不遵师父遗训,他老人家可不是白死了么?"

虚竹也即跪下,和他对拜,说道:"小僧身入空门,戒嗔戒杀,先前答应尊师去除却丁春秋,此刻想来总是不妥。少林派门规极严,小僧无论如何不敢改入别派,胡作非为。"不论苏星河痛哭哀求也好,设喻开导也好,甚至威吓强逼也好,虚竹总之不肯答应。

苏星河无法可施,伤心绝望之余,向着师父的尸身说道:"师父,掌门人不肯遵从你的遗命,小徒无能为力,决意随你而去了。"说着跃起身来，头下脚上，从半空俯冲下来，将天灵盖往石板地面撞去。

虚竹惊叫："使不得！"将他一把抱住。他此刻不但内力浑厚，而且手足灵敏，大逾往昔，一把抱住之后，苏星河登时动弹不得。

苏星河道："你为什么不许我自尽？"虚竹道："出家人慈悲为本，我自然不忍见你丧命。"苏星河道："你放开我，我是决计不想活了。"虚竹道："我不放。"苏星河道："难道你一辈子捉住我不放？"虚竹心想这话倒也不错，便将他身子倒了转来，头上脚下的放好，说道："好，放便放你，却不许你自尽。"

苏星河灵机一动，说道："你不许我自尽？是了，该当遵从掌门人的号令。妙极，掌门人，你终于答允做本派掌门人了！"

虚竹摇头道："我没有答允。我哪里答允过了？"

苏星河哈哈一笑，说道："掌门人，你再要反悔，也没有用了。你已向我发施号令，我已遵从你的号令，从此再也不敢自尽。我聪辩先生苏星河是什么人？除了听从本派掌门人的言语之外，又有谁敢向我发施号令？你不妨去问问少林派的玄难大师，纵是少林寺的玄慈方丈，也不敢命我如何如何。"

聋哑老人在江湖上威名赫赫，虚竹在途中便已听师伯祖玄难大师说过，苏星河说无人敢向他发号施令，倒也不是虚语。虚竹道："我不是胆敢叫你如何如何，只是劝你爱惜性命，那也是一番好意。"

苏星河道："我不敢来请问你是好意还是歹意。你叫我死，我立刻就死；你叫我活，我便不敢不活。这生杀之令，乃是天下第一等的大权柄。你若不是我掌门人，又怎能随便叫我死，叫我活？"

虚竹辩他不过，说道："既是如此，刚才的话就算我说错了，我取消就是。"

苏星河道："你取消了'不许我自尽'的号令，那便是叫我自尽了。遵命，我即刻自尽便是。"他自尽的法子甚是奇特，又是一跃而起,头下脚上的向石板俯冲而下。

虚竹忙又一把将他牢牢抱住,说道:"使不得,使不得!我并非叫你自尽!"苏星河道:"嗯,你又不许我自尽。谨遵掌门人号令。"虚竹将他身子放好,搔搔光头,无言可说。

苏星河号称"聪辩先生",这外号倒不是白叫的,他本来能言善辩,虽然三十年来不言不语,这时重运唇舌,依然是舌灿莲花。虚竹年纪既轻,性子质朴,在寺中跟师兄弟们也向来并不争辩,如何能是苏星河的对手?虚竹心中隐隐觉得,"取消不许他自尽的号令",并不等于"叫他自尽",而"并非叫他自尽",亦不就是"不许他自尽"。只是苏星河口齿伶俐,句句抢先,虚竹无从辩白,他呆了半晌,叹道:"前辈,我辩是辩不过你的。但你要我改入贵派,终究难以从命。"

苏星河道:"咱们进来之时,玄难大师吩咐过你什么话?玄难大师的话,你是否必须遵从?"虚竹一怔,道:"师伯祖叫我……叫我……叫我听你的话。"

苏星河十分得意,说道:"是啊,玄难大师叫你听我的话。我的话是:你该遵从咱们师父遗命,做本派掌门人。但你既是逍遥派掌门人,对少林派高僧的话,也不必理睬了。所以啊,倘若你遵从玄难大师的话,那么你是逍遥派掌门人;倘若你不遵从玄难大师的话,你也是逍遥派的掌门人。因为只有你做了逍遥派掌门人,才可将玄难大师的话置之脑后,否则的话,你怎可不听师伯祖的吩咐?"这番论证,虚竹听来句句有理,一时之间做声不得。

苏星河又道:"师弟,玄难大师和少林派的另外几位和尚,都中了丁春秋的毒手,若不施救,性命旦夕不保,当今之世,只有你一人能够救得他们。至于救是不救,那自是全凭你的意思了。"

虚竹道:"我师伯祖确是遭了丁春秋的毒手,另外几位师伯叔也受了伤,可是……可是我本事低微,又怎能救得他们?"

苏星河微微一笑,道:"师弟,本门向来并非只以武学见长,医卜星相,琴棋书画,各家之学,包罗万有。你有一个师侄薛慕华,医术只懂得一点儿皮毛,江湖上居然人称'薛神医',得了个外号叫作'阎王敌',岂不笑歪了人的嘴巴?玄难大师中的是丁春秋的'化功大法',那个方脸的师父是给那铁面人以'冰蚕掌'打伤,那高高瘦瘦的师父是给丁春秋一足踢在左胁下三寸之处,伤了经脉……"

苏星河滔滔不绝,将各人的伤势和源由都说了出来。虚竹大为惊佩,道:"前辈,我见你专心棋局,并没向他们多瞧一眼,又没去诊治伤病之人,怎么知道得如此明白?"

苏星河道:"武林中因打斗比拼而受伤,那是一目了然,再容易看也没有了。只有天然的虚弱风邪,伤寒湿热,那才难以诊断。师弟,你身负师父七十余年逍遥神功,以之治伤疗病,可说无往而不利。要恢复玄难大师被消去了的功力,确然极不容易,要他伤愈保命,却只不过举手之劳。"当下将如何推穴运气、消解寒毒之法教了虚竹;又详加指点,救治玄难当用何种手法,救治风波恶又须用何种手法,因人所受伤毒不同而分别施治。

虚竹将苏星河所授的手法牢牢记在心中,但只知其然而不知其所以然。

苏星河见他试演无误,脸露微笑,赞道:"掌门人记性极好,一学便会。"

虚竹见他笑得颇为诡秘,似乎有点不怀好意,不禁起疑,问道:"你为什么笑?"苏星河登时肃然,恭恭敬敬的躬身道:"小兄不敢嘻笑,如有失敬,请掌门人恕罪。"虚竹急于要治众人之伤,也就不再追问,道:"咱们到外边瞧瞧去罢!"苏星河道:"是!"跟在虚竹之后,走到屋外。

只见一众伤者都盘膝坐在地下,闭目养神。慕容复潜运内力,在疏解包不同和风波恶的痛楚。王语嫣在替公冶乾裹伤。薛慕华满头大汗,来去奔波,见到哪个人危急,便抢过去救治,但这一人稍见平静,另一边又有人叫了起来。他见苏星河出来,心下大慰,奔将过来,说道:"师父,你老人家快给想想法子。"

虚竹走到玄难身前,见他闭着眼在运功,便垂手侍立,不敢开口。玄难缓缓睁开眼来,轻轻叹息一声,道:"你师伯祖无能,惨遭丁春秋毒手,折了本派的威名,当真惭愧之极。你回去向方丈禀报,便说我……说我和你玄痛师叔祖,都无颜回寺了。"

虚竹往昔见到这位师伯祖,总是见他道貌庄严,不怒自威,对之不敢逼视,此刻却见他神色黯然,一副英雄末路的凄凉之态,他如此说,更有自寻了断之意,忙道:"师伯祖,你老人家不必难过。咱们习武之人,须无嗔怒心,无争竞心,无胜败心,无得失心……"顺口而出,竟将师父平日告诫他的话,转而向师伯祖说了起来,待得省觉不对,急忙住口,已说了好几句。

玄难微微一笑,叹道:"话是不错,但你师伯祖内力既失,禅定之力也没有了。"

虚竹道:"是,是。徒孙不知轻重之下,胡说八道。"正想出手替他治伤,蓦地里想起苏星河诡秘的笑容,心中一惊:"他教我伸掌拍击师伯祖的天灵盖要穴,怎知他不是故意害人?万一我一掌拍下,竟将功力已失的师伯祖打死了,那便如何是好?"

玄难道:"你向方丈禀报,本寺来日大难,务当加意戒备。一路上小心在意。你天性淳厚,持戒与禅定两道,那是不必担心的,今后要多在'慧'字上下功夫,四卷《楞伽经》该当用心研读。唉,只可惜你师伯祖不能好好指点你了。"

虚竹道:"是,是。"听他对自己甚是关怀,心下感激,又道:"师伯祖,本寺既有大难,更须你老人家保重身子,回寺协助方丈，共御大敌。"玄难脸现苦笑，说道："我……我中了丁春秋的'化功大法'，已经成为废人，哪里还能协助方丈，共御大敌？"虚竹道："师伯祖，聪辩先生教了弟子一套疗伤之法，弟子不自量力，想替慧方师伯试试，请师伯祖许可。"

玄难微感诧异，心想聋哑老人是薛神医的师父，所传的医疗之法定然有些道理，不知何以他自己不出手，也不叫薛慕华施治，便道："聪辩先生所授，自然是十分高明的了。"说着向苏星河望了一眼，对虚竹道："那你就照试罢。"

虚竹走到慧方身前，躬身道："师伯，弟子奉师伯祖法谕，给师伯疗伤，得罪莫怪。"慧方微笑点头。虚竹依着苏星河所教方法，在慧方左胁下小心摸准了部位，右手反掌击出，打在他左胁之下。

慧方"哼"的一声，身子摇晃，只觉胁下似乎穿了一孔，全身鲜血精气，源源不绝的从这孔中流出，霎时之间，全身只觉空荡荡地，似乎皆无所依，但游坦之寒冰毒掌所引起的麻痒酸痛，顷刻间便已消除。虚竹这疗伤之法，并不是以内力助他驱除寒毒，而是以修积七十余年的"北冥真气"在他胁下一击，开了一道宣泄寒毒的口子。便如有人为毒蛇所咬，便割破伤口，挤出毒液一般。只是这门"气刀割体"之法，部位错了固然不行，倘若真气内力不足，一击之力不能直透经脉，那么毒气非但宣泄不出，反而更逼进了脏腑，病人立时毙命。

虚竹一掌击出，心中惊疑不定，见慧方的身子由摇晃而稳定，脸上闭目蹙眉的痛楚神色渐渐变为舒畅轻松，其实只片刻间的事，在他却如过了好几个时辰一般。

又过片刻，慧方舒了口气，微笑道："好师侄，这一掌的力道可不小啊。"

虚竹大喜，说道："不敢。"回头向玄难道："师伯祖，其余几位师伯叔，弟子也去施治一下，好不好？"

玄难这时也是满脸喜容,但摇头道:"不!你先治别家前辈,再治自己人。"

虚竹心中一凛,忙道:"是!"寻思:"先人后己,才是我佛大慈大悲、救度众生的本怀。"眼见包不同身子剧战,牙齿互击,格格作响,当即走到他身前,说道:"包三先生,聪辩先生教了小僧一个治疗寒毒的法门,小僧今日初学,难以精熟,这就给包三先生施治。失敬之处,还请原谅。"说着摸摸包不同的胸口。

包不同笑道:"你干什么?"虚竹提起右掌,砰的一声,打在他胸口。包不同大怒,骂道:"臭和……"这"尚"字还没出口,突觉纠缠着他多日不去的寒毒,竟迅速异常的从胸口受击处涌了出去,这个"尚"字便咽在肚里,再也不骂出去了。

虚竹替诸人泄去游坦之的冰蚕寒毒,再去治中了丁春秋毒手之人。那些人有的是被"化功大法"消去功力,虚竹在其天灵盖"百会穴"或心口"灵台穴"击以一掌,固本培元;有的是为内力所伤,虚竹以手指刺穴,化去星宿派的内力。总算他记心甚好,于苏星河所授的诸般不同医疗法门,居然记得清清楚楚,依人而施,只一顿饭时分,便将各人身上所感的痛楚尽数解除。受治之人固然心下感激,旁观者也对聋哑老人的神术佩服已极,但想他是薛神医的师父,倒也不以为奇。

最后虚竹走到玄难身前,躬身道:"师伯祖,弟子斗胆,要在师伯祖'百会穴'上拍击一掌。"

玄难微笑道:"你得聪辩先生青眼,居然学会了如此巧妙的疗伤本事,福缘着实不小,你尽管在我'百会穴'上拍击便是。"

虚竹躬身道:"如此弟子放肆了!"当他在少林寺之时,每次见到玄难,都是远远的望见,偶尔玄难聚集众僧,讲解少林派武功的心法,虚竹也是随众侍立,从未和他对答过什么话,这次要他出掌拍击师伯祖的天灵盖,虽说是为了疗伤,究竟心下惴惴,又见他笑得颇为奇特，不知是何用意，定了定神，又说一句："弟子冒犯，请师伯祖恕罪！"这才走上一步，提掌对准玄难的"百会穴"，不轻不重，不徐不疾，挥掌拍了下去。

虚竹手掌刚碰到玄难的脑门，玄难脸上忽现古怪笑容，跟着"啊"的一声长呼，突然身子瘫软，扭动了几下，俯伏在地，一动也不动了。

旁观众人齐声惊呼，虚竹更是吓得心中怦怦乱跳，急忙抢上前去，扶起玄难。慧方等诸僧也一齐赶到。看玄难时，只见他脸现笑容，但呼吸已停，竟已毙命。虚竹惊叫："师伯祖，师伯祖！你怎么了？"

忽听得苏星河叫道："是谁？站住！"从东南角上疾窜而至，说道："有人在后暗算，但这人身法好快，竟没能看清楚是谁！"抓起玄难的手脉，皱眉道："玄难大师功力已失，在旁人暗算之下，全无抵御之力，竟尔圆寂了。"突然间微微一笑，神色古怪。

虚竹脑中混乱一片，只是哭叫："师伯祖，师伯祖，你……你怎么会……"蓦地想起苏星河在木屋中诡秘的笑容，怒道："聪辩先生，你从实说来，到底我师伯祖如何会死？这不是你有意陷害么？"

苏星河双膝跪地，说道："启禀掌门人，苏星河决不敢陷掌门人于不义。玄难大师突然圆寂，确是有人暗中加害。"虚竹道："你在那木屋中古里古怪的好笑，那是什么缘故？"苏星河惊道："我笑了么？我笑了么？掌门人，你可得千万小心，有人……"一句话没说完，突然住口，脸上又现出诡秘之极的笑容。

薛慕华大叫："师父！"忙从怀中取出一瓶解毒药丸，急速拔开瓶塞，倒了三粒药丸在手，塞入苏星河口中。但苏星河早已气绝，解毒药丸停在他口里，再难咽下。薛慕华放声大哭，说道："师父给丁春秋下毒害死了，丁春秋这恶贼……"说到这里，已是

·1221·

泣不成声。

康广陵扑向苏星河身上，薛慕华忙抓住他后心，奋力拉开，哭道："师父身上有毒。"范百龄、苟读、吴领军、冯阿三、李傀儡、石清露一齐围在苏星河身旁，无不又悲又怒。

康广陵跟随苏星河日久，深悉本门的规矩，初时见师父向虚竹跪倒，口称"掌门人"，已猜中了八九成，再凝神向他手指审视，果见戴着一枚宝石指环，便道："众位师弟，随我参见本派新任掌门师叔。"说着在虚竹面前跪倒，磕下头去。范百龄等一怔，均即省悟，便也一一磕头。

虚竹心乱如麻，说道："丁……丁春秋那个奸贼施主，害死了我师伯祖，又害死了你们的师父。"

康广陵道："报仇诛奸，全凭掌门师叔主持大计。"

虚竹是个从未见过世面的小和尚，说到武功见识，名位声望，眼前这些人个个远在他之上，心中只是转念："非为师伯祖复仇不可，非为聪辩先生复仇不可，非为屋中的老人复仇不可！"口中大声叫了出来："非杀丁春秋……丁春秋这恶人……恶贼施主不可。"

康广陵又磕下头去，说道："掌门师叔答允诛奸，为我等师父报仇，众师侄深感掌门师叔的大恩大德。"范百龄、薛慕华等也一起磕头。虚竹忙跪下还礼，道："不敢，不敢，众位请起。"康广陵道："师叔，小侄有事禀告，此处人多不便，请到屋中，由小侄面陈。"虚竹道："好！"站起身来。众人也都站起。

虚竹跟着康广陵，正要走入木屋中，范百龄道："且慢！师父在这屋内中了丁老贼的毒手，掌门师叔和大师兄还是别再进去的好，这老贼诡计多端，防不胜防。"康广陵点头道："此言甚是！掌门师叔万金之体，不能再冒此险。"薛慕华道："两位便在此处说话好了。咱们在四边察看,以防老贼再使什么诡计。"说着首先走了开去,其余冯阿三、吴领军等也都走到十余丈外。其实这些人除了薛慕华外,不是功力消散,便是身受重伤,倘若丁春秋前来袭击,除了出声示警之外,实无防御之力。

慕容复、邓百川等见他们自己本派的师弟都远远避开,也都走向一旁。鸠摩智、段延庆等虽见事情古怪,但事不干己,径自分别离去。

康广陵道:"师叔……"虚竹道:"我不是你师叔,也不是你们的什么掌门人,我是少林寺的和尚,跟你们'逍遥派'全不相干。"康广陵道:"师叔,你何必不认?'逍遥派'的名字,若不是本门中人,外人是决计听不到的。倘若旁人有意或无意的听了去,本门的规矩是立杀无赦,纵使追到天涯海角,也要杀之灭口。"虚竹打了个寒噤,心道:"这规矩太也邪门。如此一来,倘若我不答应投入他们的门派,他们便要杀我了?"

康广陵又道:"师叔适才替大伙儿治伤的手法,正是本派的嫡传内功。师叔如何投入本派,何时得到太师父的心传,小侄不敢多问。或许因为师叔破解了太师父的珍珑棋局,我师父依据太师父遗命,代师收徒,代传掌门人职位,亦未可知。总而言之,本派的'逍遥神仙环'是戴在师叔手指之上,家师临死之时向你磕头,又称你为'掌门人',师叔不必再行推托。推来推去,托来托去,也是没用的。"

虚竹向左右瞧了几眼,见慧方等人正自抬了玄难的尸身,走向一旁,又见苏星河的尸身仍是直挺挺的跪在地下,脸上露出诡秘的笑容,心中一酸,说道:"这些事情,一时也说不清楚,现下我师伯祖死了,真不知如何是好。老前辈……"

康广陵急忙跪下,说道:"师叔千万不可如此称呼,太也折杀小侄了!"虚竹皱眉道:"好,你快请起。"康广陵这才站起。虚竹道："老前辈……"他这三字一出口，康广陵又是噗的一声跪倒。

虚竹道："我忘了，不能如此叫你。快请起来。"取出那老人给他的卷轴，展了开来，说道："你师父叫我凭此卷轴，去设法学习武功，用来诛却丁施主。"

康广陵看了看画中的宫装美女，摇头道："小侄不明其中道理，师叔还是妥为收藏，别给外人瞧见了。我师父生前既如此说，务请师叔看在我师父的份上，依言而行。小侄要禀告师叔的是，家师所中之毒，叫做'三笑逍遥散'。此毒中于无形，中毒之初，脸上现出古怪的笑容，中毒者自己却并不知道，笑到第三笑，便即气绝身亡。"

虚竹低头道："说也惭愧，尊师中毒之初，脸上现出古怪笑容，我以小人之心，妄加猜度，还道尊师不怀善意，倘若当时便即坦诚问他，尊师立加救治，便不致到这步田地了。"

康广陵摇头道："这'三笑逍遥散'一中在身上，便难解救。丁老贼所以能横行无忌，这'三笑逍遥散'也是原因之一。人家都知道'化功大法'的名头，只因为中了'化功大法'功力虽失，尚能留下一条性命来广为传播，一中'三笑逍遥散'，却是一瞑不视了。"

虚竹点头道："这当真歹毒！当时我便站在尊师身旁，没丝毫察觉丁春秋如何下毒，我武功平庸，见识浅薄，这也罢了，可是丁春秋怎么没向我下手，饶过了我一条小命？"

康广陵道："想来他嫌你本事低微，不屑下毒。掌门师叔，我瞧你年纪轻轻，能有多大本领？治伤疗毒之法虽好，那也是我师父教你的，可算不了什么，丁老怪不会将你瞧在眼里的。"他说到此处，忽然想到，这么说未免不大客气，忙又说道："掌门师叔，我这说老实话，或许你会见怪，但就算你要见怪，我还是觉得你武功恐怕不大高明。"

虚竹道："你说得一点不错，我武功低微之极，丁老贼……罪过罪过，小僧口出恶言，犯了'恶口戒'，不似佛门弟子……那丁春秋丁施主确是不屑杀我。"

虚竹心地诚朴，康广陵不通世务，都没想到，丁春秋潜入木屋，听到苏星河正在传授治伤疗毒的法门，岂有对虚竹不加暗算之理？哪有什么见他武功低微、不屑杀害？那"三笑逍遥散"是以内力送毒，弹在对方身上，丁春秋在木屋之中，分别以内力将"三笑逍遥散"弹向苏星河与虚竹，后来又以此加害玄难。苏星河恶战之余，筋疲力竭，玄难内力尽失，先后中毒。虚竹却甫得七十余载神功，丁春秋的内力尚未及身，已被反激了出来，尽数加在苏星河身上，虚竹却半点也没染着。丁春秋与人正面对战时不敢擅使"三笑逍遥散"，便是生恐对方内力了得、将剧毒反弹出来之故。

康广陵道："师叔，这就是你的不是了。逍遥派非佛非道，独来独往，那是何等逍遥自在？你是本派掌门，普天下没一个能管得你。你乘早脱了袈裟，留起头发，娶他十七八个姑娘做老婆。还管他什么佛门不佛门？什么恶口戒、善口戒？"

他说一句，虚竹念一句"阿弥陀佛"，待他说完，虚竹道："在我面前，再也休出这等亵渎我佛的言语。你有话要跟我说，到底要说什么？"

康广陵道："啊哟，你瞧我真是老胡涂了，说了半天，还没说到正题。掌门师叔，将来你年纪大了，可千万别学上我这毛病才好。糟糕，糟糕，又岔了开去，还是没说到正题，当真该死。掌门师叔，我要求你一件大事，请你恩准。"

虚竹道："什么事要我准许，那可不敢当了。"

康广陵道："唉！本门中的大事，若不求掌门人准许，却又求谁去？我们师兄弟八人，当年被师父逐出门墙，那也不是我们犯了什么过失，而是师父怕丁老贼对我们加害，又不忍将我们八人刺聋耳朵、割断舌头，这才出此下策。师父今日是收回成命了，又叫我们重入师门，只是没禀明掌门人，没行过大礼，还算不得是本门正式弟子，因此要掌门人金言许诺。否则我们八人到死还是无门无派的孤魂野鬼，在武林中抬不起头来，这滋味可不好受。"

虚竹心想："这个'逍遥派'掌门人，我是万万不做的，但若不答允他，这老儿缠夹不清，不知要纠缠到几时，只有先答允了再说。"便道："尊师既然许你们重列门墙，你们自然是回了师门了，还担心什么？"

康广陵大喜，回头大叫："师弟、师妹，掌门师叔已经允许咱们重回师门了！"

"函谷八友"中其余七人一听，尽皆大喜，当下老二棋迷范百龄、老三书呆子苟读、老四丹青名手吴领军、老五阎王敌薛慕华、老六巧匠冯阿三、老七莳花少妇石清露、老八爱唱戏的李傀儡，一齐过来向掌门师叔叩谢，想起师父不能亲见八人重归师门，又痛哭起来。

虚竹极是尴尬，眼见每一件事情，都是教自己这个"掌门师叔"的名位深陷一步，敲钉转脚，越来越不易摆脱。自己是名门正宗的少林弟子，却去当什么邪门外道的掌门人，那不是荒唐之极么？眼见范百龄等都喜极而涕，自己若对"掌门人"的名位提出异议，又不免大煞风景，无可奈何之下，只有摇头苦笑。一转头间，只见慕容复、段延庆、段誉、王语嫣、慧字六僧，以及玄难都已不见，这岭上松林之中，就只剩下他逍遥派的九人，惊道："咦！他们都到哪里去了？"

吴领军道："慕容公子和少林派众高僧见咱们谈论不休，都已各自去了！"

虚竹叫道："哎唷！"发足便追了下去，他要追上慧方等人，同回少林，禀告方丈和自己的受业师父；同时内心深处，也颇有"溜之大吉"之意，要摆脱逍遥派群弟子的纠缠。

他疾行了半个时辰，越奔越快，始终没见到慧字六僧。他已得逍遥老人七十余年神功，奔行之速，疾逾骏马，刚一下岭便已过了慧字六僧的头。他只道慧字六僧在前，拼命追赶，殊不知仓卒之际，在山坳转角处没见到六僧，几个起落便已远远将他们抛在后面。

虚竹直追到傍晚，仍不见六位师叔伯的踪迹，好生奇怪，猜想是走岔了道，重行回头奔行二十余里，向途人打听，谁都没见到六个和尚。这般来回疾行，居然丝毫不觉疲累，眼看天黑，肚里却饿起来了，走到一处镇甸的饭店之中，坐下来要了两碗素面。

素面一时未能煮起，虚竹不住向着店外大道东张西望，忽听得身旁一个清朗的声音说道："和尚，你在等什么人么？"虚竹转过头来，见西首靠窗的座头上坐着个青衫少年，秀眉星目，皮色白净，相貌极美，约莫十七八岁年纪，正自笑吟吟的望着他。

虚竹道："正是！请问小相公，你可见到有六个和尚么？"那少年道："没见到六个和尚，一个和尚倒看见的。"虚竹道："嗯，一个和尚，请问相公在何处见他。"那少年道："便在这家饭店中见到。"

虚竹心想："一个和尚，那便不是慧方师伯他们一干人了。但既是僧人，说不定也能打听到一些消息。"问道："请问相公，那和尚是何等模样？多大年纪？往何方而去？"

那少年微笑道："这个和尚高额大耳，阔口厚唇，鼻孔朝天，约莫二十三四岁年纪，他是在这饭店之中等吃两碗素面，尚未动身。"

虚竹哈哈一笑，说道："小相公原来说的是我。"那少年道："相公便是相公，为什么要加个'小'字？我只叫你和尚，可不叫你作小和尚。"这少年说来声音娇嫩，清脆动听。虚竹道："是，该当称相公才是。"

说话之间,店伴端上两碗素面。虚竹道:"相公,小僧要吃面了。"那少年道:"青菜蘑菇,没点油水,有什么好吃?来来来,你到我这里来,我请你吃白肉,吃烧鸡。"虚竹道:"罪过,罪过。小僧一生从未碰过荤腥,相公请便。"说着侧过身子,自行吃面,连那少年吃肉吃鸡的情状也不愿多看。

他肚中甚饥,片刻间便吃了大半碗面,忽听得那少年叫道:"咦,这是什么?"虚竹转过头去,只见那少年右手拿着一只匙羹,舀了一匙羹汤正待送入口中,突然间发现了什么奇异物件,匙羹离口约有半尺便停住了,左手在桌上检起一样物事。那少年站起身来,右手捏着那件物事,走到虚竹身旁,说道:"和尚,你瞧这虫奇不奇怪?"

虚竹见他捏住的是一枚黑色小甲虫,这种黑甲虫到处都有,决不是什么奇怪物事,便问:"不知有何奇处?"那少年道:"你瞧这虫壳儿是硬的,乌亮光泽,像是涂了一层油一般。"虚竹道:"嗯,一般甲虫,都是如此。"那少年道:"是么?"将甲虫丢在地下,伸脚踏死,回到自己座头。虚竹叹道:"罪过,罪过!"重又低头吃面。

他整日未曾吃过东西,这碗面吃来十分香甜,连面汤也喝了个碗底朝天。他拿过第二碗面来,举箸欲食,那少年突然哈哈大笑,说道:"和尚,我还道你是个严守清规戒律的好和尚,岂知却是个口是心非的假正经。"虚竹道:"我怎么口是心非了?"那少年道:"你说这一生从未碰过荤腥,这一碗鸡汤面,怎么却又吃得如此津津有味。"虚竹道:"相公说笑了。这明明是碗青菜蘑菇面,何来鸡汤?我关照过店伴,半点荤油也不能落的。"

那少年微笑道:"你嘴里说不茹荤腥,可是一喝到鸡汤,便咂嘴嗒舌的,可不知喝得有多香甜。和尚,我在这碗面中,也给你加上一匙羹鸡汤罢!"说着伸匙羹在面前盛烧鸡的碗中,舀上一匙汤,站起身来。

虚竹大吃一惊,道:"你……你……你刚才……已经……"

那少年笑道:"是啊,刚才我在那碗面中,给你加上了一匙羹鸡汤,你难道没瞧见?啊哟,和尚,你快快闭上眼睛,装作不知,我在你面中加上一匙羹鸡汤,包你好吃得多,反正不是你自己加的,如来佛祖也不会怪你。"

虚竹又惊又怒,才知他捉个小甲虫来给自己看,乃是声东击西,引开自己目光,却乘机将一匙羹鸡汤倒入面中,想起喝那面汤之时,确是觉到味道异常鲜美,只是一生之中从来没喝过鸡汤,便不知这是鸡汤的滋味,现下鸡汤已喝入了肚中,那便如何是好?是不是该当呕了出来?一时之间彷徨无计。

那少年忽道:"和尚,你要找的那六个和尚,这不是来了么?"说着向门外一指。

虚竹大喜,抢到门首,向道上瞧去,却一个和尚也没有。他知又受了这少年欺骗,心头老大不高兴,只是出家人不可嗔怒,强自忍耐,一声不响,回头又来吃面。

虚竹心道:"这位小相公年纪轻轻,偏生爱跟我恶作剧。"当下提起筷子,风卷残云般又吃了大半碗面,突然之间,齿牙间咬到一块滑腻腻的异物,一惊之下,忙向碗中看时,只见面条之中夹着一大片肥肉,却有半片已被咬去,显然是给自己吃了下去。虚竹将筷子往桌上一拍,叫道:"苦也,苦也!"

那少年笑道:"和尚,这肥肉不好吃么?怎么叫苦起来?"

虚竹怒道:"你骗我到门口去看人,却在我碗底放了块肥肉。我……我……二十三年之中,从未沾过半点荤腥,我……我……这可毁在你手里啦!"

那少年微微一笑,说道:"这肥肉的滋味,岂不是胜过青菜豆

·1229·

腐十倍？你从前不吃，可真是傻得紧了。"

虚竹愁眉苦脸的站起，右手扠住了自己喉头，一时心乱如麻，忽听得门外人声喧扰，有许多人走向饭店而来。

他一瞥之间，只见这群人竟是星宿派群弟子，暗叫："啊哟，不好，给星宿老怪捉到，我命休矣！"急忙抢向后进，想要逃出饭店，岂知推开门踏了进去，竟是一间卧房。虚竹想要缩脚出来，只听得身后有人叫："店家，店家，快拿酒肉来！"星宿派弟子已进客堂。

虚竹不敢退出，只得轻轻将门掩上了。忽听得一人的声音道："给这胖和尚找个地方睡睡。"正是丁春秋的声音。一名星宿派弟子道："是！"脚步沉重，便走向卧房而来。虚竹大惊，无计可施，一矮身，钻入了床底。他脑袋钻入床底，和什么东西碰了一下，一个声音低声惊呼："啊！"原来床底已先躲了一人。虚竹更是大吃一惊，待要退出，那星宿弟子已抱了慧净走进卧房，放在床上，又退了出去。

只听身旁那人在他耳畔低声道："和尚，肥肉好吃么？你怕什么？"原来便是那少年相公。虚竹心想："你身手倒也敏捷，还比我先躲入床底。"低声道："外面来的是一批大恶人，相公千万不可作声。"那少年道："你怎知他们是大恶人？"虚竹道："我认得他们。这些人杀人不眨眼，可不是玩的。"

那少年正要叫他别作声，突然之间，躺在床上的慧净大声叫嚷起来："床底下有人哪，床底下有人哪！"

虚竹和那少年大惊，同时从床底下窜了出来。只见丁春秋站在门口，微微冷笑，脸上神情又是得意，又是狠毒。

那少年已吓得脸上全无血色，跪了下去，颤声叫道："师父！"丁春秋笑道："好极，好极！拿来。"那少年道："不在弟子身边！"丁春秋道："在哪里？"那少年道："在辽国南京城。"丁春秋目露凶光，低沉着嗓子道："你到此刻还想骗我？我叫你求生不得，求死不能。"那少年道："弟子不敢欺骗师父。"丁春秋目光扫向虚竹，问那少年："你怎么跟他在一起了？"那少年道："刚才在这店中相遇的。"丁春秋哼的一声，道："撒谎，撒谎！"狠狠瞪了二人两眼，回了出去。四名星宿派弟子抢进房来，围住二人。

虚竹又惊又怒，道："原来你也是星宿派的弟子！"

那少年一顿足，恨恨的道："都是你这臭和尚不好，还说我呢！"

一名星宿弟子道："大师姊，别来好么？"语气甚是轻薄，一副幸灾乐祸的神气。

虚竹奇道："什么？你……你……"

那少年呸了一声，道："笨和尚，臭和尚！我当然是女子，难道你一直瞧不出来？"

虚竹心想："原来这小相公不但是女子，而且是星宿派的弟子，不但是星宿派的弟子，而且还是他们的大师姊。啊哟不好！她害我喝鸡汤，吃肥肉，只怕其中下了毒。"

这个少年，自然便是阿紫乔装改扮的了。她在辽国南京虽有享不尽的荣华富贵，但她生性好动，日久生厌，萧峰公务忙碌，又不能日日陪她打猎玩耍。有一日心下烦闷，独自出外玩耍。本拟当晚便即回去，哪知遇上了一件好玩事，追踪一个人，竟然越追越远，最后终于将那人毒死，但离南京已远，索性便闯到中原来。她到处游荡，也是凑巧，这日竟和虚竹及丁春秋同时遇上了。她引虚竹破戒吃荤，只是一时兴起的恶作剧，只要别人狼狈烦恼，她便十分开心，倒也并无他意。

阿紫只道师父只在星宿海畔享福，决不会来到中原，哪知道冤家路窄，竟会在这小饭店中遇上了。她早吓得魂不附体，大声呵斥虚竹，只不过虚张声势，话声颤抖不已，要想强自镇定，也是不能了，心中急速筹思脱身之法："为今之计，只有骗得师父到南京去，假姊夫之手将师父杀了，那是我唯一的生路。除了姊夫，谁也打不过我师父。好在神木王鼎留在南京，师父非寻回这宝贝不可。"

想到这里，心下稍定，但转念又想："但若师父先将我打成残废，消了我的武功，再将我押回南京，这等苦头，只怕比立时死了还要难受得多。"霎时之间，脸上又是全无血色。

便在此时，一名星宿弟子走到门口，笑嘻嘻的道："大师姊，师父有请。"

阿紫听师父召唤，早如老鼠听到猫叫一般，吓得骨头也酥了，但明知逃不了，只得跟着那名星宿弟子，来到大堂。

丁春秋独据一桌，桌上放了酒菜，众弟子远远垂手站立，必恭必敬，谁也不敢喘一口大气。阿紫走上前去，叫了声："师父！"跪了下去。

丁春秋道："到底在什么地方？"阿紫道："不敢欺瞒师父，确是在辽国南京城。"丁春秋道："在南京城何处？"阿紫道："辽国南院大王萧大王的王府之中。"丁春秋皱眉道："怎么会落入这契丹番狗的手里了？"

阿紫道："没落入他的手里。弟子到了北边之后，唯恐失落了师父这件宝贝，又怕失手损毁，因此偷偷到萧大王的后花园中，掘地埋藏。这地方隐僻之极，萧大王的花园占地六千余亩，除了弟子之外，谁也找不到这座王鼎，师父尽可放心。"

丁春秋冷笑道："只有你自己才找得到。哼，小东西，你倒厉害，你想要我投鼠忌器，不敢杀你！你说杀了你之后，便找不到王鼎了？"

阿紫全身发抖，战战兢兢的道："师父倘若不肯饶恕弟子的顽皮胡闹,如果消去了我的功力,挑断我的筋脉,如果断了我一手一足,弟子宁可立时死了,决计不再吐露那王鼎……那王鼎……那王鼎的所在。"说到后来,心中害怕之极,已然语不成声。

丁春秋微笑道:"你这小东西,居然胆敢和我讨价还价。我星宿派门下有你这样厉害脚色,而我事先没加防备,那也是星宿老仙走了眼啦!"

一名弟子突然大声道:"星宿老仙洞察过去未来,明知神木王鼎该有如此一劫,因此假手阿紫,使这件宝贝历此一番艰险,乃是加工琢磨之意,好令宝鼎更增法力。"另一名弟子说道:"普天下事物,有哪一件不在老仙的神算之中?老仙谦抑之辞,众弟子万万不可当真了!"又有一名弟子道:"星宿老仙今日略施小技,便杀了少林派高手玄难,诛灭聋哑老人师徒数十口,古往今来,哪有这般胜于大罗金仙的人物?小阿紫,不论你有多少狡狯技俩,又怎能跳得出星宿老仙的手掌?顽抗求哀,两俱无益。"丁春秋微笑点头,捻须而听。

虚竹站在卧房之中,听得清清楚楚,寻思:"师伯祖和聪辩先生,果然是这丁施主害死的。唉,还说什么报仇雪恨,我自己这条小命也是不保了。"

星宿派群弟子你一言,我一语,都在劝阿紫快快顺服,从实招供,而恐吓的言辞之中,倒有一大半在宣扬星宿老仙的德威,每一句说给阿紫听的话中,总要加上两三句对丁春秋歌功颂德之言。

丁春秋生平最大的癖好,便是听旁人的谄谀之言,别人越说得肉麻,他越听得开心,这般给群弟子捧了数十年,早已深信群弟子的歌功颂德句句是真。倘若哪一个没将他吹捧得足尺加三,他便觉这个弟子不够忠心。众弟子深知他脾气,一有机会,无不竭力以赴,大张旗鼓的大拍大捧,均知倘若歌颂稍有不足,失了师父欢心事小,时时刻刻便有性命之忧。这些星宿派弟子倒也不是人人生来

·1233·

厚颜无耻，只是一来形格势禁，若不如此便不足图存，二来行之日久，习惯成自然，谄谀之辞顺口而出，谁也不以为耻了。

丁春秋捻须微笑，双目似闭非闭，听着众弟子的歌颂，飘飘然的极是陶醉。他的长须在和师兄苏星河斗法之时被烧去一大片，但稀稀落落，还是剩下了一些，后来他暗施剧毒，以"三笑逍遥散"毒死苏星河，这场斗法毕竟还是胜了，少了一些胡子，那也不足介意。

心下又自盘算："阿紫这小丫头今日已难逃老仙掌握，倒是后房那小和尚须得好好对付才是。我的'三笑逍遥散'居然毒他不死，待会或使'腐尸毒'，或使'化功大法'，见机行事。本派掌门的'逍遥神仙环'便将落入我手，大喜，大喜！"

足足过了一顿饭时光，众弟子才颂声渐稀，颇有人长篇大论的还在说下去，丁春秋左手一扬，颂声立止，众弟子齐声道："师父功德齐天盖地，众弟子愚鲁，不足以表达万一。"丁春秋微笑点头，向阿紫道："阿紫，你更有什么话说？"

阿紫心念一动："往昔师父对我偏爱，都是因为我拍他马屁之时，能别出心裁，说得与众不同，不似这一群蠢才，翻来覆去，一百年也尽说些陈腔滥调。"便道："师父，弟子所以偷偷拿了你的神木王鼎玩耍，是有道理的。"

丁春秋双目一翻，问道："有什么道理？"

阿紫道："师父年轻之时，功力未有今日的登峰造极，尚须借助王鼎，以供练功之用。但近几年来，任何有目之人，都知师父已有通天彻地的神通，这王鼎不过能聚毒物，比之师父的造诣，那真是如萤光之与日月，不可同日而语。如果说师父还不愿随便丢弃这座王鼎，那也不过是念旧而已。众师弟大惊小怪，以为师父决计少不了这座王鼎，说什么这王鼎是本门重宝，失了便牵连重大，那真是愚蠢之极，可把师父的神通太也小觑了。"

丁春秋连连点首，道："嗯，嗯，言之成理，言之成理。"

阿紫又道："弟子又想，我星宿派武功之强，天下任何门派皆所不及，只是师父大人大量，不愿与中原武林人物一般见识，不屑亲劳玉步，到中原来教训教训这些井底之蛙。可是中原武林之中，便有不少人妄自尊大，明知师父不会来向他们计较，便吹起大气来，大家互相标榜，这个居然说什么是当世高人，那个又说是什么武学名家。可是嘴头上尽管说得震天价响，却谁也不敢到我星宿派来向师父领教几招。天下武学之士，人人都知师父武功深不可测，可是说来说去，也只是'深不可测'四字，到底如何深法，却谁也说不出个所以然来。这么一来，于是姑苏慕容氏的名头就大了，河南少林寺自称是武林泰山北斗了，甚至什么聋哑先生，什么大理段家，都俨然成了了不起的人物。师父，你说好不好笑？"

她声音清脆，娓娓道来，句句打入了丁春秋的心坎，实比众弟子一味大声称颂，听来受用得多。丁春秋脸上的笑容越来越开朗，眼睛眯成一线，不住点头，十分得意。

阿紫又道："弟子有个孩子气的念头，心想师父如此神通，若不到中原来露上两手，终是开不了这些管窥蠡测之徒的眼界，难以叫他们知道天外有天，人上有人。因此便想了一个主意，请师父来到中原，让这些小子们知道点好歹。只不过平平常常的恭请师父，那就太也寻常，与师父你老人家古往今来第一高人的身份殊不相配。师父身份不同，恭请师父来到中原的法子，当然也得不同才是。弟子借这王鼎，原意是在促请师父的大驾。"

丁春秋呵呵笑道："如此说来，你取这王鼎，倒是一番孝心了。"阿紫道："谁说不是呢？不过弟子除了孝心之外，当然也有些私心在内。"丁春秋皱眉道："那是什么私心？"

阿紫微笑道："师父休怪。想我既是星宿派弟子，自是盼望本门威震天下，弟子行走江湖之上，博得人人敬重，岂不是光采威风？这是弟子的小小私心。"丁春秋哈哈一笑，道："说得好，说得好。我门下这许许多多弟子，没一个及得上你心思机灵。原来你盗走我这神木王鼎，还是替我扬威来啦。嘿嘿，凭你这般伶牙利齿，杀了你倒也可惜，师父身边少了一个说话解闷之人，但就此罢手不究……"阿紫忙抢着道："虽然不免太便宜了弟子，但本门上下，哪一个不感激师父宽洪大量？自此之后，更要为师门尽心竭力、粉身碎骨而后已。"

丁春秋道："你这等话骗骗旁人，倒还有用，来跟我说这些话，不是当我老胡涂么？居心大大的不善。嗯，你说我若废了你的功力，挑断你的筋脉……"

说到这里，忽听得一个清朗的声音说道："店家，看座！"

丁春秋斜眼一看，只见一个青年公子身穿黄衫，腰悬长剑，坐在桌边，竟不知是何时走进店来，正是日间在棋会之中、自己施术加害而未成功的慕容复。丁春秋适才倾听阿紫的说话，心中受用，有若腾云驾雾，身登极乐，同时又一直倾听着后房虚竹的动静，怕他越窗逃走，以致店堂中忽然多了一人也没留神到，实是大大的疏忽，倘若慕容复一上来便施暗袭，只怕自己已经吃了大亏。他一惊之下，不由得脸上微微变色，但立时便即宁定。

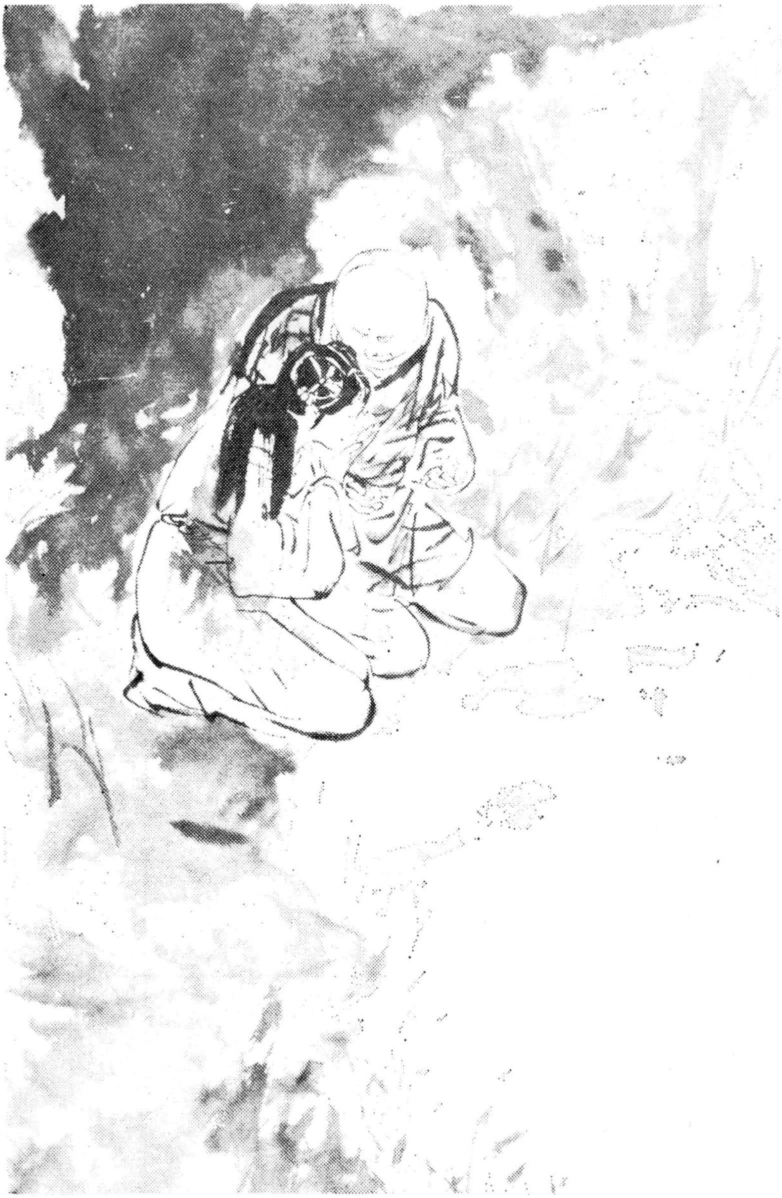

阿紫跪在溪边，双手掬起溪水去洗双眼。清凉的溪水碰到眼珠，痛楚渐止，然而，眼前始终没半点光亮。

三十三

奈天昏地暗　斗转星移

慕容复向丁春秋举手招呼，说道："请了！当真是人生何处不相逢，适才邂逅相遇，分手片刻，便又重聚。"

丁春秋笑道："那是与公子有缘了。"寻思："我曾伤了他手下的几员大将，今日棋会之中，更险些便送了他的小命，此人怎肯和我干休？素闻姑苏慕容氏武功渊博之极，'以彼之道，还施彼身'，武林中言之凿凿，谅来不会尽是虚言，瞧他投掷棋子的暗器功夫，果然甚是了得。先前他观棋入魔，正好乘机除去，偏又得人相救。看来这小子武功虽高，别的法术却是不会。"转头向阿紫道："你说倘若我废了你的武功，挑断你的筋脉，断了你的一手一脚，你宁可立时死了，也不吐露那物事的所在，是也不是？"

阿紫害怕之极，颤声道："师父宽洪大量，不必……不必……不必将弟子的胡言乱语，放……放在心上。"

慕容复笑道："丁先生，你这样一大把年纪，怎么还能跟小孩子一般见识？来来来，你我干上三杯，谈文论武，岂不是好？在外人之前清理门户，那也未免太煞风景了罢？"

丁春秋还未回答，一名星宿弟子已怒声喝道："你这厮好生没上没下，我师父是武林至尊，岂能同你这等后生小子谈文论武？你又有什么资格来跟我师父谈文论武？"

又有一人喝道："你如恭恭敬敬的磕头请教，星宿老仙喜欢提携后进，说不定还会指点你一二。你却说要跟星宿老仙谈文论武，哈哈，那不是笑歪了人嘴巴么？哈哈！"他笑了两声，脸上的神情却古怪之极，过得片刻，又"哈哈"一笑，声音十分干涩，笑了这声之后，张大了嘴巴，却半点声音也发不出来，脸上仍是显现着一副又诡秘、又滑稽的笑容。

星宿群弟子均知他是中了师父"逍遥三笑散"之毒，无不骇然惶悚，向着那三笑气绝的同门望了一眼之后，大气也不敢喘一口，都低下头去，哪里还敢和师父的眼光相接，均道："他刚才这几句话，不知如何惹恼了师父，师父竟以这等厉害的手段杀他？对他这几句话，可得细心琢磨才是，千万不能再如他这般说错了。"

丁春秋心中却又是恼怒，又是戒惧。他适才与阿紫说话之际，大袖微扬，已潜运内力，将"逍遥三笑散"毒粉向慕容复挥去。这毒粉无色无臭，细微之极，其时天色已晚，饭店的客堂中朦胧昏暗，满拟慕容复武功再高，也决计不会察觉，哪料得他不知用什么手段，竟将这"逍遥三笑散"转送到了自己弟子身上。死一个弟子固不足惜，但慕容复谈笑之间，没见他举手抬足，便将毒粉转到了旁人身上，这显然并非以内力反激，以丁春秋见闻之博，一时也想不出那是什么功夫。他心中只是想着八个字："以彼之道，还施彼身！"慕容复所使手法，正与"接暗器，打暗器"相似，接镖发镖，接箭还箭，他是接毒粉发毒粉。但毒粉如此细微，他如何能不会沾身，随即又发了出来？

转念又想："说到'以彼之道，还施彼身'，这逍遥三笑散该当送还我才是，哼，想必这小子忌惮老仙，不敢贸然来捋虎须。"想到"捋虎须"三字，顺手一摸长须，触手只摸到七八根烧焦了的短须，心下不恼反喜："以苏星河、玄难老和尚这等见识和功力，终究还是在老仙手下送了老命，慕容复乳臭未干，何足道哉？"说道:"慕容公子,你我当真有缘,来来来,我敬你一杯酒。"说着伸指一弹,面前的一只酒杯平平向慕容复飞去。酒杯横飞,却没半滴酒水溅出。

倘若换了平时,群弟子早已颂声雷动,但适才见一个同门死得古怪,都怕拍马屁拍到了马脚上,未能揣摩明白师父的用意,谁都不敢贸然开口,但这一声喝采,总是要的,否则师父见怪,可又吃罪不起。酒杯刚到慕容复面前,群弟子便暴雷价喝了一声:"好!"有三个胆子特别小的,连这一声采也不敢喝,待听得众同门叫过,才想起自己没喝采,太也落后,忙跟着叫好,但那三个"好"字总是迟了片刻,显然不够整齐。那三人见到众同门射来的眼光中充满责备之意,登时羞惭无地,惊惧不已。

慕容复道:"丁先生这杯酒,还是转赐了令高徒罢!"说着呼一口气,吹得那酒杯突然转向,飞向左首一名星宿弟子身前。

他一吹便将酒杯吹开,比之手指弹杯,难易之别,纵然不会武功之人也看得出来,这酒杯一转向,丁春秋显是输了一招。其实慕容复所喷的这口气,和丁春秋的一弹,力道强弱全然不可同日而语,只不过喷气的方位劲力拿捏极准,似乎是以一口气吹开杯子,实则只是借用了对方手指上的一弹之力而已。

那星宿弟子见杯子飞到,不及多想,自然而然的便伸手接住,说道:"这是师父命你喝的!"便想将酒杯掷向慕容复,突然间一声惨呼,向后便倒,登时一动也不动了。

众弟子这次都心下雪亮,知道师父一弹酒杯,便以指甲中的剧毒敷在杯上,只要慕容复手指一碰酒杯,不必酒水沾唇,便即如这星宿弟子般送了性命。

丁春秋脸上变色,心下怒极,情知这一下已瞒不过众弟子的眼光,到了这地步,已不能再故示闲雅,双手捧了一只酒杯,缓缓站起,说道:"慕容公子,老夫这一杯酒,总是要敬你的。"说着走

· 1241 ·

到慕容复身前。

慕容复一瞥之间，见那杯白酒中隐隐泛起一层碧光，显然含有厉害无比的毒药。他这么亲自端来，再也没回旋的余地。眼见丁春秋走到身前，只隔一张板桌，慕容复吸一口气，丁春秋捧着的那杯中酒水陡然直升而起，成为一条碧绿的水线。

丁春秋暗呼："好厉害！"知道对方一吸之后，跟着便是一吐，这条水线便会向自己射来，虽然射中后于己并无大碍，但满身酒水淋漓，总是狼狈出丑，当即运起内功，波的一声，向那水线吹去。

却见那条水线冲到离慕容复鼻尖约莫半尺之处，蓦地里斜向左首，从他脑后兜过，迅捷无伦的飞射而出，噗的一声，钻入了一名星宿弟子的口中。

那人正张大了口，要喝采叫好，这"好"字还没出声，一杯毒酒所化成的水线已钻入了他肚中。水线来势奇速，他居然还是兴高采烈的大喝一声："好！"直到喝采之后，这才惊觉，大叫："不好！"登时委顿在地，片刻之间，满脸便转成漆黑，立时毙命。

这毒药如此厉害，慕容复也是心惊不已："我闯荡江湖，从未见过这等霸道的毒药。"

他二人比拼，顷刻间星宿派便接连死了三名弟子，显然胜败已分。

丁春秋恼怒异常，将酒杯往桌上一放，挥掌便劈。慕容复久闻他"化功大法"的恶名，斜身闪过。丁春秋连劈三掌，慕容复皆以小巧身法避开，不与他手掌相触。

两人越打越快，小饭店中摆满了桌子凳子，地位狭隘，实无回旋余地，但两人便在桌椅之间穿来插去，竟无半点声息，拳掌固是不交，连桌椅也没半点挨到。

星宿派群弟子个个贴墙而立，谁也不敢走出店门一步，师父正与劲敌剧斗，有谁胆敢远避自去，自是犯了不忠师门的大罪。各人明知形势危险，只要给扫上一点掌风，都有性命之忧，除了盼望身子化为一张薄纸，拼命往墙上贴去之外，更无别法。但见慕容复守多攻少，掌法虽然精奇，但因不敢与丁春秋对掌，动手时不免缚手缚脚，落了下风。

丁春秋数招一过，便知慕容复不愿与自己对掌，显是怕了自己的"化功大法"。对方既怕这功夫，当然便要以这功夫制他，只是慕容复身形飘忽，出掌更难以捉摸，定要逼得他与己对掌，倒也着实不易。再拆数掌，丁春秋已想到了一个主意，当下右掌纵横挥舞，着着进逼，左掌却装微有不甚灵便之象，同时故意极力掩饰，要慕容复瞧不出来。

慕容复武功精湛，对方弱点稍现，岂有瞧不出来之理？他斜身半转，陡地拍出两掌，蓄势凌厉，直指丁春秋左胁。丁春秋低声一哼，退了一步，竟不敢伸左掌接招。慕容复心道："这老怪左胸左胁之间不知受了什么内伤。"当下得理不让人，攻势中虽然仍以攻敌右侧为主，但内力的运用，却全是攻他左方。

又拆了二十余招，丁春秋左手缩入袖内，右掌翻掌成抓，向慕容复脸上抓去。慕容复斜身转过，挺拳直击他左胁。丁春秋一直在等他这一拳，对方终于打到，不由得心中一喜，立时甩起左袖，卷向敌人右臂。

慕容复心道："你袖风便再凌厉十倍，焉能伤得了我？"这一拳竟不缩回，运劲于臂，硬接他袖子的一卷，嗤的一声长响，慕容复的右袖竟被扯下一片。慕容复一惊之下，这一拳打得更狠，蓦地里拳头外一紧，已被对方手掌握住。

这一招大出慕容复意料之外，立时惊觉："这老怪假装左侧受伤，原来是诱敌之计，我可着了他的道儿！"心中涌起一丝悔意："我忒也妄自尊大，将这名闻天下的星宿老怪看得小了。君子报仇，十年未晚，何必以一时之忿，事先没策划万全，便犯险向他挑

·1243·

战。"此时更无退缩余地,全身内力,径从拳中送出。

岂知内劲一送出,登时便如石沉大海,不知到了何处。慕容复暗叫一声:"啊哟!"他上来与丁春秋为敌,一直便全神贯注,决不让对方"化功大法"使到自己身上,不料事到临头,仍然难以躲过。其时当真进退两难,倘若续运内劲与抗,不论多强的内力,都会给他化散,过不多时便会功力全失,成为废人;但若抱元守一,劲力内缩,丁春秋种种匪夷所思的厉害毒药,便会顺着他真气内缩的途径,侵入经脉脏腑。

正当进退维谷、彷徨无计之际,忽听得身后一人大声叫道:"师父巧设机关,臭小子已陷绝境。"慕容复急退两步,左掌伸处,已将那星宿弟子胸口抓住。

他姑苏慕容家最拿手的绝技,乃是一门借力打力之技,叫做"斗转星移"。外人不知底细,见到慕容氏"以彼之道,还施彼身"神乎其技,凡在致人死命之时,总是以对方的成名绝技加诸其身,显然天下各门各派的绝技,姑苏慕容氏无一不会,无一不精。其实武林中绝技千千万万,任他如何聪明渊博,决难将每一项绝技都学会了,何况既是绝技,自非朝夕之功所能练成。但慕容氏有了这一门巧妙无比的"斗转星移"之术,不论对方施出何种功夫来,都能将之转移力道,反击到对方自身。

善于"锁喉枪"的,挺枪去刺慕容氏咽喉,给他"斗转星移"的一转,这一枪便刺入了自己咽喉,而所用劲力法门,全是出于他本门的秘传诀窍;善用"断臂刀"的,挥刀砍出,却砍上了自己手臂。兵器便是这件兵器,招数便是这记招数。只要不是亲眼目睹慕容氏施这"斗转星移"之术,那就谁也猜想不到这些人所以丧命,其实都是出于"自杀"。出手的人武功越高,死法越是巧妙。慕容氏若非单打独斗,若不是有把握定能致敌死命,这"斗转星移"的功夫便决不使用,是以姑苏慕容氏名震江湖,真正的功夫所在,却

·1244·

是谁也不知。

将对手的兵刃拳脚转换方向，令对手自作自受，其中道理，全在"反弹"两字。便如有人一拳打在石墙之上，出手越重，拳头上所受的力道越大，轻重强弱，不差分毫。只不过转换有形的兵刃拳脚尚易，转换无形无质的内力气功，那就极难。慕容复在这门功夫上虽然修练多年，究竟限于年岁，未能达到登峰造极之境，遇到丁春秋这等第一流的高手，他自知无法以"斗转星移"之术反拨回去伤害对方，是以连使三次"斗转星移"，受到打击的倒霉家伙，却都是星宿派弟子。他转是转了，移也移了，不过是转移到了第三者身上。丁春秋暗施"逍遥三笑散"，弹杯送毒，逼射毒酒，每一次都给慕容复轻轻易易的找了替死鬼。

待得丁春秋使到"化功大法"，慕容复已然无法将之移转，恰好那星宿弟子急于献媚讨好，张口一呼，显示了身形所在。慕容复情急之下，无暇多想，一将那星宿弟子抓到，立时旁拨侧挑，推气换劲，将他换作了自身。他冒险施展，竟然生效，星宿老怪本意在"化"慕容复之"功"，岂知化去的却是本门弟子的本门功夫。

慕容复一试成功，死里逃生，当即抓住良机，决不容丁春秋再转别的念头，把那星宿弟子一推，将他身子撞到了另一名弟子身上。这第二名弟子的功力，当即也随着丁春秋"化功大法"到处而迅速消解。

丁春秋眼见慕容复又以借力打力之法反伤自己弟子，自是恼怒之极，但想："我若为了保全这些不成材的弟子，放脱他的拳头，一放之后，再要抓到他便千难万难。这小子定然见好便收，脱身逃走。这一仗我伤了五名弟子，只抓下他半只袖子，星宿派可算大败亏输，星宿老仙还有什么脸面来扬威中原？"当下五指加劲，说什么也不放开他拳头。

慕容复退后几步，又将一名星宿弟子黏上了，让丁春秋消散他

·1245·

的功力。顷刻之间，三名弟子瘫痪在地，犹如被吸血鬼吸干了体内精血。其余各人大骇，眼见慕容复又退将过来，无不失声惊呼，纷纷奔逃。

慕容复手臂一振，三名黏在一起的星宿弟子身子飞了起来，第三人又撞中了另一人。那人惊呼未毕，身子便已软瘫。

余下的星宿弟子皆已看出，只要师父不放开慕容复，这小子不断的借力伤人，群弟子的功力皆不免被星宿老仙"化"去，说不定下一个便轮到自己，但除了惊惧之外，却也无人敢夺门而出，只是在店堂内狼奔鼠突，免遭毒手。

那小店能有多大，慕容复手臂挥动间，又撞中了三四名星宿弟子，黏在一起的已达七八名，他手持这么一件长大"兵刃"，要找替死鬼可就更加容易了。这时他已占尽了上风，但心下忧虑，星宿弟子虽多，总有用完的时候，到了人人皆被丁春秋"化"去了功力，再有什么替死鬼好找？他身形腾挪，连发真力，想震脱丁春秋的掌握。

丁春秋眼看门下弟子一个一个黏住，犹如被柳条穿在一起的鱼儿一般，未曾黏上的也都狼狈躲闪，再也无人出声颂扬自己。他羞怒交加，更加抓紧慕容复的拳头，心想："这批不成材的弟子全数死了也罢，只要能将这小子的功力化去，星宿老仙胜了姑苏慕容，那便是天下震动之事。要收弟子，世上吹牛拍马之徒还怕少了？"脸上却丝毫不见怒容，神态显得甚是悠闲，一副成竹在胸的模样。

星宿群弟子本来还在盼师父投鼠忌器，会放开了慕容复，免得他们一个个功力尽失，但见他始终毫不动容，已知自己殊无幸理，一个个惊呼悲号，但在师父积威之下，仍然无人胆敢逃走，或是哀求师父暂且放开这个"已入老仙掌握的小子"。

丁春秋一时无计可施，游目四顾，见众弟子之中只有两人并未随众躲避。一是游坦之，蹲在屋角，将铁头埋在双臂之间，显是十分害怕。另一个便是阿紫,面色苍白,缩在另一个角落中观斗。

丁春秋喝道:"阿紫!"阿紫正看得出神,冷不防听得师父呼叫,呆了一呆,说道:"师父,你老人家大展神威……"只讲了半句,便尴尬一笑,再也讲不下去。师父他老人家此际确是大展神威,但伤的却全是自己门下,如何称颂,倒也难以措词。

丁春秋奈何不了慕容复,本已焦躁之极,眼见阿紫的笑容中含有讥嘲之意,更是大怒欲狂,左手衣袖一挥,拂起桌上两根筷子,疾向阿紫两眼中射去。

阿紫叫声:"啊哟!"急忙伸手将筷子击落,但终于慢了一步,筷端已点中了她双眼,只觉一阵麻痒,忙伸衣袖去揉擦,睁开眼来,眼前尽是白影晃来晃去,片刻间白影隐没,已是一片漆黑。

她只吓得六神无主,大叫:"我……我的眼睛……我的眼睛……瞧不见啦!"

突然间一阵寒气袭体,跟着一条臂膀伸过来揽住了腰间,有人抱着她奔出。阿紫叫道:"我……我的眼睛……"身后砰的一声响,似是双掌相交,阿紫只觉犹似腾云驾雾般飞了起来,迷迷糊糊之中,隐约听得慕容复叫道:"少陪了。星宿老怪,后会……"

阿紫身上寒冷彻骨,耳旁呼呼风响,一个比冰还冷的人抱着她狂奔。她冷得牙关相击,呻吟道:"好冷……我的眼睛……冷,好冷。"

那人道:"是,是。咱们逃到那边树林里,星宿老仙就找不到咱们啦。"他嘴里说话,脚下仍是狂奔。过了一会,阿紫觉到他停了脚步,将她轻轻放下,身子底下沙沙作响,当是放在一堆枯树叶上。那人道:"姑娘,你……你的眼睛怎样?"

阿紫只觉双眼剧痛,拼命睁大眼睛,却什么也瞧不见,天地世界,尽变成黑漆一团,这才知双眼已给丁春秋的毒药毒瞎了,突然放声大哭,叫道:"我……我的眼睛瞎了,我……我瞎了!"

那人柔声安慰:"说不定治得好的。"阿紫怒道:"丁老怪的毒药何等厉害,怎么还治得好?你骗人!我眼睛瞎了,我眼睛瞎了!"说着又是大哭。那人道:"那边有条小溪,咱们过去洗洗,把眼里的毒药洗干净了。"说着伸手拉住她右手,将她轻轻拉起。

阿紫只觉他手掌奇冷,不由自主的一缩,那人便松开了手。阿紫走了两步,一个踉跄,险些摔倒。那人道:"小心!"又握住了她手。这一次阿紫不再缩手,任由他带到溪边。那人道:"你别怕,这里便是溪边了。"

阿紫跪在溪边,双手掬起溪水去洗双眼。清凉的溪水碰到眼珠,痛楚渐止,然而天昏地黑,眼前始终没半点光亮。霎时之间,绝望、伤心、愤怒、无助,百感齐至,她坐倒在地,放声大哭,双足在溪边不住击打,哭叫:"你骗人,你骗人,我眼睛瞎了,我眼睛瞎了!"

那人道:"姑娘,你不用难过。我不会离开你的,你……你放心好啦。"

阿紫心中稍慰,问道:"你……你是谁?"那人道:"我……我……"阿紫道:"对不起!多谢你救了我性命。你高姓大名?"那人道:"我……我……姑娘不认得我的。"阿紫道:"你连姓名也不肯跟我说,还骗我不会离开我呢,我……我眼睛瞎了,我……我还是死了的好。"说着又哭。

那人道:"姑娘千万死不得。我……我当真永远不会离开你。只要姑娘许我陪着你,我永远……永远会跟在你身边的。"阿紫道:"我不信!我不信!你骗我的,你骗我不要寻死。我偏要死,眼睛瞎了,还做什么人?"那人道:"我决不骗你,倘若我离开了你,叫我不得好死。"语气焦急,显得极是真诚。阿紫道:"那你是谁?"

那人道："我……我是聚贤庄……不，不，我姓庄，名叫聚贤。"

救了阿紫那人，正是聚贤庄的少庄主游坦之。

阿紫道："原来是庄……庄前辈，多谢你救了我。"游坦之道："我能救了你逃脱星宿老仙的毒手，心里欢喜得很，你不用谢我。我不是什么前辈，我只比你大几岁。"阿紫道："嗯，那么我叫你庄大哥。"游坦之心中欢喜无限，颤声道："这个……是不敢当的。"

阿紫道："庄大哥，我求你一件事。"游坦之道："你别说什么求不求的，姑娘吩咐什么，我就是拼了性命不要，也要尽力给你办到。"阿紫微微一笑，说道："你我素不相识，为什么你对我这样好？"游坦之道："是，是，是素不相识，我从来没见过你，你也从来没见我。这次……今天咱们是第一次见面。"阿紫黯然道："还说见面呢？我永远见你不到了。"说着忍不住又流下泪来。

游坦之忙道："那不打紧。见不到我还更加好些。"阿紫问道："为什么？"游坦之道："我……我相貌难看得很，姑娘倘若见到了，定要不高兴。"阿紫嫣然一笑，说道："你又来骗人了。天下最希奇古怪的人，我也见得多了。我有一个奴隶，头上戴了个铁套子，永远除不下来的，那才叫难看呢。如果你见到了，包你笑上三天三夜。你想不想瞧瞧？"

游坦之颤声道："不，不！我不想瞧。"说着情不自禁的退了两步。

阿紫道："你武功这样好，抱着我飞奔时，几乎有我姊夫那么快，哪知道胆子却小，连个铁头人也不想见。庄大哥，那铁头人很好玩的，我叫他翻筋斗给你看，叫他把铁头伸进狮子老虎笼里，让野兽咬他的铁头。我再叫人拿他当鸢子放，飞在天空，那才有趣

·1249·

呢。"

游坦之忍不住打个寒噤，连声道："我不要看，我真的不要看。"

阿紫叹道："好罢。你刚才还在说，不论我求你做什么，你就是性命不要，也要给我办到，原来都是骗人的。"游坦之道："不，不！决不骗你。姑娘要我做什么事？"

阿紫道："我要回到姊夫身边，他在辽国南京。庄大哥，请你送我去。"

霎时之间，游坦之脑中一片混乱，再也说不出话来。

阿紫道："怎么？你不肯吗？"游坦之道："不是……不肯，不过……不过我不想……不想去辽国南京。"阿紫道："我叫你去瞧我那个好玩的铁头人小丑，你不肯。叫你送我回姊夫那里，你又不肯。我只好独自个走了。"说着慢慢站起，双手伸出，向前探路。

游坦之道："我陪你去！你一个人怎么……怎么成？"

游坦之握着阿紫柔软滑腻的小手，带着她走出树林，心中只是想："只要我能握着她的手，这样慢慢走去，便是走到十八层地狱里，我也是欢喜无限。"

刚走到大路上，迎面过来一群乞丐。当先一人身材高瘦，相貌清秀，认得是丐帮大智分舵舵主全冠清，游坦之心想："这人那天给我师父所伤，居然没死。"不想和他们朝相，忙拉着阿紫离开大路，向荒地中走去。阿紫察觉地下高低不平，问道："怎么啦？"

游坦之还未回答，全冠清已见到了两人，快步抢上拦住，厉声喝道："鬼鬼祟祟的，干什么？你……你怪模怪样的，是什么东西？"

游坦之大急，心想："只要他叫出'铁头人'三字，阿紫姑娘立时便知我是谁，再也不会睬我。就算她仍要我送她回南京，也决不会再让我握住她的手了。"一时彷徨无主,突然跪倒,连拜几拜,大打手势,要全冠清不可揭露他的真相。

全冠清看不明白他手势的用意,奇道:"你干什么?"游坦之指指阿紫,摇摇手,指指自己的口,摇摇手,又拜了几拜。全冠清瞧出阿紫双目已瞎,依稀明白这铁头人是求自己不可说话,正诧异间,丐帮众弟子已都奔近身来。

一人指着游坦之的头,哈哈大笑,叫道:"当真希奇,这铁……"游坦之纵身上前,一掌拍出。那丐帮弟子急忙举手挡格,喀喇喇几声响,那人臂骨、肋骨齐断,身子向后飞出丈许,摔在地下,立时毙命。

众弟子惊怒交集,五人同时向游坦之攻去。游坦之双掌飞舞,乱击乱拍。他武功低微,比之这些丐帮弟子大有不如,但手掌到处,只听得喀喇、喀喇,"啊哟!""哎唷!"砰砰砰,噗噗,五名丐帮弟子飞摔而出,都是着地便死。余人惊骇之下,团团将游坦之和阿紫围住,再也不敢上前攻击。

游坦之忽然又向全冠清跪倒,拜了几拜,又是连打手势,指指阿紫,指指自己的铁头,不住摇手。

全冠清见他举手连毙六丐,功力之深,实是生平罕见,自己倘若上前动手,也必无幸,可是他却又向自己跪拜,实是匪夷所思,当下也打手势,指指阿紫,指指他的铁头,指指自己嘴巴,又摇摇手。游坦之大喜,连连点头。全冠清心念一动:"此人武功奇高,却生怕我泄漏他的机密,似乎可以用这件事来胁制于他,收为我用。"当即向手下群弟子说道:"大家别说话,谁也不可开口。"游坦之心中更喜,又向他拜了几拜。

阿紫问道:"庄大哥,是些什么人?你打死了几个人吗?"游坦之道:"是丐帮的好朋友,大家起了些误会。这位大智分舵全舵主仁义过人,是位大大的好人,我一向钦佩得很。我……我失手伤了他们几位兄弟,当真过意不去。"说着向群丐团团作揖。

阿紫道:"丐帮中也有好人么?庄大哥,你武功这样高,不如都将他们杀了,也好给我姊夫出一口胸中恶气。"

游坦之忙道:"不,不,那是误会。我跟全舵主是好朋友。你在这里等我,我跟全舵主过去说明其中的过节。"说着向全冠清招招手。

全冠清听他认得自己,更加奇怪,但看来全无恶意,当即跟着他走出十余丈。

游坦之眼见离阿紫已远,她已决计听不到自己说话,却又怕群丐伤害了她,不敢再走,便即停步,拱手说道:"全舵主,承你隐瞒兄弟的真相,大恩大德,决不敢忘。"

全冠清道:"此中情由,兄弟全然莫名其妙。尊兄高姓大名?"游坦之道:"兄弟姓庄,名叫庄聚贤,只因身遭不幸,头上套了这个劳什子,可万万不能让这位姑娘知晓。"全冠清见他说话时双目尽望着阿紫,十分关切,心下已猜到了七八分:"这小姑娘清雅秀丽,这铁头人定是爱上了她,生怕她知道他的铁头怪相。"问道:"庄兄如何识得在下?"

游坦之道:"贵帮大智分舵聚会,商议推选帮主之事,兄弟恰好在旁,听得有人称呼全舵主。兄弟今日失手伤了贵帮几位兄弟,实在……实在不对,还请全舵主原谅。"

全冠清道:"大家误会,不必介意。庄兄,你头上戴了这个东西,兄弟是决计不说的,待会兄弟吩咐手下,谁也不得泄露半点风声。"游坦之感激得几欲流泪,不住作揖,说道:"多谢,多谢。"全冠清道:"可是庄兄和这位姑娘携手在道上行走,难免有人见到,势必大惊小怪,呼叫出来,庄兄就是将那人杀死,也已经来不及了。"

游坦之道:"是,是。"他自救了阿紫,神魂飘荡,一直没想到这件事,这时听全冠清说得不错,不由得没了主意,嗫嚅道:"我……我只有跟她到深山无人之处去躲了起来。"

全冠清微微笑道:"这位姑娘只怕要起疑心,而且,庄兄跟这位姑娘结成了夫妇之后,她迟早会发觉的。"

游坦之胸口一热,说道:"结成夫……夫妇什么,我倒不想,那……那是不成的,我怎么……怎么配?不过……不过……那倒真的难了。"

全冠清道:"庄兄,承你不弃,说兄弟是你的好朋友。好朋友有了为难之事,自当给你出个主意。这样罢,咱们一起到前面市镇上,雇辆大车,你跟这位姑娘坐在车中,那就谁也见不到你们了。"游坦之大喜,想到能和阿紫同坐一车,真是做神仙也不如,忙道:"对,对!全舵主这主意真高。"

全冠清道:"然后咱们想法子除去庄兄这个铁帽子,兄弟拍胸膛担保,这位姑娘永远不会知道庄兄这件尴尬事。你说如何?"

噗的一声,游坦之跪倒在地,向全冠清不住磕头,铁头撞上地面,咚咚有声。

全冠清跪倒还礼,说道:"庄兄行此大礼,兄弟如何敢当?庄兄倘若不弃,咱二人结为金兰兄弟如何?"游坦之喜道:"妙极,妙极!做兄弟的什么事也不懂,有你这样一位足智多谋的兄长给我指点明路,兄弟当真是求之不得。"全冠清哈哈大笑,说道:"做哥哥的叨长你几岁,便不客气称你一声'兄弟'了。"

当丁春秋和苏星河打得天翻地覆之际,段誉的眼光始终没离开王语嫣身上,而王语嫣的眼光,却又始终是含情脉脉的瞧着表哥慕容复。因之段王二人的目光,便始终没有遇上。

待得丁春秋大败逃走,虚竹与逍遥派门人会晤,慕容复一行离去,段誉自然而然便随在王语嫣身后。

下得岭来，慕容复向段誉拱手道："段兄，今日有幸相会，这便别过了，后会有期。"段誉道："是，是。今日有幸相会，这便别过了，后会有期。"眼光却仍是瞧着王语嫣。慕容复心下不快，哼了一声，转身便走。段誉恋恋不舍的又跟了去。

包不同双手一拦，挡在段誉身前，说道："段公子，你今日出手相助我家公子，包某多谢了。"段誉道："不必客气。"包不同道："此事已经谢过，咱们便两无亏欠。你这般目不转睛的瞧着我们王姑娘，忒也无礼，现下还想再跟，更是无礼之尤。你是读书人，可知道'非礼勿视，非礼勿行'的话么？包某此刻身上全无力气，可是骂人的力气还有。"段誉叹了口气，摇摇头，说道："既然如此，包兄还是'非礼勿言'，我这就'非礼勿跟'罢。"包不同哈哈大笑，说道："这就对了！"转身跟随慕容复等而去。

段誉目送王语嫣的背影为树林遮没，兀自呆呆出神，朱丹臣道："公子，咱们走罢！"段誉道："是，是该走了。"可是却不移步，直到朱丹臣连催三次，这才跨上古笃诚牵来的坐骑。他身在马背之上，目光却兀自瞧着王语嫣的去路。

段誉那日将书信交与全冠清后，便即驰去拜见段正淳。父子久别重逢，都是不胜之喜。阮星竹更对这位小王子竭力奉承。阿紫却已不别而行，兄妹俩未得相见。段正淳和阮星竹以阿朱、阿紫之事说来尴尬，都没向他提起。

过得十余日，崔百泉、过彦之二人也寻到相聚。他师叔侄在苏州琴韵小筑和段誉失散，到处寻访，不得踪迹，后来从河南伏牛山本门中人处得到讯息，大理镇南王到了河南，便在伏牛山左近落脚，当即赶来，见到段誉安然无恙，甚感欣慰。

段誉九死一生之余，在父亲身边得享天伦之乐，自是欢喜，但思念王语嫣之情却只有与日俱增，待得棋会之期将届，得了父亲允可，带同古笃诚等赴会。果然不负所望，在棋会中见到了意中人，但这一会徒添愁苦,到底是否还是不见的好,他自己可也说不上来了。

一行人驰出二十余里,大路上尘头起处,十余骑疾奔而来,正是大理国三公范骅、华赫艮、巴天石,以及所率大理群士。一行人驰到近处,下马向段誉行礼。原来众人奉了段正淳之命,前来接应,深恐聋哑先生的棋会之中有何凶险。众人听说段延庆也曾与会,幸好没对段誉下手,都是手心中捏了一把汗。

朱丹臣悄悄向范骅等三人说知,段誉在棋会中如何见到姑苏慕容家的一位美貌姑娘,如何对她目不转睛的呆视,如何失魂落魄,又想跟去,幸好给对方斥退。范骅等相视而笑,心中转的是同样念头:"小王子风流成性,家学渊源。他如能由此忘了对自己亲妹子木姑娘的相思之情,倒是一件大大的好事。"

傍晚时分,一行人在客店中吃了晚饭。范骅说起江南之行,说道:"公子爷,这慕容氏一家诡秘得很,以后遇上了可得小心在意。"段誉道:"怎么?"范骅道:"这次我们三人奉了王爷将令,前赴苏州燕子坞慕容氏家中查察,要瞧瞧有什么蛛丝马迹,少林派玄悲大师到底是不是慕容氏害死的。"崔百泉与过彦之甚是关切,齐声问道:"三位可查到了什么没有?"范骅道:"我们三人没明着求见,只暗中查察,慕容氏家里没男女主人,只剩下些婢仆。偌大几座庄院,却是个小姑娘叫做阿碧的在主持家务。"段誉点头道:"嗯,这位阿碧姑娘人挺好的。三位没伤了她罢?"

范骅微笑道:"没有,我们接连查了几晚,慕容氏庄上什么地方都查到了,半点异状也没有。巴兄弟忽然想到,那个番僧鸠摩智将公子爷从大理请到江南来,说是要去祭慕容先生的墓……"

崔百泉插口道:"是啊,慕容庄上那两个小丫头,却说什么也不肯带那番僧去祭墓,幸好这样,公子爷才得脱却那番僧的毒手。"

段誉点头道:"阿朱、阿碧两位姑娘,可真是好人。不知她们

· 1255 ·

现下怎样了。"

巴天石微笑道："我们接连三晚,都在窗外见到那阿碧姑娘在缝一件男子的长袍,不住自言自语:'公子爷,侬在外头冷哦?侬啥辰光才回来?'公子爷,她是缝给你的罢?"段誉忙道:"不是,不是。她是缝给慕容公子的。"巴天石道："是啊,我瞧这小丫头神魂颠倒的,老是想着她的公子爷,我们三个穿房入舍,她全没察觉。"他说这番话,是要段誉不可学他爹爹,到处留情,阿碧心中想的只是慕容公子,段公子对她多想无益。

段誉叹了口气,说道:"慕容公子俊雅无匹,那也难怪,那也难怪!又何况他们是中表之亲,自幼儿青梅竹马……"

范骅、巴天石等面面相觑,均想:"小丫头和公子爷青梅竹马倒也犹可,又怎会有中表之亲?"哪想得到他是扯到了王语嫣身上。

崔百泉问道:"范司马、巴司空想到那番僧要去祭慕容先生的墓,不知这中间有什么道理?可跟我师兄之死有什么关连?"范骅道:"我提到这件事,正是要请大伙儿一起参详参详。华大哥一听到这个'墓'字,登时手痒,说道:'说不定这老儿的墓中有什么古怪,咱们掘进去瞧瞧。'我和巴兄都不大赞成,姑苏慕容氏名满天下,咱们段家去掘他的墓,太也说不过去。华兄弟却道:'咱们悄悄打地道进去,神不知,鬼不觉,有谁知道了?'我们二人拗他不过,也就听他的。那墓便葬在庄子之后,甚是僻静隐秘,还真不容易找到。我们三人掘进墓圹,打开棺材,崔兄,你道见到什么?"

崔百泉和过彦之同时站起,问道:"什么?"

范骅道:"棺材里是空的,没有死人。"

崔过二人张大了嘴,半晌合不拢来。过了良久,崔百泉一拍大腿,说道:"那慕容博没有死。他叫儿子在中原到处露面,自己却在几千里外杀人,故弄玄虚。我师哥……我师哥定是慕容博这恶贼杀的!"

范骅摇头道:"崔兄曾说,这慕容博武功深不可测,他要杀人,尽可使别的手段,为什么定要留下'以彼之道,还施彼身'的功夫,好让人人知道是他姑苏慕容氏下的手?若想武林中知道他的厉害,却为什么又要装假死?要不是华大哥有这能耐,又有谁能查知他这个秘密?"

崔百泉颓然坐倒,本来似已见到了光明,霎时间眼前又是一团迷雾。

段誉道:"天下各门各派的绝技成千成万,要一一明白其中的来龙去脉,当真是难如登天,可偏偏她有这等聪明智慧,什么武功都是了如指掌……"

崔百泉道:"是啊,好像我师哥这招'天灵千裂',是我伏牛派的不传之秘,他又怎么懂得,竟以这记绝招害了我师哥性命?"

段誉摇头道:"她当然懂得,不过她手无缚鸡之力,虽然懂得各家各派的武功,自己却是一招也不会使的,更不会去害人性命。"

众人面面相觑,过了半晌,一齐缓缓摇头。

阿紫双眼被丁春秋毒瞎,游坦之奋不顾身的抢了她逃走。丁春秋心神微分,指上内力稍松,慕容复得此良机,立即运起"斗转星移"绝技,噗的一声,丁春秋五指抓住了一名弟子的手臂。慕容复拳头脱出掌握,飞身窜出,哈哈大笑,叫道:"少陪了,星宿老怪,后会有期。"展开轻功,头也不回的去了。

这一役他伤了星宿派二十余名弟子,大获全胜,终于出了给丁春秋暗害而险些自刎的恶气,但最后得能全身而退,实是出于侥幸,路上回思适才情景,当真不寒而栗。与王语嫣、邓百川一行会齐后,在客店中深居简出,让邓百川等人养伤。

过得数日,包不同、风波恶两人体力尽复,跟着邓百川与公冶乾也已痊可。六人说起不知阿朱的下落,都是好生记挂,当下商定

·1257·

就近去洛阳打探讯息。

　　在洛阳不得丝毫消息,于是又向西查去。这一日六人急于赶道,错过了宿头,直行到天黑,仍是在山道之中,越走道旁的乱草越长。风波恶道:"咱们只怕走错了路,前边这个弯多半转得不对。"邓百川道:"且找个山洞或是破庙,露宿一宵。"

　　风波恶当先奔出去找安身之所,放眼道路崎岖,乱石嶙峋。他自己什么地方都能躺下来呼呼大睡,但要找一个可供王语嫣宿息的所在,却着实不易。一口气奔出数里,转过一个山坡,忽见右首山谷中露出一点灯火,风波恶大喜,回首叫道:"这边有人家。"

　　慕容复等闻声奔到。公冶乾喜道:"看来只是家猎户山农,但给王姑娘一人安睡的地方总是有的。"六人向着灯火快步走去。那灯火相隔甚遥,走了好一会仍是闪闪烁烁,瞧不清楚屋宇。风波恶喃喃骂道:"他奶奶的,这灯可有点儿邪门。"突然邓百川低声喝道:"且住,公子爷,你瞧这是盏绿灯。"慕容复凝目望去,果见那灯火发出绿油油的光芒,迥不同寻常灯火的色作暗红或是昏黄。六人加快脚步,向绿灯又趋前里许,便看得更加清楚了。

　　包不同大声道:"邪魔外道,在此聚会!"

　　凭这五人的机智武功,对江湖上不论哪一个门派帮会,都是绝无忌惮,但各人立时想到:"今日与王姑娘在一起,还是别生事端的为是。"包不同与风波恶久未与人打斗生事,霎时间心痒难搔,跃跃欲试,但立即自行克制。风波恶道:"今日走了整天路,可有点倦了,这个臭地方不大好,退回去罢!"慕容复微微一笑,心想:"风四哥居然改了性子,当真难得。"说道:"表妹,那边不干不净的,咱们走回头路罢。"王语嫣不明白其中道理,但表哥既然这么说,也就欣然乐从。

　　六人转过身来,只走出几步,忽然一个声音隐隐约约的飞了过来:"既知邪魔外道在此聚会,你们这几只不成气候的妖魔鬼怪,又怎不过来凑凑热闹？"这声音忽高忽低，若断若续，钻入耳中令人极不舒服，但每个字都听得清清楚楚。

慕容复哼了一声，知道包不同所说"邪魔外道，在此聚会"那句话，已给对方听了去，从对方这几句传音中听来，说话之人内力修为倒是不浅，但也不见得是真正第一流的功夫。他左手一拂，说道："没空跟他纠缠，随他去罢！"不疾不徐的从来路退回。

那声音又道："小畜生，口出狂言，便想这般夹着尾巴逃走吗？真要逃走，也得向老祖宗磕上三百个响头再走。"

风波恶忍耐不住，止步不行，低声道："公子爷，我去教训教训这狂徒。"慕容复摇摇头，道："他不知咱们是谁，由他们去罢！"风波恶道："是！"

六人再走十余步，那声音又飘了过来："雄的要逃走，也就罢了，这雌雏儿可得留下，陪老祖宗解解闷气。"

五人听到对方居然出言辱及王语嫣，人人脸上变色，一齐站定，转过身来。只听得那声音又道："怎么样？乖乖的快把雌儿送上来，免得老祖宗……"

他刚说到那个"宗"字，邓百川气吐丹田，喝道："宗！"他这个"宗"字和对方的"宗"字双音相混，声震山谷。各人耳中嗡嗡大响，但听得"啊"的一声惨呼，从绿灯处传了过来。静夜之中，邓百川那"宗"字余音未绝，夹着这声惨叫，令人毛骨悚然。

邓百川这声断喝，乃是以更高内力震伤了对方。从那人这声惨呼听来，受伤还真不轻，说不定已然一命呜呼。那人惨叫之声将歇，但听得嗤的一声响，一枝绿色火箭射上天空，蓬的一下炸了开来，映得半边天空都成深碧之色。

风波恶道："一不做，二不休，扫荡了这批妖魔鬼怪的巢穴再说。"慕容复点了点头，道："咱们让人一步，本来求息事宁人。既然干了，便干到底。"六人向那绿火奔去。

慕容复怕王语嫣受惊吃亏，放慢脚步，陪在她身边，只听得包不同和风波恶两声呼叱，已和人动上了手。跟着绿火微光中三条黑影飞了起来，拍拍拍三响，撞向山壁，显是给包风二人干净利落的料理了。

慕容复奔到绿灯之下，只见邓百川和公冶乾站在一只青铜大鼎之旁，脸色凝重。铜鼎旁躺着一个老者，鼎中有一道烟气上升，细如一线，却笔直如矢。王语嫣道："是川西碧磷洞桑土公一派。"邓百川点头道："姑娘果然渊博。"包不同回过身来，问道："你怎知道？这烧狼烟报讯之法，几千年前就有了，未必就只川西碧磷洞……"他几句话还没说完，公冶乾指着铜鼎的一足，示意要他观看。

包不同弯下腰来，晃火折一看，只见鼎足上铸着一个"桑"字，乃是几条小蛇、蜈蚣之形盘成，铜绿斑斓，宛是一件古物。包不同明知王语嫣说得对了，还要强辞夺理："就算这只铜鼎是川西桑土公一派，焉知他们不是去借来偷来的？何况常言道'赝鼎、赝鼎'，十只鼎倒有九只是假的。"

慕容复等心下都有些嘀咕："此处离川西甚远，难道也算是桑土公一派的地界么？"他们都知川西碧磷洞桑土公一派都是苗人、傜人，行事与中土武林人士大不相同，擅于下毒，江湖人士对之颇为忌惮，好在他们与世无争，只要不闯入川西猺山地界，他们也不会轻易侵犯旁人。慕容复、邓百川等人自也不来怕他什么桑土公，只是跟这种邪毒怪诞的化外之人结仇，实在无聊，而纠缠上了身，也甚麻烦。

慕容复微一沉吟，说道："这是非之地，早早离去的为妙。"眼见铜鼎旁躺着的那老者已是气息奄奄，却兀自睁大了眼，气愤愤的望着各人，自便是适才发话肇祸之人了。慕容复向包不同点了点头，嘴角向那老人一歪。包不同会意，反手抓起那根悬着绿灯的竹

· 1260 ·

杆,倒过杆头,连灯带杆,噗的一声,插入那老者胸口,绿灯登时熄灭。王语嫣"啊"的一声惊呼。公冶乾道:"量小非君子,无毒不丈夫!这叫做杀人灭口,以免后患。"飞起右足,踢倒了铜鼎。慕容复拉着王语嫣的手,斜刺向左首窜了出去。

只奔出十余丈,黑暗中嗤嗤两声,金刃劈风,一刀一剑从长草中劈了出来。慕容复袍袖一拂,借力打力,左首那人的一刀砍在右首那人头上,右首那人一剑刺入了左首之人心窝,刹那间料理了偷袭的二人,脚下却丝毫不停。公冶乾赞道:"公子爷,好功夫!"

慕容复微微一笑,继续前行,右掌一挥,迎面冲来一名敌人骨碌碌的滚下山坡,左掌击出,左前方一名敌人"啊"的一声大叫,口喷鲜血。黑暗之中,突然闻到一阵腥臭之气,跟着微有锐风扑面,慕容复急凝掌风,将这两件不知名的暗器反击了出去,但听得"啊"的一下惊呼,敌人已中了他自己所发的歹毒暗器。

黑暗之中,蓦地陷入重围,也不知敌人究有多少,只是随手杀了数人,杀到第六人时,慕容复暗暗心惊,寻思:"起初三人多半是川西桑土公一派,后来三人的武功却显是另属不同的三派,冤家越结越多,大是不妙。"

只听得邓百川叫道:"大伙儿并肩往'听香水榭'闯啊!""听香水榭"是姑苏燕子坞中的一个庄子,位于西首,是慕容复的侍婢阿朱所居。邓百川说向听香水榭闯去,便是往西退却,以免让敌人知道。

慕容复一听,便即会意,但其时四下里一片漆黑,星月无光,难以分辨方位,不知西首却在何方。他微一凝神,听得邓百川厚重的掌风在身后右侧响了两下,当即拉住王语嫣,斜退三步,向邓百川身旁靠去,只听得拍拍两声轻响,邓百川和敌人又对了两掌。从掌声之中听来,敌人着实是个好手。跟着邓百川吐气扬声,"嘿"的一声呼喝。慕容复知道邓百川使出一招"石破天惊"的掌力,对方多半抵挡不住。果然那人失声惊呼,声音尖锐,但呼声越响越下,犹如沉入地底,跟着是石块滚动、树枝折断之声。慕容复微微一惊:"这人失足掉入了深谷。适才绿光之下,没见到有什么山谷啊。幸好邓大哥将这人先行打入深谷,否则黑暗中一脚踏了个空,可就糟了。"

便在此时,左首高坡上有个声音飘了过来:"何方高人,到万仙大会来捣乱?当真将三十六洞洞主、七十二岛岛主,都不放在眼内吗?"

慕容复等都轻轻"啊"的一声。什么"三十六洞洞主,七十二岛岛主"的名头,他们倒也听到过的,但所谓"洞主,岛主",只不过是一批既不属任何门派、又不隶什么帮会的旁门左道之士。这些人武功有高有低,人品有善有恶,人人独来独往,各行其是,相互不通声气,也便成不了什么气候,江湖上向来不予重视。只知他们有的散处东海、黄海中的海岛,有的在昆仑、祁连深山中隐居,近年来消声匿迹,毫无作为,谁也没加留神,没想到竟会在这里出现。

慕容复朗声道:"在下朋友六人,乘夜赶路,不知众位在此相聚,无意中多有冒犯,谨此谢过。黑暗之中,事出误会,双方一笑置之便了,请各位借道。"他这几句话不亢不卑,并不吐露身份来历,对误杀对方数人之事,也陪了罪。

突然之间,四下里哈哈、嘿嘿、呵呵、哼哼笑声大作,越笑人数越多。初时不过十余人发笑,到后来四面八方都有人加入大笑,听声音不下五六百人,有的便在近处,有的却似在数里之外。

慕容复听对方声势如此浩大,又想到那人说什么"万仙大会",心道:"今晚倒足了霉,误打误撞的,闯进这些旁门左道之士的大聚会中来啦。我迄今没吐露姓名,还是一走了之的为是,免得闹到不可收拾。何况寡不敌众,咱们六人怎对付得了这数百人?"

众人哄笑声中，高坡上那人道："你这人说话轻描淡写，把事情看得忒也易了。你们六人已出手伤了咱们好几位兄弟，万仙大会群仙假如就此放你们走路，三十六洞和七十二岛的脸皮，却往哪里搁去？"

慕容复定下神来，凝目四顾，只见前后左右的山坡、山峰、山坳、山脊各处，影影绰绰的都是人影，黑暗中自瞧不清各人的身形面貌。这些人本来不知是在哪里，突然之间，都如从地底下涌了出来一般。这时邓百川、公冶乾、包不同、风波恶四人都已聚在慕容复和王语嫣身周卫护，但在这数百人的包围之下，只不过如大海中的一叶小舟而已。

慕容复和邓百川等生平经历过无数大阵大仗，见了这等情势，却也不禁心中发毛，寻思："这些人古里古怪，十个八个自不足为患，几百人聚在一起，可着实不易对付。"

慕容复气凝丹田，朗声说道："常言道不知者不罪。三十六洞洞主，七十二岛岛主的大名，在下也素有所闻，决不敢故意得罪。川西碧磷洞桑土公、藏边虺龙洞玄黄子、北海玄冥岛岛主章达夫先生，想来都在这里了。在下无意冒犯，尚请恕罪则个。"

左首一个粗豪的声音呵呵笑道："你提一提咱们的名字，就想这般轻易混了出去吗？嘿嘿，嘿嘿！"

慕容复心头有气，说道："在下敬重各位是长辈，先礼后兵，将客气话说在头里。难道我慕容复便怕了各位不成？"

只听得四周许多人都是"啊"的一声，显是听到了"慕容复"三字颇为震动。那粗豪的声音道："是'以彼之道，还施彼身'的姑苏慕容氏么？"慕容复道："不敢，正是区区在下。"那人道："姑苏慕容氏可不是泛泛之辈。掌灯！大伙儿见上一见！"

他一言出口，突然间东南角上升起了一盏黄灯，跟着西首和西北角上各有红灯升起。霎时之间，四面八方都有灯火升起，有的是灯笼，有的是火把，有的是孔明灯，有的是松明柴草，各家洞主、岛主所携来的灯火颇不相同，有的粗鄙简陋，有的却十分工细，先前都不知藏在哪里。灯火忽明忽暗的映照在各人脸上，奇幻莫名。

这些人有男有女，有俊有丑，既有僧人，亦有道士，有的大袖飘飘，有的窄衣短打，有的是长须飞舞的老翁，有的是云鬓高耸的女子，服饰多数奇形怪状，与中土人士大不相同，一大半人持有兵刃，兵刃也大都形相古怪，说不出名目。慕容复团团作个四方揖，朗声说道："各位请了，在下姑苏慕容复有礼。"四周众人有的还礼，有的毫不理睬。

西首一人说道："慕容复，你姑苏慕容氏爱在中原逞威，那也由得你。但到万仙大会来肆无忌惮的横行，却不把咱们瞧得小了？你号称'以彼之道，还施彼身'，我来问你，你要以我之道，还施我身，却是如何施法？"

慕容复循声瞧去，只见西首岩石上盘膝坐着一个大头老者，一颗大脑袋光秃秃地，半根头发也无，脸上巽血，远远望去，便如一个大血球一般。慕容复微一抱拳，说道："请了！足下尊姓大名？"

那人捧腹而笑，说道："老夫考一考你，要看姑苏慕容氏果然是有真才实学呢，还是浪得虚名。我刚才问你：你若要以我之道，还施我身，却如何施法。只要你答得对了，别人怎样我管不着，老夫却不再来跟你为难。你爱去哪里，便去哪里好了！"

慕容复瞧了这般局面，知道今日之事，已决不能空言善罢，势必要出手露上几招，便道："既然如此，在下奉陪几招，前辈请出手罢！"

那人又呵呵呵的捧腹而笑，道："我是在考较你，不是要你来伸量我。你若答不出，那'以彼之道，还施彼身'这八个字，乘早给我收了起来罢！"

慕容复双眉微蹙，心道："你一动不动的坐在那里，我既不知你门派，又不知你姓名，怎知你最擅长的是什么绝招？不知你有什么'道'，却如何还施你身？"

他略一沉吟之际，那大头老者已冷笑道："我三十六洞、七十二岛的朋友们散处天涯海角，不理会中原的闲事。山中无猛虎，猴儿称大王，似你这等乳臭未干的小子，居然也说什么'北乔峰，南慕容'，呵呵！好笑啊好笑，无耻啊无耻！我跟你说，你今日若要脱身，那也不难，你向三十六洞每一位洞主，七十二岛每一位岛主，都磕上十个响头，一共磕上一千零八十个头，咱们便放你六个娃儿走路。"

包不同憋气已久，再也忍耐不住，大声说道："你要请我家公子爷'以你之道，还施你身'，又叫他向你磕头。你这门绝技，我家公子爷可学不来了。嘿嘿，好笑啊好笑，无耻啊无耻！"他话声抑扬顿挫，居然将这大头老者的语气学了个十足。

那大头老者咳嗽一声，一口浓痰吐出，疾向包不同脸上射了过来。包不同斜身一避，那口浓痰从他左耳畔掠过，突然间在空中转了个弯，托的一声，重重打在包不同额角正中。这口浓痰劲力着实不小，包不同只觉一阵头晕，身子晃了几晃，原来这一口痰，正好打中在他眉毛之上的"阳白穴"。

慕容复心中一惊："这老儿痰中含劲，那是丝毫不奇。包三哥中毒后功力未复，避不开也不希奇。奇在他这口痰吐出之后，竟会在半空中转弯。"

那大头老者呵呵笑道："慕容复，老夫也不来要你以我之道，还施我身，只须你说出我这一口痰的来历，老夫便服了你。"

慕容复脑中念头飞快的乱转，却无论如何想不起来，忽听得身旁王语嫣清亮柔和的声音说道："端木岛主，你练成了这'归去来兮'的五斗米神功，实在不容易。但杀伤的生灵，却也不少了罢。

我家公子念在你修为不易,不肯揭露此功的来历,以免你大遭同道之忌。难道我家公子,竟也会用这功夫来对付你吗?"

慕容复又惊又喜,"五斗米神功"的名目自己从未听见过,表妹居然知道,却不知对是不对。

那大头老者本来一张脸血也似红,突然之间,变得全无血色,但立即又变成红色,笑道:"小娃娃胡说八道,你懂得什么。'五斗米神功'损人利己,阴狠险毒,难道是我这种人练的么?但你居然叫得出老爷爷的姓来,总算很不容易的了。"

王语嫣听他如此说,知道自己猜对了,只不过他不肯承认而已,便道:"海南岛五指山赤焰洞端木洞主,江湖上谁人不知,哪个不晓?端木洞主这功夫原来不是'五斗米神功',那么想必是从地火功中化出来的一门神妙功夫了。"

"地火功"是赤焰洞一派的基本功夫。赤焰洞一派的宗主都是复姓端木,这大头老者名叫端木元,听得王语嫣说出了自己的身份来历,却偏偏给自己掩饰"五斗米神功",对她顿生好感,何况赤焰洞在江湖上只是藉藉无名的一个小派,在她口中居然成了"谁人不知,哪个不晓",更是高兴,当下笑道:"不错,不错,这是地火功中的一项雕虫小技。老夫有言在先,你既道出了宝门,我便不来难为你了。"

突然间一个细细的声音发自对面岩石之下,呜呜咽咽、似哭非哭的说道:"端木元,我丈夫和兄弟都是你杀的么?是你练这天杀的'五斗米神功',因而害死了他们的么?"说话之人给岩石的阴影遮住了,瞧不见她的模样,隐隐约约间可见到是个身穿黑衣的女子,长挑身材,衣衫袖子甚大。

端木元哈哈一笑,道:"这位娘子是谁?我压根儿不知道'五斗米神功'是什么东西,你莫听这小姑娘信口开河。"

那女子向王语嫣招了招手,道:"小姑娘,你过来,我要问一问你。"突然抢上几步,挥出一根极长的竹杆,杆头三只铁爪已抓住了王语嫣的腰带,回手便拉。

王语嫣给她拉得踏上了两步,登时失声惊呼。

慕容复袍袖轻挥,搭上了竹杆,使出"斗转星移"功夫,已将拉扯王语嫣的劲力,转而为拉扯那女子自身。

那女子"啊"的一声,立足不定,从岩石阴影下跌跌撞撞的冲了出来,冲到距慕容复身前丈许之处,内劲消失,便不再向前。她大惊失色,生恐慕容复出手加害,脱手放开竹杆,奋力反跃,退了丈许,这才立定。

王语嫣扳开抓住自己腰带的铁爪,将长杆递给慕容复。慕容复左袖拂出,那竹杆缓缓向那女子飞去。那女子伸手待接,竹杆斗然跌落,插在她身前三尺之处。

王语嫣道:"南海椰花岛黎夫人,你这门'采燕功'的确神妙,佩服,佩服。"

那女子脸上神色不定,说道:"小姑娘,你……你怎知道我姓氏?又……又怎知道我……我这'采燕功'?"

王语嫣道:"适才黎夫人露了这一手神妙功夫,长杆取物,百发百中,自然是椰花岛著名的'采燕功'了。"原来椰花岛地处南海,山岩上多产燕窝。燕窝都生于绝高绝险之处,黎家久处岛上,数百年来由采集燕窝而练成了以极长竹杆为兵刃的"采燕功"。同时椰花岛黎家的轻功步法,也与众不同。王语嫣看到她向后一跃之势,宛如为海风所激,更无怀疑,便道出了她的身份来历。

黎夫人被慕容复一挥袖间反拉过去,心下已自怯了,再听王语嫣一口道破自己的武功家数,只道自己所有的技俩全在对方算中,当下不敢逞强,转头向端木元道:"端木老儿,好汉子一人做事一身当。我丈夫和兄弟,到底是你害的不是?"

端木元呵呵笑道:"失敬,失敬!原来是南海椰花岛岛主黎夫人,说将起来,咱们同处南海,你还是老夫的芳邻哪!尊夫我从未见过,怎说得上'加害'两字?"

黎夫人将信将疑,道:"日久自知,只盼不是你才好。"拔起长杆,又隐身岩后。

黎夫人刚退下,突然间呼的一声,头顶松树上掉下一件重物,镗的一声大响,跌在岩石之上,却是一口青铜巨鼎。

慕容复又是一惊,抬头先瞧松树,看树顶躲的是何等样人,居然将这件数百斤重的大家伙搬到树顶,又摔将下来。看这铜鼎模样,便与适才公冶乾所踢倒的碧磷洞铜鼎形状相同,鼎身却大得多了,难道桑土公竟躲在树顶?但见松树枝叶轻晃,却不见人影。

便在此时,忽听得几下细微异常的响声,混在风声之中,几不可辨。慕容复应变奇速,双袖舞动,挥起一股劲风,反击了出去,眼前银光闪动,几千百根如牛毛的小针从四面八方迸射开去。慕容复暗叫:"不好!"伸手揽住王语嫣腰间,纵身急跃,凭空升起,却听得公冶乾、风波恶以及四周人众纷纷呼喝:"啊哟,不好!""中了毒针。""这歹毒暗器,他奶奶的!""哎哟,怎地射中了老子?"

慕容复身在半空,一瞥眼间,见那青铜大鼎的鼎盖一动,有什么东西要从鼎中钻出来,他右手一托,将王语嫣的身子向上送起,叫道:"坐在树上!"跟着身子下落,双足踏住鼎盖。只觉鼎盖不住抖动,当即使出"千斤坠"功夫,硬将鼎盖压住。

其时兔起鹘落,只片刻间之事,慕容复刚将那鼎盖压住,四周众人的呼喝之声已响成一片:"哎哟,快取解药!""这是碧磷洞的牛毛针,一个时辰封喉攻心,最是厉害不过。""桑土公这臭贼呢,在哪里?在哪里?""快揪他出来取解药。""这臭贼乱发牛毛针,连我这老朋友也伤上了。""桑土公在哪里?""快取解药,快取解药!"

"桑土公在哪里?""快取解药!"之声响成一片。中了毒针之人有的乱蹦乱跳,有的抱树大叫,显然牛毛针上的毒性十分厉害,令中针之人奇痒难当。

慕容复一瞥之间,见公冶乾左手抚胸,右手按腹,正自凝神运气,风波恶却双足乱跳,破口大骂。他知二人已中了暗算,心中又是忧急,又是恼怒。这无数毒针,显然是有人开动铜鼎中的机括,从鼎中发射出来。铜鼎从空而落,引得众人抬头观望,鼎中之人便乘机发针,若不是他见机迅速,内力强劲,这几千枚毒针都已钻入他的肉里了。慕容复内劲反激出去的毒针,有些射在旁人身上,有些射在鼎上,那偷发暗器之人有鼎护身,自也安然无恙。

只听得一个人阴阳怪气的道:"慕容复,这就是你的不对了,怎么'以彼之道,还施我身'?这可与你慕容家的作为不对啊。"此人站得甚远,半边身子又是躲在岩石之后,没中到毒针,便来说几句风凉话儿。

慕容复不去理他,心想要解此毒,自然须找鼎中发针之人,只觉得脚下鼎盖不住抖动,显是那人想要钻出来。慕容复左手搭在大松树的树干,已如将鼎盖钉住在大松树上,那人要想钻出鼎来,若不是以宝刀宝剑破鼎而出,便须以腰背之力,将那株松树连根拔起。鼎中人连连运力,却哪里掀得动已如连在慕容复身上的那株大松树?

慕容复使出"斗转星移"功夫,将鼎中人的力道都移到了大松树上。那松树左右摇晃,树根格格直响,但要连根拔起,却谈何容易,树周小根倒也给他迸断了不少。慕容复要等他再掀数下,便突然松劲,让他突鼎而出;料想他出鼎之时,必然随手再发牛毛细针以防护自身,那时挥掌拍落,将这千百枚毒针都钉在他身上,不怕他不取解药自救,其时夺他解药,自比求他取药方便得多。

只觉那鼎盖又掀动两下,突然间鼎中人再无动静,慕容复知道他在运气蓄力,预备一举突鼎而出,当即脚下松劲,右掌却暗暗运力。哪知过了好一会,鼎中人仍是一动也不动,倒如已然闷死了一般。

四下里的号叫之声,却响得更加惨厉了。各洞岛有些功力较浅的弟子难忍麻痒,竟已在地下打滚,更有以头撞石,以拳捶胸,情景甚是可怖。但听得七八人齐声叫道:"将桑土公揪出来,揪他出来,快取解药!"叫喊声中,十余人红了眼睛,同时向慕容复冲来。

慕容复左足在鼎盖上一点,身子轻飘飘的跃起,正要坐向松树横干,突然间嗤嗤声响,斜刺里银光闪动,又是千百枚细针向他射来。

这一变故来得突兀之极,发射毒针的桑土公当然仍在鼎中,而这丛毒针来势之劲,数量之多,又显然出自机括,并非人力,难道桑土公的同党隐伏在旁,再施毒手么?

这时慕容复身在半空,无法闪避,若以掌力反击,则邓百川等四人都在下面,不免重蹈覆辙,又伤了自己兄弟。在这万分紧急的当口,他右袖一振,犹如风帆般在半空中一借力,身子向左飘开三尺,同时右手袖子飘起,一股柔和浑厚的内劲发出来,将千百枚毒针都托向天空,身子便如一只轻飘飘的大纸鸢,悠然飘翔而下。

其时天上虽然星月无光,四下里灯笼火把却照耀得十分明亮,众人眼见慕容复潇洒自如的滑行空中,无不惊佩。惨呼喝骂声中,响出了一阵春雷般的喝采声来,掩住了一片凄厉刺耳的号叫。

慕容复身在半空,双目却注视着这丛牛毛细针的来处,身子落到离地约有丈余之处,左脚在一根横跨半空的树干上一撑,借力向右扑出。他先前落下时飘飘荡荡,势道缓慢,这一次扑出却疾如鹰隼,一阵劲风掠过,双足便向岩石旁一个矮胖子的头顶踏了下去。原来他在半空时目光笼罩全场,见到此人怀中抱着一口小鼎模样的家伙,作势欲再发射。

那矮子滑足避开,行动迅捷,便如一个圆球在地下打滚。慕容复踏了个空,砰的一掌拍出,正中对方后背。那矮子正要站起身来,给这一掌打得又摔倒在地。他颤巍巍的站起,摇晃几下,双膝一软,坐倒在地。

四周十余人叫道:"桑土公,取解药来,取解药来!"向他拥了过去。

邓百川和包不同均想:"原来这矮子便是桑土公!"两人急于要擒住了他,好取解药来救治把兄弟之伤,同时大喝,向他扑去。

桑土公左手在地下一撑,想要站起,但受伤不轻,终究力不从心。包不同伸手向他肩头抓落,五指刚抓上他肩头,手指和掌心立时疼痛难当,缩手不迭,反掌一看,只见掌心鲜血淋漓。原来这矮子肩头装有针尖向外的毒针。霎时之间,包不同但觉手掌奇痒难当,直痒到心里去。他又惊又怒,飞起左足,一招"金钩破冰",对准桑土公屁股猛踢过去。但见他伏在地下,身子微微蠕动,这一脚非重重踢中不可。

他这一脚去势迅捷,刹那之间,足尖离桑土公的臀部已不过数寸,突然间省悟:"啊哟,不好,他屁股上倘若也装尖刺,我这只左脚又要糟糕。"其时这一脚已然踢出,倘若硬生生的收回,势须扭伤筋骨,百忙中左掌疾出,在地下重重一拍,身子借势倒射而出,总算见机得快,足尖只在桑土公的裤子上轻轻一擦,没使上力,也不知他屁股上是否装有倒刺。

这时邓百川和其余七八人都已扑到桑土公身后,眼见包不同出手拿他,不知如何反而受伤,虽见桑土公伏地不动,一时之间倒也不敢贸然上前动手。包不同吃了这个大亏,如何肯就此罢休?在地下捧起一块百来斤的大石,大叫:"让开,我来砸死这只大乌龟!"

有的人叫道:"使不得,砸死了他便没解药了!"另有人道:

"解药在他身边，先砸死他才取得到。"看来这些人虽然在此聚会，却是各怀异谋，并不如何齐心合力，包不同要砸死桑土公，居然有些人也不怎么反对。

议论纷纷之中，包不同手捧大石，踏步上前，对准了桑土公的背心，喝道："砸死你这只生满倒刺的大乌龟！"这时他右掌心越来越痒，双臂一挺，大石便向桑土公背心砸了下去。只听得砰的一声响，地下尘土飞扬。

众人都是一惊，这块大石砸在桑土公背上，就算不是血肉模糊，也要砸得他大声惨呼，决无尘土飞扬之理。再定睛细看时，更是惊讶之极，大石好端端的压在地下，桑土公却已不知去向。

包不同左脚一起，挑开大石，地下现出了一个大洞。原来桑土公的名字中有一个"土"字，极精地行之术，伏在地上之时，手脚并用，爬松泥土，竟尔钻了进去。适才慕容复将桑土公压在鼎下，他无法掀开鼎盖出来，也是打开鼎腹，从地底脱身。包不同一呆之下，回身去寻桑土公的所在，心想就算你钻入地底，又不是穿山甲，最多不过钻入数尺，躲得一时，难道真有土遁之术不成？

忽听得慕容复叫道："在这里了！"左手衣袖挥出，向一块岩石卷去，原来这块岩石模样的东西，却是桑土公的背脊。这人古里古怪，惑人耳目的技俩花样百出，若不是慕容复眼尖，还真不易发现。

桑土公被雄劲的袖风卷起，肉球般的身子飞向半空。他自中了慕容复一掌之后，受伤已然不轻，这时殊无抗御之力，大声叫道："休下毒手，我给你解药便了！"

慕容复哈哈一笑，右袖拂出，将左袖的劲力抵消，同时生出一股力道，托住桑土公的身子，轻轻放了下来。

忽听得远处一人叫道："姑苏慕容，名不虚传！"慕容复举手道："贻笑方家，愧不敢当！"便在此时，一道金光、一道银光从左首电也似的射来，破空声甚是凌厉。慕容复不敢怠慢，双袖鼓风，迎了上去，蓬的一声巨响，金光银光倒卷了回去。这时方才看清，却是两条长长的带子，一条金色，一条银色。

带子尽头处站着二人，都是老翁，使金带的身穿银袍，使银带的身穿金袍。金银之色闪耀灿烂，华丽之极，这等金银色的袍子常人决不穿着，倒像是戏台上的人物一般。穿银袍的老人说道："佩服，佩服，再接咱兄弟一招！"金光闪动，金带自左方游动而至，银带却一抖向天，再从上空落下，径袭慕容复的上盘。

慕容复道："两位前辈……"他只说了四个字，突然间呼呼声响，三柄长刀着地卷来。三人使动地堂刀功夫，袭向慕容复下盘。

慕容复上方、前方、左侧同时三处受攻，心想："对方号称是三十六洞洞主、七十二岛岛主，人多势众，混战下去，若不让他们知道厉害，如何方了？"眼见三柄长刀着地掠来，当即踢出三脚，每一脚都正中敌人手腕，白光闪动，三柄刀都飞了上天。慕容复身形略侧，右手一掠，使出"斗转星移"功夫，拨动金带带头，拍的一声响，金带和银带已缠在一起。

使地堂刀的三人单刀脱手，更不退后，荷荷发喊，张臂便来抱慕容复的双腿。慕容复足尖起处，势如飘风般接连踢中了三人胸口穴道。蓦地里一个长臂长腿的黑衣人越众而前，张开蒲扇般的大手，一把将桑土公抓了起来。此人手掌也不知是天生厚皮，还是戴了金属丝所织的手套，竟然不怕桑土公满身倒刺，一抓到人，便直腿向后一跃，退开丈余。

慕容复见这人身手沉稳老辣，武功比其余诸人高强得多，心下暗惊："桑土公若被此人救去，再取解药可就不易了。"心念微动，已然跃起，越过横卧地下的三人，右掌拍出，径袭黑衣人。那人一声冷笑，横刀当胸，身前绿光闪闪，竟是一柄厚背薄刃、锋锐异常的鬼头刀，刀口向外。慕容复这掌拍落，那是硬生生将自己手

·1273·

腕切断了。他径不收招，待手掌离刃口约有二寸，突然间改拍为掠，手掌顺着刃口一抹而下，径削黑衣人抓着刀柄的手指。

他掌缘上布满了真气，锋锐处实不亚于鬼头刀，削上了也有切指断臂之功。那黑衣人出其不意，"咦"的一声，急忙松手放刀，翻掌相迎，拍的一声，两人对了一掌。黑衣人又是"咦"的一声，身子一晃，向后跃开丈余，但左手仍是紧紧抓着桑土公。慕容复翻过手掌，抓过了鬼头刀，鼻中闻到一阵腥臭，几欲作呕，知道这刀上喂有剧毒，邪门险恶之至。

他虽在一招间夺到敌人兵刃，但眼见敌方七八个人各挺兵刃，拦在黑衣人之前，要抢桑土公过来，殊非易事，何况适才和那黑衣人对掌，觉他功力虽较自己略有不如，但另有一种诡异处，夺到钢刀，只是攻了他个出其不意，当真动手相斗，也非片刻间便能取胜。

但听得人声嘈杂："桑土公，快取解药出来！""你这他妈的牛毛毒针若不快治，半个时辰就送了人性命。""乌老大，快取解药出来，糟糕，再挨可就乖乖不得了！"灯光火把下人影奔来窜去，都在求那黑衣人乌老大快取解药。

乌老大道："好，桑胖子，取解药出来。"桑土公道："你放我下地啊！"乌老大道："我一放手，敌人又捉了你去，如何放得？快取解药出来。"旁边的人跟着起哄："是啊，快拿解药出来！"更有人在破口大骂："贼苗子，还在推三阻四，瞧老子一把火将你碧磷洞里的乌龟王八蛋烧个干干净净。"

桑土公嘶哑着嗓子道："我的解药藏在土里，你须得放我，才好去取。"

众人一怔，料他说的确是实情，这人喜在山洞、地底等阴暗不见天日之处藏身，将解药藏在地底，原是应有之义。

慕容复虽没听到公冶乾和风波恶叫唤呻吟，但想那些人既如此麻痒难当，二哥和四哥身受自然也是一般，眼前只有竭尽全力，将桑土公夺了过来,再作打算,猛然间发一声喊,舞动鬼头刀,冲入了人丛之中。邓百川和包不同守护在公冶乾和风波恶身旁,不敢离开半步,深恐敌人前来加害,眼见慕容复纵身而前,犹如虎入羊群,当者披靡。

乌老大见他势头甚凶,不敢正撄其锋,抓起桑土公,远远避开。

只听得众人叫道:"大家小心了!此人手中拿的是'绿波香露刀',别给他砍中了。""啊哟,乌老大的'绿波香露刀'给这小子夺了去,可大大的不妙!"

慕容复舞刀而前,只见和尚道士,丑汉美妇,各种各样人等纷纷辟易,脸上均有惊恐之色,料想这柄鬼头刀大有来历,但明明臭得厉害,偏偏叫什么"香露刀",真是好笑,又想:"我将毒刀舞了开来,将这些洞主、岛主杀他十个八个倒也不难,只是无怨无仇,何必多伤人命?仇怨结得深了,他们拼死不给解药,二哥四哥所中之毒便难以善后。"他虽舞刀挥劈,却不杀伤人命,遇有机缘便点倒一个,踢倒两个。

那些人初时甚为惊恐,待见他刀上威力不大,便定了下来,霎时之间,长剑短戟,软鞭硬牌,四面纷纷进袭。慕容复给十多人围在垓心,外面重重叠叠围着的更不下三四百人,不禁心惊。

再斗片刻,慕容复寻思:"这般斗将下去,却如何了局?看来非下杀手不可。"刀法一紧,砰砰两声,以刀柄撞晕了两人。忽听得邓百川叫道:"下流东西,不可惊扰了姑娘。"慕容复斜眼一瞥,只见两人纵身跃起,去攻击躲在松树上的王语嫣。邓百川飞步去救,出掌截住。慕容复心下稍宽,却见又有三人跃向树上,登时明白了这些人的主意:"他们斗我不下,便想擒获表妹,作为要胁,当真无耻之极。"但自己给众人缠住了,无法分身,眼见两个女子抓住王语嫣的手臂,从树上跃了下来。一个头带金环的长发头陀手挺戒刀,横架在王语嫣颈前,叫道:"慕容小子,你若不投降，我可要将你相好的砍了！"

慕容复一呆，心想："这些家伙邪恶无比，说得出做得到，当真加害表妹，如何是好？但我姑苏慕容氏纵横武林，岂有向人投降之理？今日一降，日后怎生做人？"他心中犹豫，手上却丝毫不缓，左掌呼呼两掌拍出，将两名敌人击得飞出丈余。

那头陀又叫："你当真不降，我可要将这如花如玉的脑袋切下来啦！"戒刀连晃，刀锋青光闪动。

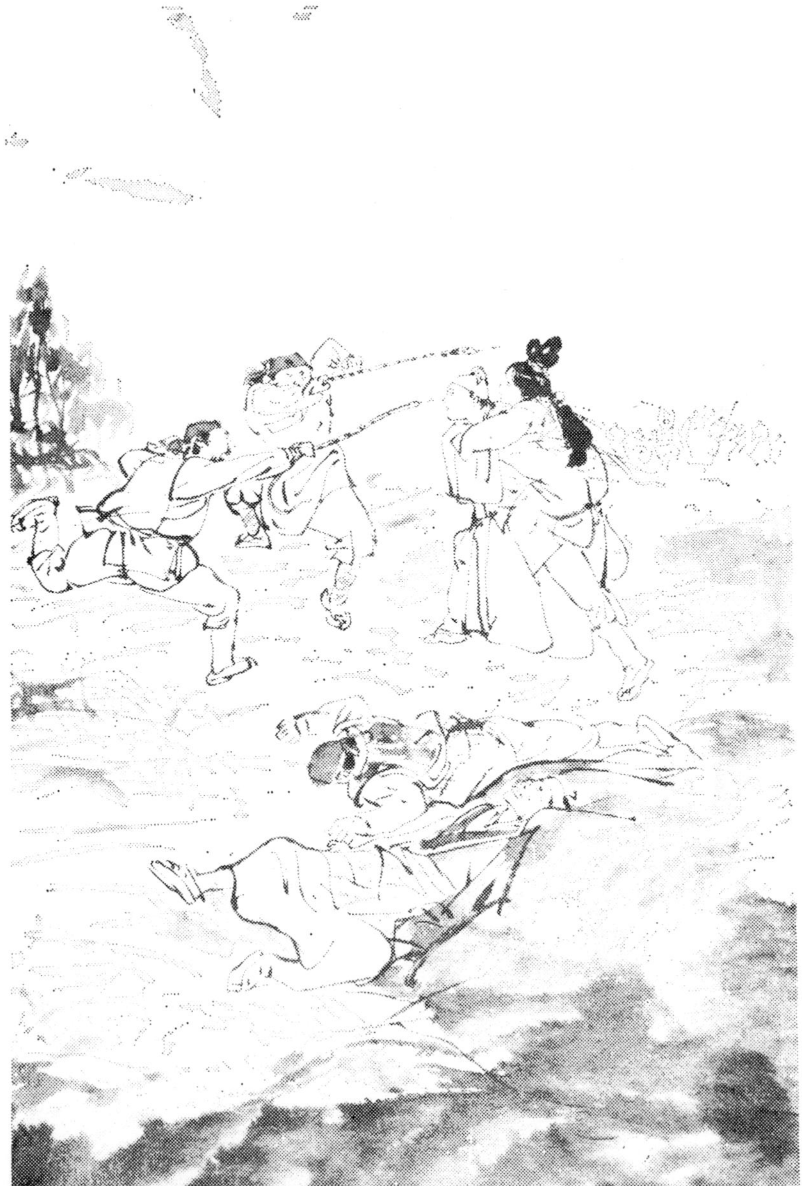

蓦地里风声响动,两个青衫客窜纵而至,两条软鞭同时击到,岂知两条软鞭竟是活蛇。

三十四

风骤紧　缥缈峰头云乱

猛听得山腰里一人叫道："使不得，千万不可伤了王姑娘，我向你投降便是。"一个灰影如飞的赶来，脚下轻灵之极。站在外围的数人齐声呼叱，上前拦阻，却给他东一拐，西一闪，避过了众人，扑到面前，火光下看得明白，却是段誉。

只听他叫道："要投降还不容易？为了王姑娘，你要我投降一千次、一万次也成。"奔到那头陀面前，叫道："喂，喂，大家快放手，捉住王姑娘干什么？"

王语嫣知他武功若有若无，无时多，有时少，却这般不顾性命的前来相救，心下感激，颤声道："段……段公子，是你？"段誉喜道："是我，是我！"

那头陀骂道："你……你是什么东西？"段誉道："我是人，怎么是东西？"那头陀反手一拳，拍的一声，打在段誉下颏。段誉立足不定，一交往左便倒，额头撞上一块岩石，登时鲜血长流。

那头陀见他奔来的轻功，只道他武功颇为不弱，反手这一拳虚招，原没想能打到他，这一拳打过之后，右手戒刀连进三招，那才是真正杀手之所在，不料左拳虚晃一招，便将他打倒，反而一呆，同时段誉内力反震，也令他左臂隐隐酸麻，幸好他这一拳打得甚轻，反震之力也就不强。他见慕容复仍在来往冲杀，又即大呼：

· 1279 ·

"慕容小子，你再不住手投降，我可真要砍去这小妞儿的脑袋了。老佛爷说一是一，决不骗人，一、二、三！你降是不降！"

慕容复好生为难，说到表兄妹之情，他决不忍心王语嫣命丧邪徒之手，但"姑苏慕容"这四个字尊贵无比，决不能因人要胁，向旁门左道之士投降，从此成为话柄，在江湖上受人耻笑，何况这一投降，多半连自己性命也送了。他大声叫道："贼头陀，你要公子爷认输，那是千难万难。你只要伤了这位姑娘一根毫毛，我不将你碎尸万段，誓不为人！"一面说，一面向王语嫣冲去，但二十余人各挺兵刃左刺右击，前拦后袭，一时又怎冲得过去？

那头陀怒道："我偏将这小妞儿杀了，瞧你又拿老佛爷如何？"说着举起戒刀，呼的一声，便向王语嫣颈中挥去。抓住王语嫣手臂的两个女子恐被波及，同时放手，向旁跃开。

段誉挣扎着正要从地上爬起，左手掩住额头伤口，神情十分狼狈，眼见那头陀当真挥刀要杀王语嫣，而她却站着不动，不知是吓得呆了，还是给人点了穴道，竟不会抗御闪避。段誉这一急自然非同小可，手指一扬，情急之下，自然而然的真气充沛，使出了"六脉神剑"功夫，嗤嗤声响过去，嚓的一声，那头陀右手上臂从中断截，戒刀连着手掌，跌落在地。

段誉急冲抢前，反手将王语嫣负在背上，叫道："逃命要紧！"

那头陀右臂被截，自是痛入骨髓，急怒之下狂性大发，左手抄起断臂，猛吼一声，向段誉掷了过去。他断下的右手仍是紧紧抓着戒刀，连刀带手，急掷而至，甚是猛恶。段誉右手一指，嗤一声响，一招"少阳剑"刺在戒刀上，戒刀一震，从断手中跌落下来。断手却继续飞来，拍的一声，重重打了他一个耳光。

这一下只打得段誉头晕眼花，脚步踉跄，大叫："好功夫！断手还能打人。"心中念着务须将王语嫣救了出去，展开"凌波微步"，疾向外冲。

众人大声呐喊，抢上阻拦。但段誉左斜右歪，弯弯曲曲的冲将出去。众洞主、岛主兵刃拳脚纷纷往他身上招呼，可是他身子一闪，便避了开去。

这些日子来，他心中所想，便只是个王语嫣，梦中所见，也只是个王语嫣。那晚在客店中与范骅、巴天石等人谈了一阵，便即就寝，满脑子都是王语嫣，却如何睡得着？半夜里乘众人不觉，悄悄偷出客店，循着慕容复、王语嫣一行离去的方向，追将下来。慕容复和丁春秋一番剧斗之后，伴着邓百川等在客店中养伤数日，段誉毫不费力的便追上了。他藏身在客店的另一间房中，不出房门一步，只觉与王语嫣相去不过数丈，心下便喜慰不胜。及至慕容复、王语嫣等出店上道，他又远远的跟随。

一路之上，他也不知对自己说了多少次："我跟了这里路后，万万不可再跟。段誉啊段誉，你自误误人，陷溺不能自拔，当真是枉读诗书了。须知悬崖勒马，回头是岸，务须挥慧剑斩断情丝，否则这一生可就白白断送了。佛经有云：'当观色无常，则生厌离，喜贪尽，则心解脱。色无常，无常即苦，苦即非我。厌于色，厌故不乐，不乐故得解脱。'"

但要他观王语嫣之"色"为"无常"，而生"厌离"，却如何能够？他脚步轻快之极，远远蹑在王语嫣身后，居然没给慕容复、包不同等发觉。王语嫣上树、慕容复迎敌等情，他都遥遥望见，待那头陀要杀王语嫣，他自然挺身而出，甘愿代慕容复"投降"，偏偏对方不肯"受降"，反而断送了一条手臂。

片刻之间，段誉已负了王语嫣冲出重围，唯恐有人追来，直奔出数百丈，这才停步，舒了一口气，将她放下地来。王语嫣脸上一红，道："不，不，段公子，我给人点了穴道，站立不住。"段誉扶住她肩头，道："是！你教我解穴，我来给你解穴道。"王语嫣脸上更加红了，忸怩道："不，不用！过得一时三刻，穴道自然会解,你不必给我解穴。"她知要解自己被点的穴道,须得在"神封穴"上推血过宫,"神封穴"是在胸前乳旁,极是不便。

段誉不明其理,说道:"此地危险,不能久留,我还是先给你解开穴道,再谋脱身的为是。"

王语嫣红着脸道:"不好!"一抬头,只见慕容复与邓百川等仍在人丛之中冲杀,她挂念表哥,急道:"段公子,我表哥给人围住了,咱们须得去救他出来。"

段誉胸口一酸,知她心念所系,只在慕容公子一人,突然间万念俱灰,心道:"此番相思,总是没有了局,段誉今日全她心愿,为慕容复而死,也就罢了。"说道:"很好,你等在这里,我去救他。"

王语嫣道:"不,不成!你不会武功,怎么能去救人?"

段誉微笑道:"刚才我不是将你背了出来么?"王语嫣深知他的"六脉神剑"时灵时不灵,不能收发由心,说道:"刚才运气好,你……你念着我的安危,六脉神剑使了出来。你对我表哥,未必能像对我一般,只怕……只怕……"段誉道:"你不用担心,我对你表哥也如对你一般便了。"王语嫣摇头道:"段公子,那太冒险,不成的。"段誉胸口一挺,说道:"王姑娘,只要你叫我去冒险,万死不辞。"王语嫣脸上又是一红,低声道:"你对我这般好,当真是不敢当了。"

段誉大是高兴,道:"怎么不敢当?敢当的,敢当的!"一转身,但觉意气风发,便欲冲入战阵。

王语嫣道:"段公子,我动弹不得,你去后没人照料,要是有坏人来害我……"段誉转过身来,搔了搔头道:"这个……嗯……这个……"王语嫣本意是要他再将自己负在背上,过去相助慕容复,只是这句话说来太羞人,不便出口。她盼望段誉会意,段誉却偏偏不懂,只见他搔头顿足,甚是为难。

·1282·

耳听得呐喊之声转盛，乒乒乓乓，兵刃相交的声音大作，慕容复等人斗得更加紧了。王语嫣知道敌人厉害，甚是焦急，当下顾不得害羞，低声道："段公子，劳你驾再……再背负我一阵，咱们同去救我表哥，那就……那就……"段誉恍然大悟，顿足道："是极，是极！蠢才，蠢才！我怎么便想不到？"蹲下身来，又将她负在背上。

段誉初次背负她时，一心在救她脱险，全未思及其余，这时再将她这个软绵绵的身子负在背上，两手又钩住了她的双腿，虽是隔着层层衣衫，总也感到了她滑腻的肌肤，不由得心神荡漾，随即自责："段誉啊段誉，这是什么时刻，你居然心起绮念，可真是禽兽不如！人家是冰清玉洁、尊贵无比的姑娘，你心中生起半分不良念头，便是亵渎了她，该打，真正该打！"提起手掌，在自己脸上重重的打了两下，放开脚步，向前疾奔。

王语嫣好生奇怪，问道："段公子，你干什么？"段誉本来诚实，再加对王语嫣敬若天人，更是不敢相欺，说道："惭愧之至，我心中起了对姑娘不敬的念头，该打，该打！"王语嫣明白了他的意思，只羞得耳根子也都红了。

便在此时，一个道士手持长剑，飞步抢来，叫道："妈巴羔子的，这小子又来捣乱。"一招"毒龙出洞"，挺剑向段誉刺来。段誉自然而然的使开"凌波微步"，闪身避开。王语嫣低声道："他第二剑从左侧刺来，你先抢到他右侧，在他'天宗穴'上拍一掌。"

果然那道士一剑不中，第二剑"清澈梅花"自左方刺到。段誉依着王语嫣的指点，抢到那道士右侧，拍的一掌，正中"天宗穴"。这是那道士的罩门所在，段誉这一掌力道虽然不重，却已打得他口喷鲜血，扑地摔倒。

这道士刚被打倒，又有一汉子抢了过来。王语嫣胸罗万有，轻声指点，段誉依法施为，立时便将这名汉子料理了。段誉见胜得轻易，王语嫣又在自己耳边低声嘱咐，软玉在背，香泽微闻，虽在性命相搏的战阵之中，却觉风光旖旎，实是生平从所未历的奇境。

　　他又打倒两人，距慕容复已不过二丈，蓦地里风声响动，两个身材矮小的青衫客窜纵而至，两条软鞭同时击到。段誉滑步避开，忽见一条软鞭在半空中一挺，反窜上来，扑向自己面门，灵动快捷无比。王语嫣和段誉齐声惊呼："啊哟！"这两条软鞭并非兵刃，竟是两条活蛇。段誉加快脚步，要抢过两人，不料两个青衫客步法迅捷之极，几次都拦在段誉身前，阻住去路。段誉连连发问："王姑娘，怎么办？"

　　王语嫣于各家各派的兵刃拳脚，不知者可说极罕，但这两条活蛇纵身而噬，决不依据哪一家哪一派的武功，要预料这两条活蛇从哪一个方位攻来，可就全然的无能为力。再看两个青衫客窜高伏低，姿式虽笨拙难看，却快速无伦，显然两人并未练过什么轻功，却如虎豹一般的天生迅速。

　　段誉闪避之际，接连遇险。王语嫣心想："活蛇的招数猜它不透，擒贼擒王，须当打倒毒蛇主人。"可是那两个蛇主人的身形步法，说怪是奇怪之极，说不怪是半点也不怪，出手跨步，便似寻常不会武功之人一般，任意所之，绝无章法，王语嫣要料到他们下一步跨向何处，下一招打向何方，那就为难之极。她叫段誉打他们"期门穴"，点他们"曲泉穴"，说也奇怪，段誉手掌到处，他们立时便灵动之极的避开，机警矫健，实是天生。

　　王语嫣一面寻思破敌，一面留心看着表哥，耳中只听得一阵阵惨叫呼唤声此起彼伏，数十人躺在地下，不住翻滚，都是中了桑土公牛毛针之人。

　　乌老大抓了桑土公之手，要他快快取出解药，偏偏解药便埋在慕容复身畔地下。乌老大忌惮慕容复了得，不敢贸然上前，只不住口的催促侪辈急攻，须得先抢夺了慕容复，才能取解药救人。但要打倒慕容复，却又谈何容易？

乌老大见情势不佳，纵声发令。围在慕容复身旁的众人中退下了三个，换了三人上来。这三人都是好手，尤其一条矮汉膂力惊人，两柄钢锤使将开来，劲风呼呼，声势威猛。慕容复以香露刀挡了一招，只震得手臂隐隐发麻，再见他钢锤打来，便即闪避，不敢硬接。

激斗之际，忽听得王语嫣叫道："表哥，使'金灯万盏'，转'披襟当风'。"慕容复素知表妹武学上的见识高明，当下更不多想，右手连画三个圈子，刀光闪闪，幻出点点寒光，只是"绿波香露刀"颜色发绿，化出来是"绿灯万盏"，而不是"金灯万盏"。

众人发一声喊，都退后了几步，便在此时，慕容复左袖拂出，袖底藏掌一带，那矮子正好使一招"开天辟地"，双锤指天划地的猛击过来，只听得当的一声巨响，众人耳中嗡嗡发响，那矮子左锤击在自己右锤之上，右锤击在自己左锤之上，火花四溅。他双臂之力凌厉威猛，双锤互击，喀喇一声响，双臂臂骨自行震断，登时摔倒在地，晕了过去。

慕容复乘机拍出两掌，助包不同打退了两个强敌。包不同俯身扶起公冶乾，但见他脸色发黑，中毒已深，若再不救，眼见是不成了。

段誉那一边却又起了变化。王语嫣关心慕容复，指点了两招，但心无二用，对段誉身前的两个敌人不免疏忽。段誉听得她忽然去指点表哥，虽然身在己背，一颗心却飞到慕容复身边，霎时间胸口酸苦，脚下略慢，嗤嗤两声，两条毒蛇扑将上来，同时咬住了他左臂。

王语嫣"啊"的一声，叫道："段公子，你……你……"段誉叹道："给毒蛇咬死，也是一样的。王姑娘，日后你对你孙子说……"王语嫣见那两条蛇浑身青黄相间，斑条鲜明，蛇头奇扁，作三角之形，显具剧毒，一时之间吓得慌了，没了主意。

忽然间两条毒蛇身子一挺，挣了两挣，跌在地下，登时僵毙。

两个使蛇的青衫客脸如土色，叽哩咕噜的说了几句蛮语，转身便逃。这两人自来养蛇拜蛇，见段誉毒蛇噬体非但不死，反而克死了毒蛇，料想他必是蛇神，再也不敢停留，发足狂奔，落荒而走。

王语嫣不知段誉服食莽牯朱蛤后的神异，连问："段公子，你怎么了？你怎么了？"段誉正自神伤，忽听得她软语关怀，殷殷相询，不由心花怒放，精神大振，只听她又问："那两条毒蛇咬了你，现下觉得怎样？"段誉道："有些儿痛，不碍事，不碍事！"心想只要你对我关心，每天都给毒蛇咬上几口，也所甘愿，当下迈开脚步，向慕容复身边抢去。

忽听得一个清朗的声音从半空中传了下来："慕容公子，列位洞主、岛主！各位往日无怨，近日无仇，何苦如此狠斗？"

众人抬头向声音来处望去，只见一株树顶上站着一个黑须道人，手握拂尘，着足处的树枝一弹一沉，他便也依势起伏，神情潇洒。灯火照耀下见他约莫五十来岁年纪，脸露微笑，又道："中毒之人命在顷刻，还是及早医治的为是。各位瞧贫道薄面，暂且罢斗，慢慢再行分辨是非如何？"

慕容复见他露了这手轻功，已知此人武功甚是了得，心中本来挂怀公冶乾和风波恶的伤势，当即说道："阁下出来排难解纷，再好也没有了。在下这就罢斗便是。"说着挥刀划了个圈子，提刀而立，但觉右掌和右臂隐隐发胀，心想："这使钢锤的矮子好生了得，震得我兀自手臂酸麻。"

抓着桑土公的乌老大抬头问道："阁下尊姓大名？"那道人尚未回答，人丛中一个声音道："乌老大，这人来头……来头很大，是……是个……了不起……了不起的人物，他……他……他是蛟……蛟……蛟……"连说三个"蛟"字,始终没能接续下去,此人口吃,心中一急,更一路"蛟"到底,接不下去。

乌老大蓦地里想起一个人来,大声道:"他是蛟王……蛟王不平道人?"口吃者喜脱困境,有人将他塞在喉头的一句话说了出来,忙道:"是……是……是啊,他……他……他是蛟……蛟……蛟……蛟……"说到这个"蛟"字却又卡住了。

乌老大不等他挣扎着说完,向树顶道人拱手说道:"阁下便是名闻四海的不平道长吗?久闻大名,当真如雷贯耳,幸会,幸会。"他说话之际,余人都已停手罢斗。

那道人微笑道:"岂敢,岂敢!江湖上都说贫道早已一命呜呼,因此乌先生有些不信,是也不是?"说着纵身轻跃,从半空中冉冉而下。本来他双足离开树枝,自然会极快的堕向地面,但他手中拂尘摆动,激起一股劲风,拍向地下,生出反激,托住他身子缓缓而落,这拂尘上真气反激之力,委实非同小可。

乌老大脱口叫道:"'凭虚临风',好轻功!"他叫声甫歇,不平道人也已双足着地,微微一笑,说道:"双方冲突之起,纯系误会。何不看贫道的薄面,化敌为友?先请桑土公取出解药,解治了各人的伤毒。"他语气甚是和蔼,但自有一份威严,叫人难以拒却。何况受伤的数十人在地下辗转呻吟,神情痛楚,双方友好,都盼及早救治。

乌老大放下桑土公,说道:"桑胖子,瞧着不平道长的金面,咱们非卖帐不可。"

桑土公一言不发,奔到慕容复身前,双手在地下拨动,迅速异常的挖了一洞,取出一样黑黝黝的物事,却是个包裹。他打开布包,拿了一块黑铁,转身去吸身旁一人伤口中的牛毛细针。那黑铁乃是磁石,须得将毒针先行吸出,再敷解药。

不平道人笑道:"桑洞主,推心置腹,先人后己。何不先治慕容公子的朋友？"

桑土公"嗯"了一声，喃喃的道："反正要治，谁先谁后都是一样。"他话是那么说，终究还是依着不平道人的嘱咐，先治了公冶乾和风波恶，又治了包不同的手掌，再去医治自己一方的朋友。此人矮矮胖胖，似乎十分笨拙，岂知动作敏捷之极，十根棒槌般的胖手指，比之小姑娘拈绣花针的尖尖纤指还更灵巧。

只一顿饭功夫，桑土公已在众人伤口中吸出了牛毛细针，敷上解药。各人麻痒登止。有的人性情粗暴，破口大骂桑土公使这等歹毒暗器，将来死得惨不堪言。桑土公迟钝木讷，似乎浑浑噩噩，人家骂他，他听了浑如不觉，全不理睬。

不平道人微笑道："乌先生，三十六洞洞主、七十二岛岛主在此聚会，是为了天山那个人的事么？"

乌老大脸上变色，随即宁定，说道："不平道长说什么话，在下可不大明白。我们众家兄弟散处四方八面，难得见面，大家约齐了在此聚聚，别无他意。不知如何，姑苏慕容公子竟找上了我们，要跟大家过不去。"

慕容复道："在下路过此间，实不知众位高人在此聚会，多有得罪，这里谢过了。"说着作个四方揖，又道："不平道长出头排难解纷，使得在下不致将祸事越闯越大，在下十分感激。后会有期，就此别过。"他知三十六洞、七十二岛一干旁门左道的人物在此相聚，定有重大隐情，自是不足为外人道，不平道人提起"天山那个人"，乌老大立即岔开话头，显然忌讳极大，自己再不抽身而退，未免太不识相，倒似有意窥探旁人隐私一般，当下抱拳拱手，转身便走。

乌老大拱手还礼，道："慕容公子，乌老大今日结识了你这号英雄人物，至感荣幸。青山不改，绿水长流，再见了。"言下之意，果是不愿他在此多所逗留。

不平道人却道:"乌老大,你知慕容公子是什么人?"乌老大一怔,道:"'北乔峰,南慕容'!武林中大名鼎鼎的姑苏慕容氏,谁不知闻?今日一见,果然名不虚传。"不平道人笑道:"那就是了。这样的大人物,你们却交臂失之,岂不可惜?平时想求慕容氏出手相助,当真是千难万难,幸得慕容公子今日在此,你们却不开口求恳,那不是入宝山而空手回么?"乌老大道:"这个……这个……"语气中颇为踌躇。

不平道人哈哈一笑,说道:"慕容公子侠名播于天下,你们这一生受尽了缥缈峰灵鹫宫天山童姥……"

这"天山童姥"四字一出口,四周群豪都不自禁的"哦"了一声。这些声音都显得心情甚是激动,有的惊惧,有的愤怒,有的惶惑,有的惨痛,更有人退了几步,身子发抖,直是怕得厉害。

慕容复暗暗奇怪:"天山童姥是什么人,居然令他们震怖如此?"又想:"今日所见之人,这不平道人、乌老大等都颇为了得,我却丝毫不知他们来历,那'天山童姥'自是一个更加了不起的人物,可见天下之大,而我的见闻殊属有限。'姑苏慕容'名扬四海,要保住这名头,可着实不易。"言念及此,心下更增戒惧谨慎之意。

王语嫣沉吟道:"缥缈峰灵鹫宫天山童姥?那是什么门派?使的是什么武功家数?"

段誉对别人的话听而不闻,王语嫣的一言一语,他却无不听得清清楚楚,登时想起在无量山的经历,当日神农帮如何奉命来夺无量宫,"无量剑"如何改名"无量洞",那身穿绿色斗篷、胸口绣有黑鹫的女子如何叫人将自己这个"小白脸"带下山去,那都是出于"天山童姥"之命,可是王语嫣的疑问他却回答不出,只说:"好厉害,好厉害!险些将我关到变成'老白脸',兀自不能脱身。"

王语嫣素知他说话前言不对后语,微微一笑,也不理会。

·1289·

只听不平道人续道:"各位受尽天山童姥的凌辱荼毒,实无生人乐趣,天下豪杰闻之,无不扼腕。各位这次奋起反抗,谁不愿相助一臂之力?连贫道这等无能之辈,也愿拔剑共襄义举,慕容公子慷慨侠义,怎能袖手?"

乌老大苦笑道:"道长不知从何处得来讯息,那全是传闻之误。童婆婆嘛,她老人家对我们管束得严一点是有的,那也是为了我们好。我们感恩怀德,怎说得上'反抗'二字?"

不平道人哈哈大笑,道:"如此说来,倒是贫道的多事了。慕容公子,咱们同上天山,去跟童姥谈谈,便说三十六洞、七十二岛的朋友们对她一片孝心,正商量着要给她老人家拜寿呢。"说着身形微动,已靠到了慕容复身边。

人丛中有人惊呼:"乌老大,不能让这牛鼻子走,泄漏了机密,可不是玩的。"有人喝道:"连那慕容小子也一并截下来。"一个粗壮的声音叫道:"一不做,二不休,咱们今日甩出去啦!"只听得擦擦、刷刷、乒乒、乓乓,兵刃声响成一片,各人本来已经收起的兵器又都拔了出来。

不平道人笑道:"你们想杀人灭口么?只怕没这么容易。"突然提高声音叫道:"芙蓉仙子,剑神老兄,这里三十六洞洞主、七十二岛岛主阴谋反叛童姥,给我撞破了机关,要杀我灭口呢。这可不得了,救命哪,救命哪!不平老道今日可要鹤驾西归啦!"声音远远传将出去,四下里山谷鸣响。

不平道人话声未息,西首山峰上一个冷峭傲慢的声音远远传来:"牛鼻子不平道人,你逃得了便逃,逃不了便认命罢。童姥这些徒子徒孙难缠得紧,我最多不过给你通风报讯,要救你性命可没这份能耐。"这声音少说也在三四里外。

这人刚说完,北边山峰上有个女子声音清脆爽朗的响了起来:"牛鼻子,谁要你多管闲事?人家早就布置得妥妥贴贴,这一下发难,童姥可就倒足了大霉啦。我这便上天山去当面请问童姥,瞧她又有什么话说?"话声比西首山峰上那男子相距更远。

众人一听之下,无不神色大变,这两人都在三四里外,无论如何追他们不上,显然不平道人事先早就有了周密部署,远处安排下接应。何况从话声中听来,那两人都是内功深湛之辈,就算追上了,也未必能奈何得了他们。

乌老大更知道那男女两人的来历,提高声音说道:"不平道长、剑神卓先生、芙蓉仙子三位,愿意助我们解脱困苦,大家都感激之至。真人面前不说假话,三位既然已知内情,再瞒也是无用,便请同来商议大计如何?"

那"剑神"笑道:"我们还是站得远远的瞧热闹为妙,若有什么三长两短,逃起性命来也快些。赶这趟浑水,实在没什么好处。"那女子道:"不错,不平牛鼻子,我两个给你把风,否则你给人乱刀分尸,没人报讯,未免死得太冤。"

乌老大朗声说道:"两位取笑了。实在因为对头太强,我们是惊弓之鸟,行事不得不加倍小心些。三位仗义相助,我们也不是不知好歹之人,适才未能坦诚相告,这中间实有不得已的难处,还请三位原谅。"

慕容复向邓百川对望了一眼,均想:"这乌老大并非易与之辈,何况他们人多势众,却对人如此低声下气,显是为了怕泄漏消息。这不平道人与剑神、芙蓉仙子什么的,嘴里说是拔刀相助,其实多半不怀好意,另有图谋,咱们倒真是不用赶这趟浑水。"两人点了点头,邓百川嘴角一歪,示意还是走路的为是。慕容复道:"各位济济多士,便天大的难题也对付得了,何况更有不平道长等三位高手仗义相助,当世更有何人能敌?实无须在下在旁呐喊助威,碍手碍脚。告辞了!"

乌老大道:"且慢!这里的事情既已揭破了,那是有关几百人的生死大事。此间三十六洞、七十二岛众家兄弟,存亡荣辱,全是系于一线之间。慕容公子,我们不是信不过你,实因牵涉太大,不敢冒这个奇险。"慕容复说道:"阁下不许在下离去?"乌老大道:"那是不敢。"包不同道:"什么童姥姥、童伯伯的,我们姑苏慕容氏孤陋寡闻,今日还是首次听闻,自然更无丝毫牵缠瓜葛。你们干你们的,我们担保不会泄漏片言只字便是。姑苏慕容复是什么人,说过了的话,岂有不算数的?你们若要硬留,恐怕也未必能够,要留下包不同容易,难道你们竟留得下慕容公子和那位段公子?"

乌老大知他所说确是实情,尤其那个段公子步法古怪,背上虽负了一个女子,走起路来却犹如足不点地,轻飘飘的说过便过,谁也拦阻他不住;加之眼前自顾不暇,实不愿再树强敌,去得罪姑苏慕容氏。他向不平道人望了一眼,脸有为难之色,似在瞧他有什么主意。

不平道人说道:"乌老大,你的对头太强,多一个帮手好一个。姑苏慕容氏学究天人,施恩不望报,你也不必太顾忌了。今日之事,但求杀了你的对头。这一次杀她不了,那就什么都完了。慕容公子这样的大帮手,你怎么不请?"

乌老大一咬牙,下了决心,走到慕容复跟前深深一揖,说道:"慕容公子,三十六洞、七十二岛的兄弟们数十年来受尽荼毒,过着非人的日子,这次是甩出了性命,要干掉那老魔头,求你仗义援手,以解我们倒悬,大恩大德,永不敢忘。"他求慕容复相助,明明是迫于无奈,非出本心,但这几句话却显然说得十分诚恳。

慕容复道:"诸位此间高手如云,如何用得着在下……"他已想好了一番言语,要待一口拒绝,不欲卷入这个漩涡,突然间心念一动:"这乌老大说道'大恩大德,永不敢忘',这三十六洞、七十二岛之中,实不乏能人高手。我日后谋干大事,只愁人少,不嫌人多,倘若今日我助他们一臂之力,缓急之际,自可邀他们出马。这里数百好手,实是一支大大的精锐之师。"想到此节,当即转口:"不过常言道得好,路见不平,拔刀相助,原是我辈武人的本份……"

乌老大听他如此说,脸现喜色,道:"是啊,是啊!"

邓百川连使眼色,示意慕容复急速抽身,他见这些人殊非良善之辈,与之交游,有损无益。但慕容复只向他点了点头,示意已明白他意思,继续说道:"在下见到诸位武功高强,慷慨仗义,心下更是钦佩得紧,有心要结交这许多朋友。其实呢,诸位杀敌诛恶,也不一定需在下相助,但既交上了众位朋友,大伙儿今后有生之年,始终祸福与共,患难相助,慕容复供各位差遣便了。"

众人采声雷动,纷纷鼓掌叫好。"姑苏慕容"的名头在武林中响亮之极,适才见到他出手,果然名下无虚。乌老大向他求助,原没料想他能答允,只盼能挤得他立下重誓,决不泄漏秘密,也就是了,岂知他竟一口允可,不但言语说得十分客气,还说什么"大伙儿今后有生之年,祸福与共,患难相助",简直是结成了生死之交,不禁惊喜交集。

邓百川等四人却尽皆愕然。只是他们向来听从慕容复的号令,即令事事喜欢反其道而行的包不同,对这位公子爷也决不说"非也非也"四字,心中均道:"公子爷答应援手,当然另有用意,只不过我一时不懂而已。"

王语嫣听得表哥答允与众人联手,显已化敌为友,向段誉道:"段公子,他们不打了,你放我下来罢!"段誉一怔,道:"是,是,是!"双膝微屈,将她放下地来。王语嫣粉颊微红,低声道:"多谢你了!"段誉叹道:"唉,天长地久有时尽,此恨绵绵无绝期。"王语嫣道:"你说什么?在吟诗么?"

段誉一惊,从幻想中醒转,原来这顷刻之间,他心中已转了无数念头,想像自己将王语嫣放下地来之后,她随慕容复而去,此后天涯海角,再无相见之日,自己飘泊江湖,数十年中郁郁寡欢,最后饮恨而终,所谓"天长地久有时尽,此恨绵绵无绝期",便由此而发。他听王语嫣问起,忙道:"没什么,我……我……我在胡思乱想。"王语嫣随即也明白了他吟这两句诗的含意,脸上又是一红,只想立时便走到慕容复身边,苦于穴道未解,无法移步。

不平道人道:"乌老大,恭喜恭喜,慕容公子肯出手相助,大事已成功了九成,别说慕容公子本人神功无敌,便是他手下的段相公,便已是武林中难得一见的高人了。"他见段誉背负王语嫣,神色极是恭谨,只道与邓百川等是一般身份,也是慕容复的下属。

慕容复忙道:"这位段兄乃大理段家的名门高弟,在下对他好生相敬。段兄,请过来与这几位朋友见见如何?"

段誉站在王语嫣身边,斜眼偷窥,香泽微闻,虽不敢直视她的脸,但瞧着她白玉般的小手,也已心满意足,更无他求,于慕容复的呼唤压根儿就没听见。

慕容复又叫道:"段兄,请移步来见见这几位好朋友。"他一心笼络江湖英豪,便对段誉也已不再如昔日的倨傲。

但段誉眼中所见,只是王语嫣的一双手掌,十指尖尖,柔滑如凝脂,怎还听得见旁人的叫唤?王语嫣道:"段公子,我表哥叫你呢!"她这句话段誉立时便听见了,忙道:"是,是!他叫我干么?"王语嫣道:"表哥说,请你过去见见几位新朋友。"段誉不愿离开她身畔,道:"那你去不去?"王语嫣给他问得发窘,道:"他们要见你,不是见我。"段誉道:"你不去,那我也不去。"

不平道人虽见段誉步法特异,也没当他是如何了不起的人物,听到他和王语嫣的对答,不知他是一片痴心,除了眼前这个姑娘之外,于普天下亿万人都是视而不见,还道他轻视自己,不愿过来相见，不禁心下甚是恼怒。

王语嫣见众人的眼光都望着段誉和自己，不由得发窘，更恐表哥误会，叫道："表哥，我给人点了穴道，你……你来扶我一把。"

慕容复却不愿在众目睽睽之下显示儿女私情，说道："邓大哥，你照料一下王姑娘。段兄，请到这边来如何？"

王语嫣道："段公子，我表哥请你去，你便去罢。"段誉听她叫慕容复相扶，显是对自己大有见外之意，霎时间心下酸苦，迷迷惘惘的向慕容复走去。

慕容复道："段兄，我给你引见几位高人，这位是不平道长，这位是乌先生，这位是桑洞主。"

段誉道："是！是！"心中却在想："我明明站在她身边，她为什么不叫我扶，却叫表哥来扶？由是观之，她适才要我背负，只不过危急之际一时从权，倘若她表哥能够背负她，她自是要表哥背负，决不许我碰到她的身子。"又想："她如能伏在表哥身上，自必心花怒放。甚至邓百川、包不同这些人，是她表哥的下属，在她心目中也比我亲近得多。我呢？我和她无亲无故，萍水相逢，只是个毫不足道的陌生人，她怎会将我放在心上？她许我瞧她几眼，肯将这剪水双瞳在我微贱的身上扫上几扫，已是我天大的福份了。我如再有他想，只怕眼前这福报立时便即享尽……唉，她是再也不愿我伸手扶她的了。"

不平道人和乌老大见他双眼无神，望着空处，对慕容复的引见听而不闻，再加以双眉紧蹙，满脸愁容，显是不愿与自己相见。不平道人笑道："幸会，幸会！"伸出手来，拉住了段誉的右手。乌老大随即会意，一翻手掌，扣住了段誉的左手。乌老大的功夫十分霸道，一出手便是剑拔弩张，不似不平道人一般，虽然用意相同，也是要叫段誉吃些苦头，却做得不露丝毫痕迹，全然是十分亲热的模样。

· 1295 ·

两人一拉住段誉的手，四掌掌心相贴，同时运功相握。不平道人顷刻之间便觉体内真气迅速向外宣泄，不由得大吃一惊，急忙摔手。但此时段誉内力已深厚之极，竟将不平道人的手掌黏住了，北冥神功既被引动，吸引对方的内力越来越快。乌老大一抓住段誉手掌，便运内劲使出毒掌功夫，要段誉浑身麻痒难当，出声求饶，才将解药给他。不料段誉服食莽牯朱蛤后百毒不侵，乌老大掌心毒质对他全无损害，真气内力却也是飞快的给他吸了过去。乌老大大叫："喂，喂，你……你使'化功大法'！"

段誉兀自书空咄咄，心中自怨自叹："她不要我相扶，我生于天地之间，更有什么生人乐趣？我不如回去大理，从此不再见她。唉，不如到天龙寺去，出家做了和尚，皈依枯荣大师座下，每日里观身不净，作青瘀想，作脓血想，从此六根清净，一尘不染……"

慕容复不知段誉武功的真相，眼见不平道人与乌老大齐受困厄，脸色大变，只道段誉存心反击，忙抓住不平道人的背心急扯，真力疾冲即收，挡住北冥神功的吸力，将他扯开了，同时叫道："段兄，手下留情！"

段誉一惊，从幻想中醒了转来，当即以伯父段正明所授心法，凝神收功。

乌老大正自全力向外拉扯，突然掌心一松，脱出了对方黏引，向后一个踉跄，连退了几步，这才站住，不由得面红过耳，又惊又怒，一叠连声的叫道："化功大法，化功大法！"不平道人见识较广，察觉段誉吸取自己内力的功夫，似与江湖上恶名昭彰的"化功大法"颇为不同，至于到底是一是二，他没吃过化功大法的苦头，却也说不上来。

段誉这北冥神功被人疑为化功大法，早已有过多次，微笑道："星宿老怪丁春秋卑鄙龌龊，我怎能去学他的臭功夫？你当真太无见识……唉，唉，唉！"他本来在取笑乌老大，忽然又想起王语嫣将自己视若路人，自己却对她神魂颠倒，说到"太无见识"四字，自己比之乌老大可犹胜万倍，不由得连叹了三口长气。

慕容复道："这位段兄是大理段氏嫡系，人家名门正派，一阳指与六脉神剑功夫天下无双无对，怎能与星宿派丁老怪相提并论？"

他说到这里，只觉得右手的手掌与臂膀越来越是肿胀，显然并非由于与那矮子的双锤碰撞之故，心下惊疑不定，提起手来，只见手背上隐隐发绿，同时鼻中又闻到一股腥臭之气，立时省悟："啊，是了，我手臂受了这绿波香露刀的蒸薰，毒气侵入了肌肤。"当即横过刀来，刀背向外，刃锋向着自己，对乌老大道："乌先生，尊器奉还，多多得罪。"

乌老大伸手来接，却不见慕容复放开刀柄，一怔之下，笑道："这把刀有点儿古怪，多多得罪了。"从怀中取出一个小瓶，打开瓶塞，倒出一些粉末，放在掌心之中，反手按上慕容复的手背。顷刻间药透肌肤，慕容复只感到手掌与臂膀间一阵清凉，情知解药已然生效，微微一笑，将鬼头刀送了过去。

乌老大接过刀来，对段誉道："这位段兄跟我们到底是友是敌？若是朋友，相互便当推心置腹，好让在下将实情坦诚奉告。若是敌人，你武功虽高，说不得只好决一死战了。"说着斜眼相视，神色凛然。

段誉为情所困，哪里有乌老大半分的英雄气概？垂头丧气的道："我自己的烦恼多得不得了，推不开，解不了，怎有心绪去理会旁人闲事？我既不是你朋友，更不是你对头。你们的事我帮不了忙，可也决不会来捣乱。唉，我是千古的伤心人，念天地之悠悠，独怆然而涕下。知我者谓我心忧，不知我者谓我何求？江湖上的鸡虫得失，我段誉哪放在心上？"

不平道人见他疯疯颠颠，喃喃自语，但每说一两句话，便偷眼去瞧王语嫣的颜色，当下已猜到了八九分，提高声音向王语嫣道：

"王姑娘，令表兄慕容公子已答应仗义援手，与我们共襄义举，想必姑娘也是参与的了？"王语嫣道："是啊，我表哥跟你们在一起，我自然也跟随道长之后，以附骥末。"不平道人微笑道："岂敢，岂敢！王姑娘太客气了。"转头向段誉道："慕容公子跟我们在一起，王姑娘也跟我们在一起。段公子，倘若你也肯参与，大伙儿自是十分感激。但如公子无意，就请自便如何？"说着右手一举，作送客之状。

乌老大道："这个……这个……只怕不妥……"心中大大的不以为然，生怕段誉一走，便泄漏了机密，手中紧紧握住鬼头刀，只等段誉一迈步，便要上前阻拦。他却不知王语嫣既然留下，便用十匹马来拖拉，也不能将段誉拖走了。

只见段誉踱步兜了个圈子，说道："你叫我请便，却叫我到哪里去？天地虽大，何处是我段誉安身之所？我……我……我是无处可去的了。"

不平道人微笑道："既然如此，段公子便跟大伙儿在一起好啦。事到临头之际，你不妨袖手旁观，两不相助。"

乌老大犹有疑虑之意，不平道人向他使个眼色，说道："乌老大，你做事忒也把细了。来，来，来！这里三十六洞洞主、七十二岛岛主，贫道大半久仰大名，却从未见过面。此后大伙儿敌忾同仇，你该当给慕容公子、段公子，和贫道引见引见。"

乌老大道："原当如此。"当下传呼众人姓名，一个个的引见。这些人雄霸一方，相互间也大半不识，乌老大给慕容复等引见之时，旁边往往有人叫出声来："啊，原来他便是某某洞洞主。"或者轻声说："某某岛主威名远震，想不到是这等模样。"慕容复暗暗纳罕："这些人怎么相互间竟然不识？似乎他们今晚倒是初次见面。"

这一百零八个高手之中，有四个适才在混战中为慕容复所杀，这四人的下属见到慕容复时，自是神色阴戾，仇恨之意，见于颜色。

慕容复朗声道："在下失手误伤贵方数位朋友，心中好生过意不去，今后自当尽力，以补前愆。但若有哪一位朋友当真不肯见谅，此刻共御外敌，咱们只好把怨仇搁在一边，待大事一了，尽管到姑苏燕子坞来寻在下，作个了断便了。"

乌老大道："这话是极。慕容公子快人快语！在这儿的众兄弟们，相互间也未始没有怨仇，只是大敌当前，各人的小小嫌隙都须抛开。倘若有哪一位目光短浅，不理会大事，却来乘机报复自伙里的私怨，那便如何？"

人群中多人纷纷说道："那便是害群之马，大伙儿先将他清洗出去。""要是对付不了天山那老太婆，大伙儿尽数性命难保，还有什么私怨之可言？""覆巢之下，焉有完卵？乌老大、慕容公子，你们尽管放心，谁也不会这般愚蠢。"

慕容复道："那好得很，在下当众谢过了。但不知各位对在下有何差遣，便请示下。"

不平道人道："乌老大，大家共参大事，便须同舟共济。你是大伙儿带头的，天山童姥的事，相烦你说给我们听听，这老婆子到底有什么厉害之处，有什么惊人的本领，让贫道也好有个防备，免得身首异处之时，还是懵然不知。"

乌老大道："好！各位洞主、岛主这次相推在下暂行主持大计，姓乌的才疏学浅，原是不能担当重任，幸好慕容公子、不平道人、剑神卓先生、芙蓉仙子诸位共襄义举，在下的担子便轻得多了。"他对段誉犹有余愤，不提"段公子"三字。

人群中有人说道："客气话嘛，便省了罢！"又有人道："你奶奶的，咱们白刀子进，红刀子出，性命关头，还说这些空话，不是拿人来消遣吗？"

乌老大笑道："洪兄弟一出口便粗俗不堪。海马岛钦岛主，相烦你在东南方把守,若有敌人前来窥探,便发讯号。紫岩洞霍洞主,相烦你在正西方把守……"一连派出八位高手,把守八个方位。那八人各各应诺,带领部属,分别奔出守望。

慕容复心想:"这八位洞主、岛主,看来个个是桀骜不驯、阴鸷凶悍的人物,今日居然都接受乌老大的号令,人人并有戒慎恐惧的神气,可见所谋者大,而对头又实在令他们怕到了极处。我答应和他们联手,只怕这件事真的颇为棘手。"

乌老大待出去守望的八路人众走远,说道:"各位请就地坐下罢,由在下述说我们的苦衷。"

包不同突然插口道:"你们这些人物,杀人放火,下毒掳掠,只怕便如家常便饭一般,个个恶狠狠、凶霸霸,看来一生之中,坏事着实做了不少,哪里会有什么苦衷?'苦衷'两字,居然出于老兄之口,不通啊不通!"慕容复道:"包三哥,请静听乌洞主述说,别打断他的话头。"包不同叽咕道:"我听得人家说话欠通,忍不住便要直言谈相。"他话是这么说,但既然慕容复吩咐了,便也不再多言。

乌老大脸露苦笑,说道:"包兄所言本是不错。姓乌的虽然本领低微,但生就了一副倔强脾气,只有我去欺人,决不容人家欺我,哪知道,唉!"

乌老大一声叹息,突然身旁一人也是"唉"的一声长叹,悲凉之意,却强得多了。众人齐向叹声所发处望去,只见段誉双手反背在后,仰天望月,长声吟道:"月出皎兮,佼人僚兮;舒窈纠兮,劳心悄兮!"他吟的是《诗经》中《月出》之一章,意思说月光皎洁,美人娉婷,我心中愁思难舒,不由得忧心悄悄。四周大都是不学无术的武人,怎懂得他的诗云子曰?都向他怒目而视,怪他打断乌老大的话头。

王语嫣自是懂得他的本意,生怕表哥见怪,偷眼向慕容复一瞥，只见他全神贯注的凝视乌老大，全没留意段誉吟诗，这才放心。

乌老大道："慕容公子和不平道长等诸位此刻已不是外人，说出来也不怕列位见笑。我们三十六洞洞主、七十二岛岛主，有的僻居荒山，有的雄霸海岛，似乎好生自由自在，逍遥之极，其实个个受天山童姥的约束。老实说，我们都是她的奴隶。每一年之中，她总有一两次派人前来，将我们训斥一顿，骂得狗血淋头，真不是活人能够受的。你说我们听她痛骂，心中一定很气愤了罢？却又不然，她派来的人越是骂得厉害，我们越是高兴……"

包不同忍不住插口道："这就奇了，天下哪有这等犯贱之人，越是给人骂得厉害，越是开心？"

乌老大道："包兄有所不知，童姥派来的人倘若狠狠责骂一顿，我们这一年的难关就算渡过了，洞中岛上，总要大宴数日，欢庆平安。唉，做人做到这般模样，果然是贱得很了。童姥派来使者倘若不是大骂我们孙子王八蛋，不骂我们的十八代祖宗，以后的日子就不好过了。要知道她如不是派人来骂，就会派人来打，运气好的，那是三十下大棍，只要不把腿打断，多半也要设宴庆祝。"

包不同和风波恶相视而笑，两人极力克制，才不笑出声来，给人痛打数十棍，居然还要摆酒庆祝，那可真是千古从所未有之奇，只是听得乌老大语声凄惨，四周众人又都纷纷切齿咒骂，料来此事决计不假。

段誉全心所注，本来只是王语嫣一人，但他目光向王语嫣看去之时，见她在留神倾听乌老大说些什么，便也因她之听而听，只听得几句，忍不住双掌一拍，说道："岂有此理？岂有此理？这天山童姥到底是神是仙？是妖是怪？如此横行霸道，那不是欺人太甚么？"

乌老大道："段公子此言甚是。这童姥欺压于我等，将我们虐

· 1301 ·

待得连猪狗也不如。倘若她不命人前来用大棍子打屁股,那么往往用蟒鞭抽击背脊,再不然便是在我们背上钉几枚钉子。司马岛主,你受蟒鞭责打的伤痕,请你给列位朋友瞧瞧。"

一个骨瘦如柴的老者道:"惭愧,惭愧!"解开衣衫,露出背上纵三条、横三条,纵横交错九条鲜红色印痕,令人一见之下便觉恶心,想像这老者当时身受之时,一定痛楚之极。一条黑汉子大声道:"那算得什么?请看我背上的附骨钉。"解开衣衫,只见三枚大铁钉,钉在他背心,钉上生了黄锈,显然为时已久,不知如何,这黑汉子竟不设法取将出来。又有一个僧人哑声说道:"于洞主身受之惨,只怕还不及小僧!"伸手解开僧袍。众人见他颈边琵琶骨中穿了一条细长铁链,铁链通将下去,又穿过他的腕骨。他手腕只须轻轻一动,便即牵动琵琶骨,疼痛可想而知。

段誉怒极,大叫:"反了,反了!天下竟有如此阴险狠恶的人物。乌老大,段誉决意相助,大伙儿齐心合力,替武林中除去这个大害。"

乌老大道:"多谢段公子仗义相助。"转头向慕容复道:"我们在此聚会之人,没一个不曾受过童姥的欺压荼毒。我们说什么'万仙大会',那是往自己脸上贴金,说是'百鬼大会',这才名副其实了。我们这些年来所过的日子,只怕在阿鼻地狱中受苦的鬼魂也不过如此。往昔大家害怕她手段厉害,只好忍气吞声的苦度光阴,幸好老天爷有眼,这老贼婆横蛮一世,也有倒霉的时候。"

慕容复道:"各位为天山童姥所制,难以反抗,是否这老妇武功绝顶高强,是否和她动手,每次都不免落败?"乌老大道:"这老贼婆的武功,当然厉害得紧了。只是到底如何高明,却是谁也不知。"慕容复道:"深不可测?"乌老大点头道:"深不可测!"慕容复道:"你说这老妇终于也有倒霉的时候,却是如何?"

乌老大双眉一扬,精神大振,说道:"众兄弟今日在此聚会,便是为此了。今年三月初三，在下与天风洞安洞主、海马岛钦岛主等九人轮值供奉，采办了珍珠宝贝、绫罗绸缎、山珍海味、胭脂花粉等物，送到天山缥缈峰去……"包不同哈哈一笑，问道："这老太婆是个老妖怪么？说是个姥姥，怎么还用胭脂花粉？"乌老大道："老贼婆年纪已大，但她手下侍女仆妇为数不少，其中的年轻妇女是要用胭脂花粉的。只不过峰上没一个男子，不知她们打扮了又给谁看？"包不同笑道："想来是给你看的。"

乌老大正色道："包兄取笑了。咱们上缥缈峰去，个个给黑布蒙住了眼，闻声而不见物，缥缈峰中那些人是美是丑，是老是少，向来谁也不知。"

慕容复道："如此说来，天山童姥到底是何等样人，你们也从来没见到过？"

乌老大叹了口气，道："倒也有人见到过的。只是见到她的人可就惨了。那是在二十三年之前，有人大着胆子，偷偷拉开蒙眼的黑布，向那老贼婆望了一眼，还没来得及将黑布盖上眼去，便给老贼婆刺瞎了双眼，又割去了舌头，斩断了双臂。"慕容复道："刺瞎眼睛，那也罢了，割舌断臂，却又如何？"乌老大道："想是不许他向人泄漏这老贼婆的形相，割舌叫他不能说话，断臂叫他不能写字。"

包不同伸了伸舌头，道："浑蛋，浑蛋！厉害，厉害！"

乌老大道："我和安洞主、钦岛主等上缥缈峰之时，九个人心里都是怕得要命。老贼婆三年前嘱咐要齐备的药物，实在有几样太是难得，像三百年海龟的龟蛋，五尺长的鹿角，说什么也找不到。我们未能完全依照嘱咐备妥，料想这一次责罚必重。哪知道九个人战战兢兢的缴了物品，老贼婆派人传话出来，说道：'采购的物品也还罢了，九个孙子王八蛋，快快给我夹了尾巴，滚下峰去罢。'我们便如遇到皇恩大赦，当真是大喜过望，立即下峰，都想早走一

·1303·

刻好一刻,别要老贼婆发觉物品不对,追究起来,这罪可就受得大了。九个人来到缥缈峰下,拉开蒙眼的黑布,只见山峰下死了三个人。其中一个,安洞主识得是西夏国一品堂中的高手,名叫九翼道人。"

不平道人"哦"了一声,道:"九翼道人原来是被老贼婆所杀,江湖上传言纷纷,都说是姑苏慕容氏下的毒手呢。"包不同道:"放屁,放屁!什么八尾和尚、九翼道人,我们见都没见过,这笔帐又算在我们头上了。"他大骂"放屁",指的是"江湖上传言纷纷",并非骂不平道人放屁,但旁人听来,总不免刺耳。不平道人也不生气,微笑道:"树大招风,众望所归!"包不同喝道:"放……"斜眼向慕容复望了望,下面的话便收住了。不平道人道:"包兄怎地把下面这个字吃进肚里了。"包不同一转念间,登时大怒,喝道:"什么?你骂我吃屁么?"不平道人笑道:"不敢!包兄爱吃什么,便吃什么。"

包不同还待和他争辩,慕容复道:"世间不虞之誉,求全之毁,原也平常得紧,包三哥何必多辩?听说九翼道人轻功极高,一手雷公挡功夫,生平少逢敌手,别说他和在下全无过节可言,就算真有怨仇,在下也未必胜得过这位号称'雷动于九天之上'的九翼道长。"

不平道人微笑道:"慕容公子却又太谦了。九翼道人'雷动于九天之上'的功夫虽然了得,但若慕容公子还他一个'雷动于九天之上',他也只好束手待毙了。"

乌老大道:"九翼道人身上共有两处伤痕,都是剑伤。因此江湖上传说他是死于姑苏慕容之手,那全是胡说八道。在下亲眼目睹,岂有假的?倘若是慕容公子取他性命,自当以九翼道人的雷公挡伤他了。"

不平道人接口道:"两处剑伤?你说是两处伤痕?这就奇了!"

乌老大伸手一拍大腿，说道："不平道长果然了得，一听之下，便知其中有了蹊跷。九翼道人死于缥缈峰下，身上却有两处剑伤，这事可不对头啊。"

慕容复心想："那有什么不对头？这不平道人知道其中有了蹊跷，我可想不出来。"霎时之间，不由得心生相形见绌之感。

乌老大偏生要考一考慕容复，说道："慕容公子，你瞧这不是大大的不对劲么？"

慕容复不愿强不知为已知，一怔之下，便想说："在下可不明其理。"忽听王语嫣道："九翼道人一处剑伤，想必是在右腿'风市'穴与'伏兔'穴之间，另一处剑伤，当是在背心'悬枢'穴，一剑斩断了脊椎骨，不知是也不是？"

乌老大一惊非小，说道："当时姑娘也在缥缈峰下么？怎地我们都……都没瞧……瞧见姑娘？"他声音发颤，显得害怕之极。他想王语嫣其时原来也曾在场，自己此后的所作所为不免都逃不过她的眼去，只怕机密早已泄漏，大事尚未发动，已为天山童姥所知了。

另一个声音从人丛中传了出来："你怎么知……知……知……我怎么没见……见……见……"说话之人本来口吃得厉害，心中一急，更加说不明白。慕容复听这人口齿笨拙，甚是可笑，但三十六洞洞主、七十二岛岛主之中，竟无一人出口讥嘲，料想此人武功了得，又或行事狠辣，旁人都对他颇为忌惮，当下向包不同连使眼色，叫他不可得罪了此人。

王语嫣淡淡的道："西域天山，万里迢迢的，我这辈子从来没去过。"

乌老大更是害怕，心想：你既不是亲眼所见，当是旁人传言，难道这件事江湖上早已传得沸沸扬扬么？忙问："姑娘是听何人所说？"

王语嫣道："我不过胡乱猜测罢啦。九翼道人是雷电门的高

· 1305 ·

手，与人动手，自必施展轻功。他左手使铁牌，四十二路'蜀道难牌法'护住前胸、后心、上盘、左方，当真如铁桶相似，对方难以下手，唯一破绽是在右侧，敌方使剑的高手若要伤他，势须自他右腿'风市'穴与'伏兔'两穴之间入手。在这两穴间刺以一剑，九翼道人自必举牌护胸，同时以雷公挡使一招'春雷乍动'，斜劈敌人。对方既是高手，自然会乘机斩他后背，我猜这一招多半是用'白虹贯日'、'白帝斩蛇势'这一类招式，斩他'悬枢穴'上的脊骨。以九翼道人武功之强，用剑本来不易伤他，最好是用判官笔、点穴橛之类短兵刃克制，既是用剑了，那么当以这一类招式最具灵效。"

乌老大长吁了一口气，如释重负，隔了半晌，才大拇指一竖，说道："佩服，佩服！姑苏慕容门下，实无虚士！姑娘分擘入理，直如亲见。"

段誉忍不住插口："这位姑娘姓王，她可不是……她可不是姑苏慕容……"

王语嫣微笑道："姑苏慕容氏是我至亲，说我是姑苏慕容家的人，也无不可。"

段誉眼前一黑，身子摇晃，耳中嗡嗡然响着的只是一句话："说我是姑苏慕容家的人，也无不可。"

那个口吃之人道："原来如……如……如……"乌老大也不等他说出这个"此"字来，便道："那九翼道人身上之伤，果如这位王姑娘的推测，右腿风市、伏兔两穴间中了一剑，后心悬枢穴间脊背斩断……"他兀自不放心，又问一句："王姑娘，你确是凭武学的道理推断，并非目见耳闻？"王语嫣点了点头，说道："是。"

那口吃之人忽道："如果你要杀……杀……杀乌老大，那便如……如……如……"

乌老大听他问王语嫣如何来杀自己，怒从心起，喝道："你问这话，是什么居心？"但随即转念："这姑娘年纪轻轻，说能凭武学推断，料知九翼道人的死法，实是匪夷所思，多半那时她躲在缥缈峰下，亲眼见到有人用此剑招。此事关涉太大，不妨再问个明白。"便道："不错。请问姑娘，若要杀我，那便如何？"

王语嫣微微一笑，凑到慕容复耳畔，低声道："表哥，此人武功破绽，是在肩后天宗穴和肘后清冷渊，你出手攻他这两处，便能克制他。"

慕容复当着这数百好手之前，如何能甘受一个少女指点？他哼了一声，朗声道："乌洞主既然问你，你大声说了出来，那也不妨。"

王语嫣脸上一红，好生羞惭，寻思："我本想讨好于你，没想到这是当众逞能，掩盖了你的男子汉大丈夫的威风，我忒也笨了。"便道："表哥，姑苏慕容于天下武学无所不知，你说给乌老大听罢。"

慕容复不愿假装，更不愿借她之光，说道："乌洞主武功高强，要想伤他，谈何容易？乌洞主，咱们不必再说这些题外之言，请你继续告知缥缈峰下的所见所闻。"

乌老大一心要知道当日缥缈峰下是否另有旁人，说道："王姑娘，你既不知杀伤乌某之法，自也未必能知诛杀九翼道人的剑招，那么适才的言语，都是消遣某家的了。九翼道人的死法，到底姑娘如何得知，务请从实相告，此事非同小可，儿戏不得。"

段誉当王语嫣走到慕容复身边之时，全神贯注的凝视，瞧她对慕容复如何，又全神贯注的倾听她对慕容复说些什么。他内功深厚，王语嫣对慕容复说的这几句话声音虽低，他却也已听得清清楚楚，这时听乌老大的语气，简直便是直斥王语嫣撒谎，这位他敬若天神的意中人，岂是旁人冒渎得的？当下更不打话，右足一抬，已展开"凌波微步"，东一晃，西一转，蓦地里兜到了乌老大后心。

乌老大一惊，喝道："你干什……"段誉伸出右手，已按在他右肩后的"天宗穴"上，左手抓住了他左肘后的"清冷渊"。这两处穴道正是乌老大罩门所在，是他武功中的弱点。大凡临敌相斗，于自己罩门一定防护得十分周密，就算受伤中招，也总不会是在罩门左近。段誉毛手毛脚，出手全无家数，但一来他步法精奇，一霎眼间便欺到了乌老大身后，二来王语嫣对乌老大武功的家数看得极准，乌老大反掌欲待击敌，两处罩门已同时受制，对方只须稍吐微劲，自己立时便成了废人。他可不知段誉空有一身内功，却不能随意发放，纵然抓住了他两处罩门，其实半点也加害他不得。他适才已在段誉手下吃过苦头，如何还敢逞强？只得苦笑道："段公子武功神妙，乌某拜服。"

段誉道："在下不会武功，这全凭王姑娘的指点。"说着放开了他，缓步而回。

乌老大又惊又怕，呆了好一阵，才道："乌某今日方知天下之大，武功高强者，未必便只天山童姥一人。"向段誉的背影连望数眼，惊疑不定。

不平道人道："乌老大，你有这样大本领的高人拔刀相助，当真可喜可贺。"乌老大点头道："是，是！咱们取胜的把握，又多了几成。"不平道人道："九翼道人既然身有两处剑伤，那就不是天山童姥下的手了。"

乌老大道："是啊！当时我看到他身上居然有两处剑伤，便和道长一般的心思。天山童姥不喜远行，常人又怎敢到缥缈峰百里之内去撒野？她自是极少有施展武功的时候。因此在缥缈峰百里之内，若要杀人，定是她亲自出手。我们素知她的脾气，有时故意引一两个高手到缥缈峰下，让这老太婆过过杀人的瘾头。她杀人向来一招便即取了性命，哪有在对手身上连下两招之理？"

慕容复吃了一惊，心道："我慕容家'以彼之道，还施彼身',已是武林中惊世骇俗的本领,这天山童姥杀人不用第二招,真不信世上会有如此功夫。"

包不同可不如慕容复那么深沉不露,心下也是这般怀疑,便即问道:"乌洞主,你说天山童姥杀人不用第二招,对付武功平庸之辈当然不难,要是遇到真正的高手,难道也能在一招之下送了对方性命?浮夸,浮夸!全然的难以入信。"

乌老大道:"包兄不信,在下也无法可想。但我们这些人甘心受天山童姥的欺压凌辱,不论她说什么,我们谁也不敢说半个不字,如果她不是有超人之能,这里三十六洞洞主、七十二岛岛主,哪一个是好相与的?为什么这些年来服服贴贴,谁也不生异心?"

包不同点头道:"这中间果然是有些古怪,各位老兄未必是甘心做奴才。"虽觉乌老大言之有理,仍道:"非也,非也!你说不生异心,现下可不是大生异心、意图反叛么?"

乌老大道:"这中间是有道理的。当时我一见九翼道人有两伤,心下起疑,再看另外两个死者,见到那两人亦非一招致命,显然是经过了一场恶斗,简直是伤痕累累。我当下便和安、钦等诸位兄弟商议,这事可实在透着古怪。难道九翼道人等三人不是童姥所杀?但如不是童姥下的手,灵鹫宫中童姥属下那些女人,又怎敢自行在缥缈峰下杀人,抢去了童姥一招杀人的乐趣?九翼道人这等好手,杀起来其乐无穷,这般机缘等闲不易遇到,那比之抢去童姥到口的美食,尤为不敬。我们心中疑云重重,走出数里后,安洞主突然说道:'莫……莫非老夫人……生了……生了……'"

慕容复知他指的是那个口吃之人,心道:"原来这人便是安洞主。"

只听乌老大续道:"当时我们离缥缈峰不远,其实就在万里之外,背后提到这老贼婆之时,谁也不敢稍有不敬之意,向来都以'老夫人'相称。安兄弟说到莫非她是'生了……生了……'这几个字,众人不约而同的都道:'生了病?'"

不平道人问道:"这个童姥姥,究竟有多大岁数了?"

王语嫣低声道:"总不会很年轻罢。"

段誉道:"是,是,既然用上了这个'姥'字,当然不会年轻了。不过将来你就算做了'姥姥',还是挺年轻的。"眼见王语嫣留神倾听乌老大的话,全不理会自己说些什么,颇感没趣,心道:"这乌老大的话,我也只好听听,否则王姑娘问到我什么,全然接不上口,岂不是失却了千载难逢的良机?"

只听乌老大道:"童姥有多大年纪,那就谁也不知了。我们归属她的治下,少则一二十年,多则三四十年,只有无量洞洞主等少数几位,才是近年来归属灵鹫宫治下的。反正谁也没见过她面,谁也不敢问起她的岁数。"

段誉听到这里,心想那无量洞洞主倒是素识,四下打量,果见辛双清远远倚在一块大岩之旁,低头沉思,脸上深有忧色。

乌老大续道:"大伙儿随即想起:'人必有死,童姥姥本领再高,终究不是修炼成精,有金刚不坏之身。这一次我们供奉的物品不齐,她不加责罚,已是出奇,而九翼道人等死在峰下,身上居然不止一伤,更加启人疑窦。'总而言之,其中一定有重大古怪。

"大伙儿各有各的心思,但也可说各人都是一样的打算,你瞧瞧我,我瞧瞧你,谁也不敢先开口说话,有的又惊又喜,有的愁眉苦脸。各人都知这是我们脱却枷锁、再世为人的唯一良机,可是童姥姥治理我们何等严峻,又有谁敢倡议去探个究竟?隔了半天,钦兄弟道:'安二哥的猜测是大有道理,不过,这件事太也冒险,依兄弟之见,咱们还是各自回去,静候消息,待等到了确讯之后,再定行止,也还不迟。'

"钦兄弟这老成持重的法子本来十分妥善,可是……可是……我们实在又不能等。安洞主说道:'这生死符……生死符……'他不用再说下去，各人也均了然。老贼婆手中握住我们的生死符，谁也反抗不得，倘若她患病身死，生死符落入了第二人手中，我们岂不是又成为第二个人的奴隶？这一生一世，永远不能翻身？倘若那人凶狠恶毒，比之老贼婆犹有过之，我们将来所受的凌辱荼毒，岂不是比今日更加厉害？这实在是箭在弦上，不得不发。明知前途凶险异常，却也是非去探个究竟不可。

"我们这一群人中，论到武功机智，自以安洞主为第一，他的轻身功夫尤其比旁人高得多。那时寂静无声之中，八个人的目光都望到了安洞主脸上。"

慕容复、王语嫣、段誉、邓百川，以及不识安洞主之人，目光都在人群中扫来扫去，要见这位说话口吃而武功高强的安某，到底是何等样的人物。众人又都记了起来，适才乌老大向慕容复与不平道人等引见诸洞主、岛主之时，并无安洞主在内。

乌老大道："安洞主喜欢清静，不爱结交，因此适才没与各位引见，莫怪，莫怪！当时众望所归，都盼安洞主出马探个究竟。安洞主道：'既是如此，在下义不容辞，自当前去察看。'"众人均知安洞主当时说话决无如此流畅，只是乌老大不便引述他口吃之言，使人讪笑；而他不愿与慕容复、不平道人相见，自也因口吃之故。

乌老大继续说道："我们在缥缈峰下苦苦等候，当真是度日如年，生怕安洞主有什么不测。大家真人面前不说假话，我们固然担心安洞主遭了老贼婆的毒手，更怕的是，老贼婆一怒之下，更来向我们为难。但事到临头，那也只有硬挺，反正老贼婆若要严惩，大伙儿也是逃不了的。直过了三个时辰，安洞主才回到约定的相会之所。我们见到他脸有喜色，大家先放下了心头大石。他道：'老夫人有病，不在峰上。'原来他悄悄重回缥缈峰，听到老贼婆的侍女们说话，得知老贼婆身患重病，出外采药求医去了！"

· 1311 ·

乌老大说到这里，人群中登时响起一片欢呼之声。天山童姥生病的讯息，他们当然早已得知，众人聚集在此，就是商议此事，但听乌老大提及，仍然不禁喝采。

段誉摇了摇头，说道："闻病则喜，幸灾乐祸！"他这两句话夹在欢声雷动之中，谁也没加留神。

乌老大道："大家听到这个讯息，自是心花怒放，但又怕老贼婆诡计多端，故意装病来试探我们。九个人一商议，又过了两天，这才一齐再上缥缈峰窥探。这一次乌某人自己亲耳听到了。老贼婆果然是身患重病，半点也不假。只不过生死符的所在，却查不出来。"

包不同插嘴道："喂，乌老兄，那生死符，到底是什么鬼东西？"乌老大叹了口气，说道："此东西说来话长，一时也不能向包兄解释明白。总而言之，老贼婆掌管生死符在手，随时可制我们死命。"包不同道："那是一件十分厉害的法宝？"乌老大苦笑道："也可这么说。"

段誉心想："那神农帮帮主、山羊胡子司空玄，也是怕极了天山童姥的'生死符'，以致跳崖自尽，可见这法宝委实厉害。"

乌老大不愿多谈"生死符"，转头向众人朗声说道："老贼婆生了重病，那是千真万确的了。咱们要翻身脱难，只有鼓起勇气，拼命干上一场。不过老贼婆目前是否已回去缥缈峰灵鹫宫，咱们无法知晓。今后如何行止，要请大家合计合计。尤其不平道长、慕容公子、王姑娘……段公子四位有何高见，务请不吝赐教。"

段誉道："先前听说天山童姥强凶霸道，欺凌各位，在下心中不忿，决意上缥缈峰去跟这位老夫人理论理论。但她既然生病，乘人之危，君子所不取。别说我没有高见，就是有高见，我也是不说的了。"

·1312·

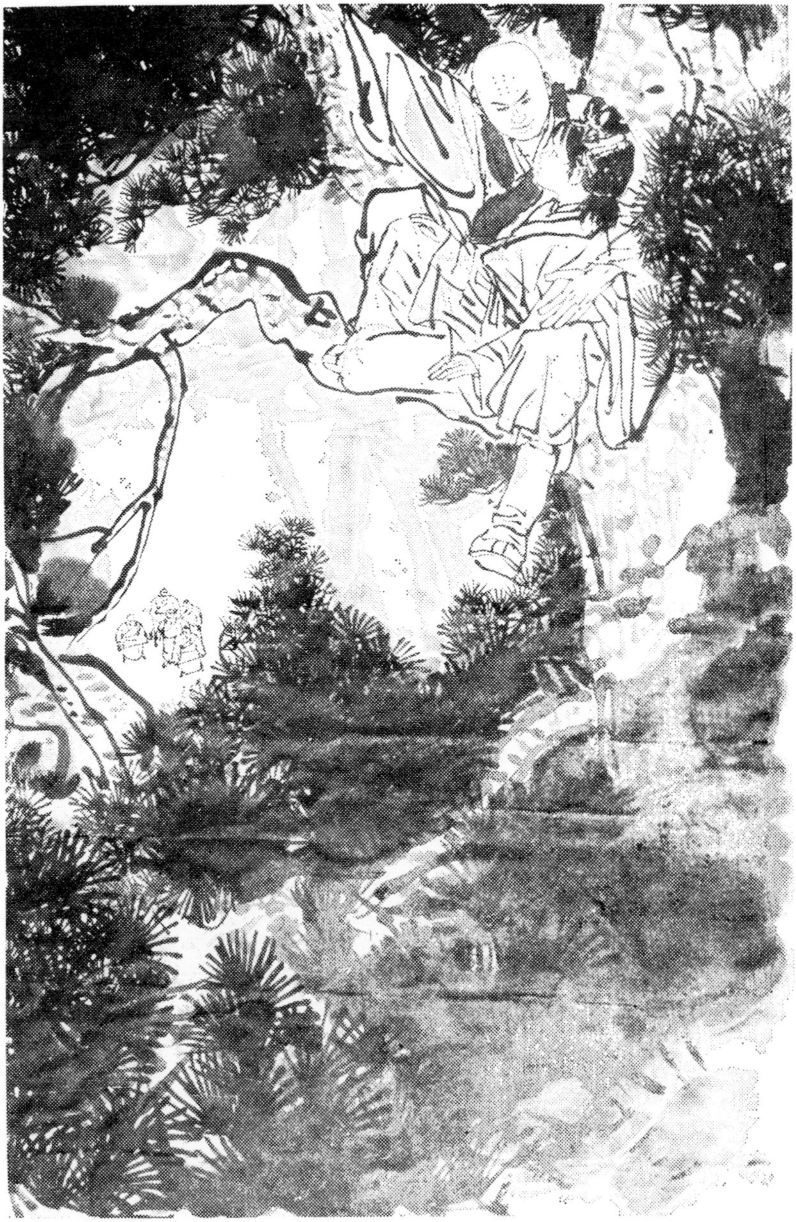

虚竹抱起女童,跃上松树顶,连说:"好险,好险!"五个敌人远远站着指指点点,却不敢逼近。

三十五

红颜弹指老　刹那芳华

乌老大脸色一变，待要说话，不平道人向他使个眼色，微笑道："段公子是君子人，不肯乘人之危，品格高尚，佩服，佩服！乌兄，咱们进攻缥缈峰，第一要义，是要知道灵鹫宫中的虚实。安洞主与乌兄等九位亲身上去探过，老贼婆离去之后，宫中到底尚有多少高手？布置如何？乌兄虽不能尽知，想来总必听到一二，便请说出来，大家参详如何？"

乌老大道："说也惭愧，我们到灵鹫宫中去察看，谁也不敢放胆探听，大家竭力隐蔽，唯恐撞到了人。但在下在宫后花圃之中，还是给一个女童撞见了。这女娃儿似乎是个丫环之类，她突然抬头，我一个闪避不及，跟她打了个照面。在下深恐泄漏了机密，纵上前去，施展擒拿法，便想将她抓住。那时我是甩出性命不要了。灵鹫宫中那些姑娘、太太们曾得老贼婆指点武功，个个非同小可，虽是个小小女童，只怕也十分了得。我这下冲上前去，自知是九死一生之举……"

他声音微微发颤，显然当时局势凶险之极，此刻回思，犹有余悸。众人眼见他现下安然无恙，那么当日在缥缈峰上纵曾遇到什么危难，必也化险为夷，但想乌老大居然敢在缥缈峰上动手，虽说是实逼处此，铤而走险，却也算得是胆大包天了。

只听他继续说道:"我这一上去,便是施展全力,双手使的是'虎爪功',当时我脑海中闪过了一个念头:倘若一招拿不到这女娃儿,给她张嘴叫喊,引来后援,那么我立刻从这数百丈的高峰上跃了下去,爽爽快快图个自尽,免得落在老贼婆手下那批女将手中,受那无穷无尽的苦楚。哪知道……哪知道我左手一搭上这女娃儿肩头,右手抓住她的臂膀,她竟毫不抗拒,身子一晃,便即软倒,全身没半点力气,却是一点武功也无。那时我大喜过望,一呆之下,两只脚酸软无比,不怕各位见笑,我是自己吓自己,这女娃儿软倒了,我这不成器的乌老大,险些儿也软倒了。"

他说到这里,人群中发出一阵笑声,各人心情为之一松。乌老大虽讥嘲自己胆小,但人人均知他其实极是刚勇,敢到缥缈峰上出手拿人,岂是等闲之事?

乌老大一招手,他手下一人提了一只黑色布袋,走上前来,放在他身前。乌老大解开袋口绳索,将袋口往下一捺,袋中露出一个人来。

众人都是"啊"的一声,只见那人身形甚小,是个女童。

乌老大得意洋洋的道:"这个女娃娃,便是乌某人从缥缈峰上擒下来的。"

众人齐声欢呼:"乌老大了不起!""当真是英雄好汉!""三十六洞、七十二岛群仙,以你乌老大居首!"

众人欢呼声中,夹杂着一声声咿咿呀呀的哭泣,那女童双手按在脸上,呜呜而哭。

乌老大道:"我们拿到了这女娃娃后,生恐再耽搁下去,泄漏了风声,便即下峰。一再盘问这女娃娃,可惜得很,她却是个哑巴。我们初时还道她是装聋作哑,曾想了许多法儿相试,有时出其不意的在她背后大叫一声,瞧她是否惊跳,试来试去,原来真是哑的。"

众人听那女童的哭泣,呀呀呀的,果然是哑巴之声。人丛中一人问道:"乌老大,她不会说话,写字会不会?"乌老大道:"也不会。我们什么拷打、浸水、火烫、饿饭,一切法门都使过了,看来她不是倔强,却是真的不会。"

段誉忍不住道:"嘿嘿,以这等卑鄙手段折磨一个小姑娘,你羞也不羞?"乌老大道:"我们在天山童姥手下所受的折磨,惨过十倍,一报还一报,何羞之有?"段誉道:"你们要报仇,该当去对付天山童姥才是,对付她手下的一个小丫头,有什么用?"

乌老大道:"自然有用。"提高声音说道:"众位兄弟,咱们今天齐心合力,反了缥缈峰,此后有福同享,有祸共当,大伙儿歃血为盟,以图大事。有没有哪一个不愿干的?"

他连问两句,无人作声。问到第三句上,一个魁梧的汉子转过身来,一言不发的往西便奔。乌老大叫道:"剑鱼岛区岛主,你到哪里去?"那汉子不答,只拔足飞奔,身形极快,转眼间便转过了山坳。众人叫道:"这人胆小,临阵脱逃,快截住他。"霎时之间,十余人追了下去,个个是轻功上佳之辈,但与那区岛主相距已远,不知是否追赶得上。

突然间"啊"的一声长声惨呼,从山后传了过来。众人一惊之下,相顾变色,那追逐的十余人也都停了脚步,只听得呼呼风响,一颗圆球般的东西从山坳后疾飞而出,掠过半空,向人丛中落了下来。

乌老大纵身跃前,将那圆物接在手中,灯光下见那物血肉模糊,竟是一颗首级,再看那首级的面目,但见须眉戟张,双目圆睁,便是适才那个逃去的区岛主,乌老大颤声道:"区岛主……"一时之间,他想不出这区岛主何以会如此迅速的送命,心底隐隐升起了一个极为恐怖的念头:"莫非天山童姥到了?"

不平道人哈哈大笑,说道:"剑神神剑,果然名不虚传,卓兄,你把守得好紧啊!"

·1317·

山坳后传来一个清亮的声音道:"临阵脱逃,人人得而诛之。众家洞主、岛主,请勿怪责。"

众人从惊惶中醒觉过来,都道:"幸得剑神除灭叛徒,才不致坏了咱们大事。"

慕容复和邓百川等均想:"此人号称'剑神',未免也太狂妄自大。你剑法再高,又岂能自称为'神'?江湖上没听见过有这么一号人物,却不知剑法到底如何高明?"

乌老大自愧刚才自己疑神疑鬼,大声道:"众家兄弟,请大家取出兵刃,每人向这女娃娃砍上一刀,刺上一剑。这女娃娃年纪虽小,又是个哑巴,终究是缥缈峰的人物,大伙儿的刀头喝过了她身上的血,从此跟缥缈峰势不两立,就算再要有三心两意,那也不容你再畏缩后退了。"他一说完,当即擎鬼头刀在手。

一干人等齐声叫道:"不错,该当如此!大伙儿歃血为盟,从此有进无退,跟老贼婆拼到底了。"

段誉大声叫道:"这个使不得,大大的使不得。慕容兄,你务须出手,制止这等暴行才好。"慕容复摇了摇头,道:"段兄,人家身家性命,尽皆系此一举,咱们是外人,不可妄加干预。"段誉激动义愤,叫道:"大丈夫路见不平,岂能眼开眼闭,视而不见?王姑娘,你就算骂我,我也是要去救她的了,只不过……只不过我段誉手无缚鸡之力,要救这小姑娘的性命,却有点难以办到。喂,喂,邓兄、公冶兄,你们怎么不动手?包兄、风兄,我冲上前去救人,你们随后接应如何?"邓百川等向来唯慕容复马首是瞻,见慕容复不欲插手,都向段誉摇了摇头,脸上却均有歉然之色。

乌老大听得段誉大呼小叫,心想此人武功极高,真要横来生事,却也不易对付,夜长梦多,速行了断的为是,当即举起鬼头刀,叫道:"乌老大第一个动手!"挥刀便向那身在布袋中的女童砍了下去。

段誉叫道:"不好!"手指一伸,一招"中冲剑",向乌老大的鬼头刀上刺去。哪知他这六脉神剑不能收发由心,有时真气鼓荡,威力无穷,有时候内力却半点也运不上来,这时一剑刺出,真气只到了手掌之间,便发不出去。

眼见乌老大这一刀便要砍到那女童身上,突然间岩石后面跃出一个黑影,左掌一伸,一股大力便将乌老大撞开,右手抓起地下的布袋,将那女童连袋负在背上,便向西北角的山峰疾奔上去。

众人齐声发喊,纷纷向他追去。但那人奔行奇速,片刻之间便冲入了山坡上的密林。诸洞主、岛主所发射的暗器,不是打上了树身,便是被枝叶弹落。

段誉大喜,他目光敏锐,已认出了此人面目,那日在聪辩先生苏星河的棋会中曾和他会过,那个繁复无比的珍珑便是他解开的,大声叫道:"是少林寺的虚竹和尚。虚竹师兄,姓段的向你合什顶礼!你少林寺是武林中的泰山北斗,果然名不虚传。"

众人见那人一掌便将乌老大推开,脚步轻捷,武功着实了得,又听段誉大呼赞好,说他是少林寺的和尚,少林寺盛名之下,人人心中存了怯意,不敢过份逼近。只是此事牵涉太过重大,这女孩被少林僧人救走,若不将他杀了灭口,众人的图谋立时便即泄漏,不测奇祸随之而至,各人呼啸叫嚷,疾追而前。

眼见这少林僧疾奔上峰,山峰高耸入云,峰顶白雪皑皑,要攀到绝顶,便是轻功高手,只怕也得四五天功夫。不平道人叫道:"大家不必惊惶,这和尚上了山峰,那是一条绝路,不怕他飞上天去。大伙儿守紧峰下通路,不让他逃脱便是。"各人听了,心下稍安。当下乌老大分派人手,团团将那山峰四周的通路都守住了。唯恐那少林僧冲将下来,围守者抵挡不住,每条路上都布了三道卡子,头卡守不住尚有中卡,中卡之后又有后卡,另有十余名好手来回巡逻接应。分派已定,乌老大与不平道人、安洞主、桑土公、霍洞主、钦岛主等数十人上山搜捕，务须先除了这僧人，以免后患。

慕容复等一群人被分派在东路防守，面子上是请他们坐镇东方，实则是不欲他们参与其事。慕容复心中雪亮，知道乌老大对自己颇有疑忌之意，微微一笑，便领了邓百川等人守在东路。段誉也不怕别人讨厌，不住口的大赞虚竹英雄了得。

抢了布袋之人，正是虚竹。他在小饭店中见到慕容复与丁春秋一场惊心动魄的剧斗，只吓得魂不附体，乘着游坦之抢救阿紫、慕容复脱身出门、丁春秋追出门去的机会，立即从后门中溜了出去。他一心只想找到慧方等师伯叔，好听他们示下，他自从一掌打死师伯祖玄难之后，已然六神无主，不知如何是好。他从无行走江湖的经历，又不识路径，自经丁春秋和慕容复恶斗一役，成了惊弓之鸟，连小饭店、小客栈也不敢进去，只在山野间乱闯。

其时三十六洞洞主、七十二岛岛主相约在此间山谷中聚会，每人各携子弟亲信，人数着实不少，虚竹在途中自不免撞到。他见这些人显然是江湖人物，便想向他们打听慧方等师叔伯的行踪，但见他们形貌凶恶，只怕与丁春秋是一伙，却又不敢，随即听得他们悄悄商议，似乎要干什么害人的勾当，心想行侠仗义、扶危济困，少林弟子责无旁贷，当即跟随其后，终于将当晚的情景一一瞧在眼里，听在耳中。他于江湖上诸般恩怨过节全然不懂，待见乌老大举起鬼头刀，要砍死一个全无抗拒之力的哑巴女孩，不由得慈悲心大动，心想不管谁是谁非，这女孩是非救不可的，当即从岩石后面冲将出来，抢了布袋便走。

他上峰之后，提气直奔，眼见越奔树林越密，追赶者叫嚣呐喊之声渐渐轻了。他出手救人之时，只是凭着一番慈悲心肠，他发过菩提心，决意要做菩萨、成佛，见到众生有难，那是非救不可，但这时想到这些人武功厉害，手段毒辣，随便哪一个出手，自己都非其敌，寻思："只有逃到一个隐僻之所，躲了起来，他们再也找我不到，才能保得住这女孩和我自己的性命。"其时真所谓饥不择食，慌不择路，见那里树木茂密，便钻了进去。

好在他已得了那逍遥派老人七十余年的内功修为，内力充沛之极，奔了将近两个时辰，竟丝毫不累。又奔了一阵，天色发白，脚底下踏到薄薄的积雪，原来已奔到山腰，密林中阳光不到之处，已有未消的残雪。虚竹定了定神，观看四周情势，一颗心仍是突突乱跳，自言自语："却逃到哪里去才好？"

忽听得背后一个声音说道："胆小鬼，只想到逃命，我给你羞也羞死了！"虚竹吓了一跳，大叫："啊哟！"发足又向山峰上狂奔。奔了数里，才敢回头，却不见有谁追来，低声道："还好，没人追来。"

这句话一出口，背后又有个声音道："男子汉大丈夫，吓成这个样子，狗才！鼠辈！小畜生！"虚竹这一惊更是非同小可，迈步又向前奔，背后那声音说道："又胆小，又笨，真不是个东西！"那声音便在背后一二尺之处，当真是触手可及。

虚竹心道："糟糕，糟糕！这人武功如此高强，这一回定然难逃毒手了。"放开脚步，越奔越快。那声音又道："既然害怕，便不该逞英雄救人。你到底想逃到哪里去？"

虚竹听那声音便在耳边响起，双腿一软，险些便要摔倒，一个踉跄之后，回转身来，其时天色已明，日光从浓荫中透了进来，却不见人影。虚竹只道那人躲在树后，恭恭敬敬地道："小僧见这些人要加害一个小小女童，是以不自量力，出手救人，决无自逞英雄之心。"

那声音冷笑道："你做事不自量力，便有苦头吃了。"

这声音仍是在他背后耳根外响起，虚竹更加惊讶，急忙回头，背后空荡荡地，却哪里有人？他想此人身法如此快捷，武功比自己高出何止十倍，若要伸手加害，十个虚竹的性命早就没有了，而且从他语气中听来，只不过责备自己胆小无能，似乎并非乌老大等人一路，当下定了定神，说道："小僧无能，还请前辈赐予指点。"

那声音冷笑道："你又不是我的徒子徒孙，我怎能指点于你？"

虚竹道："是，是！小僧妄言，前辈恕罪。敌方人众，小僧不是他们敌手，我……我这可要逃走了。"说了这句话，提气向山峰上奔去。

背后那声音道："这山峰是条绝路，他们在山峰下把守住了，你如何逃得出去？"虚竹一呆，停了脚步，道："我……我……我倒没想到。前辈慈悲，指点一条明路。"那声音嘿嘿冷笑，说道："眼前只有两条路，一条是转身冲杀，将那些妖魔鬼怪都诛杀了。"虚竹道："一来小僧无能，二来不愿杀人。"那声音道："那么便走第二条路，你纵身一跃，跳入下面的万丈深谷，粉身碎骨，那便一了百了，涅槃解脱。"

虚竹道："这个……"回头看了一眼，这时遍地已都是积雪，但雪地中除了自己的一行足印之外，更无第二人的足印，寻思："此人踏雪无痕，武功之高，实已到了匪夷所思的地步。"那声音道："这个那个的，你要说什么？"虚竹道："这一跳下去，小僧固然死了，连小僧救了出来的那个女孩也同时送命。一来救人没有救彻，二来小僧佛法修为尚浅，清净涅槃是说不上的，势必又入轮回，重受生死流转之苦。"

那声音问道："你和缥缈峰有什么渊源？何以不顾自己性命，冒险去救此人？"虚竹一面快步向峰上奔去，一面说道："什么缥缈峰、灵鹫宫，小僧今日都是第一次听见。小僧是少林弟子，这一次奉命下山，与江湖上任何门派均无瓜葛。"那声音冷笑道："如此说来，你倒是个见义勇为的小和尚了。"虚竹道："小和尚是实，见义勇为却不见得。小僧无甚见识，诸多妄行，胸中有无数难题，不知如何是好。"

· 1322 ·

那声音道："你内力充沛，着实了得，可是这功力却全不是少林一派，是什么缘故？"

虚竹道："这件事说来话长，正是小僧胸中一个大大的难题。"那声音道："什么说来话长，说来话短，我不许你诸多推诿，快快说来。"语气甚是严峻，实不容他规避。但虚竹想起苏星河曾说，"逍遥派"的名字极为隐秘，决不能让本派之外的人听到，他虽知身后之人是个武功甚高的前辈，但连面也没见过，怎能贸然便将这个重大秘密相告，说道："前辈见谅，小僧实有许多苦衷，不能相告。"

那声音道："好，既然如此，你快放我下来。"虚竹吃了一惊，道："什……什么？"那声音道："你快放我下来，什么什么的，啰里啰唆！"

虚竹听这声音不男不女，只觉甚是苍老，但他说"你快放我下来"，实不懂是何意，当下立定脚步，转了个身，仍见不到背后那人，正惶惑间，那声音骂道："臭和尚，快放我下来，我在你背后的布袋之中，你当我是谁？"

虚竹更是大吃一惊，双手不由松了，拍的一声，布袋摔在地上，袋中"啊哟"一声，传出一下苍老的呼痛之声，正是一直听到的那个声音。虚竹也是"啊哟"一声，说道："小姑娘，原来是你，怎么你的口音这般老？"当即打开布袋口，扶了一人出来。

只见这人身形矮小，便是那个八九岁女童，但双目如电，炯炯有神，向虚竹瞧来之时，自有一股凌人的威严。虚竹张大了口，一时说不出话。

那女童说道："见了长辈也不行礼，这般没规矩。"声音苍老，神情更是老气横秋。虚竹道："小……小姑娘……"那女童喝道："什么小姑娘，大姑娘？我是你姥姥！"虚竹微微一笑，说道："咱们陷身绝地，可别闹着玩了。来，你到袋子里去，我背了你上山。过得片刻，敌人便追到啦！"

那女童向虚竹上下打量，突然见到他左手手指上戴的那枚宝石指环，脸上变色，问道："你……你这是什么东西？给我瞧瞧。"

虚竹本来不想把指环戴在手上，只是知道此物要紧，生怕掉了，不敢放在怀里，听那女童问起，笑道："那也不是什么好玩的物事。"

那女童伸出手来，抓住他左腕，察看指环。她将虚竹的手掌侧来侧去，看了良久。虚竹忽觉她抓着自己的小手不住发颤，侧过头来，只见她一双清澈的大眼中充满了泪水。又过好一会，她才放开虚竹的手掌。

那女童道："这枚七宝指环，你是从哪里偷来的？"语音严峻，如审盗贼。虚竹心下不悦，说道："出家人严守戒律，怎可偷盗妄取？这是别人给我的，怎说是偷来的？"那女童道："胡说八道！你说是少林弟子，人家怎会将这枚指环给你？你若不从实说来，我抽你的筋，剥你的皮，叫你受尽百般苦楚。"

虚竹哑然失笑，心想："我若不是亲眼目睹，单是听你的声音，当真要给你这小小娃儿吓倒了。"说道："小姑娘……"突然拍的一声，腰间吃了一拳，只是那女童究竟力弱，却也不觉疼痛。虚竹怒道："你怎么出手便打人？小小年纪，忒也横蛮无礼！"

那女童道："你法名叫虚竹，嗯，灵、玄、慧、虚，你是少林派中第三十七代弟子。玄慈、玄悲、玄苦、玄难这些小和尚，都是你的师祖？"

虚竹退了一步，惊讶无已，这个八九岁的女童居然知道自己的师承辈份，更称玄慈、玄悲等师伯祖、师叔祖为"小和尚"，出口吐属，哪里像个小小女孩？突然想起："世上据说有借尸还魂之事，莫非……莫非有个老前辈的鬼魂，附在这个小姑娘身上么？"

那女童道："我问你，是便说是，不是便不是，怎地不答？"
虚竹道："你说得不错，只是称本寺方丈大师为'小和尚'，未免太过。"那女童道:"怎么不是小和尚?我和他师父灵门大师平辈论交,玄慈怎么不是小和尚?又有什么'太过'不'太过'的?"虚竹更是惊讶,玄慈方丈的师父灵门禅师是少林派第三十四代弟子中杰出的高僧,虚竹自是知晓。他越来越信这女童是借尸还魂,说道:"那么……那么……你是谁?"

那女童怫然道:"初时你口口声声称我'前辈',倒也恭谨有礼,怎地忽然你呀你的起来了?若不是念在你相救有功,姥姥一掌早便送了你的狗命!"虚竹听她自称"姥姥",很是害怕,说道:"姥姥,不敢请教你尊姓大名。"那女童转怒为喜,说道:"这才是了。我先问你,你这枚七宝指环哪里得来的?"虚竹道:"是一位老先生给我的。我本来不要,我是少林弟子,实在不能收受。可是那位老先生命在垂危,不由我分说……"

那女童突然伸手,又抓住了他手腕,颤声道:"你说那……那老先生命在垂危?他死了么?不,不,你先说,那老先生怎般的相貌?"虚竹道:"他须长三尺,脸如冠玉,人品极是俊雅。"那女童全身颤抖,问道:"怎么他会命在垂危?他……他一身武功……"突然转悲为怒,骂道:"臭和尚,无崖子一身武功,他不散功,怎么死得了?一个人要死,便这么容易?"虚竹点头道:"是!"这女童虽然小小年纪,但气势慑人,虚竹对她的话不敢稍持异议,只是难以明白:"什么叫做散功?一个人要死,容易得紧,又有什么难了?"

那女童又问:"你在哪里遇见无崖子的?"虚竹道:"你说的是那位容貌清秀的老先生,便是聪辩先生苏星河的师父么?"那女童道:"自然是了。哼,你连这人的名字也不知道,居然撒谎,说他将七宝指环给了你,厚颜无耻,大胆之极!"

虚竹道:"你也认得这位无崖子老先生吗?"那女童怒道:"是我问你,不是你问我。我问你在哪里遇见无崖子,快快答来！"虚竹道："那是在一个山峰之上，我无意间解破了一个'珍珑'棋局，这才遇到这位老先生。"

那女童伸出拳头，作势要打，怒道："胡说八道！这珍珑棋局数十年来难倒了天下多少才智之士，凭你这蠢笨如牛的小和尚也解得开？你再胡乱吹牛，我可不跟你客气了。"

虚竹道："若凭小僧自己本事，自然是解不开的。但当时势在骑虎，聪辩先生逼迫小僧非落子不可，小僧只得闭上眼睛，胡乱下了一子，岂知误打误撞，自己填塞了一块白棋，居然棋势开朗，再经高人指点，便解开了，本来这全是侥幸。可是小僧一时胡乱妄行，此后罪业非小。唉，真是罪过，阿弥陀佛，阿弥陀佛。"说着双手合什，连宣佛号。

那女童将信将疑，道："这般说，倒也有几分道理……"一言未毕，忽听得下面隐隐传来呼啸之声。虚竹叫道："啊哟！"打开布袋口，将那女童一把塞在袋中，负在背上，拔脚向山上狂奔。

他奔了一会，山下的叫声又离得远了，回头一看，只见积雪中印着自己一行清清楚楚的脚印，失声呼道："不好！"那女童问道："什么不好？"虚竹道："我在雪地里留下了脚印，不论逃得多远，他们终究找得到咱们。"那女童道："上树飞行，便无踪迹，只可惜你武功太也低微，连这点儿粗浅的轻功也不会。小和尚，我瞧你的内力不弱，不妨试试。"

虚竹道："好，这就试试！"纵身一跃，老高的跳在半空，竟然高出树顶丈许，掉下时伸足踏向树干，喀喇一声，踩断树干，连人带树干一齐掉将下来。这下子一交仰天摔落，势须压在布袋之上，虚竹生恐压伤了女童，半空中急忙一个鹞子翻身，翻将过来，变成合扑，砰的一声，额头撞在一块岩石之上，登时皮破血流。虚竹叫道："哎唷，哎唷！"挣扎着爬起，甚是惭愧，说道："我……我武功低微，又笨得紧，不成的。"

那女童道："你宁可自己受伤，也不敢压我，总算对姥姥恭谨有礼。姥姥一来要利用于你，二来嘉奖后辈，便传你一手飞跃之术。你听好了，上跃之时，双膝微曲，提气丹田，待觉真气上升，便须放松肌骨，存想玉枕穴间……"当下一句句向他解释，又教他如何空中转折，如何横窜纵跃，教罢，说道："你依我这法子再跳上去罢！"

虚竹道："是！我先独个儿跳着试试，别再摔一交，撞痛了你。"便要放下背上布袋。

那女童怒道："姥姥教你的本事，难道还有错的？试什么鬼东西？你再摔一交，姥姥立时便杀了你。"

虚竹不由得机伶伶的打个冷战，想起身后负着一个借尸还魂的鬼魂，全身寒毛都竖了起来，只想将布袋摔得远远的，却又不敢，于是咬一咬牙齿，依着那女童所授运气的法门，运动真气，存想玉枕穴，双膝微曲，轻轻的向上一弹。

这一次跃将上去，身子犹似缓缓上升，虽在空中无所凭依，却也能转折自如。他大喜之下，叫道："行了，行了！"不料一开口，便泄了真气，便即跌落，幸好这次是笔直落下，双脚脚板底撞得隐隐生痛，却未摔倒。

那女童骂道："蠢才，你要开口说话，先得调匀内息。第一步还没学会，便想走第五步、第六步了。"虚竹道："是，是！是小僧的不是。"又再依法提气上跃，轻轻落在一根树枝之上，那树枝晃了几下，却未折断。

虚竹心下甚喜，却不敢开口，依着那女童所授的法子向前跃出，平飞丈余，落在第二株树的枝干上，一弹之下，又跃到了第三株树上，气息一顺，只觉身轻力足，越跃越远。到得后来，一跃竟能横越二树，在半空中宛如御风而行，不由得又惊又喜。雪峰上树木茂密，他自树端枝梢飞行，地下无迹可寻，只一顿饭时分，已深入密林。

那女童道："行了！下来罢。"虚竹应道："是！"轻轻跃下地来，将女童扶出布袋。

那女童见他满脸喜色，说不出的心痒难搔之态，骂道："没出息的小和尚，只学到这点儿粗浅微末的功夫，便这般欢喜！"虚竹道："是，是。小僧眼界甚浅，姥姥，你教我的功夫大是有用……"那女童道："你居然一点便透，可见姥姥法眼无花，小和尚身上的内功并非少林一派。你这功夫到底是跟谁学的？怎么小小年纪，内功底子如此深厚？"

虚竹胸口一酸，眼眶儿不由得红了，说道："这是无崖子老先生临死之时，将他……他老人家七十余年修习的内功，硬生生的逼入小僧体内。小僧实在不敢背叛少林，改投别派，但其时无崖子老先生不由分说，便化去小僧的内功，虽然小僧本来的内功低浅得紧，也算不了什么，不过……不过，小僧练起来却也费了不少苦功。无崖子老先生又将他的功夫传给了我，小僧也不知是祸是福，该是不该。唉，总而言之，小僧日后回到少林寺去，总而言之，总而言之……"连说几个"总而言之"，实不知如何总而言之。

那女童怔怔的不语，将布袋铺在一块岩石上，坐着支颐沉思，轻声道："如此说来，无崖子果然是将逍遥派掌门之位传给你了。"

虚竹道："原来……原来你也知道'逍遥派'的名字。"他一直不敢提到"逍遥派"三字，苏星河说过，若不是本派中人，听到了"逍遥派"三字，就决不容他活在世上。现下听到那女童先说了出来，他才敢接口；又想反正你是鬼不是人，人家便要杀你，也无从杀起。

那女童怒道："我怎不知逍遥派？姥姥知道逍遥派之时，无崖子还没知道呢。"虚竹道："是，是！"心想："说不定你是个数百年前的老鬼，当然比无崖子老先生还老得多。"

只见那女童拾了一根枯枝，在地下积雪中画了起来，画的都是

· 1328 ·

一条条的直线，不多时便画成一张纵横十九道的棋盘。虚竹一惊："她也要逼我下棋，那可糟了。"却见她画成棋盘后，便即在棋盘上布子，空心圆圈是白子，实心的一点是黑子，密密层层，将一个棋盘上都布满了。只布到一半，虚竹便认了出来，正是他所解开的那个珍珑，心道："原来你也知道这个珍珑。"又想："莫非你当年也曾想去破解，苦思不得，因而气死么？"想到这里，背上又感到了一层寒意。

那女童布完珍珑，说道："你说解开了这个珍珑，第一子如何下法，演给我瞧瞧。"虚竹道："是！"当下第一子填塞一眼，将自己的白子胀死了一大片，局面登时开朗，然后依着段延庆当日传音所示，反击黑棋。那女童额头汗水涔涔而下，喃喃道："天意，天意！天下又有谁想得到这'先杀自身，再攻敌人'的怪法？"

待虚竹将一局珍珑解完，那女童又沉思半响，说道："这样看来，小和尚倒也不是全然胡说八道。无崖子怎样将七宝指环传你，一切经过，你详细跟我说来，不许有半句隐瞒。"

虚竹道："是！"于是从头将师父如何派他下山，如何破解珍珑，无崖子如何传功传指环，丁春秋如何施毒暗杀苏星河与玄难，自己如何追寻慧方诸僧等情一一说了。

那女童一言不发，直等他说完，才道："这么说，无崖子是你师父，你怎地不称师父，却叫什么'无崖子老先生'？"虚竹神色尴尬，说道："小僧是少林寺僧人，实在不能改投别派。"那女童道："你是决意不愿做逍遥派掌门人的了？"虚竹连连摇头，道："万万不愿。"那女童道："那也容易，你将七宝指环送了给我，也就是了。我代你做逍遥派掌门人如何？"虚竹大喜，道："那正是求之不得。"从指上除下宝石指环，交了给她。

那女童脸上神色不定，似乎又喜又悲，接过指环，便往手上戴去。可是她手指细小，中指与无名指戴上了都会掉下，勉强戴在大拇指上，端相半天，似乎很不满意，问道："你说无崖子有一幅图给你，叫你到大理无量山去寻人学那'北冥神功'，那幅图呢？"

虚竹从怀中取了图画出来。那女童打开卷轴，一见到图中的宫装美女，脸上倏然变色，骂道："他……他要这贱婢传你武功！他……他临死之时，仍是念念不忘这贱婢，将她画得这般好看！"霎时间满脸愤怒嫉妒，将图画往地下一丢，伸脚便踩。

虚竹叫道："啊哟！"忙伸手抢起。那女童怒道："你可惜么？"虚竹道："这样好好一幅图画，踩坏了自然可惜。"那女童问道："这贱婢是谁，无崖子这小贼有没跟你说？"虚竹摇头道："没有。"心想："怎么无崖子老先生又变成了小贼？"

那女童怒道："哼，小贼痴心妄想，还道这贱婢过了几十年，仍是这等容貌？呸，就算当年，她又哪有这般好看了？"越说越气，伸手又要抢过画来撕烂。虚竹忙缩手将图画揣入怀中。那女童身矮力微，抢不到手，气喘吁吁的不住大骂："没良心的小贼，不要脸的臭贱婢！"虚竹惘然不解，猜想这女童附身的老鬼定然认得图中美女，两人向来有仇，是以虽然不过见到一幅图画，却也怒气难消。

那女童还在恶毒咒骂，虚竹肚中突然咕咕咕的响了起来。他忙乱了大半天，再加上狂奔跳跃，粒米未曾进肚，已是十分饥饿。

那女童道："你饿了么？"虚竹道："是。这雪峰之上只怕没什么可吃的东西。"那女童道："怎么没有？雪峰上最多竹鸡，也有梅花鹿和羚羊。我来教你一门平地快跑的轻功，再教你捉鸡擒羊之法……"虚竹不等她说完，急忙摇手，说道："出家人怎可杀生？我宁可饿死，也不沾荤腥。"那女童骂道："贼和尚，难道你这一生之中从未吃过荤腥？"

虚竹想起那日在小饭店中受一个女扮男装的小姑娘作弄，吃了一块肥肉，喝了大半碗鸡汤，苦着脸道："小僧受人欺骗，吃过一次荤腥，但那是无心之失，想来佛祖也不见罪。但要我亲手杀生，那是万万不干的。"

那女童道："你不肯杀鸡杀鹿，却愿杀人，那更是罪大恶极。"虚竹奇道："我怎愿杀人了？阿弥陀佛，罪过，罪过。"那女童道："还念佛呢，真正好笑。你不去捉鸡给我吃，我再过两个时辰，便要死了，那不是给你害死的么？"虚竹搔了搔头皮，道："这山峰上想来总也有草菌、竹笋之类，我去找来给你吃。"

那女童脸色一沉，指着太阳道："等太阳到了头顶，我若不喝生血，非死不可！"虚竹十分骇怕，惊道："好端端地，为什么要喝生血？"心下发毛，不由得想起了"吸血鬼"。

那女童道："我有个古怪毛病，每日中午倘若不喝生血，全身真气沸腾，自己便会活活烧死，临死时狂性大发，对你大大不利。"虚竹不住摇头，说道："不管怎样，小僧是佛门子弟，严守清规戒律，别说自己决计不肯杀生，便是见你起意杀生，也要尽力拦阻。"

那女童双目向他凝视，见他虽有惶恐之状，但其意甚坚，显是决不屈从，当下嘿嘿几声冷笑，问道："你自称是佛门子弟，严守清规戒律，到底有什么戒律？"虚竹道："佛门戒律有根本戒、大乘戒之别。"那女童冷笑道："花头倒也真多，什么叫根本戒、大乘戒？"虚竹道："根本戒比较容易，共分四级，首为五戒，其次为八戒，更次为十戒，最后为具足戒，亦即二百五十戒。五戒为在家居士所持，一不杀生，二不偷盗，三不淫邪，四不妄语，五不饮酒。至于出家比丘，须得守持八戒、十戒，以至二百五十戒，那比五戒精严得多了。总而言之，不杀生为佛门第一戒。"

那女童道："我曾听说，佛门高僧欲成正果，须持大乘戒，称为十忍，是也不是？"虚竹心中一寒，说道："正是。大乘戒注重舍己救人，那是说为了供养诸佛，普渡众生，连自己的性命也可舍了，倒也不是真的须行此十事。"那女童问道："什么叫做十忍？"

虚竹武功平平，佛经却熟，说道："一割肉饲鹰，二投身饿虎,三斫头谢天,四折骨出髓,五挑身千灯,六挑眼布施,七剥皮书经,八刺心决志,九烧身供佛,十刺血洒地。"

他说一句,那女童冷笑一声。待他说完,那女童问道:"割肉饲鹰是什么事?"虚竹道:"那是我佛释迦牟尼前生的事,他见有饿鹰追鸽,心中不忍,藏鸽于怀。饿鹰说道:'你救了鸽子,却饿死了我,我的性命岂不是你害的?'我佛便割下自身血肉,喂饱饿鹰。"那女童道:"投身饿虎的故事,想来也差不多了?"虚竹道:"正是。"

那女童道:"照啊,佛家清规戒律,博大精深,岂仅仅'不杀生'三字而已。你如不去捉鸡捉鹿给我吃,便须学释迦牟尼的榜样,以自身血肉供我吃喝,否则便不是佛门子弟。"说着拉高虚竹左手的袖子,露出臂膀,笑道:"我吃了你这条手臂,也可挨得一日之饥。"

虚竹瞥眼见到她露出一口白森森的牙齿,似乎便欲一口在他手臂上咬落。本来这个八九岁的女童人小力微,绝不足惧,但虚竹心中一直想到她是个借尸还魂的女鬼,眼见她神情不正,不由得心胆俱寒,大叫一声,甩脱她手掌,拔步便向山峰上奔去。

他心惊胆战之下,这一声叫得甚是响亮,只听得山腰中有人长声呼道:"在这里了,大伙儿向这边追啊。"呼声清朗洪亮,正是不平道人的声音。

虚竹心道:"啊哟,不好!我这一声叫,可泄露了行藏,那便如何是好?"要待回去背负那女童,实是害怕,但说置之不理,自行逃走,又觉不忍,站在山坡之上,犹豫不定,向山腰中望下去,只见四五个黑点正向上爬来,虽然相距尚远,但终究必会追到,那女童落入了他们手中,自无幸理。他走下几步,说道:"喂,你如答应不咬我,我便背你逃走。"

那女童哈哈一笑，说道："你过来，我跟你说。上来的那五人第一个是不平道人，第二个是乌老大，第三个姓安，另外两人一个姓罗，一个姓利。我教你几手本领，你先将不平道人打倒。"她顿了一顿，微笑道："只将他打倒，令他不得害人，却不是伤他性命，那并非杀生，不算破戒。"虚竹道："为了救人而打倒凶徒，那自然是应该的。不过不平道人和乌老大武功甚高，我怎打得倒他们？你本事虽好，这片刻之间，我也学不会。"

那女童道："蠢才，蠢才！无崖子是苏星河和丁春秋二人的师父。苏丁二人武功如何，你亲眼见过的，徒弟已然如此，师父可想而知。他将七十多年来勤修苦练的功力全都传了给你，不平道人、乌老大之辈，如何能与你相比？你只是蠢得厉害、不会运用而已。你将那只布袋拿来，右手这样拿住了，张开袋口，真气运到左臂，左手在敌人后腰上一拍……"

虚竹依法照学，手势甚是容易，却不知这几下手法，如何能打得倒这些武林高手。

那女童道："跟着下去，左手食指便点敌人这个部位。不对，不对，须得如此运气，所点的部位也不能有丝毫偏差。所谓失之毫厘，谬以千里，临敌之际，务须镇静从事，若有半分参差，不但打不倒敌人，自己的性命反而交在对方手中了。"

虚竹依着她的指点，用心记忆。这几下手法一气呵成，虽只五六个招式，但每个招式之中，身法、步法、掌法、招法，均有十分奇特之处，双足如何站，上身如何斜，实是繁复之极。虚竹练了半天，仍没练得合式。他悟性不高，记心却是极好，那女童所教的法门，他每一句都记得，但要一口气将所有招式全都演得无误，却万万不能。

那女童接连纠正了几遍，骂道："蠢才，无崖子选了你来做武功传人，当真是瞎了眼睛啦。他要你去跟那贱婢学武，倘若你是个俊俏标致的少年，那也罢了，偏偏又是个相貌丑陋的小和尚，真不知无崖子是怎生挑的。"

虚竹说道："无崖子老先生也曾说过的，他一心要找个风流俊雅的少年来做传人，只可惜……这逍遥派的规矩古怪得紧，现下……现下逍遥派的掌门人是你当去了……"下面一句话没说下去，心中是说："你这老鬼附身的小姑娘，却也不见得有什么美貌。"

说话之间，虚竹又练两遍，第一遍左掌出手太快，第二遍手指却点歪了方位。他性子却很坚毅，正待再练，忽听得脚步声响，不平道人如飞般奔上坡来，笑道："小和尚，你逃得很快啊！"双足一点，便扑将过来。

虚竹眼见他来势凶猛，转身欲逃。那女童喝道："依法施为，不得有误。"虚竹不及细想，张开布袋的大口，真气运上左臂，挥掌向不平道人拍去。

不平道人骂道："小和尚，居然还敢向你道爷动手？"举掌一迎。虚竹不等双掌相交，出脚便勾。说也奇怪，这一脚居然勾中，不平道人向前一个跟跄，虚竹左手圈转，运气向他后腰拍落。这一下可更加奇了，这个将三十六洞洞主、七十二岛岛主浑没放在眼里的不平道人，竟然挨不起这一掌，身形一晃，便向袋中钻了进去。虚竹大喜，跟着食指径点他"意舍穴"。这"意舍穴"在背心中脊两侧，脾俞之旁，虚竹不会点穴功夫，匆忙中出指略歪，却点中了"意舍穴"之上的"阳纲穴"。

不平道人大叫一声，从布袋中钻了出来，向后几个倒翻筋斗，滚下山去。

那女童连叫："可惜，可惜！"又骂虚竹："蠢才，叫你点意舍穴，便令他立时动弹不得，谁叫你去点阳纲穴？"

虚竹又惊又喜，道："这法门当真使得，只可惜小僧太蠢，不过这一下虽然点错了，却已将他吓得不亦乐乎！"眼见乌老大抢了上来，虚竹提袋上前，说道："你来试试罢。"

乌老大见不平道人一招便即落败，滚下山坡，心下又是骇异，又是警惕，提起绿波香露刀斜身侧进，一招"云绕巫山"，向虚竹腰间削来。虚竹急忙闪避，叫道："啊哟，不好！这人用刀，我……我可对付不了。你没教我怎生对付。这会儿再教，也来不及了。"

那女童叫道："你过来抱着我，跳到树顶上去！"这时乌老大已连砍了三刀，幸好他心存忌惮，不敢过份进逼，这三刀都是虚招。但虚竹抱头鼠窜，情势已万分危急，听得那女童这般叫唤，心中一喜："上树逃命，这一法门我倒是学过的。"正待奔过去抱那女童，乌老大已刀进连环，迅捷如风，向他要害砍来。虚竹叫道："不得了！"提气一跃，身子笔直上升，犹如飞腾一般，轻轻落在一株大松树顶上。

这松树高近三丈，虚竹说上便上，倒令乌老大吃了一惊。他武功精强，轻功却是平平，这么高的松树万万爬不上去，但他着眼所在，本不在虚竹而在女童，喝道："死和尚，你便在树顶上呆一辈子，永远别下来罢！"说着拔足奔向那女童，伸手抓住她后颈。他还是要将这女童擒将下去，要大伙人人砍她一刀，饮她人血，歃血为盟，使得谁也不能再起异心。

虚竹见那女童又被擒住，心中大急，寻思："她叫我抱她上树，我却自己逃到树顶，这轻身功夫是她传授我的，这不是忘恩负义之至吗？"一跃便从树顶纵下。他手中拿着布袋，跃下时袋口恰好朝下，顺手一罩，将乌老大的脑袋套在袋中，左手食指便向他背心上点去，这一指仍没能点中他"意舍穴"，却偏下寸许，戳到了他的"胃仓穴"上。

乌老大只听得头顶生风，跟着便目不见物，大惊之下，挥刀砍出，却砍了个空，其时正好虚竹伸指点中了他胃仓穴。乌老大并不因此而软瘫，但双臂一麻，当的一声，绿波香露刀落地，左手也即放松了那女童后颈。他急于要摆脱罩在头上的布袋,忙翻身着地急滚。

虚竹抱起那女童,又跃上树顶,连说:"好险,好险!"那女童脸色苍白,骂道:"不成器的东西,我老人家教了你功夫,却两次都搅错了。"虚竹好生惭愧,说道:"是,是!我点错了他穴道。"那女童道:"你瞧,他们又来了。"虚竹向下望去,只见不平道人和乌老大已回上坡来,另外还有三人,远远的指指点点,却不敢逼近。

忽见一个矮胖子大叫一声,急奔抢上,奔到离松树数丈外便着地滚倒,只见他身上有一丛光圈罩住,原来是舞动两柄短斧,护着身子,抢到树下,跟着铮铮两声,双斧砍向树根。此人力猛斧利,看来最多砍得十几下,这棵大松树便给他砍倒了。

虚竹大急,叫道:"那怎么是好?"那女童冷冷的道:"你师父指点了你门路,叫你去求那图中的贱婢传授武功。你去求她啊!这贱婢教了你,你便可下去打倒这五只猪狗了。"虚竹急道:"唉,唉!"心想:"在这当口,你还有心思去跟这图中女子争强斗胜。"铮铮两响,矮胖子双斧又在松树上砍了两下,树干不住晃动,松针如雨而落。

那女童道:"你将丹田中的真气,先运到肩头巨骨穴,再送到手肘天井穴,然后送到手腕阳池穴,在阳豁、阳谷、阳池三穴中连转三转,然后运到无名指关冲穴。"一面说,一面伸指摸向虚竹身上穴道。她知虚竹连身上的穴道部位也分不清楚,单提经穴之名,定然令他茫然无措,非亲手指点不可。

虚竹自得无崖子传功后,真气在体内游走,要到何处便何处,略无窒滞,听那女童这般说,便依言运气,只听得铮铮两声,松树又晃了一晃,说道:"运好了!"那女童道:"你摘下一枚松球,对准那矮胖子的脑袋也好,心口也好,以无名指运真力弹出去!"虚竹道:"是!"摘下一枚松球,扣在无名指上。

· 1336 ·

女童叫道："弹下去！"虚竹右手大拇指一松，无名指上的松球便弹了下去。只听得呼的一声响，松球激射而出，势道威猛无俦，只是他从来没学过暗器功夫，手上全无准头，松球拍的一声，钻入土中，没得无形无踪，离那矮子少说也有三尺之遥，力道虽强，却全无实效。那矮子吓了一跳，但只怔得一怔，又抡斧向松树砍去。

那女童道："蠢和尚，再弹一下试试！"虚竹心中好生惭愧，依言又运真气弹出一枚松球。他刻意求中，手腕发抖，结果离那矮子的身子更在五尺之外。

那女童摇头叹息，说道："此处距左首那株松树太远，你抱了我后跳不过去，眼前情势危急，你自己逃生去罢。"虚竹道："你说哪里话来？我岂是贪生负义之辈？不管怎样，我总要尽心尽力救你。当真不成，我陪你一起死便了。"那女童道："蠢和尚，我跟你非亲非故，何以要陪我送命？哼哼，他们想杀我二人，只怕没这么容易。你摘下十二枚松球，每只手握六枚，然后这么运气。"说着便教了他运气之法。

虚竹心中记住了，还没依法施行，那松树已剧烈晃动，跟着喀喇喇一声大响，便倒将下来。不平道人、乌老大、那矮子以及其余二人欢呼大叫，一齐抢来。

那女童喝道："把松球掷出去！"其时虚竹掌中真气奔腾，双手一扬，十二枚松球同时掷出，拍拍拍拍几声，四个人翻身摔倒。那矮子却没给松球掷中，大叫："我的妈啊！"抛下双斧，滚下山坡去了。五人之中那矮子武功要算最低，但虚竹这十二枚松球射出时迅捷无比，声到球至，根本无法闪避，那矮子所以没被打中，全仗他身子矮小，松球从他头顶越过，其余那四人绝无余暇闪避。

虚竹掷出松球之后，生怕摔坏了那女童，抱住她腰轻轻落地，只见雪地上片片殷红，四人身上汩汩流出鲜血，不由得呆了。

那女童一声欢呼，从他怀中挣下地来，扑到不平道人身上，将嘴巴凑上他额头伤口,狂吸鲜血。虚竹大惊,叫道:"你干什么?"抓住她后心,一把提起。那女童道:"你已打死了他,我吸他的血治病,有什么不可以?"

虚竹见她嘴旁都是血液,说话时张口狞笑,不禁心中害怕,缓缓将她身子放下,颤声道:"我……我已打死了他?"那女童道:"难道还有假的?"说着俯身又去吸血。

虚竹见不平道人额角上有个鸡蛋般大的洞孔,心下一凛:"啊哟!我将松球打进了他脑袋!这松球又轻又软,怎打得破他脑壳?"再看其余三人时,一人心口中了两枚松球,一人喉头和鼻梁各中一枚,都已气绝,只乌老大肚皮上中了一枚,不住喘气呻吟,尚未毙命。

虚竹走到他身前,拜将下去,说道:"乌先生,小僧失手伤了你,实非故意,但罪孽深重,当真对你不起。"乌老大喘气骂道:"臭和尚,开……开什么玩笑?快……快……一刀将我杀了。你奶奶的!"虚竹道:"小僧岂敢和前辈开玩笑?不过,不过……"突然间想起自己一出手便连杀三人,看来这乌老大也是性命难保,自是犯了佛门不得杀生的第一大戒,心中惊惧交集,浑身发抖,泪水滚滚而下。

那女童吸饱鲜血,慢慢挺直身子,只见虚竹手忙脚乱的正在替乌老大裹伤。乌老大动弹不得,却不住口的恶毒咒骂。虚竹只是道歉:"不错,不错,确是小僧不好,真是一万个对不起。不过你骂我的父母,我是个无父无母的孤儿,也不知我父母是谁,因此你骂了也是无用。我不知我父母是谁,自然也不知我奶奶是谁,不知我十八代祖宗是谁了。乌先生,你肚皮上一定很痛,当然脾气不好,我决不怪你。我随手一掷,万万料想不到这几枚松球竟如此霸道厉害。唉!这些松球当真邪门,想必是另外一种品类,与寻常松球大大不同。"

乌老大骂道:"操你奶奶雄,这松球有什么与众不同?你这死后上刀山,下油锅,进十八层阿鼻地狱的臭贼秃,你……你……咳咳,内功高强,打死了我,乌老大艺不如人,死而无怨,却又来说……咳咳……什么消遣人的风凉话?说什么这松球霸道邪门?你练成了'北冥神功',也用不着这么强……强……凶……凶霸道……"一口气接不上来,不住大咳。

虚竹奇道:"什么北……北……"

那女童笑道:"今日当真便宜了小和尚,姥姥这'北冥神功'本是不传之秘,可是你心怀至诚,确是甘愿为姥姥舍命,已符合我传功的规矩,何况危急之中,姥姥有求于你,非要你出手不可。乌老大,你眼力倒真不错啊,居然叫得出小和尚这手功夫的名称。"

乌老大睁大了眼睛,惊奇难言,过了半晌,才道:"你……你是谁?你本来是哑巴,怎么会说话了?"

那女童冷笑道:"凭你也配问我是谁?"从怀中取出一个瓷瓶,倒出两枚黄色药丸,交给虚竹道:"你给他服下。"虚竹应道:"是!"心想这是伤药当然最好,就算是毒药,反正乌老大已然性命难保,早些死了,也免却许多痛苦,当下便送到乌老大口边。

乌老大突然闻到一股极强烈的辛辣之气,不禁打了几个喷嚏,又惊又喜,道:"这……这是九转……九转熊蛇丸?"那女童点头道:"不错,你见闻渊博,算得是三十六洞中的杰出之士。这九转熊蛇丸专治金创外伤,还魂续命,灵验无比。"乌老大道:"你如何要救我性命?"他生怕失了良机,不等那女童回答,便将两颗药丸吞入了肚中。那女童道:"一来你帮了我一个大忙,须得给你点好处,二来日后还有用得着你之处。"乌老大更加不懂了,说道:"我帮过你什么大忙?姓乌的一心要想取你性命,对你从来没安过好心。"

那女童冷笑道:"你倒光明磊落,也还不失是条汉子……"抬头看了看天,见太阳已升到头顶,向虚竹道:"小和尚,我要练功夫,你在旁给我护法。倘若有人前来打扰,你便运起我授你的'北

· 1339 ·

冥神功'，抓起泥沙也好，石块也好，打将出去便是。"

虚竹摇头道："倘若再打死人，那怎么办？我……我可不干。"

那女童走到坡边，向下面望一望，道："这会儿没有人来，你不干便不干罢。"当即盘膝坐下，右手食指指天，左手食指指地，口中嘿的一声，鼻孔中喷出了两条淡淡白气。

乌老大惊道："这……这是'八荒六合唯我独尊功'……"虚竹道："乌先生，你服了药丸，伤势好些了么？"乌老大骂道："臭贼秃，王八蛋和尚，我的伤好不好，跟你有什么相干？要你这妖僧来假惺惺的讨好。"但觉腹上伤处疼痛略减，又素知九转熊蛇丸乃天山缥缈峰灵鹫宫的金创灵药，实有起死回生之功，说不定自己这条性命竟能捡得回来，只是见这女童居然能练这功夫，心中惊疑万状，他曾听人说过，这"八荒六合唯我独尊功"是灵鹫宫至高无上的武功，须以最上乘的内功为根基，方能修练，这女童虽然出自灵鹫宫，但不过九岁、十岁年纪，如何攀得到这等境界？难道自己所知有误，她练的是另外一门功夫？

但见那女童鼻中吐出来的白气缠住她脑袋周围，缭绕不散，渐渐愈来愈浓，成为一团白雾，将她面目都遮没了，跟着只听得她全身骨节格格作响，犹如爆豆。虚竹和乌老大面面相觑，不明所以。乌老大一知半解，这"八荒六合唯我独尊功"他得自传闻，不知到底如何。过了良久，爆豆声渐轻渐稀，跟着那团白雾也渐渐淡了，见那女童鼻孔中不断吸入白雾，待得白雾吸尽，那女童睁开双眼，缓缓站起。

虚竹和乌老大同时揉了揉眼睛，似乎有些眼花，只觉那女童脸上神情颇有异样，但到底有何不同，却也说不上来。那女童瞅着乌老大，说道："你果然渊博得很啊，连我这'八荒六合唯我独尊功'也知道了。"乌老大道："你……你是什么人？是童姥的弟子吗？"

那女童道："哼！你胆子确是不小。"不答他的问话，向虚竹道："你左手抱着我，右手抓住乌老大后腰，以我教你的法子运气，跃到树上，再向峰顶爬高几百丈。"

虚竹道："只怕小僧没这等功力。"当下依言将那女童抱起，右手在乌老大后腰一抓，提起时十分费力，哪里还能跃高上树？那女童骂道："干么不运真气？"

虚竹歉然笑道："是，是！我一时手忙脚乱，竟尔忘了。"一运真气，说也奇怪，乌老大的身子登时轻了，那女童竟是直如无物，一纵便上了高树，跟着又以女童所授之法一步跨出，从这株树跨到丈许外的另一株树上，便似在平地跨步一般。他这一步本已跨到那树的树梢，只是太过轻易，反而吓了一跳，一惊之下，真气回入丹田，脚下一重，立时摔了下来，总算没脱手摔下那女童和乌老大。他着地之后，立即重行跃起，生怕那女童责骂，一言不发的向峰上疾奔。

初时他真气提运不熟，脚下时有窒滞，后来体内真气流转，竟如平常呼吸一般顺畅，不须存想，自然而然的周游全身。他越奔越快，上山几乎如同下山，有点收足不住。那女童道："你初练北冥真气，不能使用太过，若要保住性命，可以收脚了。"虚竹道："是！"又向上冲了数丈，这才缓住势头，跃下树来。

乌老大又是惊奇，又是佩服，又有几分艳羡，向那女童道："这……这北冥真气，是你今天才教他的，居然已如此厉害。缥缈峰灵鹫宫的武功，当真深如大海。你小小一个孩童，已……已经……咳咳……这么了不起。"

那女童游目四顾，望出去密密麻麻的都是树木，冷笑道："三天之内，你这些狐群狗党们未必能找到这里罢？"乌老大惨然道："我们已然一败涂地，这……这小和尚身负北冥真气神功，全力护你，大伙儿便算找到你，却也已奈何你不得了。"那女童冷笑一声，不再言语，倚在一株大树的树干上，便即闭目睡去。

虚竹这一阵奔跑之后，腹中更加饿了，瞧瞧那女童，又瞧瞧乌

·1341·

老大,说道:"我要去找东西吃,只不过你这人存心不良,只怕要加害我的小朋友,我有点放心不下,还是随身带了你走为是。"说着伸手抓起他后腰。

那女童睁开眼来,说道:"蠢才,我教过你点穴的法子。难道这会儿人家躺着不动,你仍然点不中么?"虚竹道:"就怕我点得不对,他仍能动弹。"那女童道:"他的生死符在我手中,他焉敢妄动?"

一听到"生死符"三字,乌老大"啊"的一声惊呼,颤声道:"你……你……你……"那女童道:"你刚才服了我几粒药丸?"乌老大道:"两粒!"那女童道:"灵鹫宫九转熊蛇丸神效无比,何必要用两粒?再说,你这等猪狗不如的畜生,也配服我两粒灵丹么?"乌老大额头冷汗直冒,颤声道:"另……另外一粒是……是……"那女童道:"你天池穴上如何?"

乌老大双手发抖,急速解开衣衫,只见胸口左乳旁"天池穴"上现出一点殷红如血的朱斑。他大叫一声"啊哟!"险些晕去,道:"你……你……到底是谁?怎……怎……怎知道我生死符的所在?你是给我服下'断筋腐骨丸'了?"那女童微微一笑,道:"我还有事差遣于你,不致立时便催动药性,你也不用如此惊慌。"乌老大双目凸出,全身簌簌发抖,口中"啊啊"几声,再也说不出话来。

虚竹曾多次看到乌老大露出惊惧的神色,但骇怖之甚,从未有这般厉害,随口道:"断筋腐骨丸是什么东西?是一种毒药么?"

乌老大脸上肌肉牵搐,又"啊啊"了几声,突然之间,指着虚竹骂道:"臭贼秃,瘟和尚,你十八代祖宗男的都是乌龟,女的都是娼妓,你日后绝子绝孙,生下儿子没屁股,生下女儿来三条胳臂四条腿……"越骂越奇,口沫横飞,当真愤怒已极,骂到后来牵动伤口,太过疼痛,这才住口。

虚竹叹道:"我是和尚,自然绝子绝孙,既然绝子绝孙了,有

·1342·

什么没屁股没胳臂的?"乌老大骂道:"你这瘟贼秃想太太平平的绝子绝孙么?却又没这么容易。你将来生十八个儿子、十八个女儿,个个服了断筋腐骨丸,在你面前哀号九十九天,死不成,活不得。最后你自己也服了断筋腐骨丸,叫你自己也尝尝这个滋味。"虚竹吃了一惊,问道:"这断筋腐骨丸,竟这般厉害阴毒么?"乌老大道:"你全身的软筋先都断了,那时你嘴巴不会张、舌头也不能动,然后……然后……"他想到自己已服了这天下第一阴损毒药,再也说不下去,满心冰凉,登时便想一头在松树上撞死。

那女童微笑道:"你只须乖乖的听话,我不加催动,这药丸的毒性便十年也不会发作,你又何必怕得如此厉害?小和尚,你点了他的穴道,免得他发起疯来,撞树自尽。"

虚竹点头道:"不错!"走到乌老大背后,伸左手摸到他背心上的"意舍穴",仔细探索,确实验明不错了,这才一指点出。乌老大闷哼一声,立时晕倒。此时虚竹对体内"北冥真气"的运使已摸到初步门径,这一指其实不必再认穴而点,不论戳在对方身上什么部位,都能使人身受重伤。虚竹见他晕倒,立时又手忙脚乱的捏他人中,按摩胸口,才将他救醒。乌老大虚弱已极,只是轻轻喘气,哪里还有半分骂人的力气?

虚竹见他醒转,这才出去寻食。树林中麋鹿、羚羊、竹鸡、山兔之类倒着实不少,他却哪肯杀生?寻了多时,找不到可食的物事,只得跃上松树,采摘松球,剥了松子出来果腹。松子清香甘美,味道着实不错,只是一粒粒太也细小,一口气吃了二三百粒,仍是不饱。他腹饥稍解,剥出来的松子便不再吃,装了满满两衣袋,拿去给那女童和乌老大吃。

那女童道:"这可生受你了。只是这三个月中我吃不得素。你去解开乌老大的穴道。"当下传了解穴之法。虚竹道:"是啊,乌老大也必饿得狠了。"依照那女童所授,解开乌老大的穴道,抓了一把松子给他,道:"乌先生,你吃些松子。"乌老大狠狠瞪了他一眼,拿起松子便吃,吃几粒,骂一句:"死贼秃!"再吃几粒,又骂一声:"瘟和尚!"虚竹也不着恼,心想:"我将他伤得死去活来,也难怪他生气。"那女童道:"吃了松子便睡,不许再作声了。"乌老大道:"是!"眼光始终不敢向她瞧去,迅速吃了松子,倒头就睡。

虚竹走到一株大树之畔,坐在树根上倚树休息,心想:"可别跟那老女鬼坐得太近。"连日疲累,不多时便即沉沉睡去。

次晨醒来,但见天色阴沉,乌云低垂。那女童道:"乌老大,你去捉一只梅花鹿或是羚羊什么来,限巳时之前捉到,须是活的。"乌老大道:"是!"挣扎着站起,检了一根枯枝当作拐杖,撑在地下,摇摇晃晃的走去。虚竹本想扶他一把,但想到他是去捕猎杀生,连念:"阿弥陀佛,阿弥陀佛!"又道:"鹿儿、羊儿、兔子、山鸡,一切众生,速速远避,别给乌老大捉到了。"那女童扁嘴冷笑,也不理他。

岂知虚竹念经只管念,乌老大重伤之下,不知出了些什么法道,居然巳时未到,便拖着一头小小的梅花鹿回来。虚竹又不住口的念起佛来。

乌老大道:"小和尚,快生火,咱们烤鹿肉吃。"虚竹道:"罪过,罪过!小僧决计不助你行此罪孽之事。"乌老大一翻手,从靴筒里拔出一柄精光闪闪的匕首,便要杀鹿。那女童道:"且慢动手。"乌老大道:"是!"放下了匕首。虚竹大喜,说道:"是啊,是啊!小姑娘,你心地仁慈,将来必有好报。"那女童冷笑一声,不去理他,自管闭目养神。那小鹿不住咩咩而叫,虚竹几次想冲过去放了它,却总是不敢。

眼见树枝的影子越来越短,其时天气阴沉,树影也是极淡,几难辨别。那女童道:"是午时了。"抱起小鹿,扳高鹿头,一张口便咬在小鹿咽喉上。小鹿痛得大叫，不住挣扎，那女童牢牢咬紧，口内咕咕有声，不断吮吸鹿血。虚竹大惊，叫道："你……你……这太也残忍了。"那女童哪加理会，只是用力吸血。小鹿越动越微，终于一阵痉挛，便即死去。

那女童喝饱了鹿血，肚子高高鼓起，这才抛下死鹿，盘膝而坐，一手指天，一手指地，又练起那"八荒六合唯我独尊功"来，鼻中喷出白烟，缭绕在脑袋四周。过了良久，那女童收烟起立，说道："乌老大，你去烤鹿肉罢。"

虚竹心下嫌恶，说道："小姑娘，眼下乌老大听你号令，尽心服侍于你，再也不敢出手加害。小僧这就别过了。"那女童道："我不许你走。"虚竹道："小僧急于去寻找众位师叔伯，倘若寻不着，便须回少林寺覆命请示，不能再耽误时日了。"那女童冷冷的道："你不听我话，要自行离去，是不是？"虚竹道："小僧已想了个法子，我在僧袍中塞满枯草树叶，打个大包袱，负之而逃，故意让山下众人瞧见。他们只道包袱中是你，一定向我追来。小僧将他们远远引开，你和乌老大便可乘机下山，回到你的缥缈峰去啦。"那女童道："这法子倒是不错，多亏你还替我设想。可是我偏不想逃走！"虚竹道："那也好！你在这里躲着，这大雪山上林深雪厚，他们找你不到，最多十天八天，也必散去了。"

那女童道："再过十天八天，我已回复到十八九岁时的功力，哪里还容他们走路？"虚竹奇道："什么？"那女童道："你仔细瞧瞧，我现在的模样，跟两天前有什么不同？"虚竹凝神瞧去，见她神色间似乎大了几岁，是个十一二岁的女童，不再像是八九岁，喃喃道："你……你……好像在这两天之中，大了两三岁。只是……只是身子却没长大。"

那女童甚喜，道："嘿嘿，你眼力不错，居然瞧得出我大了两三岁。蠢和尚，天山童姥身材永如女童，自然是并不长大的。"

虚竹和乌老大都大吃一惊,齐声道:"天山童姥!你是天山童姥?"

那女童傲然道:"你们当我是谁?你姥姥身如女童,难道你们眼睛瞎了,瞧不出来?"

乌老大睁大了眼向她凝视半晌,嘴角不住牵动,想要说话,始终说不出来,过了良久,突然扑倒在雪地之中,呜咽道:"我……我早该知道了,我真是天下第一号大蠢材。我……我只道你是灵鹫宫中一个小丫头、小女孩,哪知道……你……你竟便是天山童姥!"

那女童向虚竹道:"你以为我是什么人?"

虚竹道:"我以为你是个借尸还魂的老女鬼!"

那女童脸色一沉,喝道:"胡说八道!什么借尸还魂的老女鬼?"虚竹道:"你模样是个女娃娃,心智声音却是老年婆婆,你又自称姥姥,若不是老女人的生魂附在女孩子身上,怎能如此?"那女童嘿嘿一笑,说道:"小和尚异想天开。"

她转头向乌老大道:"当日我落在你手中,你没取我性命,现下好生后悔,是不是?"

乌老大翻身坐起,说道:"不错!我以前曾上过三次缥缈峰,听过你的说话,只是给蒙住了眼睛,没见到你的形貌。乌老大当真是有眼无珠,还当你……还当你是个哑巴女童。"

那女童道:"不但你听见过我说话,三十六洞、七十二岛的妖魔鬼怪之中,听过我说话的人着实不少。你姥姥给你们擒住了,若不装作哑巴,说不定便给你们认出了口音。"乌老大连声叹气,问道:"你武功通神,杀人不用第二招,又怎么给我手到擒来,毫不抗拒?"

那女童哈哈大笑,说道:"我曾说多谢你出手相助,那便是了。那日我正有强仇到来,姥姥身子不适,难以抗御,恰好你来用布袋负我下峰,让姥姥躲过了一劫。这不是要多谢你么?"说到这里,突然目露凶光,厉声道:"可是你擒住我之后,说我假扮哑巴,以种种无礼手段对付姥姥,实是罪大恶极,若非如此,我原可饶了你的性命。"

乌老大跃起身来,双膝跪倒,说道:"姥姥,常言道不知者不罪,乌老大那时倘若知道你老人家便是我一心敬畏的童姥,乌某便是胆大包天,也决不敢有半分得罪你啊。"那女童冷笑道:"畏则有之,敬却未必。你邀集三十六洞、七十二岛的一众妖魔,决心叛我,却又怎么说?"乌老大不住磕头,额头撞在山石之上,只磕得十几下,额上已鲜血淋漓。

虚竹心想:"这小姑娘原来竟是天山童姥。童姥,童姥,我本来只道她是姓童,哪知这'童'字是孩童之童,并非姓童之童。此人武功渊深,诡计多端,人人畏之如虎,这几天来我出力助她,她心中定在笑我不自量力。嘿嘿,虚竹啊虚竹,你真是个蠢笨之极的和尚!"眼见乌老大磕头不已,他一言不发,转身便行。

天山童姥喝道:"你到哪里去?给我站住!"虚竹回身合什,说道:"三日来小僧做了无数傻事,告辞了!"童姥道:"什么傻事?"虚竹道:"女施主武功神妙,威震天下,小僧有眼不识泰山,反来援手救人。女施主当面不加嘲笑,小僧甚感盛情,只是自己越想越惭愧,当真是无地自容。"

童姥走到虚竹身边,回头向乌老大道:"我有话跟小和尚说,你走开些。"乌老大道:"是,是!"站起身来,一跷一拐的向东北方走去,隐身在一丛松树之后。

童姥向虚竹道:"小和尚,这三日来你确是救了我性命,并非做什么傻事。天山童姥生平不向人道谢,但你救我性命,姥姥日后总有补报。"虚竹摇手道:"你这么高强的武功,何须我相救?你明明是取笑于我。"童姥沉脸道:"我说是你救了我性命,便是你救了我性命，姥姥生平说话，决不喜人反驳。姥姥所练的内功，确是叫做'八荒六合唯我独尊功'。这功夫威力奇大，却有一个大大的不利之处，每三十年，我便要返老还童一次。"虚竹道："返老还童？那……那不是很好么？"

童姥叹道："你这小和尚忠厚老实，于我有救命之恩，更与我逍遥派渊源极深，说给你听了，也不打紧。我自六岁起练这功夫，三十六岁返老还童，花了三十天时光。六十六岁返老还童，那一次用了六十天。今年九十六岁，再次返老还童，便得有九十天时光，方能回复功力。"虚竹睁大了眼睛，奇道："什么？你……你今年已经九十六岁了？"

童姥道："我是你师父无崖子的师姊，无崖子倘若不死，今年九十三岁，我比他大了三岁，难道不是九十六岁？"

虚竹睁大了眼，细看她身形脸色，哪有半点像个九十六岁的老太婆？

童姥道："这'八荒六合唯我独尊功'，原是一门神奇无比的内家功力。只是我练得太早了些，六岁时开始修习，数年后这内功的威力便显了出来，可是我的身子从此不能长大，永远是八九岁的模样了。"

虚竹点头道："原来如此。"他确也听师父说过，世上有些人躯体巨大无比，七八岁时便已高于成人，有些却是侏儒，到老也不满三尺，师父说那是天生三焦失调之故，倘若及早修习上乘内功，亦有治愈之望，说道："你这门内功，练的是手少阳三焦经脉吗？"

童姥一怔，点头道："不错。少林派一个小小和尚，居然也有此见识。武林中说少林派是天下武学之首，果然也有些道理。"

虚竹道："小僧曾听师父说过一些'手少阳三焦经'的道理，所知肤浅之极，那只是胡乱猜测罢了。"又问："你今年返老还童，那便如何？"

· 1348 ·

童姥说道："返老还童之后,功力全失。修练一日后回复到七岁时的功力,第二日回复到八岁之时,第三日回复到九岁,每一日便是一年。每日午时须得吸饮生血,方能练功。我生平有个大对头,深知我功夫的底细,算到我返老还童的日子,必定会乘机前来加害。姥姥可不能示弱,下缥缈峰去躲避,于是吩咐了手下的仆妇侍女们种种抵御之策,姥姥自管自修练。不料我那对头还没到,乌老大他们却闯上峰来。我那些手下正全神贯注的防备我那大对头,否则的话,凭着安洞主、乌老大这点儿三脚猫功夫,岂能大模大样的上得缥缈峰来?那时我正修练到第三日,给乌老大一把抓住。我身上只不过有了九岁女童的功力,如何能够抗拒?只好装聋作哑,给他装在布袋中带了下山。此后这些时日之中,我喝不到生血,始终是个九岁孩童。这返老还童,便如蛇儿脱壳一般,脱一次壳,长大一次,但如脱到一半给人捉住了,实有莫大的凶险。倘若再耽搁得一二日,我仍喝不到生血,无法练功,真气在体内胀裂出来,那是非一命呜呼不可了。我说你救了我性命,那是半点也不错的。"

虚竹道："眼下你回复到了十一岁时的功力,要回到九十六岁,岂不是尚须八十五天?还得杀死八十五头梅花鹿或是羚羊、兔子?"

童姥微微一笑,说道："小和尚能举一反三,可聪明起来了。在这八十五天之中,步步艰危,我功力未曾全复,不平道人、乌老大这些幺魔小丑,自是容易打发,但若我的大对头得到讯息,赶来和我为难,姥姥独力难支,非得由你护法不可。"

虚竹道："小僧武功低微之极。前辈都应付不来的强敌,小僧自然更加无能为力。以小僧之见,前辈还是远而避之,等到八十五天之后,功力全复,就不怕敌人了。"

童姥道："你武功虽低,但无崖子的内力修为已全部注入你体内,只要懂得运用之法,也大可和我的对头周旋一番。这样罢,咱们来做一桩生意,我将精微奥妙的武功传你,你便以此武功替我护法御敌，这叫做两蒙其利。"也不待虚竹答应，便道："你好比是个大财主的子弟，祖宗传下来万贯家财，底子丰厚之极，不用再去积贮财货，只要学会花钱的法门就是了。花钱容易聚财难，你练一个月便有小成，练到两个月之后，勉强已可和我的大对头较量了。你先记住这口诀，第一句是'法天顺自然'……"

虚竹连连摇手，说道："前辈，小僧是少林弟子，前辈的功夫虽然神妙无比，小僧却是万万不能学的，得罪莫怪。"童姥怒道："你的少林派功夫，早就给无崖子化清光了，还说什么少林弟子？"虚竹道："小僧只好回到少林寺去，从头练起。"童姥怒道："你嫌我旁门左道，不屑学我的功夫，是不是？"

虚竹道："释家弟子，以慈悲为怀，普渡众生为志，讲究的是离贪去欲，明心见性。这武功嘛，练到极高明时，固然有助禅定，但佛家八万四千法门，也不一定非要从武学入手不可。我师父说，练武要是太过专心，成了法执，有碍解脱，那也是不对的。"

童姥见他垂眉低目，俨然有点小小高僧的气象，心想这小和尚迂腐得紧，却如何对付才好？一转念间，计上心来，叫道："乌老大，去捉两头梅花鹿来，立时给我宰了！"

乌老大避在远处，童姥其时功力不足，声音不能及远，叫了三声，乌老大才听到答应。

虚竹惊道："为什么又要宰杀梅花鹿？你今天不是已喝过生血了么？"童姥笑道："是你逼我宰的，何必又来多问？"虚竹更是奇怪，道："我……怎么会逼你杀生？"童姥道："你不肯助我抵御强敌，我非给人家折磨至死不可。你想我心中烦恼不烦恼？"虚竹点头道："那也说得是，'怨憎会'是人生七苦之一，姥姥要求解脱，须得去嗔去痴。"童姥道："嘿嘿，你来点化我吗？这时候可来不及了。我这口怨气无处可出，我只好宰羊杀鹿，多杀畜生来出气。"虚竹合什道："阿弥陀佛！罪过，罪过！前辈，这些鹿儿羊儿，实是可怜得紧，你饶了它们的性命罢！"

童姥冷笑道："我自己的性命转眼也要不保，又有谁来可怜我？"她提高声音，叫道："乌老大，快去捉梅花鹿来。"乌老大远远答应。

虚竹彷徨无计，倘若即刻离去，不知将有多少头羊鹿无辜伤在童姥手下，便说是给自己杀死的，也不为过，但若留下来学她武功，却又老大不愿。

乌老大捕鹿的本事着实高明，不多时便抓住一头梅花鹿的鹿角，牵了前来。童姥冷冷的道："今天鹿血喝过了。你将这头臭鹿一刀宰了，丢到山涧里去。"虚竹忙道："且慢！且慢！"童姥道："你如依我嘱咐，我可不伤此鹿性命。你若就此离去，我自然每日宰鹿十头八头。多杀少杀，全在你一念之间。大菩萨为了普渡众生，说道我不入地狱，谁入地狱？你陪伴老婆子几天，又不是什么入地狱的苦事，居然忍心令群鹿丧生，怎是佛门子弟的慈悲心肠？"虚竹心中一凛，说道："前辈教训得是，便请放了此鹿，虚竹一凭吩咐便是！"童姥大喜，向乌老大道："你将这头鹿放了！给我滚得远远地！"

童姥待乌老大走远，便即传授口诀，教虚竹运用体内真气之法。她与无崖子是同门师姊弟，一脉相传，武功的路子完全一般。虚竹依法修习，进展甚速。

次日童姥再练"八荒六合唯我独尊功"时，咬破鹿颈喝血之后，便在鹿颈伤口上敷以金创药，纵之使去，向乌老大道："这位小师父不喜人家杀生，从今而后，你也不许吃荤，只可以松子为食，倘若吃了鹿肉、羚羊肉，哼哼，我宰了你给梅花鹿和羚羊报仇。"

乌老大口中答应，心里直将虚竹十九代、二十代的祖宗也咒了个透，但知童姥此时对虚竹极好，一想到"断筋腐骨丸"的惨厉严酷，再也不敢对虚竹稍出不逊之言了。

如此过了数日，虚竹见童姥不再伤害羊鹿性命，连乌老大也跟着戒口茹素，心下甚喜，寻思："人家对我严守信约，我岂可不为她尽心尽力？"每日里努力修为，丝毫不敢怠懈。但见童姥的容貌日日均有变化，只五六日间，已自一个十一二岁的女童变为十六七岁的少女了，只是身形如旧，仍然是十分矮小而已。这日午后，童姥练罢功夫，向虚竹和乌老大道："咱们在此处停留已久，算来那些妖魔畜生也该寻到了。小和尚，你背我到这峰顶上去，右手仍是提着乌老大，免得在雪地中留下了痕迹。"

虚竹应道："是！"伸手去抱童姥时，却见她容色娇艳，眼波盈盈，直是个美貌的大姑娘，一惊缩手，嗫嚅道："小……小僧不敢冒犯。"童姥奇道："怎么不敢冒犯？"虚竹道："前辈已是一位大姑娘了，不再是小姑娘，男……男女授受不亲，出家人尤其不可。"

童姥嘻嘻一笑，玉颜生春，双颊晕红，顾盼嫣然，说道："小和尚胡说八道，姥姥是九十六岁的老太婆，你背负我一下打什么紧？"说着便要伏到他背上。虚竹惊道："不可，不可！"拔脚便奔。童姥展开轻功，自后追来。

其时虚竹的"北冥真气"已练到了三四成火候，童姥却只回复到她十七岁时的功力，轻功大大不如，只追得几步，虚竹便越奔越远。童姥叫道："快些回来！"虚竹立定脚步，道："我拉着你手，跃到树顶上去罢！"童姥怒道："你这人迂腐之极，半点也无圆通之意，这一生想要学到上乘武功，那是难矣哉，难矣哉！"

虚竹一怔，心道："《金刚经》有云：'凡所有相，皆是虚妄。'她是小姑娘也罢，大姑娘也罢，都是虚妄之相。"喃喃说道："'如来说人身长大，即非大身，是名大身。'如来说大姑娘，即非大姑娘，是名大姑娘……"走将回来。

突然间眼前一花，一个白色人影遮在童姥之前。这人似有似无，若往若还，全身白色衣衫衬着遍地白雪，朦朦胧胧的瞧不清楚。

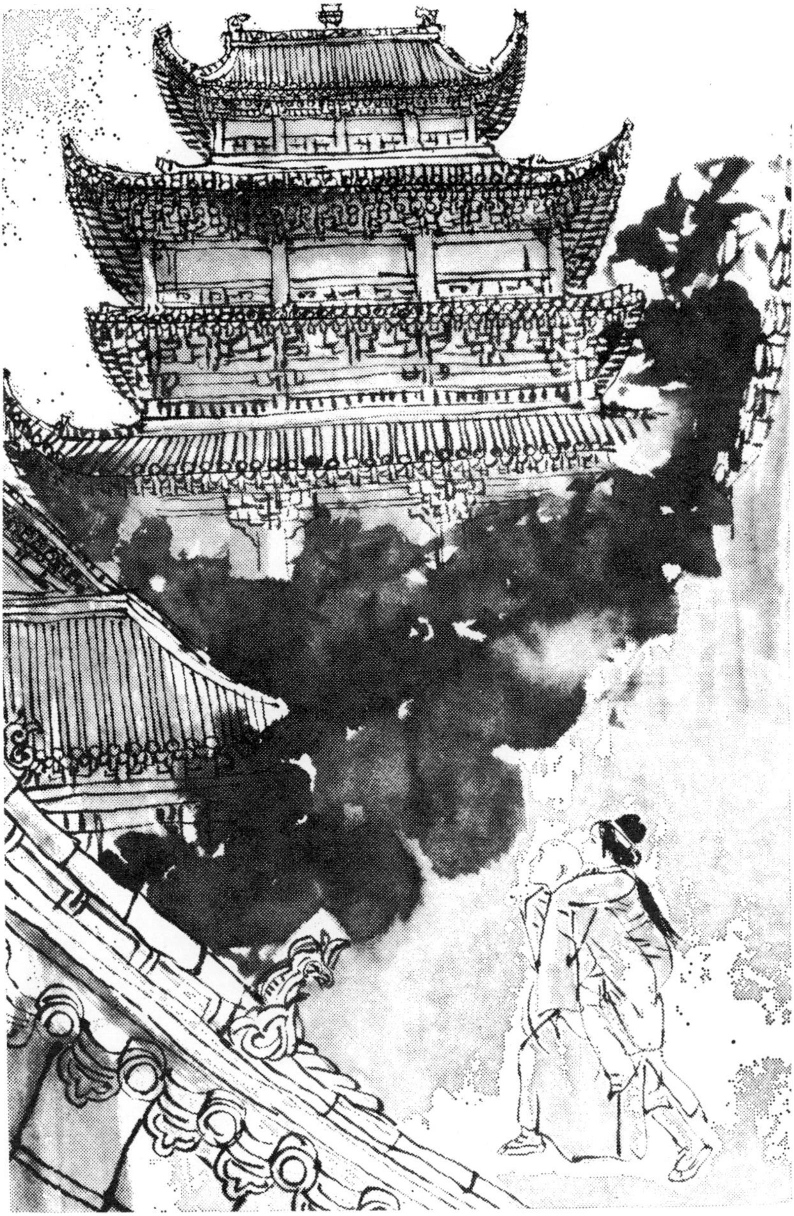

一座高楼冲天而起，屋顶金碧辉煌，都是琉璃瓦。虚竹低声道："阿弥陀佛，这里倒有一座大庙。"

三十六

梦里真真语真幻

虚竹吃了一惊，向前抢上两步。童姥尖声惊呼，向他奔来。那白衫人低声道："师姊，你在这里好自在哪！"却是个女子的声音，甚是轻柔婉转。虚竹又走上两步，见那白衫人身形苗条婀娜，显然是个女子，脸上蒙了块白绸，瞧不见她面容，听她口称"师姊"，心想她们原来是一家人，童姥有帮手到来，或许不会再缠住自己了。但斜眼看童姥时，却见她脸色极是奇怪，又是惊恐，又是气愤，更夹着几分鄙夷之色。

童姥一闪身便到了虚竹身畔，叫道："快背我上峰。"虚竹道："这个……小僧心中这个结，一时还不大解得开……"童姥大怒，反手拍的一声，便打了他一个耳光，叫道："这贼贱人追了来，要不利于我，你没瞧见么？"这时童姥出手已着实不轻，虚竹给打了这个耳光，半边面颊登时肿了起来。

那白衫人道："师姊，你到老还是这个脾气，人家不愿意的事，你总是要勉强别人，打打骂骂的，有什么意思？小妹劝你，还是对人有礼些的好。"

虚竹心下大生好感："这人虽是童姥及无崖子老先生的同门，性情却跟他们大不相同，甚是温柔斯文，通情达理。"

童姥不住催促虚竹："快背了我走，离开这贼贱人越远越好，姥姥将来不忘你的好处，必有重重酬谢。"

那白衫人却气定神闲的站在一旁，轻风动裾，飘飘若仙。虚竹心想这位姑娘文雅得很，童姥为什么对她如此厌恶害怕。只听白衫人道："师姊，咱们老姊妹多年不见了，怎么今日见面，你非但不欢喜，反而要急急离去？小妹算到这几天是你返老还童的大喜日子，听说你近年来手下收了不少妖魔鬼怪，小妹生怕他们乘机作反，亲到缥缈峰灵鹫宫找你，想要助你一臂之力，抗御外魔，却又找你不到。"

童姥见虚竹不肯负她逃走，无法可施，气愤愤的道："你算准了我散气还功的时日，摸上缥缈峰来，还能安着什么好心？你却算不到鬼使神差，竟会有人将我背下峰来。你扑了个空，好生失望，是不是？李秋水，今日虽然仍给你找上了，你却已迟了几日，我当然不是你敌手，但你想不劳而获，盗我一生神功，可万万不能了。"

那白衫人道："师姊说哪里话来？小妹自和师姊别后，每日里好生挂念，常常想到灵鹫宫来瞧瞧师姊。只是自从数十年前姊姊对妹子心生误会之后，每次相见，姊姊总是不问情由的怪责。妹子一来怕惹姊姊生气，二来又怕姊姊出手责打，一直没敢前来探望。姊姊如说妹子有什么不良的念头，那真是太过多心了。"她说得又恭敬，又亲热。

虚竹心想童姥乖戾横蛮，这两个女子一善一恶，当年结下嫌隙，自然是童姥的不是。

童姥怒道："李秋水，事情到了今日，你再来花言巧语的讥刺于我，又有什么用？你瞧瞧，这是什么？"说着左手一伸，将拇指上戴着的宝石指环现了出来。

那白衫女子李秋水身子颤抖，失声道："掌门七宝指环！你……你从哪里得来的？"童姥冷笑道："当然是他给我的。你又何必明知故问？"李秋水微微一怔，道："哼，他……他怎会给

·1356·

你？你不是去偷来的，便是抢来的。"

童姥大声道："李秋水，逍遥派掌门人有令，命你跪下，听由吩咐。"

李秋水道："掌门人能由你自己封的吗？多半……多半是你暗害了他，偷得这只七宝指环。"她本来意态闲雅，但自见了这只宝石戒指，说话的语气之中便大有急躁之意。

童姥厉声道："你不奉掌门人的号令，意欲背叛本门，是不是？"

突然间白光一闪，砰的一声，童姥身子飞起，远远的摔了出去。虚竹吃了一惊，叫道："怎么？"跟着又见雪地里一条殷红的血线，童姥一根被削断了的拇指掉在地下，那枚宝石指环却已拿在李秋水手中。显是她快如闪电的削断了童姥的拇指，抢了她戒指，再出掌将她身子震飞，至于断指时使的什么兵刃，什么手法，实因出手太快，虚竹根本无法见到。

只听李秋水道："师姊，你到底怎生害他，还是跟小妹说了罢。小妹对你情义深重，决不会过份的令你难堪。"她一拿到宝石指环，语气立转，又变得十分的温雅斯文。

虚竹忍不住道："李姑娘，你们是同门师姊妹，出手怎能如此厉害？无崖子老先生决计不是童姥害死的。出家人不打谎话，我不会骗你。"

李秋水转向虚竹，说道："不敢请问大师法名如何称呼？在何处宝刹出家？怎知道我师兄的名字？"虚竹道："小僧法名虚竹，是少林寺弟子，无崖子老先生嘛……唉，此事说来话长……"突见李秋水衣袖轻拂，自己双膝腿弯登时一麻，全身气血逆行，立时便翻倒于地，叫道："喂，喂，你干什么？我又没得罪你，怎……怎么连我……也……也……"

李秋水微笑道："小师父是少林派高僧，我不过试试你的功

· 1357 ·

力。嗯,原来少林派名头虽响,调教出来的高僧也不过这么样。可得罪了,真正对不起。"

虚竹躺在地下,透过她脸上所蒙的白绸,隐隐约约可见到她面貌,只见她似乎四十来岁年纪,眉目甚美,但脸上好像有几条血痕,又似有什么伤疤,看上去朦朦胧胧的,不由得心中感到一阵寒意,说道:"我是少林寺中最没出息的小和尚,前辈不能因小僧一人无能,便将少林派小觑了。"

李秋水不去理他,慢慢走到童姥身前,说道:"师姊,这些年来,小妹想得你好苦。总算老天爷有眼睛,教小妹得再见师姊一面。师姊,你从前待我的种种好处,小妹日日夜夜都记在心上……"

突然间又是白光一闪,童姥一声惨呼,白雪皑皑的地上登时流了一大滩鲜血,童姥的一条左腿竟已从她身上分开。

虚竹这一惊非同小可,怒声喝道:"同门姊妹,怎能忍心下此毒手?你……你……你简直是禽兽不如!"

李秋水缓缓回过头来,伸左手揭开蒙在脸上的白绸,露出一张雪白的脸蛋。虚竹一声惊呼,只见她脸上纵横交错,共有四条极长的剑伤,划成了一个"井"字,由于这四道剑伤,右眼突出,左边嘴角斜歪,说不出的丑恶难看。李秋水道:"许多年前,有人用剑将我的脸划得这般模样。少林寺的大法师,你说我该不该报仇?"说着又慢慢放下了面幕。

虚竹道:"这……这是童姥害你的?"李秋水道:"你不妨问她自己。"

童姥断腿处血如潮涌,却没晕去,说道:"不错,她的脸是我划花的。我……我练功有成,在二十六岁那年,本可发身长大,与常人无异,但她暗加陷害,使我走火入魔。你说这深仇大怨,该不该报复?"

虚竹眼望李秋水,寻思:"倘若此话非假,那么还是这个女施

· 1358 ·

主作恶于先了。"

童姥又道："今日既然落在你手中，还有什么话说？这小和尚是'他'的忘年之交，你可不能动小和尚一根寒毛。否则'他'决计不能放过你。"说着双眼一闭，听由宰割。

李秋水叹了口气，淡淡的道："姊姊，你年纪比我大，更比我聪明得多，但今天再要骗信小妹，可也没这么容易了。你说的他……他……他要是今日尚在世上，这七宝指环如何会落入你手中？好罢！小妹跟这位小和尚无冤无仇，何况小妹生来胆小，决不敢和武林中的泰山北斗少林派结下梁子。这位小师父，小妹是不会伤他的。姊姊，小妹这里有两颗九转熊蛇丸，请姊姊服了，免得姊姊的腿伤流血不止。"

虚竹听她前一句"姊姊"，后一句"姊姊"，叫得亲热无比，但想到不久之前童姥叫乌老大服食两颗九转熊蛇丸的情状，不由得背上出了一阵冷汗。

童姥怒道："你要杀我，快快动手，要想我服下断筋腐骨丸，听由你侮辱讥刺，再也休想。"李秋水道："小妹对姊姊一片好心，姊姊总是会错了意。你腿伤处流血过多，对姊姊身子大是有碍。姊姊，这两颗药丸，还是吃了罢。"

虚竹向她手中瞧去，只见她皓如白玉的掌心中托着两颗焦黄的药丸，便和童姥给乌老大所服的一模一样，寻思："童姥的业报来得好快。"

童姥叫道："小和尚，快在我天灵盖上猛击一掌，送姥姥归西，免得受这贱人凌辱。"李秋水笑道："小师父累了，要在地下多躺一会。"童姥心头一急，喷出了一口鲜血。李秋水道："姊姊，你一条腿长，一条腿短，若是给'他'瞧见了，未免有点儿不雅，好好一个矮美人，变成了半边高、半边低的歪肩美人，岂不是令'他'大为遗憾？小妹还是成全你到底罢！"说着白光闪动，手中已多了一件兵刃。

这一次虚竹瞧得明白，她手中握着一柄长不逾尺的匕首。这匕首似是水晶所制，可以透视而过。李秋水显是存心要童姥多受惊惧，这一次并不迅捷出手，拿匕首在她那条没断的右腿前比来比去。

虚竹大怒："这女施主忒也残忍！"心情激荡，体内北冥真气在各处经脉中迅速流转，顿感双腿穴道解开，酸麻登止。他不及细思，急冲而前，抱起童姥，便往山峰顶上疾奔。

李秋水以"寒袖拂穴"之技拂倒虚竹时，察觉他武功十分平庸，浑没将他放在心上，只是慢慢炮制童姥，叫他在一旁观看，多一人在场，折磨仇敌时便增了几分乐趣，要直到最后才杀他灭口，全没料到他居然会冲开自己以真力封闭了的穴道。这一下出其不意，顷刻之间虚竹已抱起童姥奔在五六丈外。李秋水拔步便追，笑道："小师父，你给我师姊迷上了么？你莫看她花容月貌，她可是个九十六岁的老太婆，却不是十七八岁的大姑娘呢。"她有恃无恐，只道片刻间便能追上，这小和尚能有多大气候？哪知道虚竹急奔之下，血脉流动加速，北冥真气的力道发挥了出来，愈奔愈快，这五六丈的相距，竟然始终追赶不上。

转眼之间，已顺着斜坡追逐出三里有余，李秋水又惊又怒，叫道："小师父，你再不停步，我可要用掌力伤你了。"

童姥知道李秋水数掌拍将出来，虚竹立时命丧掌底，自己仍是落入她手中，说道："小师父，多谢你救我，咱们斗不过这贱人，你快将我抛下山谷，她或许不会伤你。"

虚竹道："这个……万万不可。小僧决计不能……"他只说了这两句话，真气一泄，李秋水已然追近，突然间背心上一冷，便如一块极大的寒冰贴肉印了上来，跟着身子飘起，不由自主的往山谷中掉了下去。他知道已为李秋水阴寒的掌力所伤，双手仍是紧紧抱着童姥，往下直堕，心道："这一下可就粉身碎骨，摔成一团肉浆

· 1360 ·

了。阿弥陀佛！"

隐隐约约听得李秋水的声音从上面传来："啊哟，我出手太重，这可便宜……"原来山峰上有一处断涧，上为积雪覆盖，李秋水一掌拍出，原想将虚竹震倒，再拿住童姥，慢慢用各种毒辣法子痛加折磨，没料到一掌震得虚竹踏在断涧的积雪之上，连着童姥一起掉下。

虚竹只觉身子虚浮，全做不得主，只是笔直的跌落，耳旁风声呼呼，虽是顷刻间之事，却似无穷无尽，永远跌个没完。眼见铺满着白雪的山坡迎面扑来，眼睛一花之际，又见雪地中似有几个黑点，正在缓缓移动。他来不及细看，已向山坡俯冲而下。

蓦地里听得有人喝道："什么人？"一股力道从横里推将过来，撞在虚竹腰间。虚竹身子尚未着地，便已斜飞出去，一瞥间，见出手推他之人却是慕容复，一喜之下，运劲要将童姥抛出，让慕容复接住，以便救她一命。

慕容复见二人从山峰上堕下，一时看不清是谁，便使出"斗转星移"家传绝技，将他二人下堕之力转直为横，将二人移得横飞出去。他这门"斗转星移"功夫全然不使自力，但虚竹与童姥从高空下堕的力道实在太大，慕容复只觉霎时之间头晕眼花，几欲坐倒。

虚竹给这股巨力一逼，手中的童姥竟尔掷不出去，身子飞出十余丈，落了下来，双足突然踏到一件极柔软而又极韧的物事，波的一声，身子复又弹起。虚竹一瞥眼间，只见雪地里躺着一个矮矮胖胖、肉球一般的人，却是桑土公。说来也真巧极，虚竹落地时双足踹在他的大肚上，立时踹得他腹破肠流，死于非命，也幸好他大肚皮的一弹，虚竹的双腿方得保全，不致断折。这一弹之下，虚竹又是不由自主的向横里飞出，冲向一人，依稀看出是段誉。虚竹大叫："段相公，快快避开！我冲过来啦！"

段誉眼见虚竹来势奇急，自己无论如何抱他不住，叫道："我顶住你！"转过身来，以背相承，同时展开凌波微步，向前直奔，一刹时间只觉得背上压得他几乎气也透不过来，但每跨一步，背上的力道便消去了一分，一口气奔出三十余步，虚竹轻轻从他背上滑了下来。

他二人从数百丈高处堕下，恰好慕容复一消，桑土公一弹，最后给段誉负在背上一奔，经过三个转折，竟半点没有受伤。虚竹站直身子，说道："阿弥陀佛！多谢各位相救！"他却不知桑土公已给他踹死，否则定然负疚极深。忽听得一声呼叫，从山坡上传了过来。童姥断腿之后，流血虽多，神智未失，惊道："不好，这贱人追下来了。快走，快走！"虚竹想到李秋水的心狠手辣，不由得打个寒噤，抱了童姥，便向树林中冲了进去。

李秋水从山坡上奔将下来，虽然脚步迅捷，终究不能与虚竹的直堕而下相比，其实相距尚远，但虚竹心下害怕，不敢有片刻停留。他奔出数里，童姥说道："放我下来，撕衣襟裹好我的腿伤，免得留下血迹，给那贱人追来。你在我'环跳'与'期门'两穴上点上几指，止血缓流。"虚竹道："是！"依言而行，一面留神倾听李秋水的动静。童姥从怀中取出一枚黄色药丸服了，道："这贱人和我仇深似海，无论如何放我不过。我还得有七十九日，方能神功还原，那时便不怕这贱人了。这七十九日，却躲到哪里去才好？"

虚竹皱起眉头，心想："便要躲半天也难，却到哪里躲七十九日去？"童姥自言自语："倘若躲到你的少林寺中去，倒是个绝妙地方……"虚竹吓了一跳，全身一震。童姥怒道："死和尚，你害怕什么？少林寺离此千里迢迢，咱们怎能去得？"她侧过了头，说道："自此而西，再行百余里便是西夏国了。这贱人与西夏国大有渊源，要是她传下号令，命西夏国一品堂中的高手一齐出马搜寻，那就难以逃出她的毒手。小和尚，你说躲到哪里去才好？"虚竹道："咱们在深山野岭的山洞中躲上七八十天，只怕你师妹未必能寻得到。"童姥道："你知道什么？这贱人倘若寻我不到，定是到西夏国去呼召群犬，那数百头鼻子灵敏之极的猎犬一出动，不论咱们躲到哪里，都会给这些畜生找了出来。"虚竹道："那么咱们须得往东南方逃走，离西夏国越远越好。"

童姥哼了一声，恨恨的道："这贱人耳目众多，东南路上自然早就布下人马了。"她沉吟半晌，突然拍手道："有了，小和尚，你解开无崖子那个珍珑棋局，第一着下在哪里？"虚竹心想在这危急万分的当口，居然还有心思谈论棋局，便道："小僧闭了眼睛乱下一子，莫名其妙的自塞一眼，将自己的棋子杀死了一大片。"

童姥喜道："是啊，数十年来，不知有多少聪明才智胜你百倍之人都解不开这个珍珑，只因为自寻死路之事，那是谁也不干的。妙极，妙极！小和尚，你负了我上树，快向西方行去。"虚竹道："咱们去哪里？"童姥道："到一个谁也料想不到的地方去，虽是凶险，但置之死地而后生，只好冒一冒险。"

虚竹瞧着她的断腿，叹了口气，心道："你无法行走，我便不想冒险，那也不成了。"眼见她伤重，那男女授受不亲的顾忌也就不再放在心上，将她负在背上，跃上树梢，依着童姥所指的方向，朝西疾行。

一口气奔行十余里，忽听得远处一个轻柔宛转的声音叫道："小和尚，你摔死了没有？姊姊，你在哪里呢？妹子想念你得紧，快快出来罢！"虚竹听到李秋水的声音，双腿一软，险些从树梢上摔了下来。

童姥骂道："小和尚不中用，怕什么？你听她越叫越远，不是往东方追下去了吗？"

果然听叫声渐渐远去，虚竹甚是佩服童姥的智计，说道：

·1363·

"她……她怎知咱们从数百丈高的山峰上掉将下来,居然没死?"童姥道:"自然是有人多口了。"凝思半晌,道:"姥姥数十年不下缥缈峰,没想到世上武学进展如此迅速。那个化解咱们下堕之势的年青公子,这一掌借力打力,四两拨千斤,当真出神入化。另外那个年青公子是谁?怎地会得'凌波微步'?"她自言自语,并非向虚竹询问。虚竹生怕李秋水追上来,只是提气急奔,也没将童姥的话听在耳里。

走上平地之后,他仍是尽拣小路行走,当晚在密林长草之中宿了一夜,次晨再行,童姥仍是指着西方。虚竹道:"前辈,你说西去不远便是西夏国,我看咱们不能再向西走了。"童姥冷笑道:"为什么不能再向西走?"虚竹道:"万一闯入了西夏国的国境,岂非自投罗网?"童姥道:"你踏足之地,早便是西夏国的国土了!"

虚竹大吃一惊,叫道:"什么?这里便是西夏之地?你说……你说你师妹在西夏国有极大的势力?"童姥笑道:"是啊!西夏是这贱人横行无忌的地方,要风得风,要雨得雨,咱们偏偏闯进她的根本重地之中,叫她死也猜想不到。她在四下里拼命搜寻,怎料想得到我却在她的巢穴之中安静修练?哈哈,哈哈!"说着得意之极,又道:"小和尚,这是学了你的法子,一着最笨、最不合情理的棋子,到头来却大有妙用。"

虚竹心下佩服,说道:"前辈神算,果然人所难测,只不过……只不过……"童姥道:"只不过什么?"虚竹道:"那李秋水的根本重地之中,定然另有旁人,要是给他们发现了咱们的踪迹……"童姥道:"哼,倘若那是个无人的所在,还说得上什么冒险?历尽万难,身入险地,那才是英雄好汉的所为。"虚竹心想:"倘若是为了救人救世,身历艰险也还值得,可是你和李秋水半斤八两,谁也不见得是什么好人,我又何必为你去干冒奇险?"

童姥见到他脸上的踌躇之意、尴尬之情,已猜到了他的心思,说道:"我叫你犯险,自然有好东西酬谢于你,决不会叫你白辛苦一场。现下我教你三路掌法,三路擒拿法,这六路功夫,合起来叫做'天山折梅手'。"

虚竹道:"前辈重伤未愈,不宜劳顿,还是多休息一会的为是。"童姥双目一翻,道:"你嫌我的功夫是旁门左道,不屑学么?"虚竹道:"这……这个……这个……晚辈绝无此意,你不可误会。"童姥道:"你是逍遥派的嫡派传人,我这'天山折梅手'正是本门的上乘武功,你为什么不肯学?"虚竹道:"晚辈是少林派的,跟逍遥派实在毫无干系。"

童姥道:"呸!你一身逍遥派的内功,还说跟逍遥派毫无干系,当真胡说八道之至。天山童姥为人,向来不做利人不利己之事。我教你武功,是为了我自己的好处,只因我要假你之手,抵御强敌。你若不学会这六路'天山折梅手',非葬身于西夏国不可,小和尚命丧西夏,毫不打紧,你姥姥可陪着你活不成了。"虚竹应道:"是!"觉得这人用心虽然不好,但什么都说了出来,倒是光明磊落的"真小人"。

当下童姥将"天山折梅手"第一路的掌法口诀传授了他。这口诀七个字一句,共有十二句,八十四个字。虚竹记心极好,童姥只说了三遍,他便都记住了。这八十四字甚是拗口,接连七个平声字后,跟着是七个仄声字,音韵全然不调,倒如急口令相似。好在虚竹平素什么"悉坦多,钵坦啰"、"揭谛,揭谛,波罗僧揭谛"等等经咒念得甚熟,倒也不以为奇。

童姥道:"你背负着我,向西疾奔,口中大声念诵这套口诀。"虚竹依言而为,不料只念得三个字,第四个"浮"字便念不出声,须得停一停脚步,换一口气,才将第四个字念了出来。童姥举起手掌,在他头顶拍下,骂道:"不中用的小和尚,第一句便背不好。"这一下虽然不重,却正好打在他"百会穴"上。虚竹身子一晃，只觉得头晕脑胀，再念歌诀时，到第四个字上又是一窒，童姥又是一掌拍下。

虚竹心下甚奇："怎么这个'浮'字总是不能顺顺当当的吐出？"第三次又念时，自然而然的一提真气，那'浮'字便冲口喷出。童姥笑道："好家伙，过了一关！"原来这首歌诀的字句与声韵呼吸之理全然相反，平心静气的念诵已是不易出口，奔跑之际，更加难于出声，念诵这套歌诀，其实是调匀真气的法门。

到得午时，童姥命虚竹将她放下，手指一弹，一粒石子飞上天去，打下一只乌鸦来，饮了鸦血，便即练那"八荒六合唯我独尊功"。她此时已回复到十七岁时的功力，与李秋水相较虽然大大不如，弹指杀鸦却是轻而易举。

童姥练功已毕，命虚竹负起，要他再诵歌诀，顺背已毕，再要他倒背。这歌诀顺读已拗口之极，倒读时更是逆气顶喉，搅舌绊齿，但虚竹凭着一股毅力，不到天黑，居然将第一路掌法的口诀不论顺念倒念，都已背得朗朗上口，全无窒滞。

童姥很是喜欢，说道："小和尚，倒也亏得你了……啊哟……啊哟！"突然间语气大变，双手握拳，在虚竹头顶上猛擂，骂道："你这没良心的小贼，你……你一定和她做下了不可告人之事，我一直给你瞒在鼓里。小贼，你还要骗我么？你……你怎对得住我？"

虚竹大惊，忙将她放下地来，问道："前辈，你……你说什么？"童姥的脸已胀成紫色，泪水滚滚而下，叫道："你和李秋水这贱人私通了，是不是？你还想抵赖？还不肯认？否则的话，她怎能将'小无相功'传你？小贼，你……你瞒得我好苦。"虚竹摸不着头脑，问道："前辈，什么'小无相功'？"

童姥一呆，随即定神，拭干了眼泪，叹了口气，道："没什么。你师父对我不住。"

原来虚竹背诵歌诀之时,在许多难关上都迅速通过,倒背时尤其显得流畅,童姥猛地里想起,那定是修习了"小无相功"之故。她与无崖子、李秋水三人虽是一师相传,但各有各的绝艺,三人所学颇不相同。那"小无相功"师父只传了李秋水一人,是她的防身神功,威力极强,当年童姥数次加害,李秋水皆靠"小无相功"保住性命。童姥虽然不会此功,但对这门功夫行使时的情状自是十分熟悉,这时发觉虚竹身上不但蕴有此功,而且功力深厚,惊怒之下,竟将虚竹当作了无崖子,将他拍打起来。待得心神清醒,想起无崖子背着自己和李秋水私通勾结,又是恼怒,又是自伤。

这天晚上,童姥不住口的痛骂无崖子和李秋水。虚竹听她骂得虽然恶毒,但伤痛之情其实更胜于愤恨,想想也不禁代她难过,劝道:"前辈,人生无常,无常是苦,一切烦恼,皆因贪嗔痴而起。前辈只须离此三毒,不再想念你的师弟,也不去恨你的师妹,心中便无烦恼了。"童姥怒道:"我偏要想念你那没良心的师父,偏要恨那不怕丑的贱人。我心中越是烦恼,越是开心。"虚竹摇了摇头,不敢再劝了。

次日童姥又教他第二路掌法的口诀。如此两人一面赶路,一面练功不辍。到得第五日傍晚,但见前面人烟稠密,来到了一座大城。童姥道:"这便是西夏都城灵州,你还有一路口诀没念熟,今日咱们要宿在灵州之西,明日更向西奔出二百里,然后绕道回来。"虚竹道:"咱们到灵州去么?"童姥道:"当然是去灵州。不到灵州,怎能说深入险地?"

又过了一日,虚竹已将六路"天山折梅手"的口诀都背得滚瓜烂熟。童姥便在旷野中传授他应用之法。她一腿已断,只得坐在地下,和虚竹拆招。这"天山折梅手"虽然只有六路,但包含了逍遥派武学的精义,掌法和擒拿手之中,含蕴有剑法、刀法、鞭法、枪法、抓法、斧法等等诸般兵刃的绝招,变法繁复,虚竹一时也学不了那许多。童姥道:"我这'天山折梅手'是永远学不全的,将来你内功越高,见识越多,天下任何招数武功,都能自行化在这六路折梅手之中。好在你已学会了口诀,以后学到什么程度,全凭你自己了。"

虚竹道:"晚辈学这路武功,只是为了保护前辈之用,待得前辈回功归元大功告成,晚辈回到少林寺,便要设法将前辈所授尽数忘却,重练少林派本门功夫了。"

童姥向他左看右看,神色十分诧异,似乎看到了一件希奇已极的怪物,过了半晌,才叹了口气,道:"我这天山折梅手,岂是任何少林派的武功所能比得?你舍玉取瓦,愚不可及。但要你这小和尚忘本,可真不容易。你合眼歇一歇,天黑后,咱们便进灵州城去罢!"

到了二更时分,童姥命虚竹将她负在背上,奔到灵州城外,跃过护城河后,翻上城墙,轻轻溜下地来。只见一队队的铁甲骑兵高举火把,来回巡逻,兵强马壮,军威甚盛。虚竹这次出寺下山,路上见到过不少宋军,与这些西夏国剽悍勇武的军马相比,那是大大不及了。

童姥轻声指点,命他贴身高墙之下,向西北角行去,走出三里有余,只见一座高楼冲天而起,高楼后重重叠叠,尽是构筑宏伟的大屋,屋顶金碧辉煌,都是琉璃瓦。虚竹见这些大屋的屋顶依稀和少林寺相似,但富丽堂皇,更有过之,低声道:"阿弥陀佛,这里倒有一座大庙。"童姥忍不住轻轻一笑,说道:"小和尚好没见识,这是西夏国的皇宫,却说是座大庙。"虚竹吓了一跳,道:"这是皇宫么?咱们来干什么?"

童姥道:"托庇皇帝的保护啊。李秋水找不到我尸体,知我没死,便是将地皮都翻了过来,也要找寻我的下落。方圆二千里内,大概只有一个地方她才不去找,那便是她自己的家里。"虚竹道:"前辈真想得聪明,咱们多挨得一日,前辈的功力便增加一年。那么咱们便到你师妹的家里去罢。"童姥道:"这里就是她的家了……小心,有人过来。"

虚竹缩身躲入墙角,只见四个人影自东向西掠来,跟着又有四个人影自西边掠来,八个人交叉而过,轻轻拍了一下手掌,绕了过去。瞧这八人身形矫捷,显然武功不弱。童姥道:"御前护卫巡查过了,快翻进宫墙,过不片刻,又有巡查过来。"虚竹见了这等声势,不由得胆怯,道:"皇宫中高手这么多,要是给他们见到了,那可糟糕。咱们还是到你师妹家里去罢。"童姥怒道:"我早说过,这里就是她家。"虚竹道:"你又说这里是皇宫。"

童姥道:"傻和尚,这贱人是皇太妃,皇宫便是她的家了。"这句话当真大出虚竹的意料之外,他做梦也想不到李秋水竟会是西夏国的皇太妃,一呆之下,又见有四个人影自北而南的掠来。待那四人掠过,虚竹道:"前……"只说出一个"前"字,童姥已伸手按住他嘴巴,一怔之下,只见高墙之后又转出四个人来,悄没声的巡了过去。这四人突如其来,教人万万料想不到这黑角落中竟会躲得有人。等这四人走远,童姥在他背上一拍,道:"从那条小弄中进去。"

虚竹见了适才那十六人巡宫的声势,知已身入奇险之地,若没童姥的指点,便想立即退出,也非给这许多御前护卫发现不可,当下便依言负着她走进小弄。小弄两侧都是高墙,其实是两座宫殿之间的一道空隙。

穿过这条窄窄的通道,在牡丹花丛中伏身片刻,候着八名御前护卫巡过,穿入了一大片假山之中。这一片假山蜿蜒而北,绵延五六十丈。虚竹每走出数丈,便依童姥的指示停步躲藏,说也奇怪,每次藏身之后不久,必有御前护卫巡过,倒似童姥是御前护卫的总管，什么地方有人巡查，什么时刻有护卫经过，她都了如指掌，半分不错。如此躲躲闪闪的行了小半个时辰，只见前后左右的房舍已矮小简陋得多，御前护卫也不再现身。

童姥指着左前方的一所大石屋，道："到那里去。"虚竹见那石屋前有老大一片空地，月光如水，照在这片空地之上，四周无遮掩之物，当下提一口气，飞奔而前。只见石屋墙壁均是以四五尺见方的大石块砌成，厚实异常，大门则是一排八根原棵松树削成半边而钉合。童姥道："拉开大门进去！"虚竹心中怦怦乱跳，颤声道："你……你师妹住……住在这里？"想起李秋水的辣手，实在不敢进去。童姥道："不是。拉开了大门。"

虚竹握住门上大铁环，拉开大门，只觉这扇门着实沉重。大门之后紧接着又有一道门，一阵寒气从门内渗了出来。其时天时渐暖，高峰虽仍积雪，平地上早已冰融雪消，花开似锦绣，但这道内门的门上却结了一层薄薄白霜。童姥道："向里推。"虚竹伸手一推，那门缓缓开了，只开得尺许一条缝，便有一股寒气迎面扑来。推门进去，只见里面堆满了一袋袋装米麦的麻袋，高与屋顶相接，显是一个粮仓，左侧留了个窄窄的通道。

他好生奇怪，低声问道："这粮仓之中怎地如此寒冷？"童姥笑道："把门关上。咱们进了冰库，看来是没事了！"虚竹奇道："冰库？这不是粮仓么？"一面说，一面将两道门关上了。童姥心情甚好，笑道："进去瞧瞧。"

两道门一关上，仓库中黑漆一团，伸手不见五指，虚竹摸索着从左侧进去，越到里面，寒气越盛，左手伸将出去，碰到了一片又冷又硬、湿漉漉之物，显然是一大块坚冰。正奇怪间，童姥已晃亮火折，霎时之间，虚竹眼前出现了一片奇景，只见前后左右，都是一大块、一大块割切得方方正正的大冰块，火光闪烁照射在冰块之上，忽青忽蓝，甚是奇幻。

· 1370 ·

童姥道："咱们到底下去。"她扶着冰块，右腿一跳一跳，当先而行，在冰块间转了几转，从屋角的一个大洞中走了下去。虚竹跟随其后，只见洞下是一列石阶，走完石阶，下面又是一大屋子的冰块。童姥道："这冰库多半还有一层。"果然第二层之下，又有一间大石室，也藏满了冰块。

童姥吹熄火折，坐了下来，道："咱们深入地底第三层了，那贱人再鬼精灵，也未必能找得到童姥。"说着长长的呼了口气。几日来她脸上虽然显得十分镇定，心中却着实焦虑，西夏国高手如云，深入皇宫内院而要避过众高手的耳目，一半固须机警谨慎，一半却也全凭运气；直到此刻，方始略略放心。

虚竹叹道："奇怪，奇怪！"童姥道："奇怪什么？"虚竹道："这西夏国的皇宫，居然将这许多不值分文的冰块窖藏了起来，那有什么用？"童姥笑道："这冰块这时候不值分文，到了炎夏，那便珍贵得很了。你倒想想，盛暑之时，太阳犹似火蒸炭焙，人人汗出如浆，要是身边放上两块大冰，莲子绿豆汤或是薄荷百合汤中放上几粒冰珠，滋味如何？"虚竹这才恍然大悟，说道："妙极，妙极！只不过将这许多大冰块搬了进来贮藏，花的功夫力气着实不小，那不是太也费事么？"童姥更是好笑，说道："做皇帝的一呼百诺，要什么有什么，他还会怕什么费事？你道要皇帝老儿自己动手，将这些大冰块推进冰库来吗？"

虚竹点头道："做皇帝也是享福得紧了。只不过此生享福太多，福报一尽，来生就未必好了。前辈，你从前来过这里么？怎么这些御前护卫什么时候到何处巡查，你一切全都清清楚楚？"童姥道："这皇宫我自然来过的。我找这贱人的晦气，岂只来过一次？那些御前护卫呼吸粗重，十丈之外我便听见了，那有什么希奇。"虚竹道："原来如此。前辈，你天生神耳，当真非常人可及。"童姥道："什么天生神耳？那是练出来的功夫。"

·1371·

虚竹听到"练出来的功夫"六字，猛地想起，冰库中并无飞禽走兽，难获热血，不知她如何练功？又想仓库中粮食倒极多，但冰库中无法举火，难道就以生米、生麦为食？

童姥听他久不作声，问道："你在想什么？"虚竹说了。童姥笑道："你道那些麻袋中装的是粮食么？那都是棉花，免得外边热气进来，融了冰块。嘿嘿，你吃棉花不吃？"虚竹道："如此说来，我们须得到外面去寻食了？"童姥道："御厨中活鸡活鸭，那还少了？不过鸡鸭猪羊之血没什么灵气，不及雪峰上的梅花鹿和羚羊。咱们这就到御花园去捉些仙鹤、孔雀、鸳鸯、鹦鹉之类来，我喝血，你吃肉，那就对付了。"

虚竹忙道："不成，不成。小僧如何能杀生吃荤？"心想童姥已到了安全之所，不必再由自己陪伴，说道："小僧是佛门子弟，不能见你残杀众生，我……我这就要告辞了。"童姥道："你到哪里去？"虚竹道："小僧回少林寺去。"童姥大怒，道："你不能走，须得在这里陪我，等我练成神功，取了那贱人的性命，这才放你。"

虚竹听她说练成神功之后要杀李秋水，更加不愿陪着她造恶业，站起身来，说道："前辈，小僧便要劝你，你也一定是不肯听的。何况小僧知识浅薄，笨嘴笨舌，也想不出什么话来相劝，我看冤家宜解不宜结，得放手时且放手罢。"一面说，一面走向石阶。

童姥喝道："给我站住，我不许你走！"

虚竹道："小僧要去了！"他本想说"但愿你神功练成"，但随即想到她神功一成，不但李秋水性命危险，而乌老大这些三十六洞洞主、七十二岛岛主，以及慕容复、段誉等等，只怕个个要死于非命，越想越怕，伸足跨上了石阶。

突然间双膝一麻，翻身跌倒，跟着腰眼里又是一酸，全身动弹不得，知道是给童姥点了穴道。黑暗中她身子不动，凌空虚点，便封住了自己要穴，看来在这高手之前，自己只有听由摆布，全无反抗的余地。他心中一静，便念起经来："修道苦至，当念往劫，舍本逐末，多起爱憎。今虽无犯，是我宿作，甘心受之，都无怨诉。经云：逢苦不忧，识达故也……"

童姥插口道："你念的是什么鬼经？"虚竹道："善哉，善哉！这是菩提达摩的《入道四行经》。"童姥道："达摩是你少林寺的老祖宗，我只道他真有通天彻地之能，哪知道婆婆妈妈，是个没骨气的臭和尚。"虚竹道："阿弥陀佛，阿弥陀佛，前辈不可妄言。"

童姥道："你这鬼经中言道，修道时逢到困苦，那是由于往昔宿作，要甘心受之，都无怨诉。那么不论旁人如何厉害的折磨你，你都甘心受之、都无怨诉么？"虚竹道："小僧修为浅薄，于外魔侵袭、内魔萌生之际，只怕难以抗御。"童姥道："现下你本门少林派的功夫是一点也没有了，逍遥派的功夫又只学得一点儿，有失无得，糟糕之极。你听我的话，我将逍遥派的神功尽数传你，那时你无敌于天下，岂不光采？"

虚竹双手合什，又念经道："众生无我，苦乐随缘。纵得荣誉等事，宿因所构，今方得之。缘尽还无，何喜之有？得失随缘，心无增减。"

童姥喝道："呸，呸！胡说八道。你武功低微，处处受人欺侮，好比现下你给我封住了穴道，我要打你骂你，你都反抗不得。又如我神功未成，只好躲在这里，让李秋水那贱人在外面强凶霸道。你师父给你这幅图画，还不是叫你求人传授武功，收拾丁春秋这小鬼？这世界上强的欺侮人，弱的受人欺侮，你想平安快乐，便非做天下第一强者不可。"

虚竹念经道："世人长迷，处处贪着，名之为求。禅师悟真，理与俗反，安心无为，形随运转。三界皆苦，谁而得安？经曰：有求皆苦，无求乃乐。"

虚竹虽无才辩，这经文却是念得极熟。这篇《入道四行经》是昙琳所笔录，那昙琳是达摩自南天竺来华后所收弟子，经中记的是达摩祖师的微言法语，也只寥寥数百字，是少林寺众僧所必读。他随口而诵，却将童姥的话都一一驳倒了。

童姥生性最是要强好胜，数十年来言出法随，座下侍女仆妇固然无人敢顶她一句嘴，而三十六洞、七十二岛这些桀傲不驯的奇人异士，也是个个将她奉作天神一般，今日却给这小和尚驳得哑口无言。她大怒之下，举起右掌，便向虚竹顶门拍了下去。手掌将要碰到他脑门的"百会穴"上，突然想起："我将这小和尚一掌击毙，他无知无觉，仍然道是他这片歪理对而我错了，哼哼，世上哪有这等便宜事？"当即收回手掌，自行调息运功。

过得片刻，她跳上石阶，推门而出，折了一根树枝支撑，径往御花园中奔去。这时她功力已十分了得，虽断了一腿，仍然身轻如叶，一众御前护卫如何能够知觉？在园中捉了两头白鹤，两头孔雀，回入冰库。虚竹听得她出去，又听到她回来，再听到禽鸟的鸣叫之声，念了几声"阿弥陀佛"，既无法可施，也只有任之自然。

次日午时将届，冰库中无昼无夜，一团漆黑。童姥体内真气翻涌，知道练功之时将届，便咬开一头白鹤的咽喉，吮吸其血。她练完功后，又将一头白鹤的喉管咬开。

虚竹听到声音，劝道："前辈，这头鸟儿，你留到明天再用罢，何必多杀一条性命？"童姥笑道："我是好心，弄给你吃的。"虚竹大惊，道："不，不！小僧万万不吃。"童姥左手伸出，拿住了他下颏，虚竹无法抗御，嘴巴自然而然的张了开来。童姥倒提白鹤，将鹤血都灌入了他口中。虚竹只觉一股炙热的血液顺喉而下，拼命想闭住喉咙，但穴道为童姥所制，实是不由自主，心中又气又急，两行热泪夺眶而出。

童姥灌罢鹤血，右手抵在他背心的灵台穴上，助他真气运转，随即又点了他"关元"、"天突"两穴,令他无法呕出鹤血,嘻嘻笑道:"小和尚,你佛家戒律,不食荤腥,这戒是破了罢?一戒既破,再破二戒又有何妨?哼,世上有谁跟我作对,我便跟他作对到底。总而言之,我要叫你做不成和尚。"虚竹甚是气苦,说不出话来。

童姥笑道:"经云:有求皆苦,无求乃乐。你一心要遵守佛戒,那便是'求'了,求而不得,心中便苦。须得安心无为,形随运转,佛戒能遵便遵,不能遵便不遵,那才叫做'无求',哈哈,哈哈,哈哈!"

如此过了两个多月,童姥已回复到八十几岁时的功力,出入冰库和御花园时直如无形鬼魅,若不是忌惮李秋水,早就已离开皇宫他去了。她每日喝血练功之后,总是点了虚竹的穴道,将禽兽的鲜血生肉塞入他腹中,待过得两个时辰,虚竹肚中食物消化净尽,无法呕出,这才解开他穴道。虚竹在冰库中被迫茹毛饮血,过着暗无天日的日子,实是苦恼不堪,只有诵念经文中"逢苦不忧,识达故也"的句子,强自慰解。

这一日童姥又听他在唠唠叨叨的念什么"修道苦至,当念往劫",什么"甘心受之,都无怨诉",冷笑道:"你是兔鹿鹤雀,什么荤腥都尝过了,还成什么和尚?还念什么经?"虚竹道:"小僧为前辈所逼迫,非出自愿,就不算破戒。"童姥冷笑道:"倘若无人逼迫,你自己是决计不破戒的?"虚竹道:"小僧洁身自爱,决不敢坏了佛门的规矩。"童姥道:"好,咱们便试一试。"这日便不逼迫虚竹喝血吃肉。虚竹甚喜,连声道谢。

次日童姥仍不强他吃肉饮血。虚竹只饿得肚中咕咕直响,说道:"前辈,你神功即将练成,已不须小僧伺候了。小僧便欲告辞。"童姥道:"我不许你走。"虚竹道:"小僧肚饿得紧,那么相烦前辈找些青菜白饭充饥。"童姥道:"那倒可以。"便即点了他的穴道,使他无法逃走,自行出去。过不多时,回到冰库中来。

· 1375 ·

虚竹只闻到一阵香气扑鼻，登时满嘴都是馋涎。托托托三声，童姥将三只大碗放在他的面前，道："一碗红烧肉，一碗清蒸肥鸡，一碗糖醋鲤鱼，快来吃罢！"虚竹惊道："阿弥陀佛，小僧宁死不吃。"三大碗肥鸡鱼肉的香气不住冲到他鼻中，他强自忍住，自管念经。童姥夹起碗中鸡肉，吃得津津有味，连声赞美，虚竹却只念佛。

　　第三日童姥又去御厨中取了几碗荤菜来，火腿、海参、熊掌、烤鸭，香气更是浓郁。虚竹虽然饿得虚弱无力，却始终忍住不吃。童姥心想："在我跟前，你要强好胜，是决计不肯取食的。"于是走出冰库之外，半日不归，心想："只怕你非偷食不可。"哪知回来后将这几碗菜肴拿到光亮下一看，竟然连一滴汤水也没动过。

　　到得第九日时，虚竹念经的力气也没了，只咬些冰块解渴，却从不伸手去碰放在面前的荤腥。童姥大怒，伸手抓住他胸口，将一碗红烧肘子一块块的塞入他口中。她虽然强着虚竹吃荤，却知这场比拼终于是自己输了，狂怒之下，劈劈拍拍的连打了他三四十个耳光，喝骂："死和尚，你和姥姥作对，要知道姥姥的厉害！"虚竹不嗔不怒，只轻轻念佛。

　　此后数日之中，童姥总是大鱼大肉去灌他。虚竹逆来顺受，除了念经，便是睡觉。

　　这一日睡梦之中，虚竹忽然闻到一阵甜甜的幽香，这香气既非佛像前烧的檀香，也不是鱼肉的菜香，只觉得全身通泰，说不出的舒服，迷迷糊糊之中，又觉得有一样软软的物事靠在自己胸前，他一惊而醒，伸手去一摸，着手处柔腻温暖，竟是一个不穿衣服之人的身体。他大吃一惊，道："前辈，你……你怎么了？"

　　那人道："我……我在什么地方啊？怎地这般冷？"喉音娇嫩，是个少女声音，绝非童姥。虚竹更加惊得呆了，颤声问道：

"你……你……是谁？"那少女道："我……我……好冷，你又是谁？"说着便往虚竹身上靠去。

虚竹待要站起身来相避，一撑持间，左手扶住了那少女的肩头，右手却揽在她柔软纤细的腰间。虚竹今年二十四岁，生平只和阿紫、童姥、李秋水三个女人说过话，这二十四年之中，只是在少林寺中念经参禅。但好色而慕少艾，乃是人之天性，虚竹虽然谨守戒律，每逢春暖花开之日，亦不免心头荡漾，幻想男女之事。只是他不知女人究竟如何，所有想像，当然怪诞离奇，莫衷一是，更是从来不敢与师兄弟提及。此刻双手碰到了那少女柔腻娇嫩的肌肤，一颗心简直要从口腔中跳了出来，却是再难释手。

那少女嘤咛一声，转过身来，伸手勾住了他头颈。虚竹但觉那少女吹气如兰，口脂香阵阵袭来，不由得天旋地转，全身发抖，颤声道："你……你……你……"那少女道："我好冷，可是心里又好热。"虚竹难以自已，双手微一用力，将她抱在怀里。那少女"唔，唔"两声，凑过嘴来，两人吻在一起。

虚竹所习的少林派禅功已尽数为无崖子化去，定力全失，他是个未经人事的壮男，当此天地间第一大诱惑袭来之时，竟丝毫不加抗御，将那少女越抱越紧，片刻间神游物外，竟不知身在何处。那少女更是热情如火，将虚竹当作了爱侣。

也不知过了多少时候，虚竹欲火渐熄，大叫一声："啊哟！"要待跳起身来。

但那少女仍紧紧的搂抱着他，腻声道："别……别离开我。"虚竹神智清明，也只一瞬间事，随即又将那少女抱在怀中，轻怜密爱，竟无厌足。

两人缠在一起，又过了大半个时辰，那少女道："好哥哥，你是谁？"这六个字娇柔婉转，但在虚竹听来，宛似半空中打了个霹雳，颤声道："我……我大大的错了。"那少女道："你为什么大

· 1377 ·

大的错了？"

虚竹结结巴巴的无法回答，只道："我……我是……"突然间胁下一麻，被人点中了穴道，跟着一块毛毡盖上来，那赤裸的少女离开了他的怀抱。虚竹叫道："你……你别走，别走！"黑暗中一人嘿嘿嘿的冷笑三声，正是童姥的声音。虚竹一惊之下，险些晕去，瘫软在地，脑海中只是一片空白。耳听得童姥抱了那少女，走出冰库。

过不多时，童姥便即回来，笑道："小和尚，我让你享尽了人间艳福，你如何谢我？"虚竹道："我……我……"心中兀自浑浑沌沌，说不出话来。童姥解开他穴道，笑道："佛门子弟要不要守淫戒？这是你自己犯戒呢？还是被姥姥逼迫？你这口是心非、风流好色的小和尚，你倒说说，是姥姥赢了，还是你赢了？哈哈，哈哈，哈哈！"越笑越响，得意之极。

虚竹心下恍然，知道童姥为了恼他宁死不肯食荤，却去掳了一个少女来，诱得他破了淫戒，不由得又是悔恨，又是羞耻，突然间纵起身来，脑袋疾往坚冰上撞去，砰的一声大响，掉在地下。

童姥大吃一惊，没料到这小和尚性子如此刚烈，才从温柔乡中回来，便图自尽，忙伸手将他拉起，一摸之下，幸好尚有鼻息，但头顶已撞破一洞，汩汩流血，忙替他裹好了伤，喂以一枚"九转熊蛇丸"，骂道："你发疯了？若不是你体内已有北冥真气，这一撞已然送了你的小命。"虚竹垂泪道："小僧罪孽深重，害人害己，再也不能做人了。"童姥道："嘿嘿，要是每个和尚犯了戒便图自尽，天下还有几个活着的和尚？"

虚竹一怔，想起自戕性命，乃是佛门大戒，自己愤激之下，竟又犯了一戒。

他倚在冰块之上，浑没了主意，心中自怨自责，却又不自禁的想起那少女来，适才种种温柔旖旎之事，绵绵不绝的涌上心头，突然问道:"那……那位姑娘,她是谁?"

童姥哈哈一笑,道:"这位姑娘今年一十七岁,端丽秀雅,无双无对。"

适才黑暗之中,虚竹看不到那少女的半分容貌,但肌肤相接,柔音入耳,想像起来也必是个十分容色的美女,听童姥说她"端丽秀雅,无双无对",不由得长长叹了口气。童姥微笑道:"你想她不想?"虚竹不敢说谎,却又不便直承其事,只得又叹了一口气。

此后的几个时辰,他全在迷迷糊糊中过去。童姥再拿鸡鸭鱼肉之类荤食放在他面前,虚竹起了自暴自弃之心,寻思:"我已成佛门罪人,既拜入了别派门下,又犯了杀戒、淫戒,还成什么佛门弟子?"拿起鸡肉便吃,只是食而不知其味,怔怔的又流下泪来。童姥笑道:"率性而行,是谓真人,这才是个好小子呢。"

再过两个时辰,童姥竟又去将那裸体少女用毛毡裹了来,送入他的怀中,自行走上第二层冰窖,让他二人留在第三层冰窖中。

那少女悠悠叹了口气,道:"我又做这怪梦了,真叫我又是害怕,又是……又是……"虚竹道:"又是怎样?"那少女抱着他的头颈,柔声道:"又是欢喜。"说着将右颊贴在他左颊之上。虚竹只觉她脸上热烘烘地,不觉动情,伸手抱了她纤腰。那少女道:"好哥哥,我到底是不是在做梦?要说是梦,为什么我清清楚楚知道你抱着我?我摸得到你的脸,摸得到你的胸膛,摸得到你的手臂。"她一面说,一面轻轻抚摸虚竹的面颊、胸膛,又道:"要说不是做梦,我怎么好端端的睡在床上,突然间会……会身上没了衣裳,到了这又冷又黑的地方?这里寒冷黑暗,却又有一个你,有一个你在等着我、怜我、惜我?"

虚竹心想:"原来你被童姥掳来,也是迷迷糊糊的,神智不清。"只听那少女又柔声道:"平日我一听到陌生男人的声音也要害羞,怎么一到了这地方,我便……我便心神荡漾,不由自主?

唉，说是梦，又不像梦，说不像梦，又像是梦。昨晚上做了这个奇梦，今儿晚上又做，难道……难道，我真的和你是前世因缘么？好哥哥，你到底是谁？"虚竹失魂落魄的道："我……我是……"要说"我是和尚"，这句话总是说不出口。

那少女突然伸出手来，按住了他嘴，低声道："你别跟我说，我……我心里害怕。"虚竹抱着她身子的双臂紧了一紧，问道："你怕什么？"那少女道："我怕你一出口，我这场梦便醒了。你是我的梦中情郎，我叫你'梦郎'，梦郎，梦郎，你说这名字好不好？"她本来按在虚竹嘴上的手掌移了开去，抚摸他眼睛鼻子，似乎是爱怜，又似是以手代目，要知道他的相貌。那只温软的手掌摸上了他的眉毛，摸到了他的额头，又摸到了他的头顶。

虚竹大吃一惊："糟糕，她摸到了我的光头。"岂知那少女所摸到的却是一片短发。原来虚竹在冰库中已二月有余，光头上早已生了三寸来长的头发。那少女柔声道："梦郎，你的心为什么跳得这样厉害？为什么不说话？"

虚竹道："我……我跟你一样，也是又快活，又害怕。我玷污了你冰清玉洁的身子，死一万次也报答不了你。"那少女道："千万别这么说，咱们是在做梦，不用害怕。你叫我什么？"虚竹道："嗯，你是我的梦中仙姑，我叫你'梦姑'好么？"那少女拍手笑道："好啊，你是我的梦郎，我是你的梦姑。这样的甜梦，咱俩要做一辈子，真盼永远也不会醒。"说到情浓之处，两人又沉浸于美梦之中，真不知是真是幻？是天上人间？

过了几个时辰，童姥才用毛毡来将那少女裹起，带了出去。

次日，童姥又将那少女带来和虚竹相聚。两人第三日相逢，迷惘之意渐去，惭愧之心亦减，恩爱无极，尽情欢乐。只是虚竹始终不敢吐露两人何以相聚的真相，那少女也只当是身在幻境，一字不提入梦之前的情景。

这三天的恩爱缠绵，令虚竹觉得这黑暗的寒冰地窖便是极乐世界，又何必皈依我佛，别求解脱？

第四日上，虚竹吃了童姥搬来的熊掌、鹿肉等等美味之后，料想她又要去带那少女来和自己温存聚会，不料左等右等，童姥始终默坐不动。虚竹犹如热锅上蚂蚁一般，坐立不定，几次三番想出口询问，却又不敢。

如此挨了两个多时辰，童姥对他的局促焦灼种种举止，一一听在耳里，却毫不理睬。虚竹再也忍耐不住，问道："前辈，那姑娘，是……是皇宫中的宫女么？"童姥哼了一声，并不答理。虚竹心道："你不肯答，我只好不问了。"但想到那少女的温柔情意，当真是心猿意马，无可羁勒，强忍了一会，只得央求道："求求你做做好事，跟我说了罢。"童姥道："今日你别跟我说话，明日再问。"虚竹虽心急如焚，却也不敢再提。

好容易挨到次日，食过饭后，虚竹道："前辈……"童姥道："你想知道那姑娘是谁，有何难处？便是你想日日夜夜都和她相聚，再不分离，那也是易事……"虚竹只喜得心痒难搔，不知说什么好。童姥又道："你到底想不想？"虚竹一时却不敢答应，嗫嚅道："晚辈不知如何报答才是。"

童姥道："我也不要你报答什么。只是我的'八荒六合唯我独尊功'再过几天便将练成，这几日是要紧关头，半分松懈不得，连食物也不能出外去取，所有活牲口和熟食我都已取来。你要会那美丽姑娘，须得等我大功告成之后。"

虚竹虽然失望，但知童姥所云确是实情，好在为日无多，这几天中只好苦熬相思了，当下应道："是！一凭前辈吩咐。"童姥又道："我神功一成，立时便要去找李秋水那贱人算帐。本来那贱人万万不是我的敌手，但我不幸给这贱人断了一腿，真气大受损伤；

大仇是否能报，也就没什么把握了。万一我死在她的手里，没法带那姑娘给你，那也是天意，无可如何。除非……除非……"虚竹心中怦怦乱跳，问道："除非怎样？"童姥道："除非你能助我一臂之力。"虚竹道："晚辈武功低微，又能帮得了什么？"

童姥道："我和那贱人决斗，胜负相差只是一线。她要胜我固然甚难，我要杀她，却也并不容易。从今日起，我再教你一套'天山六阳掌'的功夫。待我跟那贱人斗到紧急当口，你使出这路掌法来，只须在那贱人身上一按，她立刻真气宣泄，非输不可。"

虚竹心下好生为难，寻思："我虽犯了戒，做不成佛门弟子，但要我助她杀人，这种恶事，大违良心，那是决计干不得的。"便道："前辈要我相助一臂之力，本属应当，但你若因此而杀了她，晚辈却是罪孽深重，从此沉沦，万劫不得超生了。"

童姥怒道："嘿，死和尚，你和尚做不成了，却仍是存着和尚心肠，那像什么东西？像李秋水这等坏人，杀了她有什么罪孽？"虚竹道："纵是大奸大恶之人，也应当教诲感化，不可妄加杀害。"童姥更加怒气勃发，厉声道："你不听我话，休想再见那姑娘一面。你想想清楚罢。"虚竹黯然无语，心中只是念佛。

童姥听他半晌没再说话，喜道："你为了那个小美人儿，只好答应了，是不是？"虚竹道："要晚辈为了一己欢娱，却去损伤人命，此事决难从命。就算此生此世再也难见那位姑娘，也是前生注定的因果。宿缘既尽，无可强求。强求尚不可，何况为非作恶以求？那是更加不可了。"说了这番话后，便念经道："宿因所构，缘尽还无。得失随缘，心无增减。"话虽如此说，但想到从此不能再和那少女相聚，心下自是黯然。

童姥道："我再问你一次，你练不练天山六阳掌？"虚竹道："实是难以从命，前辈原谅。"童姥怒道："那你给我滚出去罢，滚得越远越好。"虚竹站起身来，深深一躬，说道："前辈保重。"想起和她一场相聚,虽然给她引得自己破戒,做不成和尚,但也因此而得遇"梦姑",内心深处,总觉童姥对自己的恩惠多而损害少,临别时又不禁有些难过,又道:"前辈多多保重,晚辈不能再服侍你了。"转过身来,走上了石阶。

他怕童姥再点他穴道,阻他离去,一踏上石阶,立即飞身而上,胸口提了北冥真气,顷刻间奔到了第二层冰窖,跟着又奔上第一层,伸手便去推门。他右手刚碰到门环,突觉双腿与后心一痛,叫声:"啊哟!"知道又中了童姥的暗算,身子一晃之间,双肩之后两下针刺般的疼痛,登时翻身摔倒。

只听童姥阴恻恻的道:"你已中了我所发的暗器,知不知道?"虚竹但觉伤口处阵阵麻痒,又是针刺般的疼痛,直如万蚁咬啮,说道:"自然知道。"童姥冷笑道:"你可知道这是什么暗器?这是'生死符'!"

虚竹耳朵中嗡的一声,登时想起了乌老大等一干人一提到"生死符"便吓得魂不附体的情状。他只道"生死符"是一张能制人死命的文件之类,哪想到竟是一种暗器,乌老大这群人个个凶悍狠毒,却给"生死符"制得服服贴贴,这暗器的厉害可想而知。

只听童姥又道:"生死符入体之后,永无解药。乌老大这批畜生反叛缥缈峰,便是不甘永受生死符所制,想要到灵鹫宫去盗得破解生死符的法门。这群狗贼痴心妄想,发他们的狗屁春秋大梦,你姥姥生死符的破解之法,岂能偷盗而得?"

虚竹只觉伤处越痒越厉害,而且奇痒渐渐深入,不到一顿饭时分,连五脏六腑也似发起痒来,真想一头便在墙上撞死了,胜似受这煎熬之苦,忍不住大声呻吟起来。

童姥说道:"你想生死符的'生死'两字,是什么意思?这会儿懂得了罢?"虚竹心中说道:"懂了,懂了!那是'求生不得、求死不能'之意。"但除了呻吟之外,再也没说话的丝毫力气。童姥又道："适才你临去之时，说了两次要我多多保重，言语之中，颇有关切之意，你小子倒也不是没有良心。何况你救过姥姥的性命，天山童姥恩怨分明，有赏有罚，你毕竟跟乌老大他们那些混蛋大大不同。姥姥在你身上种下生死符，那是罚，可是又给你除去，那是赏。"

虚竹呻吟道："咱们把话说明在先，你若以此要挟，要我干那……干那伤天害理之事，我……我宁死不……不……不……不……"这"宁死不屈"的"屈"字却始终说不出口。

童姥冷笑道："哼，瞧你不出，倒是条硬汉子。可是你为什么哼哼唧唧的，说不出话？你可知那安洞主为什么说话口吃？"虚竹惊道："他当年也是中了你的生……生……以致痛得口……口……口……"童姥道："你知道就好了。这生死符一发作，一日厉害一日，奇痒剧痛递加九九八十一日，然后逐步减退，八十一日之后，又再递增，如此周而复始，永无休止。每年我派人巡行各洞各岛，赐以镇痛止痒之药，这生死符一年之内便可不发。"

虚竹这才恍然，众洞主、岛主所以对童姥的使者敬若神明，甘心挨打，乃是为了这份可保一年平安的药剂。如此说来，自己岂不是终身也只好受她如牛马一般的役使？

童姥和他相处将近三月，已摸熟了他的脾气，知他为人外和内刚，虽然对人极是谦和，内心却十分固执，决不肯受人要胁而屈服，说道："我说过的，你跟乌老大那些畜生不同，姥姥不会每年给你服一次药镇痛止痒，使你整日价食不知味、睡不安枕。你身上一共给我种了九张生死符，我可以一举给你除去，斩草除根，永无后患。"

虚竹道："如此，多……多……多……"那个"谢"字始终说不出口。

当下童姥给他服了一颗丸药，片刻间痛痒立止。童姥道："要

· 1384 ·

除去这生死符的祸胎，须用掌心内力。我这几天神功将成，不能为你消耗元气，我教你运功出掌的法门，你便自行化解罢。"虚竹道："是。"

童姥便即传了他如何将北冥真气自丹田经由天枢、太乙、梁门、神封、神藏诸穴，通过曲池、大陵、阳谿而至掌心，这真气自足经脉通至掌心的法门，是她逍遥派独到的奇功，再教他将这真气吞吐、盘旋、挥洒、控纵的诸般法门。虚竹练了两日，已然纯熟。

童姥又道："乌老大这些畜生，人品虽差，武功却着实不低。他们所交往的狐群狗党之中，也颇有些内力深湛的家伙，但没一个能以内力化解我的生死符，你道那是什么缘故？"她顿了一顿，明知虚竹回答不出，接着便道："只因我种入他们体内的生死符种类既各各不同，所使手法也大异其趣。他如以阳刚手法化解了一张生死符，未解的生死符如是在太阳、少阳、阳明等经脉中的，感到阳气，力道剧增，盘根纠结，深入脏腑，即便不可收拾。他如以阴柔之力化解罢，太阴、少阴、厥阴经脉中的生死符又会大大作怪。更何况每一张生死符上我都含有份量不同的阴阳之气，旁人如何能解？你身上这九张生死符，须以九种不同的手法化解。"当下传了他一种手法，待他练熟之后，便和他拆招，以诸般阴毒繁复手法攻击，命他以所学手法应付。

童姥又道："我这生死符千变万化，你下手拔除之际，也须随机应变，稍有差池，不是立刻气窒身亡，便是全身瘫痪。须当视生死符如大敌，全力以赴，半分松懈不得。"

虚竹受教苦练，但觉童姥所传的法门巧妙无比，气随意转，不论她以如何狠辣的手法攻来，均能以这法门化解，而且化解之中，必蕴猛烈反击的招数。他越练越佩服，才知道"生死符"所以能令三十六洞洞主、七十二岛岛主魂飞魄散，确有它无穷的威力，若不是童姥亲口传授，哪想得到天下竟有如此神妙的化解之法？

他花了四日功夫，才将九种法门练熟。

童姥甚喜，说道："小……小子倒还不笨，兵法有云：知己知彼，百战百胜。你要制服生死符，便须知道种生死符之法，你可知生死符是什么东西？"虚竹一怔，道："那是一种暗器。"童姥道："不错，是暗器，然而是怎么样的暗器？像袖箭呢，还是像钢镖？像菩提子呢，还是像金针？"虚竹寻思："我身上中了九枚暗器，虽然又痛又痒，摸上去却无影无踪，实在不知是什么形状。"一时难以回答。

童姥道："这便是生死符了，你拿去摸个仔细。"

想到这是天下第一厉害的暗器，虚竹心下惴惴，伸出手去接，一接到掌中，便觉一阵冰冷，那暗器轻飘飘地，圆圆的一小片，只不过是小指头大小，边缘锋锐，其薄如纸。虚竹要待细摸，突觉手掌心中凉飕飕地，过不多时，那生死符竟然不知去向。他大吃一惊，童姥又没伸手来夺，这暗器怎会自行变走？当真是神出鬼没，不可思议，叫道："啊哟！"心想："糟糕，糟糕！生死符钻进我手掌心去了。"

童姥道："你明白了么？"虚竹道："我……我……"童姥道："我这生死符，乃是一片圆圆的薄冰。"虚竹"啊"的一声叫，登时放心，这才明白，原来这片薄冰为掌中热力所化，因此顷刻间不知去向，他掌心内力煎熬如炉，将冰化而为汽，竟连水渍也没留下。

童姥说道："要学破解生死符的法门，须得学会如何发射，而要学发射，自然先须学制炼。别瞧这小小的一片薄冰，要制得其薄如纸，不穿不破，却也大非容易。你在手掌中放一些水，然后倒运内力，使掌心中发出来的真气冷于寒冰数倍，清水自然凝结成冰。"当下教他如何倒运内力，怎样将阳刚之气转为阴柔。无崖子传给他的北冥真气原是阴阳兼具，虚竹以往练的都是阳刚一路，但内力既有底子，只要一切逆其道而行便是，倒也不是难事。

生死符制成后，童姥再教他发射的手劲和认穴准头，在这片薄冰之上，如何附着阳刚内力，又如何附着阴柔内力，又如何附以三分阳、七分阴，或者是六分阴、四分阳，虽只阴阳二气，但先后之序既异，多寡之数又复不同，随心所欲，变化万千。虚竹又足足花了三天时光，这才学会。童姥喜道："小子倒也不笨，学得挺快，这生死符的基本功夫，你已经学会了。说到变化精微，认穴无讹，那是将来的事了。"

第四日上，童姥命他调匀内息，双掌凝聚真气，说道："你一张生死符中在右腿膝弯内侧'阴陵泉'穴上，你右掌运阳刚之气，以第二种法门急拍，左掌运阴柔之力，以第七种手法缓缓抽拔。连拔三次，便将这生死符中的热毒和寒毒一起化解了。"虚竹依言施为，果然"阴陵泉"穴上一团窒滞之意霍然而解，关节灵活，说不出的舒适。

童姥一一指点，虚竹便一一化解。终于九张生死符尽数化去，虚竹不胜之喜。

童姥叹了口气，说道："明日午时，我的神功便练成了。收功之时，千头万绪，凶险无比，今日我要定下心来好好的静思一番，你就别再跟我说话，以免乱我心曲。"虚竹应道："是。"心想："日子过得好快，不知不觉，居然整整三个月过去了。"

便在这时候，忽听得一个蚊鸣般的微声钻入耳来："师姊，师姊，你躲在哪里啊？小妹想念你得紧，你怎地到了妹子家里，却不出来相见？那不是太见外了吗？"

这声音轻细之极，但每一个字都听得清晰异常。却不是李秋水是谁？

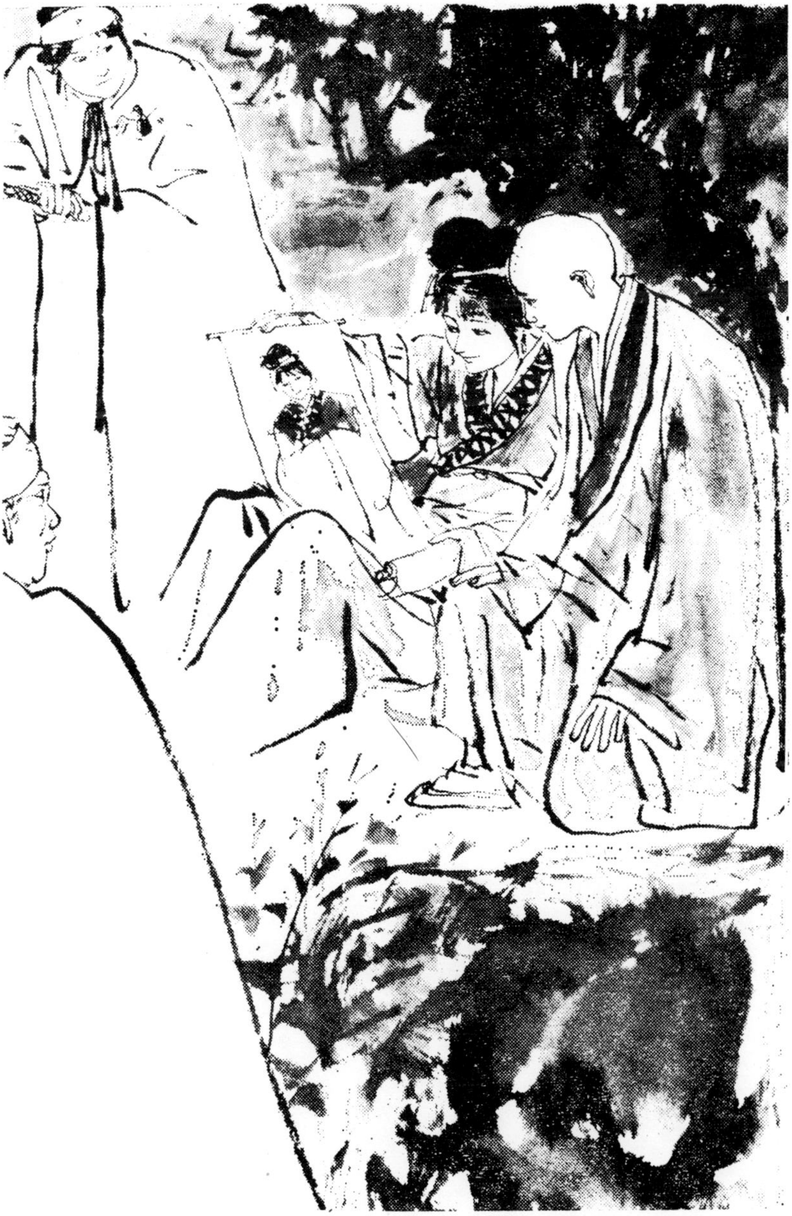

李秋水从虚竹手中接过画轴,展开来看了半晌,双手不住发抖,黯然道:"她是我的小妹子。"

三十七

同一笑　到头万事俱空

虚竹一惊之下，叫道："啊哟，不好了，她……她……"童姥喝道："大惊小怪干什么？"虚竹低声道："她……她寻到了。"童姥道："她虽知道我进了皇宫，却不知我躲在何处。皇宫中房舍千百，她一间间的搜去，十天半月，也未必能搜得到这儿。"虚竹这才放心，舒了口气，说道："只消挨过明日午时，咱们便不怕了。"果然听得李秋水的声音渐渐远去，终于声息全无。

但过不到半个时辰，李秋水那细声呼叫又钻进冰窖来："好姊姊，你记不记得无崖子师哥啊？他这会儿正在小妹宫中，等着你出来，有几句要紧话儿，要对你说。"

虚竹低声道："胡说八道，无崖子前辈早已仙去了，你……你别上她的当。"

童姥说道："咱们便在这里大喊大叫，她也听不见。她是在运使'传音搜魂大法'，想逼我出去。她提到无崖子什么的，只是想扰乱我的心神，我怎会上她的当？"

但李秋水的说话竟无休无止，一个时辰又一个时辰的说下去，一会儿回述从前师门同窗学艺时的情境，一会儿说无崖子对她如何铭心刻骨的相爱，随即破口大骂，将童姥说成是天下第一淫荡恶毒、泼辣无耻的贱女人，说道那都是无崖子背后骂她的话。

虚竹双手按住耳朵，那声音竟会隔着手掌钻入耳中，说什么也拦不住。虚竹只听得心情烦躁异常，叫道："都是假的，都是假的！我不信！"撕下衣上布片塞入双耳。

童姥淡淡的道："这声音是阻不住的。这贱人以高深内力送出说话。咱们身处第三层冰窖之中，语音兀自传到，布片塞耳，又有何用？你须当平心静气，听而不闻，将那贱人的言语，都当作是驴鸣犬吠。"虚竹应道："是。"但说到"视而不见、听而不闻"的定力，逍遥派的功夫比之少林派的禅功可就差得远了，虚竹的少林派功夫既失，李秋水的话便不能不听，听到她所说童姥的种种恶毒之事，又不免将信将疑，不知是真是假。

过了一会，他突然想起一事，说道："前辈，你练功的时刻快到了罢？这是你功德圆满的最后一次练功，事关重大，听到这些言语，岂不要分心？"童姥苦笑道："你到此刻方知么？这贱人算准时刻，知道我神功一成，她便不是我的敌手，是以竭尽全力来阻扰。"虚竹道："那么你就暂且搁下不练，行不行？在这般厉害的外魔侵扰之下，再练功只怕有点……有点儿凶险。"童姥道："你宁死也不肯助我对付那贱人，却如何又关心我的安危？"虚竹一怔，道："我不肯助前辈害人，却也决计不愿别人加害前辈。"

童姥道："你心地倒好。这件事我早已千百遍想过了。这贱人一面以'传音搜魂大法'乱我心神，一面遣人率领灵鹫，搜查我的踪迹，这皇宫四周早已布置得犹如铜墙铁壁相似。逃是逃不出去的，可是多躲得一刻，却又多一分危险。唉，也幸亏咱们深入险地，到了她家里来，否则只怕两个月之前便已给她发现了，那时我的功力低微，无丝毫还手之力，一听到她的'传音搜魂大法'，早已乖乖的走了出去，束手待缚。傻小子，午时已到，姥姥要练功了。"说着咬断了一头白鹤的头颈，吮吸鹤血，便即盘膝而坐。

虚竹只听得李秋水的话声越来越惨厉，想必她算准时刻，今日午时正是她师姊妹两人生死存亡的大关头。突然之间，李秋水语音变得温柔之极，说道："好师哥，你抱住我，嗯，唔，唔，再抱紧些，你亲我，亲我这里。"虚竹一呆，心道："她怎么说起这些话来？"

只听得童姥"哼"了一声，怒骂："贼贱人！"虚竹大吃一惊，知道童姥这时正当练功的紧要关头，突然分心怒骂，那可凶险无比，一个不对，便会走火入魔，全身经脉迸断。却听得李秋水的柔声昵语不断传来，都是与无崖子欢爱之辞。虚竹忍不住想起前几日和那少女欢会的情景，欲念大兴，全身热血流动，肌肤发烫。

但听得童姥喘息粗重，骂道："贼贱人，师弟从来没真心喜欢你，你这般无耻勾引他，好不要脸！"虚竹惊道："前辈，她……她是故意气你激你，你千万不可当真。"

童姥又骂道："无耻贱人，他对你若有真心，何以临死之前，巴巴的赶上缥缈峰来，将七宝指环传了给我？他又拿了一幅我十八岁那年的画像给我看，是他亲手绘的，他说六十多年来，这幅画像朝夕陪伴着他，跟他寸步不离。嘿，你听了好难过罢……"

她滔滔不绝的说将下去，虚竹听得呆了。她为什么要说这些假话？难道她走火入魔，神智失常了么？

猛听得砰的一声，冰库大门推开，接着又是开复门、关大门、关复门的声音。只听得李秋水嘶哑着嗓子道："你说谎，你说谎。师哥他……他……他只爱我一人。他决不会画你的肖像，你这矮子，他怎么会爱你？你胡说八道，专会骗人……"

只听得砰砰砰接连十几下巨响，犹如雷震一般，在第一层冰窖中传将下来。虚竹一呆，听得童姥哈哈大笑，叫道："贼贱人，你以为师弟只爱你一人吗？你当真想昏了头。我是矮子，不错，远不及你窈窕美貌，可是师弟早就什么都明白了。你一生便只喜欢勾引英俊潇洒的少年。师弟说，我到老仍是处女之身，对他始终一情

·1393·

不变。你却自己想想，你有过多少情人了……"这声音竟然也是在第一层冰窖之中，她什么时候从第三层飞身而至第一层，虚竹全没知觉。又听得童姥笑道："咱师姊妹几十年没见了，该当好好亲热亲热才是。冰库的大门是封住啦，免得别人进来打扰。哈哈，你喜欢倚多为胜，不妨便叫帮手进来。你动手搬开冰块啊！你传音出去啊！"

一霎时间，虚竹心中转过了无数念头：童姥激怒了李秋水，引得她进了冰窖，随即投掷大冰块，堵塞大门，决意和她拼个生死。这一来，李秋水在西夏国皇宫中虽有偌大势力，却已无法召人入来相助。但她为什么不推开冰块？为什么不如童姥所说，传音出去叫人攻打进来？想来不论是推冰还是传音，都须分心使力，童姥窥伺在侧，自然会抓住机会，立即加以致命的一击；又不然李秋水生性骄傲，不愿借助外人，定要亲手和情敌算帐。虚竹又想：往日童姥练功之时，不言不动，于外界事物似乎全无知觉，今日却忍不住出声和李秋水争斗，神功之成，终于还差一日，岂不是为山九仞，功亏一篑？不知今日这场争斗谁胜谁败，倘若童姥得胜，不知是否能逃出宫去，明日补练？

但听得第一层中砰砰嘭嘭之声大作，显然童姥和李秋水正在互掷巨冰相攻。虚竹与童姥相聚三月，虽然老婆婆喜怒无常，行事任性，令他着实吃了不少苦头，但朝夕都在一起，不由得生出亲近之意，生怕她遭了李秋水的毒手，当下走上第二层去。

他刚上第二层，便听李秋水喝问："是谁？"砰嘭之声即停。虚竹屏气凝息，不敢回答。童姥说道："那是中原武林的第一风流浪子，外号人称'粉面郎君武潘安'，你想不想见？"虚竹心道："我这般丑陋的容貌，哪里会有什么'粉面郎君武潘安'的外号？唉，前辈拿我来取笑了。"

却听李秋水道："胡说八道，我是几十岁老太婆了，还喜欢少年儿郎么？什么'粉面郎君武潘安'，多半便是背着你东奔西走的那个丑八怪小和尚。"提高声音叫道："小和尚，是你么？"虚竹心中怦怦乱跳，不知是否该当答应。童姥叫道："梦郎，你是小和尚吗？哈哈，梦郎，人家把你这个风流俊俏的少年儿郎说成是个小和尚，真把人笑死了。"

"梦郎"两字一传入耳中，虚竹登时满脸通红，惭愧得无地自容，心中只道："糟糕，糟糕，那姑娘跟我所说的话，都给童姥听去了，这些话怎可给旁人听到？啊哟，我跟那姑娘说的那些话，只怕……多半……或许……也给童姥听去了，那……那……"

只听童姥又道："梦郎，你快回答我，你是小和尚么？"虚竹低声道："不是。"他这两个字说得虽低，童姥和李秋水却都清清楚楚的听到了。

童姥哈哈一笑，说道："梦郎，你不用心焦，不久你便可和你那梦姑相见。她为你相思欲狂，这几天茶饭不思，坐立不安，就是在想念着你。你老实跟我说，你想她不想？"

虚竹对那少女一片情痴，这几天虽在用心学练生死符的发射和破解之法，但一直想得她神魂颠倒，突然听童姥问起，不禁脱口而出："想的！"

李秋水喃喃的道："梦郎，梦郎，原来你果然是个多情少年！你上来，让我瞧瞧中原武林第一风流浪子是何等样的人物！"

李秋水虽比童姥和无崖子年轻，终究也是个七八十岁的老太婆了，但这句话柔腻宛转，虚竹听在耳里，不由得怦然心动，似乎霎时之间，自己竟真的变成了"中原武林第一风流浪子"，但随即哑然："我是个丑和尚，怎说得上是什么风流浪子，岂不是笑死人么？"跟着想起："童姥大敌当前，何以尚有闲情拿我来作弄取笑？其中必有深意。啊，是了，当日无崖子前辈要我继承逍遥派掌门人之时，一再嫌我相貌难看，后来苏星河前辈又道，要克制丁春秋，必须觅到一个悟性奇高而英俊潇洒的美少年，当时我大感不解，此刻想来，定是跟李秋水有些关连。无崖子前辈要我去找一个人指点武艺，莫非便是找她？苏星河前辈曾说，这人只喜欢美貌少年。"

正凝思间，突然火光一闪，第一层冰窖中传出一星光亮，接着便是呼呼之声大作。虚竹抢上石阶，向上望去，只见一团白影和一团灰影都在急剧旋转，两团影子倏分倏合，发出密如联珠般的拍拍之声，显是童姥和李秋水斗得正剧。冰上烧着一个火折，发出微弱的光芒。虚竹见二人身手之快，当真是匪夷所思，哪里分得出谁是童姥，谁是李秋水？

火折燃烧极快，片刻间便烧尽了，一下轻轻的嗤声过去，冰窖中又是一团漆黑，但闻掌风呼呼。虚竹心下焦急："童姥断了一腿，久斗必定不利，我如何助她一臂之力才好？不过童姥心狠手辣，占了上风，一定会杀了她师妹，这可又不好了。何况这两人武功这样高，我又怎能插得手下去？"

只听得拍的一声大响，童姥"啊"的一声长叫，似乎受了伤。李秋水哈哈一笑，说道："师姊，小妹这一招如何？请你指点。"突然厉声喝道："往哪里逃！"

虚竹蓦觉一阵凉风掠过，听得童姥在他身边说道："第二种法门，出掌！"虚竹不明所以，正想开口询问："什么？"只觉寒风扑面，一股厉害之极的掌力击了过来，当下无暇思索，便以童姥所授破解生死符的第二种手法拍了出去。黑暗中掌力相碰，虚竹身子剧震，胸口气血翻涌，甚是难当，随手以第七种手法化开。

李秋水"咦"的一声，喝道："你是谁？何以会使天山六阳掌？是谁教你的？"虚竹奇道："什么天山六阳掌？"李秋水道："你还不认么？这第二招'阳春白雪'和第七招'阳关三叠'，乃本门不传之秘，你从何处学来？"虚竹又道："阳春白雪？阳关三叠？"心中茫然一片，似懂非懂，隐隐约约间已猜到是上了童姥的当。

童姥站在他的身后，冷笑道："这位梦郎，既负中原武林第一风流浪子之名，自然琴棋书画、医卜星相、斗酒唱曲、行令猜谜、种种子弟的勾当，无所不会，无所不精。因此才投合无崖子师弟的心意，收了他为关门弟子，要他去诛灭丁春秋，清理门户。"

李秋水朗声问道："梦郎，此言是真是假？"

虚竹听她二人都称自己为"梦郎"，又不禁面红耳赤，童姥这番话前半段是假，后半段是真，既不能以"真"字相答，却又不能说一个"假"字。那几种手法，明明是童姥教了他来消解生死符的，岂知李秋水竟称之为"天山六阳掌"？童姥要自己学"天山六阳掌"来对付她师妹，自己坚决不学，难道这几种手法，便是"天山六阳掌"么？

李秋水厉声道："姑姑问你，如何不理？"说着伸手往他肩头抓来。虚竹和童姥拆解招数甚熟，而且尽是黑暗中拆招，听风辨形，随机应变，一觉到李秋水的手指将要碰到自己肩头，当即沉肩斜身，反手往她手背按去。李秋水立即缩手，赞道："好！这招'阳歌天钩'内力既厚，使得也熟。无崖子师哥将一身功夫都传了给你，是不是？"虚竹道："他……他把功力都传给了我。"

他说无崖子将"功力"都传给了他，而不是说"功夫"，这"功力"与"功夫"，虽只一字之差，含义却是大大不同。但李秋水心情激动之际，自不会去分辨这中间的差别，又问："我师兄既收你为弟子，你何以不叫我师叔？"

虚竹劝道："师伯、师叔，你们两位既是一家人，又何必深仇不解，苦苦相争？过去的事，大家揭过去也就是了。"

李秋水道："梦郎，你年纪轻，不知道这老贼婆用心的险恶，你站在一边……"

她话未说完，突然"啊"的一声呼叫，却是童姥在虚竹身后突施暗袭，向她偷击一掌。这一掌无声无息，纯是阴柔之力，两人相距又近，李秋水待得发觉，待欲招架，童姥的掌力已袭到胸前，急忙飘身后退，但终于慢了一步，只觉气息闭塞，经脉已然受伤。童姥笑道："师妹，姊姊这一招如何？请你指点。"李秋水急运内力调息，竟不敢还嘴。

童姥偷袭成功，得理不让人，单腿跳跃，纵身扑上，掌声呼呼的击去，虚竹叫道："前辈，休下毒手！"便以童姥所传的手法，挡住她击向李秋水的三掌。童姥大怒，骂道："小贼，你用什么功夫对付我？"原来虚竹坚拒学练"天山六阳掌"，童姥知道来日大难，为了在缓急之际多一个得力助手，便在教他破解生死符时，将这六阳掌传授于他，并和他拆解多时，将其中的精微变化、巧妙法门，一一倾囊相授。哪料得到此刻自己大占上风，虚竹竟会反过来去帮李秋水？虚竹道："前辈，我劝你顾念同门之谊，手下留情。"童姥怒骂："滚开，滚开！"

李秋水得虚竹援手，避过了童姥的急攻，内息已然调匀，说道："梦郎，我已不碍事，你让开罢。"左掌拍出，右掌一带，左掌之力绕过虚竹身畔，向童姥攻去。童姥心下暗惊："这贱人竟然练成了'白虹掌力'，曲直如意，当真了得。"当即还掌相迎。

虚竹处身其间，知道自己功夫有限，实不足以拆劝，只得长叹一声，退了开去。

但听得二人相斗良久，劲风扑面，锋利如刀，虚竹抵挡不住，正要退到第一二层冰窖之间的石阶上，猛听得噗的一声响，童姥一声痛哼，给李秋水推得撞向坚冰。虚竹叫道："罢手，罢手！"抢上去连出两招"六阳掌"，化开了李秋水的攻击。童姥顺势后跃，蓦地里一声惨呼，从石阶上滚了下去，直滚到二三层之间的石阶方停。

虚竹惊道："前辈，前辈，你怎么了？"急步抢下，摸索着扶起童姥上身。只觉她双手冰冷，一探她的鼻息，竟然已没了呼吸。虚竹又是惊惶，又是伤心，叫道："师叔，你……你……你将师伯打死了，你好狠心。"忍不住哭了出来。

李秋水道："这人奸诈得紧，这一掌未必打得她死！"虚竹哭道："还说没有死？她气也没有了，前辈……师伯，我劝你不要记恨记仇……"李秋水又从怀中掏出一个火折，一晃而燃，只见石阶上洒满了一滩滩鲜血，童姥嘴边胸前也都是血。

修练那"八荒六合唯我独尊功"每日须饮鲜血，但若逆气断脉，反呕鲜血，只须呕出小半酒杯，立时便气绝身亡，此刻石阶上一滩滩鲜血不下数大碗。李秋水知道这个自己痛恨了数十年的师姊终于是死了，自不禁欢喜，却又有些寂寞怆然之感。

过了好一刻，她才手持火折，慢慢走下石阶，幽幽的道："姊姊，你当真死了么？我可还不大放心。"走到距童姥五尺之处，火折上发出微弱光芒，一闪一闪，映在童姥脸上，但见她满脸皱纹，嘴角附近的皱纹中都嵌满了鲜血，神情甚是可怖。李秋水轻声道："师姊，我一生在你手下吃的苦头太多，你别装假死来骗我上当。"左手一挥，发掌向童姥胸口拍了过去，喀喇喇几声响，童姥的尸身断了几根肋骨。

虚竹大怒，叫道："她已命丧你手，又何以再戕害她遗体？"眼见李秋水第二掌又已拍出，当即挥掌挡住。李秋水斜眼相睨，但见这个"中原武林第一风流浪子"眼大鼻大，耳大口大，广额浓眉，相貌粗野，哪里有半分英俊潇洒，一怔之下，认出便是在雪峰上负了童姥逃走的那小和尚，右手一探，便往虚竹肩头抓来。虚竹斜身避开，说道："我不跟你斗，只是劝你别动你师姊的遗体。"

李秋水连出四招，虚竹已将天山六阳掌练得甚熟，竟然一一格开，挡架之中，还隐隐蓄有紧实浑厚的反击之力。李秋水忽道：

"咦！你背后是谁？"虚竹几乎全无临敌经验，一惊之下，回头去看，只觉胸口一痛，已给李秋水点中了穴道，跟着双肩双腿的穴道也都给她点中，登时全身麻软，倒在童姥身旁，惊怒交集，叫道："你是长辈，却使诈骗人。"

李秋水格格一笑，道："兵不厌诈，今日教训教训你这小子。"跟着又指着他不住娇笑，说道："你……你……你这丑八怪小和尚，居然自称什么'中原第一风流浪子'……"

突然之间，拍的一声响，李秋水长声惨呼，后心"至阳穴"上中了一掌重手，正是童姥所击。童姥跟着左拳猛击而出，正中李秋水胸口"膻中"要穴。这一掌一拳，贴身施为，李秋水别说出手抵挡，斜身闪避，仓卒中连运气护穴也是不及，身子给一拳震飞，摔在石阶之上，手中火折也脱手飞出。

童姥蓄势已久，这一拳势道异常凌厉，火折从第三层冰窖穿过第二层，直飞上第一层，方才跌落。霎时之间，第三层冰窖中又是一团漆黑，但听得童姥嘿嘿嘿冷笑不止。虚竹又惊又喜，叫道："前辈，你没死么？好……好极了！"

原来童姥功亏一篑，终于没能练成神功，而在雪峰顶上又被李秋水断了一腿，功力大受损伤，此番生死相搏，斗到二百招后，便知今日有败无胜，待中了李秋水一掌之后，劣势更显，偏偏虚竹两不相助，虽然阻住了李秋水乘胜追击，却也使自己的诡计无法得售；情知再斗下去，势将败得惨酷不堪，一咬牙根，硬生生受了一掌，假装气绝而死。至于石阶上和她胸口嘴边的鲜血，那是她预先备下的鹿血，原是要诱敌人上钩之用。不料李秋水十分机警，明明见她已然断气，仍是再在她胸口印上一掌。童姥一不做，二不休，只得又硬生生的受了下来，倘不是虚竹在旁阻拦，李秋水定会接连出掌，将她"尸身"打得稀烂，那是半点法子也没有了。幸得虚竹仁心相阻，而李秋水见到这"中原第一风流浪子"的真面目后，既感失望，又是好笑，疏了提防，她虽知童姥狡狠，却万万想不到她竟能这般坚忍。

李秋水前心后背，均受重伤，内力突然间失却控制，便如洪水泛滥，立时要溃堤而出。逍遥派武功本是天下第一等的功夫，但若内力失制，在周身百骸游走冲突，却又宣泄不出，这散功时的痛苦实非言语所能形容。顷刻之间，只觉全身各处穴道中同时麻痒，惊惶之余，已知此伤绝不可治，叫道："梦郎，你行行好，快在我百会穴上用力拍击一掌！"

这时上面忽然隐隐有微光照射下来，只见李秋水全身颤抖，一伸手，抓去了脸上蒙着的白纱，手指力抓自己面颊，登时血痕斑斑，叫道："梦郎，你……你快一拳打死了我。"童姥冷笑道："你点了他穴道，却又要他助你，嘿嘿，自作自受，眼前报，还得快！"李秋水支撑着想要站起身来，去解开虚竹的穴道，但全身酸软，便要动一根小指头儿也是不能。

虚竹瞧瞧李秋水，又瞧瞧童姥，见她受伤显然也极沉重，伏在石阶之上，忍不住呻吟出声。虚竹只觉越瞧越清楚，似乎冰窖中渐渐亮了起来，侧头往光亮射来处望去，见第一层冰窖中竟有一团火光，脱口叫道："啊哟！有人来了！"

童姥吃了一惊，心想："有人到来，我终究栽在这贱人手下了。"勉强提一口气，想要站起，却无论如何站不起身，腿上一软，咕咚一声，摔倒在地。她双手使劲，向李秋水慢慢爬过去，要在她救兵到达之前，先行将她扼死。

突然之间，只听得极细微的滴答滴答之声，似有水滴从石阶上落下。李秋水和虚竹也听到了水声，同时转头瞧去，果见石阶上有水滴落下。三人均感奇怪："这水从何而来？"

冰窖中越来越亮，水声淙淙，水滴竟变成一道道水流，流下石阶。第一层冰窖中有一团火焰烧得甚旺，却没人进来。李秋水道：

·1401·

"烧着了……麻袋中的……棉花。"原来冰库进门处堆满麻袋，袋中装的都是棉花，使热气不能入侵，以保冰块不融。不料李秋水给童姥一拳震倒，火折脱手飞出，落在麻袋之上，登时烧着了棉花，冰块融化，化为水流，潺潺而下。

火头越烧越旺，流下来的冰水越多，淙淙有声。过不多时，第三层冰窖中已积水尺余。但石阶上的冰水还在不断流下，冰窖中积水渐高，慢慢浸到了三人腰间。

李秋水叹道："师姊，你我两败俱伤，谁也不能活了，你……你解开梦郎的穴道，让他出……出去罢。"三人都十分明白，过不多时，冰窖中积水上涨，大家都非淹死不可。

童姥冷笑道："我自己行事，何必要你多说？我本想解他穴道，但你这么一说，想做好人，我可偏偏不解了。小和尚，你是死在她这句话之下的，知不知道？"转过身来，慢慢往石阶上爬去。只须爬高几级，便能亲眼见到李秋水在水中淹死。虽然自己仍然不免一死，但只要亲眼见到李秋水毙命的情状，这大仇便算是报了。

李秋水眼见她一级级的爬了上去，而寒气彻骨的冰水也已涨到了自己胸口，她体内真气激荡，痛苦无比，反盼望冰水愈早涨到口边愈好，溺死于水，那比之如万虫咬啮、千针钻刺的散功舒服百倍了。

忽听得童姥"啊"的一声，一个筋斗倒翻了下来，扑通一响，水花四溅，摔跌在积水之中。原来她重伤之下，手足无力，爬了七八级石阶，一块拳头大的碎冰顺水而下，在她膝盖上一碰，童姥稳不住身子，仰后便跌。这一摔跌，正好碰在虚竹身上，弹向李秋水的右侧。积水之中，三人竟挤成了一团。

童姥身材远比虚竹及李秋水矮小，其时冰水尚未浸到李秋水胸口，却已到了童姥颈中。童姥也正在苦受散功的煎熬，心想："无论如何，要这贱人比我先死。"要想出手伤她，但两人之间隔了个

· 1402 ·

虚竹，此刻便要将手臂移动一寸两寸也是万万不能，眼见虚竹的肩头和李秋水肩头相靠，心念一动，便道："小和尚，你千万不可运力抵御，否则是自寻死路。"不待他回答，催动内力，便向虚竹攻去。童姥明知此举是加速自己死亡，内力多一分消耗，便早一刻毙命，但若非如此，积水上涨，三人中必定是她先死。

李秋水身子一震，察觉童姥以内力相攻，立运内力回攻。

虚竹处身两人之间，先觉挨着童姥身子的臂膀上有股热气传来，跟着靠在李秋水肩头的肩膀上也有一股热气入侵，霎时之间，两股热气在他体内激荡冲突，猛烈相撞。童姥和李秋水功力相若，各受重伤之后，仍是半斤八两，难分高下。两人内力相触，便即僵持，都停在虚竹身上，谁也不能攻及敌人。这么一来，可就苦了虚竹，身受左右夹攻之厄。幸好他曾蒙无崖子以七十余年的功力相授，三个同门的内力旗鼓相当，成了相持不下的局面，他倒也没在这两大高手的夹击下送了性命。

童姥只觉冰水渐升渐高，自头颈到了下颏，又自下颏到了下唇。她不绝催发内力，要尽快击毙情敌，偏偏李秋水的内力源源而至，显然不致立时便即耗竭。但听得水声淙淙，童姥口中一凉，一缕冰水钻入了嘴里。她一惊之下，身子自然而然的向上一抬，无法坐稳，竟在水中浮了起来。她少了一腿，远比常人容易浮起。这一来死里逃生，她索性仰卧水面，将后脑浸在积水之中，只露出口鼻呼吸，登时心中大定，寻思水涨人高，我这断腿人在水中反占便宜，手上内力仍是不住送出。

虚竹大声呻吟，叫道："唉，师伯、师叔，你们再斗下去，终究难分高下，小侄可就活生生的给你们害死了。"但童姥和李秋水这一斗上了手，成为高手比武中最凶险的比拼内力局面，谁先罢手，谁先丧命。何况二人均知这场比拼不论胜败，终究是性命不保，所争者不过是谁先一步断气而已。两人都是十分的心高气傲，怨毒积累了数十年,哪一个肯先罢手?再者内力离体他去,精力虽越来越衰,这散功之苦却也因此而得消解。

又过一顿饭时分,冰水涨到了李秋水口边,她不识水性,不敢学童姥这么浮在水面,当即停闭呼吸,以"龟息功"与敌人相拼,任由冰水涨过了眼睛、眉毛、额头,浑厚的内力仍是不绝发出。

虚竹骨都、骨都、骨都的连喝了三口冰水,大叫:"啊哟,我……我不……骨都……骨都……我……骨都……"正惊惶间,突然眼前一黑,什么都看不见了。他急忙闭嘴,以鼻呼吸,吸气时只觉胸口气闷无比。原来这冰库密不通风,棉花烧了半天,外面无新气进来,燃烧不畅,火头自熄。虚竹和童姥呼吸艰难,反是李秋水正在运使"龟息功",并无知觉。

火头虽熄,冰水仍不断流下。虚竹但觉冰水淹过了嘴唇,淹过了人中,渐渐浸及鼻孔,只想:"我要死了,我要死了!"而童姥和李秋水的内力仍是分从左右不停攻到。

虚竹只觉室闷异常,内息奔腾,似乎五脏六腑都易了位,冰水离鼻孔也已只一线,再上涨得几分,便无法吸气了,苦在穴道被封,头颈要抬上一抬也是不能。但说也奇怪,过了良久,冰水竟不再上涨,一时也想不到棉花之火既熄,冰块便不再融。又过一会,只觉人中有些刺痛,跟着刺痛渐渐传到下颏,再到头颈。原来三层冰窖中堆满冰块,极是寒冷,冰水流下之后,又慢慢凝结成冰,竟将三人都冻结在冰中了。

坚冰凝结,童姥和李秋水的内力就此隔绝,不能再传到虚竹身上,但二人十分之九的真气内力,却也因此而尽数封在虚竹体内,彼此鼓荡冲突,越来越猛烈。虚竹只觉全身皮肤似乎都要爆裂开来,虽在坚冰之内,仍是炙热不堪。

也不知过了多少时候,突然间全身一震,两股热气竟和体内原有的真气合而为一,不经引导,自行在各处经脉穴道中迅速无比的奔绕起来。原来童姥和李秋水的真气相持不下,又无处宣泄,终于和无崖子传给他的内力归并。三人的内力源出一门,性质无异,极易融合,合三为一之后,力道沛然不可复御,所到之处,被封的穴道立时冲开。

顷刻之间,虚竹只觉全身舒畅,双手轻轻一振,喀喇喇一阵响,结在身旁的坚冰立时崩裂,心想:"不知师伯、师叔二人性命如何,须得先将她们救了出去。"伸手去摸时,触手处冰凉坚硬,二人都已结在冰中。他心中惊惶,不及细想,一手一个,将二人连冰带人的提了起来,走到第一层冰窖中,推开两重木门,只觉一阵清新气息扑面而来,只吸得一口气,便说不出的受用。门外明月在天,花影铺地,却是深夜时分。

他心头一喜:"黑夜中闯出皇宫,可就容易得多了。"提着两团冰块,奔向墙边,提气一跃,突然间身子冉冉向上升去,高过墙头丈余,升势兀自不止。虚竹不知体内真气竟有如许妙用,只怕越升越高,"啊"的一声叫了出来。

四名御前护卫正在这一带宫墙外巡查,听到人声,急忙奔来察看,但见两块大水晶夹着一团灰影越墙而出,实不知是什么怪物。四人惊得呆了,只见三个怪物一晃,便没入了宫墙外的树林中。四人吆喝着追去,哪里还有踪影?四人疑神疑鬼,争执不休,有的说是山精,有的说是花妖。

虚竹一出皇宫,迈开大步急奔,脚下是青石板大路,两旁密密层层的尽是屋宇。他不敢停留,只是向西疾冲。奔了一会,到了城墙脚下,他又是一提气便上了城头,翻城而过。城头上守卒只眼睛一花,什么东西也没看见。

虚竹直奔到离城十余里的荒郊,四下更无房屋,才停了脚步,将两团冰块放下,心道:"须得尽早除去她二人身外的冰块。"寻到一处小溪,将两团冰块浸在溪水之中。月光下见童姥的口鼻露在冰块之外,只是双目紧闭,也不知她是死是活。眼见两团冰块上的碎冰一片片随水流开,虚竹又抓又剥,将二人身外坚冰除去,然后将二人从溪水中提出,摸一摸各人额头,居然各有微温,当下将二人远远放开,生怕她们醒转后又再厮拼。

忙了半日,天色渐明,当即坐下休息。待得东方朝阳升起,树顶雀鸟喧噪,只听得北边树下的童姥"咦"的一声,南边树下李秋水"啊"的一声,两人竟同时醒了过来。

虚竹大喜,一跃而起,站在两人中间,连连合什行礼,说道:"师伯、师叔,咱们三人死里逃生,这一场架,可再也不能打了!"童姥道:"不行,贱人不死,岂能罢手?"李秋水道:"仇深似海,不死不休。"虚竹双手乱摇,说道:"千万不可,万万不可!"

李秋水伸手在地下一撑,便欲纵身向童姥扑去。童姥双手回圈,凝力待击。哪知李秋水刚伸腰站起,便即软倒。童姥的双臂说什么也圈不成一个圆圈,倚在树上只是喘气。

虚竹见二人无力搏斗,心下大喜,说道:"这样才好,两位且歇一歇,我去找些东西来给两位吃。"只见童姥和李秋水各自盘膝而坐,手心脚心均翻而向天,姿式一模一样,知道这两个同门师姊妹正在全力运功,只要谁先能凝聚一些力气,先发一击,对手绝无抗拒的余地。见此情状,虚竹却又不敢离开了。他瞧瞧童姥,又瞧瞧李秋水,见二人都是皱纹满脸,形容枯槁,心道:"师伯今年已九十六岁,师叔少说也有八十多岁了。二人都是这么一大把年纪,竟然还是如此看不开,火气都这么大。"

他挤衣拧水,突然拍的一声,一物掉在地下,却是无崖子给他的那幅图画。这轴画乃是绢画,浸湿后并未破损。虚竹将画摊在岩石上,就日而晒。见画上丹青已被水浸得颇有些模糊,心中微觉可惜。"

　　李秋水听到声音，微微睁目，见到了那幅画，尖声叫道："拿来给我看！我才不信师哥会画这贱婢的肖像。"

　　童姥也叫道："别给她看！我要亲手炮制她。倘若气死了这贱人，岂不便宜了她？"

　　李秋水哈哈一笑，道："我不要看了！你怕我看画，可知画中人并不是你。师哥丹青妙笔，岂能图传你这人不像人、鬼不像鬼的侏儒？他又不是画锺馗来捉鬼，画你干什么？"

　　童姥一生最伤心之事，便是练功失慎，以致永不长大。此事正便是李秋水当年种下的祸胎，当童姥练功正在要紧关头之时，李秋水在她脑后大叫一声，令她走火，真气走入岔道，从此再也难以复原。这时听她又提起自己的生平恨事，不由得怒气填膺，叫道："贼贱人，我……我……我……"一口气提不上来，哇的一声，呕出一口鲜血，险些便要昏过去。

　　李秋水冷笑相嘲："你认输了罢？当真出手相斗……"突然间连声咳嗽。

　　虚竹见二人神疲力竭，转眼都要虚脱，劝道："师伯、师叔，你们两位还是好好休息一会儿，别再劳神了。"童姥怒道："不成！"

　　便在这时，西南方忽然传来叮当、叮当几下清脆的驼铃。童姥一听，登时脸现喜色，精神大振，从怀中摸出一个黑色短管，说道："你将这管子弹上天去。"李秋水的咳嗽声却越来越急。虚竹不明原由，当即将那黑色小管扣在中指之上，向上弹出，只听得一阵尖锐的哨声从管中发出。这时虚竹的指力强劲非凡，那小管笔直射上天去，几乎目不能见，仍呜呜呜的响个不停。虚竹一惊，暗道："不好，师伯这小管是信号。她是叫人来对付李师叔。"忙奔到李秋水面前，俯身低声说道："师叔，师伯有帮手来啦，我背了

· 1407 ·

你逃走。"

只见李秋水闭目垂头，咳嗽也已停止，身子一动也不动了。虚竹大惊，伸手去探她鼻息时，已然没了呼吸。虚竹惊叫："师叔，师叔！"轻轻推了推她肩头，想推她醒转，不料李秋水应手而倒，斜卧于地，竟已死了。

童姥哈哈大笑，说道："好，好，好！小贱人吓死了，哈哈，我大仇报了，贼贱人终于先我而死，哈哈，哈哈……"她激动之下，气息难继，一大口鲜血喷了出来。

但听得呜呜声自高而低，黑色小管从半空掉下，虚竹伸手接住，正要去瞧童姥时，只听得蹄声急促，夹着叮当、叮当的铃声，虚竹回头望去，但见数十匹骆驼急驰而至。骆驼背上乘者都披了淡青色斗篷，远远奔来，宛如一片青云，听得几个女子声音叫道："尊主，属下追随来迟，罪该万死！"

数十骑骆驼奔驰近前，虚竹见乘者全是女子，斗篷胸口都绣着一头黑鹫，神态狰狞。众女望见童姥，便即跃下骆驼，快步奔近，在童姥面前拜伏在地。虚竹见这群女子当先一人是个老妇，已有五六十岁年纪，其余的或长或少，四十余岁以至十七八岁的都有，人人对童姥极是敬畏，俯伏在地，不敢仰视。

童姥哼了一声，怒道："你们都当我已经死了，是不是？谁也没把我这老太婆放在心上了。没人再来管束你们，大伙儿逍遥自在，无法无天了。"她说一句，那老妇便在地下重重磕一个头，说道："不敢。"童姥道："什么不敢？你们要是当真还想到姥姥，为什么只来了……来了这一点儿人手？"那老妇道："启禀尊主，自从那晚尊主离宫，属下个个焦急得了不得……"童姥怒道："放屁，放屁！"那老妇道："是，是！"童姥更加恼怒，喝道："你明知是放屁，怎地胆敢……胆敢在我面前放屁？"那老妇不敢作声，只有磕头。

·1408·

童姥道："你们焦急，那便如何？怎地不赶快下山寻我？"那老妇道："是！属下九天九部当时立即下山，分路前来伺候尊主。属下昊天部向东方恭迎尊主，阳天部向东南方、赤天部向南方、朱天部向西南方、成天部向西方、幽天部向西北方、玄天部向北方、鸾天部向东北方、钧天部把守本宫。属下无能，追随来迟，该死，该死！"说着连连磕头。

童姥道："你们个个衣衫破烂，这三个多月之中，路上想来也吃了点儿苦头。"那老妇听得她话中微有奖饰之意，登时脸现喜色，道："若得为尊主尽力，赴汤蹈火，也所甘愿。些少微劳，原是属下该尽的本份。"童姥道："我练功未成，忽然遇上了贼贱人，给她削去了一条腿，险些儿性命不保，幸得我师侄虚竹相救，这中间的艰危，实是一言难尽。"

一众青衫女子一齐转过身来，向虚竹叩谢，说道："先生大恩大德，小女子虽然粉身碎骨，亦难报于万一。"突然间许多女人同时向他磕头，虚竹不由得手足无措，连说："不敢当，不敢当！"忙也跪下还礼。童姥喝道："虚竹站起！她们都是我的奴婢，你怎可自失身份？"虚竹又说了几句"不敢当"，这才站起。

童姥向虚竹道："咱们那只宝石指环，给这贼贱人抢了去，你去拿回来。"虚竹道："是。"走到李秋水身前，从她中指上除下了宝石指环。这指环本来是无崖子给他的，从李秋水手指上除下，心中倒也并无不安。

童姥道："你是逍遥派的掌门人，我又已将生死符、天山折梅手、天山六阳掌等一干功夫传你，从今日起，你便是缥缈峰灵鹫宫的主人，灵鹫宫……灵鹫宫九天九部的奴婢，生死一任你意。"虚竹大惊，忙道："师伯，师伯，这个万万不可。"童姥怒道："什么万万不可。这九天九部的奴婢办事不力，没能及早迎驾，累得我屈身布袋，竟受乌老大这等狗贼的虐待侮辱，最后仍是不免断腿丧命……"

那些女子都吓得全身发抖,磕头求道:"奴婢该死,尊主开恩。"童姥向虚竹道:"这昊天部诸婢,总算找到了我,她们的刑罚可以轻些,其余八部的一众奴婢,断手断腿,由你去处置罢。"那些女子磕头道:"多谢尊主。"童姥喝道:"怎地不向新主人叩谢?"众女忙又向虚竹叩谢。虚竹双手乱摇,道:"罢了,罢了!我怎能做你们的主人?"

童姥道:"我虽命在顷刻,但亲眼见到贼贱人先我而死,生平武学,又得了个传人,可说死也瞑目,你竟不肯答允么?"虚竹道:"这个……我是不成的。"童姥哈哈一笑,道:"那个梦中姑娘,你想不想见?你答不答允我做灵鹫宫的主人?"虚竹一听她提到"梦中姑娘",全身一震,再也无法拒却,只得红着脸点了点头。童姥喜道:"很好!你将那幅图画拿来,让我亲手撕个稀烂。我再无挂心之事,便可指点你去寻那梦中姑娘的途径。"

虚竹将图画取了过来。童姥伸手拿过,就着日光一看,不禁"咦"的一声,脸上现出又惊又喜的神色,再一审视,突然间哈哈大笑,叫道:"不是她,不是她,不是她!哈哈,哈哈,哈哈!"大笑声中,两行眼泪从颊上滚滚而落,头颈一软,脑袋垂下,就此无声无息。

虚竹一惊,伸手去扶时,只觉她全身骨骼如绵,缩成一团,竟已死了。

一众青衫女子围将上来,哭声大振,甚是哀切。这些女子每一个都是在艰难困危之极的境遇中由童姥出手救出,是以童姥御下虽严,但人人感激她的恩德。

虚竹想起三个多月中和童姥寸步不离,蒙她传授了不少武功,她虽脾气乖戾,对待自己可说甚好,此刻见她一笑身亡,心中难过,也伏地哭了起来。

忽听得背后一个阴恻恻的声音道："嘿嘿，师姊，终究是你先死一步，到底是你胜了，还是我胜了？"虚竹听得是李秋水的声音，大吃一惊，心想："怎地死人又复活了？"急忙跃起，转过身来，只见李秋水已然坐直，背靠树上，说道："贤侄，你把那幅画拿过来给我瞧瞧，为什么姊姊又哭又笑、啼笑皆非的西去？"

虚竹轻轻扳开童姥的手指，将那幅画拿了出来，一瞥之下，见那画水浸之后又再晒干，笔划略有模糊了，但画中那似极了王语嫣的宫装美女，仍是凝眸微笑，秀美难言，心中一动："这个美女，眉目之间与师叔倒也颇为相似。"走向李秋水，将那画交了给她。

李秋水接过画来，向众女横了一眼，淡淡一笑，道："你们主人和我苦拼恶斗，终于不敌，你们这些萤烛之光，也敢和日月相争么？"

虚竹回过头来，只见众女手按剑柄，神色悲愤，显然是要一拥而上，杀李秋水而为童姥报仇，只是未得新主人的号令，不敢贸然动手。

虚竹说道："师叔，你，你……"李秋水道："你师伯武功是很好的，就是有时候不大精细。她救兵一到，我哪里还有抵御的余地，自然只好诈死。嘿嘿，终于是她先我而死。她全身骨碎筋断，吐气散功，这样的死法，却是假装不来的。"虚竹道："在那冰窖中恶斗之时，师伯也曾假死，骗过了师叔一次，大家扯直，可说是不分高下。"

李秋水叹道："在你心中，总是偏向你师伯一些。"一面将那画展开，只看得片刻，脸上神色便即大变，双手不住发抖，连得那画也是簌簌颤动。李秋水低声道："是她，是她，是她！哈哈，哈哈，哈哈！"笑声中却充满了愁苦伤痛。

虚竹不自禁的为她难过，问道："师叔，怎么了？"心下寻思："一个说'不是她'，一个说'是她'，却不知到底是谁？"

李秋水向画中的美女凝神半晌，道："你看，这人嘴角边有个酒窝，右眼旁有颗黑痣，是不是？"虚竹看了看画中美女，点头道："是！"李秋水黯然道："她是我的小妹子！"虚竹更是奇怪，道："是你的小妹子？"李秋水道："我小妹容貌和我十分相似，只是她有酒窝，我没有，她右眼旁有颗小小黑痣，我也没有。"虚竹"嗯"了一声。李秋水又道："师姊本来说道：师哥替她绘了一幅肖像，朝夕不离，我早就不信，却……却……却料不到竟是小妹。到底……到底……这幅画是怎么来的？"

　　虚竹当下将无崖子如何临死时将这幅画交给自己、如何命自己到大理无量山去寻人传授武艺、童姥见了这画后如何发怒等情，一一说了。

　　李秋水长长叹了口气，说道："师姊初见此画，只道画中人是我，一来相貌甚像，二来师哥一直和我很好，何况……何况师姊和我相争之时，我小妹子还只十一岁，师姊说什么也不会疑心到是她，全没留心到画中人的酒窝和黑痣。师姊直到临死之时，才发觉画中人是我小妹子，不是我，所以连说三声'不是她'。唉，小妹子，你好，你好，你好！"跟着便怔怔的流下泪来。

　　虚竹心想："原来师伯和师叔都对我师父一往情深，我师父心目之中却另有其人。却不知师叔这个小妹子是不是尚在人间？师父命我持此图像去寻师学艺，难道这个小妹子是住在大理无量山中吗？"问道："师叔，她……你那个小妹子，是住在大理无量山中？"

　　李秋水摇了摇头，双目向着远处，似乎凝思往昔，悠然神往，缓缓道："当年我和你师父住在大理无量山剑湖之畔的石洞中，逍遥快活，胜过神仙。我给他生了一个可爱的女儿。我们二人收罗了天下各门各派的武功秘笈，只盼创一门包罗万有的奇功。那一天，他在山中找到了一块巨大的美玉，便照着我的模样雕刻一座人像，雕成之后，他整日价只是望着玉像出神，从此便不大理睬我了。我跟他说话，他往往答非所问，甚至是听而不闻，整个人的心思都贯注在玉像身上。你师父的手艺巧极，那玉像也雕刻得真美，可是玉像终究是死的，何况玉像依照我的模样雕成，而我明明就在他身边，他为什么不理我，只是痴痴的瞧着玉像，目光中流露出爱恋不胜的神色？那为什么？那为什么？"她自言自语，自己问自己，似乎已忘了虚竹便在身旁。

过了一会，李秋水又轻轻说道："师哥，你聪明绝顶，却又痴得绝顶，为什么爱上了你自己手雕的玉像，却不爱那会说、会笑、会动、会爱你的师妹？你心中把这玉像当成了我小妹子，是不是？我喝这玉像的醋，跟你闹翻了，出去找了许多俊秀的少年郎君来，在你面前跟他们调情，于是你就此一怒而去，再也不回来了。师哥，其实你不用生气，那些美少年一个个都给我杀了，沉在湖底，你可知道么？"

她提起那幅画像又看了一会，说道："师哥，这幅画你在什么时候画的？你只道画的是我，因此叫你徒弟拿了画儿到无量山来找我。可是你不知不觉之间，却画成了我的小妹子，你自己也不知道罢？你一直以为画中人是我。师哥，你心中真正爱的是我小妹子，你这般痴情的瞧着那玉像，为什么？为什么？现下我终于懂了。"

虚竹心道："我佛说道，人生于世，难免痴嗔贪三毒。师伯、师父、师叔都是大大了不起的人物，可是纠缠在这三毒之中，尽管武功卓绝，心中的烦恼痛苦，却也和一般凡夫俗子无异。"

李秋水回过头来，瞧着虚竹，说道："贤侄，我有一个女儿，是跟你师父生的，嫁在苏州王家，你几时有空……"忽然摇了摇头，叹道："不用了，也不知她此刻是不是还活在世上，各人自己的事都还管不了……"突然尖声叫道："师姊，你我两个都是可怜虫，都……都……教这没良心的给骗了，哈哈，哈哈，哈哈！"她大笑三声，身子一仰，翻倒在地。

虚竹俯身去看时，但见她口鼻流血，气绝身亡，看来这一次再也不会是假的了。他瞧着两具尸首，不知如何是好。

吴天部为首的老妇说道："尊主，咱们是否要将老尊主遗体运回灵鹫宫隆重安葬？敬请尊主示下。"虚竹道："该当如此。"指着李秋水的尸身道："这位……这位是你们尊主的同门师妹，虽然她和尊主生前有仇，但……但死时怨仇已解，我看……我看也……不如一并运去安葬，你们以为怎样？"那老妇躬身道："谨遵吩咐。"虚竹心下甚慰，他本来生怕这些青衣女子仇恨李秋水，不但不愿运她尸首去安葬，说不定还会毁尸泄愤，不料竟半分异议也无。他浑不知童姥治下众女对主人敬畏无比，从不敢有半分违拗，虚竹既是她们新主人，自是言出法随，一如所命。

那老妇指挥众女，用毛毡将两具尸首裹好，放上骆驼，然后恭请虚竹上驼。虚竹谦逊了几句，心想事已如此，总得亲眼见到二人遗体入土，这才回少林寺去待罪。问起那老妇的称呼，那老妇道："奴婢夫家姓余，老尊主叫我'小余'，尊主随便呼唤就是。"童姥九十余岁，自然可以叫她"小余"，虚竹却不能如此叫法，说道："余婆婆，我法号虚竹，大家平辈相称便是，尊主长、尊主短的，岂不折杀了我么？"

余婆拜伏在地，流泪道："尊主开恩！尊主要打要杀，奴婢甘受，求恳尊主别把奴婢赶出灵鹫宫去。"

虚竹惊道："快请起来，我怎么会打你、杀你？"忙将她扶起。其余众女都跪下求道："尊主开恩。"虚竹大为惊诧，忙问原因，才知童姥怒极之时，往往口出反语，对人特别客气，对方势必身受惨祸，苦不堪言。乌老大等洞主、岛主逢到童姥派人前来责打辱骂，反而设宴相庆，便知再无祸患，即因此故。这时虚竹对余婆谦恭有礼，众女只道他要重责。虚竹再三温言安慰，众女却仍是惴惴不安。

　　虚竹上了骆驼，众女说什么也不肯乘坐，牵了骆驼，在后步行跟随。虚竹道："咱们须得尽快赶回灵鹫宫去，否则天时已暖，只怕……只怕尊主的遗体途中有变。"众女这才不敢违拗，但各人只在他坐骑之后远远随行。虚竹要想问问灵鹫宫中情形，竟是不得其便。

　　一行人径向西行，走了五日，途中遇到了朱天部的哨骑。余婆婆发出讯号，那哨骑回去报信，不久朱天部诸女飞骑到来，一色都是紫衫，先向童姥遗体哭拜，然后参见新主人。朱天部的首领姓石，三十来岁年纪，虚竹便叫她"石嫂"。他生怕众女起疑，言辞间便不敢客气，只淡淡的安慰了几句，说她们途中辛苦。众女大喜，一齐拜谢。虚竹不敢提什么"大家平辈称呼"之言，只说不喜听人叫他"尊主"，叫声"主人"，也就是了。众女躬身凛遵。
　　如此连日西行，昊天部、朱天部派出去的联络游骑将赤天、阳天、玄天、幽天、成天五部众女都召了来，只有鸾天部在极西之处搜寻童姥，未得音讯。灵鹫宫中并无一个男子，虚竹处身数百名女子之间，大感尴尬，幸好众女对他十分恭敬，若非虚竹出口相问，谁也不敢向他说一句话，倒使他免了许多为难。
　　这一日正赶路间，突然一名绿衣女子飞骑奔回，是阳天部在前探路的哨骑，摇动绿旗，示意前途出现了变故。她奔到本部首领之前，急语禀告。
　　阳天部的首领是个二十来岁的姑娘，名叫符敏仪，听罢禀报，立即纵下骆驼，快步走到虚竹身前，说道："启禀主人：属下哨骑探得，本宫旧属三十六洞、七十二岛一众奴才，乘老尊主有难，居然大胆作反，正在攻打本峰。钧天部严守上峰道路，一众妖人无法得逞，只是钧天部派下峰来求救的姊妹却给众妖人伤了。"

众洞主、岛主起事造反之事，虚竹早就知道，本来猜想他们既然捉拿不到童姥，不平道人命丧己手，乌老大重伤后生死未卜，谅来知难而退，各自散了，不料事隔四月，仍是聚集在一起，而且去攻打缥缈峰。他自幼生长于少林寺中，从来不出山门，诸般人情世故，半分不通，遇上这件大事，当真不知如何应付才是，沉吟道："这个……这个……"

只听得马蹄声响，又有两乘马奔来，前面的是阳天部另一哨骑，后面马背上横卧一个黄衫女子，满身是血，左臂也给人斩断了。符敏仪神色悲愤，说道："主人，这是钩天部的副首领程姊姊，只怕性命难保。"那姓程的女子已晕了过去，众女忙替她止血施救，眼见她气息微弱，命在顷刻。

虚竹见了她的伤势，想起聪辩先生苏星河曾教过他这门治伤之法，当即催驼近前，左手中指连弹，已封闭了那女子断臂处的穴道，血流立止。第六次弹指时，使的是童姥所教的一招"星丸跳掷"，一股北冥真气射入她臂根的"中府穴"中。那女子"啊"的一声大叫，醒了转来，叫道："众姊姊，快，快，快去缥缈峰接应，咱们……咱们挡不住了！"

虚竹使这凌空弹指之法，倒不是故意炫耀神技，只是对方是个花信年华的女子，他虽已不是和尚，仍谨守佛门子弟远避妇女的戒律，不敢伸手和她身子相触，不料数弹之下，应验如神。他此刻身集童姥、无崖子、李秋水逍遥派三大名家的内力，实已非同小可。

诸部群女遵从童姥之命，奉虚竹为新主人，然见他年纪既轻，言行又有点呆头呆脑，傻里傻气，内心实不如何敬服，何况灵鹫宫中诸女十之八九是吃过男人大亏的，不是为男人始乱终弃，便是给仇家害得家破人亡，在童姥乖戾阴狠的脾气薰陶之下，一向视男人有如毒蛇猛兽。此刻见他一出手便是灵鹫宫本门的功夫，功力之纯，竟似尚在老尊主之上。众女震惊之余，齐声欢呼，不约而同的拜伏在地。虚竹惊道:"这算什么?快快请起,请起。"

有人向那姓程女子告知:尊主已然仙去,这位青年既是尊主恩人,又是她的传人,乃是本宫新主。那女子名叫程青霜,挣扎着下马,对虚竹跪拜参见,说道:"谢尊主救命之恩,请……请……尊主相救峰上众姊妹,大伙儿支撑四月,寡不敌众,实在已经是危……危殆万分。"说了几句话,伏在地下,连头也抬不起来。

虚竹急道:"石嫂,你快扶她起来。余婆婆,你……你想咱们怎么办?"

余婆和这位新主人同行了十来日,早知他忠厚老实,不通世务,便道:"启禀主人,此刻去缥缈峰,尚有两日行程,最好请主人命奴婢率领本部,立即赶去应援救急。主人随后率众而来。主人大驾一到,众妖人自然瓦解冰消,不足为患。"

虚竹点了点头,但觉得有点不妥,一时未置可否。

余婆转头向符敏仪道:"符妹子,主人初显身手,镇慑群妖,身上法衣似乎未足以壮观瞻。你是本宫针神,便给主人赶制一袭法衣罢!"符敏仪道:"正是!妹子也正这么想。"

虚竹一怔,心想在这紧急当口,怎么做起衣衫来了?当真是妇人之见。

众女眼光都望着虚竹,等他下令。虚竹一低头,见到身上那件僧袍破烂肮脏,四个月不洗,自己也觉奇臭难当。他幼受师父教导,须时时念着五蕴皆空,不可贪爱衣食,因此对此事全未着心在意,此刻经余婆一提,又见到属下众女衣饰华丽,不由得甚感惭愧,何况自己已经不是和尚,仍是穿着僧衣,大是不伦不类。其实众女既已奉他为主,哪里还会笑他衣衫的美丑?各人群相注目,也决不是看他的服色,但虚竹自惭形秽,神色忸怩。

余婆等了一会,又问:"主人,奴婢这就先行如何?"

虚竹道:"咱们一块儿去罢,救人要紧。我这件衣服实在太脏，待会我……我去洗洗，莫要让你们闻着太臭……"一催骆驼，当先奔了出去。众女敌忾同仇，催动坐骑，跟着急驰。骆驼最有长力，快跑之时，疾逾奔马，众人直奔出数十里，这才觅地休息，生火做饭。

余婆指着西北角上云雾中的一个山峰，向虚竹道："主人，这便是缥缈峰了。这山峰终年云封雾锁，远远望去，若有若无，因此叫作缥缈峰。"虚竹道："看来还远得很，咱们早到一刻好一刻，大伙儿乘夜赶路罢。"众女都应道："是！多谢主人关怀钧天部奴婢。"用过饭后，骑上骆驼又行。

急驰之下，途中倒毙了不少骆驼，到得缥缈峰脚下时，已是第二日黎明。

符敏仪双手捧着一团五彩斑斓的物事，走到虚竹面前，躬身说道："奴婢工夫粗陋，请主人赏穿。"虚竹奇道："那是什么？"接过抖开一看，却是件长袍，乃是以一条条锦缎缝缀而成，红黄青紫绿黑各色锦缎条纹相间，华贵之中具见雅致。原来符敏仪在众女的斗篷上割下布料，替虚竹缝了一件袍子。

虚竹又惊又喜，说道："符姑娘当真不愧称为'针神'，在骆驼急驰之际，居然做成了这样一件美服。"当即除下僧衣，将长袍披在身上，长短宽窄，无不贴身，袖口衣领之处，更镶以灰色貂皮，那也是从众女皮裘上割下来的。虚竹相貌虽丑，这件华贵的袍子一上身，登时大显精神，众人尽皆喝采。虚竹神色忸怩，手足无措。

这时众人已来到上峰的路口。程青霜在途中已向众女说知，她下峰之时，敌人已攻上了断魂崖，缥缈峰的十八天险已失十一，钧天部群女死伤过半，情势万分凶险。虚竹见峰下静悄悄地无半个人影，一片皑皑积雪之间，萌茁青青小草，若非事先得知，哪想得到这一片宁静之中，蕴藏着无穷杀机。众女忧形于色，挂念钧天部诸姊妹的安危。

　　石嫂拔刀在手，大声道："'缥缈九天'之中，八天部下峰，只余一部留守，贼子乘虚而来，无耻之极。主人，请你下令，大伙儿冲上峰去，和群贼一决死战。"神情甚是激昂。余婆却道："石家妹子且莫性急，敌人势大，钧天部全仗峰上十八处天险，这才支持了这许多时日。咱们现今是在峰下，敌人反客为主，反而占了居高临下之势……"石嫂道："依你说却又如何？"余婆道："咱们还是不动声色，静悄悄的上峰，教敌人越迟知觉越好。"

　　虚竹点头道："余婆之言不错。"他既这样说，当然谁也没有异言。

　　八部分列队伍，悄无声息的上山。这一上峰，各人轻功强弱立时便显了出来。虚竹见余婆、石嫂、符敏仪等几个首领虽是女流，足下着实快捷，心想："果然是强将手下无弱兵，师伯的部属甚是了得。"

　　一处处天险走将过去，但见每一处都有断刀折剑、削树碎石的痕迹，可以想见敌人通过之时，曾经过一场场惨酷的战斗。过断魂崖、失足岩、百丈涧，来到接天桥时，只见两片峭壁之间的一条铁索桥已被人用宝刀砍成两截。两处峭壁相距几达五丈，势难飞渡。

　　群女相顾骇然，均想："难道钧天部的众姊妹都殉难了？"众女均知，接天桥是连通百丈涧和仙愁门两处天险之间的必经要道，虽说是桥，其实只一根铁链，横跨两边峭壁，下临乱石嶙峋的深谷。来到灵鹫宫之人，自然个个武功高超，踏索而过，原非难事。这次程青霜下峰时，敌人尚只攻到断魂崖，距接天桥尚远，但钧天部早已有备，派人守御铁链，一等敌人攻到，便即开了铁链中间的铁锁，铁链分为两截，这五丈阔的深谷说宽不宽，但要一跃而过，却也非世间任何轻功所能。这时众女见铁链为利刃所断，多半敌人斗然攻到，钧天部诸女竟然来不及开锁断链。

石嫂将柳叶刀挥得呼呼风响,叫道:"余婆婆,快想个法子,怎生过去才好。"余婆婆道:"嗯,怎么过去,那倒不大容易……"

一言未毕,忽听得对面山背后传来"啊,啊"两声惨呼,乃是女子的声音。群女热血上涌,均知是钧天部的姊妹遭了敌人毒手,恨不得插翅飞将过去,和敌人决一死战,但尽管叽叽喳喳的大声叫骂,却无法飞渡天险。

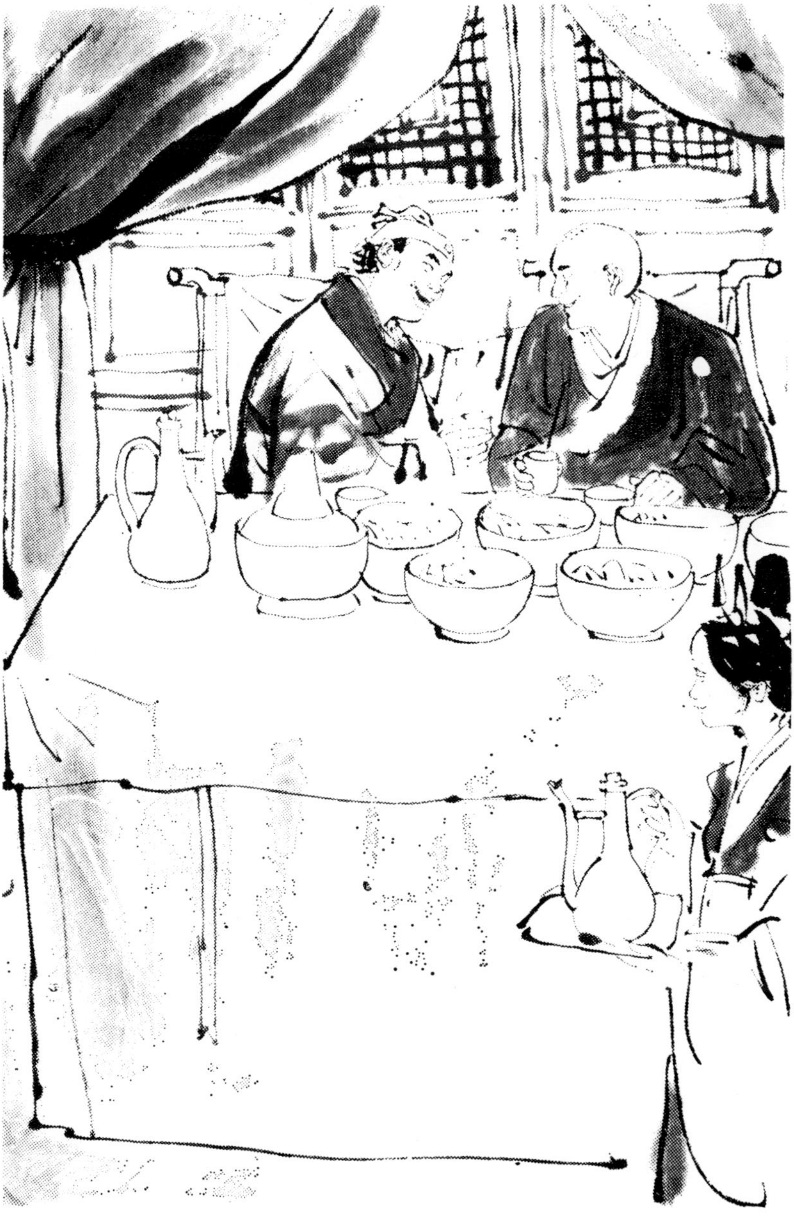

两人你引一句《金刚经》，我引一段《法华经》，自宽自慰，自伤自叹，惺惺相惜。梅兰竹菊四姝不住轮流上来劝酒。

三十八

胡涂醉　情长计短

虚竹眼望深谷，也是束手无策，眼见到众女焦急的模样，心想："她们都叫我主人，遇上了难题，我这主人却是一筹莫展，那成什么话？经中言道：'或有来求手足耳鼻、头目肉血、骨髓身分，菩萨摩诃萨见来求者，悉能一切欢喜施与。'菩萨六度，第一便是布施，我又怕什么了？"于是脱下符敏仪所缝的那件袍子，说道："石嫂，请借兵刃一用。"石嫂道："是！"倒转柳叶刀，躬身将刀柄递过。

虚竹接刀在手，北冥真气运到了刃锋之上，手腕微抖之间，刷的一声轻响，已将扣在峭壁石洞中的半截铁链斩了下来。柳叶刀又薄又细，只不过锋利而已，也非什么宝刀，但经他真气贯注，切铁链如斩竹木。这段铁链留在此岸的约有二丈二三尺，虚竹抓住铁链，将刀还了石嫂，提气一跃，便向对岸纵了过去。

群女齐声惊呼。余婆婆、石嫂、符敏仪等都叫："主人，不可冒险！"

一片呼叫声中，虚竹已身凌峡谷，他体内真气滚转，轻飘飘的向前飞行，突然间真气一浊，身子下跌，当即挥出铁链，卷住了对岸垂下的断链。便这么一借力，身子沉而复起，落到了对岸。他转过身来，说道："大家且歇一歇，我去探探。"

余婆等又惊又佩,又是感激,齐道:"主人小心!"

虚竹向传来惨呼声的山后奔去,走过一条石弄堂也似的窄道,只见两女尸横在地,身首分离,鲜血兀自从颈口冒出。虚竹合什说道:"阿弥陀佛,罪过,罪过!"对着两具尸体匆匆忙忙的念了一遍"往生咒",顺着小径向峰顶快步而行,越走越高,身周白雾越浓,不到一个时辰,便已到了缥缈峰绝顶,云雾之中,放眼都是松树,却听不到一点人声,心下沉吟:"难道钧天部诸女都给杀光了?当真作孽。"摘了几枚松球,放在怀里,心道:"松球会掷死人,我出手千万要轻,只可将敌人吓走,不可杀人。"

只见地下一条青石板铺成的大道,每块青石都是长约八尺,宽约三尺,甚是整齐,要铺成这样的大道,工程浩大之极,似非童姥手下诸女所能。这青石大道约有二里来长,石道尽处,一座巨大的石堡巍然耸立,堡门左右各有一头石雕的猛鹫,高达三丈有余,尖喙巨爪,神骏非凡,堡门半掩,四下里仍是一人也无。

虚竹闪身进门,穿过两道庭院,只听得一人厉声喝道:"贼婆子藏宝的地方,到底在哪里?你们说是不说?"一个女子的声音骂道:"狗奴才,事到今日,难道我们还想活吗?你可别痴心妄想啦。"另一个男子声音说道:"云岛主,有话好说,何必动粗?这般的对付妇道人家,未免太无礼了罢?"

虚竹听出那劝解的声音是大理段公子所说,当乌老大要众人杀害童姥之时,也是这段公子独持异议,心想:"这位公子似乎不会武功,但英雄肝胆,侠义心肠,远在一众武学高手之上,令人好生钦佩。"

只听那姓云岛主道:"哼哼,你们这些鬼丫头想死,自然容易,可是天下岂有这等便宜事?我碧石岛有一十七种奇刑,待会一件件在你们这些鬼丫头身上试个明白。听说黑石洞、伏鲨岛的奇刑怪罚,比我碧石岛还要厉害得多,也不妨让众兄弟开开眼界。"许多人轰然叫好,更有人道:"大伙儿尽可比划比划,且看哪一洞、哪一岛的刑罚最先奏效。"

从声音中听来,厅内不下数百人之多,加上大厅中的回声,极是嘈杂嗓耳。虚竹想找个门缝向内窥望,但这座大厅全是以巨石砌成,竟无半点缝隙。他一转念间,伸手在地下泥尘中擦了几擦,满手污泥都抹在脸上,便即迈步进厅。

只见大厅中桌上、椅上都坐满了人,一大半人没有座位,便席地而坐,另有一些人走来走去,随口谈笑。厅中地下坐着二十来个黄衫女子,显是给人点了穴道,动弹不得,其中一大半都是身上血渍淋漓,受伤不轻,自是钧天部诸女了。厅上本来便乱糟糟地,虚竹跨进厅门,也有几人向他瞧了一眼,见他不是女子,自不是灵鹫宫的人,只道是哪一个洞主、岛主带来的门人子弟,谁也没多加留意。

虚竹在门槛上一坐,放眼四顾,只见乌老大坐在西首一张太师椅上,脸色憔悴,但剽悍乖戾之气仍从眼神中流露出来。一个身形魁梧的黑汉手握皮鞭,站在钧天部诸女身旁,不住喝骂,威逼她们吐露童姥藏宝的所在。诸女却抵死不说。

乌老大道:"你们这些丫头真是死心眼儿,我跟你们说,童姥早就给她师妹李秋水杀死了,这是我亲眼目睹,难道还有假的?你们乘早降服,我们决计不加难为。"

一个中年黄衫女子尖声叫道:"胡说八道!尊主武功盖世,已练成了金刚不坏之身,有谁还能伤得她老人家?你们妄想夺取破解'生死符'的宝诀,乘早别做这清秋大梦。别说尊主必定安然无恙,转眼就会上峰,惩治你们这些万恶不赦的叛徒,就算她老人家仙去了,你们'生死符'不解,一年之内,个个要哀号呻吟,受尽苦楚而死。"

乌老大冷冷的道:"好,你不信,我给你们瞧一样物事。"说着从背上取下一个包袱,打了开来,赫然露出一条人腿。虚竹和众

·1425·

女认得那条腿上的裤子鞋袜，正是童姥的下肢，不禁都"啊"的一声叫了出来。乌老大道："李秋水将童姥斩成了八块，分投山谷，我随手拾来了一块，你们不妨仔细瞧瞧，是真是假。"

钧天部诸女认明确是童姥的左腿，料想乌老大此言非虚，不禁放声大哭。

一众洞主、岛主大声欢呼，都道："贼婆子已死，当真妙极！"有人道："普天同庆，薄海同欢！"有人道："乌老大，你耐心真好，这般好消息，竟瞒到这时候，该当罚酒三大杯。"却也有人道："贼婆子既死，咱们身上的生死符，倘若世上无人能够破解……"

突然之间，人丛中响起几下"呜呜"之声，似狼嗥，如犬吠，声音甚是可怖。众人一听之下，齐皆变色，霎时之间，大厅中除了这有如受伤猛兽般的呼号之外，更无别的声息。只见一个胖子在地下滚来滚去，双手抓脸，又撕烂了胸口衣服，跟着猛力撕抓胸口，竟似要挖出自己的心肺一般。只片刻间，他已满手是血，脸上、胸口，也都是鲜血，叫声也越来越惨厉。众人如见鬼魅，不住的后退。有几人低声道："生死符催命来啦！"

虚竹虽也中过生死符，但随即服食解药，跟着得童姥传授法门化解，并未经历过这等惨酷的熬煎，眼见那胖子如此惊心动魄的情状，才深切体会到众人所以如此畏惧童姥之故。

众人似乎害怕生死符的毒性能够传染，谁也不敢上前设法减他痛苦。片刻之间，那胖子已将全身衣服撕得稀烂，身上一条条都是抓破的血痕。

人丛中有人气急败坏的大叫："哥哥！你静一静，别慌！"奔出一个人来，又叫："让我替你点了穴道，咱们再想法医治。"那人和那胖子相貌有些相似，年纪较轻，人也没那么胖，显是他的同胞兄弟。那胖子双眼发直，宛似不闻。那人一步步的走过去，神态间充满了戒慎恐惧，走到离他三尺之处，陡出一指，疾点他"肩

· 1426 ·

井穴"。那胖子身形一侧,避开了他手指,反过手臂,将他牢牢抱住,张口往他脸上便咬。那人叫道:"哥哥,放手!是我!"那胖子只是乱咬,便如疯狗一般。他兄弟出力挣扎,却哪里挣得开,霎时间脸上给他咬下一块肉来,鲜血淋漓,只痛得大声惨呼。

段誉向王语嫣道:"王姑娘,怎地想法子救他们一救?"王语嫣蹙起眉头,说道:"这人发了疯,力大无穷,又不是使什么武功,我可没法子。"段誉转头向慕容复道:"慕容兄,你慕容家'以彼之道,还治彼身'的神技,可用得着么?"慕容复不答,脸有不愉之色。包不同恶狠狠的道:"你叫我家公子学做疯狗,也去咬他一口吗?"

段誉歉然道:"是我说得不对,包兄莫怪。慕容兄莫怪!"走到那胖子身边,说道:"尊兄,这人是你的弟弟,快请放了他罢。"那胖子双臂却抱得更加紧了,口中兀自发出犹似兽吼般的荷荷之声。

云岛主抓起一名黄衫女子,喝道:"这里厅上之人,大半曾中老贼婆的生死符,此刻聚在一起,互受感应,不久人人都要发作,几百个人将你全身咬得稀烂,你怕是不怕?"那女子向那胖子望了一眼,脸上现出十分惊恐的神色。云岛主道:"反正童姥已死,你将她秘藏之处说了出来,治好众人,大家感激不尽,谁也不会难为你们。"那女子道:"不是我不肯说,实在……实在是谁也不知道。尊主行事,不会让我们……我们奴婢见到的。"

慕容复随众人上山,原想助他们一臂之力,树恩示惠,将这些草泽异人收为己用。此刻眼见童姥虽死,她种在各人身上的生死符却无可破解,看来这"生死符"乃是一种剧毒,非武功所能为力,如果一个个毒发毙命,自己一番图谋便成一场春梦了。他和邓百川、公冶乾相对摇了摇头,均感无法可施。

云岛主虽知那黄衫女子所说多半属实,但觉得自身中了生死符的穴道中隐隐发酸,似乎也有发作的征兆,急怒之下,喝道:

"好，你不说！我打死了你这臭丫头再说！"提起长鞭，夹头夹脑往那女子打去，这一鞭力道沉猛，眼见那女子要被打得头碎脑裂。

忽然嗤的一声，一件暗器从门口飞来，撞在那女子腰间。那女子被撞得滑出丈余，拍的一声大响，长鞭打上地下石板，石屑四溅。只见地下一个黄褐色圆球的溜溜滚转，却是一枚松球。众人都大吃一惊："用一枚小小松球便将人撞开丈余，内力非同小可，那是谁？"

乌老大蓦地里想起一事，失声叫道："童姥！是童姥！"

那日他躲在岩石之后，见到李秋水斩断了童姥的左腿，便将断腿包在油布之中，带在身边。他想童姥多半已给李秋水追上杀死，但没目睹她的死状，总是心下惴惴。当日虚竹用松球掷穿他肚子，那手法便是童姥所授。乌老大吃过大苦，一见松球又现，第一个便想到是童姥到了，如何不吓得魂飞魄散？

众人听得乌老大狂叫"童姥"，一齐转身朝外，大厅中刷刷、擦擦、叮当、呛啷诸般拔兵刃之声响成一片，各人均取兵刃在手，同时向后退缩。

慕容复反而向着大门走了两步，要瞧瞧这童姥到底是什么模样。其实那日他以"斗转星移"之术化解虚竹和童姥从空下堕之势，曾见过童姥一面，只是决不知那个十八九岁、颜如春花的姑娘，竟会是众魔头一想到便胆战心惊的天山童姥。

段誉挡在王语嫣身前，生怕她受人伤害。王语嫣却叫："表哥，小心！"

众人目光群注大门，但过了好半晌，大门口全无动静。

包不同叫道："童姥姥，你要是恼了咱们这批不速之客，便进来打上一架罢！"过了一会，门外仍是没有声息。风波恶道："好罢，让风某第一个来领教童姥的高招，'明知打不过，仍要打一打'，那是风某至死不改的臭脾气。"说着舞动单刀护住面前，便冲向门外。邓百川、公冶乾、包不同三人和他情同手足，知他决不是童姥对手，一齐跟出。

众洞主、岛主有的佩服四人刚勇，有的却暗自讪笑："你们没见过童姥的厉害，却来妄逞好汉，一会儿吃了苦头，那可后悔莫及了。"只听得风波恶和包不同两人声音一尖一沉，在厅外大声向童姥挑战，却始终无人答腔。

适才搭救黄衫女子这枚松球，却是虚竹所发。他见自己竟害得大家如此惊疑不定，好生过意不去，说道："对不起，对不起！是我的不是。童姥确已逝世，各位不用惊慌。"见那胖子还在乱咬他的兄弟，心想："再咬下去，两人都活不成了。"走过去伸手在那胖子背心上一拍，使的是"天山六阳掌"功夫，一股阳和内力，登时便将那胖子体内生死符的寒毒镇住了，只是不知他生死符的所在，却无法就此为他拔除。

那胖子双臂一松，坐在地下，呼呼喘气，神情委顿不堪，说道："兄弟，你怎么啦？是谁伤得你这等模样？快说，快说，哥哥给你报仇雪恨。"他兄弟见兄长神智回复，心中大喜，顾不得脸上重伤，不住口的道："哥哥，你好了！哥哥，你好了！"

虚竹伸手在每个黄衫女子肩头上拍了一记，说道："各位是钧天部的么？你们阳天、朱天、昊天各部姊妹，都已到了接天桥边，只因铁链断了，一时不得过来。你们这里有没有铁链或是粗索？咱们去接她们过来罢。"他掌心中北冥真气鼓荡，手到之处，钧天部诸女不论被封的是哪一处穴道，其中阻塞的经脉立震开，再无任何窒滞。

众女惊喜交集，纷纷站起，说道："多谢尊驾相救，不敢请教尊姓大名。"有几个年轻女子性急，拔步便向大门外奔去，叫道："快，快去接应八部姊妹们过来，再和反贼们决一死战。"一面回头挥手，向虚竹道谢。

虚竹拱手答谢，说道："不敢，不敢！在下何德何能，敢承各位道谢？相救各位的另有其人，只不过是假手在下而已。"他意思是说，他的武功内力得自童姥等三位师长，实则是童姥等出手救了诸女。

群豪见他随手一拍，一众黄衫女子的穴道立解，既不须查问何处穴道被封，亦不必在相应穴道处推血过宫，这等手法不但从所未见，抑且从所未闻，眼见他貌不惊人，年纪轻轻，决无这等功力，听他说是旁人假手于他，都信是童姥已到了灵鹫宫中。

乌老大曾和虚竹在雪峰上相处数日，此刻虽然虚竹头发已长，满脸涂了泥污，但一开口说话，乌老大猛地省起，便认了出来，一纵身欺近他身旁，扣住了他右手脉门，喝道："小和尚，童……童姥已到了这里么？"

虚竹道："乌先生，你肚皮上的伤处已全愈了吗？我……我现在已不能算佛门弟子了，唉！说来惭愧……当真惭愧得紧。"说到此处，不禁满脸通红，只是脸上涂了许多污泥，旁人也瞧不出来。

乌老大一出手便扣住他脉门，谅他无法反抗，当下加运内力，要他痛得出声讨饶，心想童姥对这小和尚甚好，我一袭得手，将他扣为人质，童姥便要伤我，免不了要投鼠忌器。哪知他连催内力，虚竹恍若不知，所发的内力都如泥牛入海，无影无踪。乌老大心下害怕，不敢再催内力，却也不肯就此放开了手。

群豪一见乌老大所扣的部位，便知虚竹已落入他的掌握，即使他武功比乌老大为高，也已无可抗御，唯有听由乌老大宰割，均想："这小子倘若真是高手，要害便决不致如此轻易的为人所制。"各人七张八嘴的喝问："小子，你是谁？怎么来的？""你叫什么名字？你师长是谁？""谁派你来的？童姥呢？她到底是死是活？"

虚竹一一回答，神态甚是谦恭："在下道号……道号虚竹子。童姥确已逝世，她老人家的遗体已运到了接天桥边。我师门渊源，唉，说来惭愧，当真……当真……在下铸下大错，不便奉告。各位若是不信，待会大伙儿便可一同瞻仰她老人家的遗容。在下到这里来，是为了替童姥办理后事。各位大都是她老人家的旧部，我劝各位不必再念旧怨，大家在她老人家灵前一拜，种种仇恨，一笔勾消，岂不是好？"他一句句说来，一时羞愧，一时伤感，东一句，西一句，既不连贯，语气也毫不顺畅，最后又尽是一厢情愿之辞。

群豪觉这小子胡说八道，有点神智不清，惊惧之心渐去，狂傲之意便生，有人更破口叱骂起来："小子是什么东西，胆敢要咱们在死贼婆的灵前磕头？""他妈的，老贼婆到底是怎样死的？""是不是死在她师妹李秋水手下？这条腿是不是她的？"

虚竹道："各位就算真和童姥有深仇大怨，她既已逝世，那也不必再怀恨了，口口声声'老贼婆'，未免太难听了一点。乌先生说得不错，童姥确是死于她师妹李秋水手下，这条腿嘛，也确是她老人家的遗体。唉，人生如梦幻泡影，如露亦如电，童姥她老人家虽然武功深湛，到头来终于功散气绝，难免化作黄土。南无阿弥陀佛，南无观音菩萨，南无大势至菩萨，接引童姥往生西方极乐世界、莲池净土！"

群豪听他唠唠叨叨的说来，童姥已死倒是确然不假，登时都大感宽慰。有人问道："童姥临死之时，你是否在她身畔？"虚竹道："是啊。最近这几个月来，我一直在服侍她老人家。"群豪对望一眼，心中同时飞快的转过了一个念头："破解生死符的宝诀，说不定便在这小子的身上。"

青影一晃，一人欺近身来，扣住了虚竹左手脉门，跟着乌老大觉得后颈一凉，一件利器已架在他项颈之中，一个尖锐的声音说道："乌老大，放开了他！"

乌老大一见扣住虚竹左腕那人，便料到此人的死党必定同时出击，待要出掌护身，却已慢了一步。只听得背后那人道："再不放开，这一剑便斩下来了。"乌老大松指放开虚竹手腕，向前跃出数步，转过身来，说道："珠崖双怪，姓乌的不会忘了今日之事。"

那用剑逼他的是个瘦长汉子，狞笑道："乌老大，不论出什么题目，珠崖双怪都接着便是。"大怪扣着虚竹的脉门，二怪便来搜他的衣袋。虚竹心想："你们要搜便搜，反正我身边又没什么见不得人的物事。"二怪将他怀中的东西一件件摸将出来，第一件便摸到无崖子给他的那幅图画，当即展开卷轴。

大厅上数百对目光，齐向画中瞧去。那画曾被童姥踩过几脚，后来又在冰窖中被浸得湿透，但图中美女仍是栩栩如生，便如要从画中走下来一般，丹青妙笔，实是出神入化。众人一见之下，不约而同都转头向王语嫣瞧去。有人说："咦！"有人说："哦！"有人说："呸！"有人说："哼！"咦者大出意外，哦者恍然有悟，呸者甚为愤怒，哼者意存轻蔑。

群豪本来盼望卷轴中绘的是一张地图又或是山水风景，便可循此而去找寻破解生死符的灵药或是秘诀，哪知竟是王语嫣的一幅图像，咦、哦、呸、哼一番之后，均感失望。只有段誉、慕容复、王语嫣同时"啊"的一声，至于这一声"啊"的含意，三人却又各自不同。王语嫣见到虚竹身边藏着自己的肖像，惊奇之余，晕红双颊，寻思："难道……难道这人自从那日在珍珑棋局旁见了我一面之后，便也像段公子一般，将我……将我这人放在心里？否则何以图我容貌，暗藏于身？"段誉却想："王姑娘天仙化身，姿容绝世，这个小师父为她颠倒倾慕，那也不足为异。唉，可惜我的画笔及不上这位小师父的万一，否则我也来画一幅王姑娘的肖像，日后和她分手，朝夕和画像相对，倒也可稍慰相思之苦。"慕容复却想："这小和尚也是个癞虾蟆想吃天鹅肉之人。"

二怪将图像往地下一丢，又去搜查虚竹衣袋，此后拿出来的是虚竹在少林寺剃度的一张度牒，几两碎银子，几块干粮，一双布袜，看来看去，无一和生死符有关。

珠崖二怪搜查虚竹之时，群豪无不虎视眈眈的在旁监视，只要见到有什么特异之物，立时涌上抢夺，不料什么东西也没搜到。

珠崖大怪骂道："臭贼，老贼婆临死之时，跟你说什么来？"虚竹道："你问童姥临死时说什么话？嗯，她老人家说：'不是她，不是她，不是她！哈哈，哈哈，哈哈！'大笑三声，就此断气了。"群豪莫名其妙，心思缜密的便沉思这句"不是她"和大笑三声有什么含义，性情急躁的却都喝骂了起来。

珠崖大怪喝道："他妈的，什么不是她，哈哈哈？老贼婆还说了什么？"虚竹道："前辈先生，你提到童姥她老人家之时，最好稍存敬意，可别胡言斥骂。"珠崖大怪大怒，提起左掌，便向他头顶击落，骂道："臭贼，我偏要骂老贼婆，却又如何？"

突然间寒光一闪，一柄长剑伸了过来，横在虚竹头顶，剑刃竖立。珠崖大怪这一掌倘若继续拍落，还没碰到虚竹头皮，自己手掌先得在剑锋上切断了。他一惊之下，急忙收掌，只是收得急了，身子向后一仰，退出三步，一拉之下没将虚竹拉动，顺手放脱了他手腕，但觉左掌心隐隐疼痛，提掌一看，见一道极细的剑痕横过掌心，渗出血来，不由得又惊又怒，心想这一下只消收掌慢了半分，这手掌岂非废了？怒目向出剑之人瞪去，见那人身穿青衫，五十来岁年纪，长须飘飘，面目清秀，认得他是"剑神"卓不凡。从适才这一剑出招之快、拿捏之准看来，剑上的造诣实已到了登峰造极的地步。他又记起那日剑鱼岛区岛主离众而去，顷刻间便给这"剑神"斩了首级，他性子虽躁，却也不敢轻易和这等厉害的高手为敌，说道："阁下出手伤我，是何用意？"

卓不凡微微一笑，说道："大伙儿要从此人口中，查究破解生死符的法门，老兄却突然性起，要将这人杀死。众兄弟身上的生死符催起命来，老兄如何交代？"珠崖大怪语塞，只道："这个……这个……"卓不凡还剑入鞘，微微侧身，手肘在二怪肩头轻轻一

· 1433 ·

撞,二怪站立不定,腾腾腾腾,向后退出四步,胸腹间气血翻涌,险些摔倒,好容易才站定脚步,却不敢出声喝骂。

卓不凡向虚竹道:"小兄弟,童姥临死之时,除了说'不是她'以及大笑三声之外,还说了什么?"

虚竹突然满脸通红,神色忸怩,慢慢的低下头去,原来他想起童姥那时说道:"你将那幅图画拿来,让我亲手撕个稀烂,我再无挂心之事,便可指点你去寻那梦中姑娘的途径。"岂知童姥一见图画,发现画中人并非李秋水,又是好笑,又是伤感,竟此一瞑不视。他想:"童姥突然逝世,那位梦中姑娘的踪迹,天下再无一人知晓,只怕今生今世,我是再也不能和她相见了。"言念及此,不禁黯然魂消。

卓不凡见他神色有异,只道他心中隐藏着什么重大机密,和颜悦色的道:"小兄弟,童姥到底跟你说了些什么,你跟我说好了,我姓卓的非但不会难为你,并且还有大大的好处给你。"虚竹连耳根子也红了,摇头道:"这件事,我是万万……万万不能说的。"卓不凡道:"为什么不能说?"虚竹道:"此事说来……说来……唉,总而言之,我不能说,你便杀了我,我也不说。"卓不凡道:"你当真不说?"虚竹道:"不说。"

卓不凡向他凝视片刻,见他神气十分坚决,突然间刷的一声,拔出长剑,寒光闪动,嗤嗤嗤几声轻响,长剑似乎在一张八仙桌上划了几下,跟着拍拍几声,八仙桌分为整整齐齐的九块,崩跌在地。在这一霎眼之间,他纵两剑,横两剑,连出四剑,在桌上划了一个"井"字。更奇的是,九块木板均成四方之形,大小阔狭,全无差别,竟如是用尺来量了之后再慢慢剖成一般。大厅中登时采声雷动。

王语嫣轻声道:"这一手周公剑,是福建建阳'一字慧剑门'的绝技,这位卓老先生,想必是'一字慧剑门'的高手耆宿。"群豪齐声喝采之后,随即一齐向卓不凡注目,更无声息,她话声虽轻,这几句话却清清楚楚的传入了各人耳中。

卓不凡哈哈一笑,说道:"这位姑娘当真好眼力,居然说得出老朽的门派和剑招名称。难得,难得。"众人都想:"从来没听说福建有个'一字慧剑门',这老儿剑术如此厉害,他这门派该当威震江湖才是,怎地竟是没没无闻?"只听卓不凡叹了口气,说道:"我这门派之中,却只老夫孤家寡人、光杆儿一个。'一字慧剑门'三代六十二人,三十三年之前,便给天山童姥杀得干干净净了。"

众人心中一凛,均想:"此人到灵鹫宫来,原来是为报师门大仇。"

只见卓不凡长剑一抖,向虚竹道:"小兄弟,我这几招剑法,便传了给你如何?"

此言一出,群豪有的现出艳羡之色,但也有不少人登时显出敌意。学武之人若得高人垂青,授以一招两式,往往终身受用不尽,天下扬名,立身保命,皆由于此。但歹毒之徒习得高招后反噬恩师,亦屡见不鲜,是以武学高手择徒必严。卓不凡毫没来由的答允以上乘剑术传授虚竹,自是为了要知道童姥的遗言,以取得生死符。

虚竹尚未答覆,人丛中一个女子声音冷冷问道:"卓先生,你也是中了生死符么?"

卓不凡向那人瞧去,见说话的是个中年道姑,便道:"仙姑何出此问?"

段誉认得这道姑是大理无量洞洞主辛双清,她本是无量剑西宗的掌门人,给童姥的部属收服,改称为无量洞洞主。这些日子来,他一直不敢和辛双清正眼相对,也不敢走近她属下的左子穆,生怕他们要算旧帐,这时见她发话,急忙躲在包不同身后。

辛双清道:"卓先生若非身受生死符的荼毒,何以千方百计,也来求这破解之道?倘若卓先生意在挟制我辈,那么三十六洞、七十二岛诸兄弟甫脱狮吻,又入虎口,只怕也未必甘心。卓先生虽然

· 1435 ·

剑法通神，但如逼得我们无路可走，众兄弟也只好不顾死活的一搏了。"这番话不亢不卑，但一语破的，揭穿了卓不凡的用心，辞锋咄咄逼人。

群豪中登时有十余人响应："辛洞主的话是极。"更有人道："小子，童姥到底有什么遗言，你快当众说出来，否则大伙儿将你乱刀分尸，味道可不大妙。"

卓不凡长剑抖动，嗡嗡作响，说道："小兄弟不用害怕，你在我身边，瞧有谁能动了你一根寒毛？童姥的遗言你只能跟我一个人说，若有第三个人知道，我的剑法便不能传你了。"

虚竹摇头道："童姥的遗言，只和我一个人有关，跟另外一个人也有关，但跟各位实在没半点干系。再说，不管怎样，我是决计不说的。你的剑法虽好，我也不想学。"

群豪轰然叫好，道："对，对！好小子，挺有骨气，他的剑法学来有什么用？""人家娇滴滴的小姑娘，一句话便将他剑招的来历揭破了，可见并无希奇之处。"又有人道："这位姑娘既然识得剑法的来历，便有破他剑法的本事。小兄弟，若要拜师，还是拜这个小姑娘为妙。何况你怀中藏了她的画像，哈哈，自然是该当拜她为师才是。"

卓不凡听到各人的冷嘲热讽，甚感难堪，斜眼向王语嫣望去，过了半晌，见她始终默不作声，卓不凡大怒，心道："有人说你能破得我的剑法，你竟并不立即否认，难道你是默认确能破得吗？"其实王语嫣心中在想："表哥为什么神色不大高兴，是不是生我的气啊？我什么地方得罪他了？莫非……莫非那位小师父画了我的肖像藏在身边，表哥就此着恼！"于旁人的说话，一时全没听在耳中。

卓不凡一瞥眼又见到丢在地下的那轴图画，陡然想起："这小子画了她肖像藏在怀中，自然对她有万分情意。我要他吐露童姥遗言，非从这小妞儿身上着手不可，有了！"拾起图画，塞入虚竹怀中,说道:"小兄弟,你的心事,我全知道,嘿嘿,郎才女貌,当真是天造地设的一对。只不过有人从中作梗,你想称心如意,却也不易。这样罢,由我一力主持,将这位姑娘配了给你作妻房,即刻在此拜天地,今晚便在灵鹫宫中洞房如何?"说着笑吟吟地伸手指着王语嫣。

"一字慧剑门"满门师徒给童姥杀得精光,当时卓不凡不在福建,幸免于难,从此再也不敢回去,逃到长白山中荒僻极寒之地苦研剑法,无意中得了前辈高手遗下来的一部剑经,勤练三十年,终于剑术大成,自信已然天下无敌,此番出山,在河北一口气杀了几个赫赫有名的好手,更是狂妄不可一世,只道手中长剑当世无人与抗,言出法随,谁敢有违?

虚竹脸上一红,忙道:"不,不!卓先生不可误会。"

卓不凡道:"男大当婚,女大当嫁,知好色则慕少艾,原是人之常情,又何必怕丑?"

虚竹不由得狼狈万状,连说:"这个……这个……不是的……"

卓不凡长剑抖动,一招"天如穹庐",跟着一招"白雾茫茫",两招混一,向王语嫣递去,要将她圈在剑光之中拉过来,居为奇货,以便与虚竹交换,要他吐露秘密。

王语嫣一见这两招,心中便道:"'天如穹庐'和'白雾茫茫',都是九虚一实。只须中宫直进,捣其心腹,便逼得他非收招不可。"可是心中虽知其法,手上功夫却使不出来,眼见剑光闪闪,罩向自己头上,惊惶之下,"啊"的一声叫了出来。

慕容复看出卓不凡这两招并无伤害王语嫣之意,心想:"我不忙出手,且看这姓卓的老儿捣什么鬼?这小和尚是否会为了表妹而吐露机密?"

但段誉一见到卓不凡的剑招指向王语嫣,他也不懂剑招虚实,自然是大惊失色,情急之下,脚下展开"凌波微步",疾冲过去,挡在王语嫣身前。卓不凡剑招虽快，段誉还是抢先了一步。长剑寒光闪处，嗤的一声轻响，剑尖在段誉胸口划了一条口子，自颈至腹，衣衫尽裂，伤及肌肤。总算卓不凡志在逼求虚竹心中的机密，不欲此时杀人树敌，这一剑手劲的轻重恰到好处，剑痕虽长，伤势却甚轻微。段誉吓得呆了，一低头见到自己胸膛和肚腹上如此长的一条剑伤，鲜血迸流，只道已被他开膛破腹，立时便要毙命，叫道："王姑娘，你……你快躲开，我来挡他一阵。"

卓不凡冷笑道："泥菩萨过江，自身难保，居然不自量力，来做护花之人。"转头向虚竹道："小兄弟，看中这位姑娘的人可着实不少，我先动手给你除去一个情敌如何？"长剑剑尖指着段誉心口，相距一寸，抖动不定，只须轻轻一送，立即插入他的心脏。

虚竹大惊，叫道："不可，万万不可！"生怕卓不凡杀害段誉，左手伸出，小指在他右腕"太渊穴"上轻轻一拂。卓不凡手上一麻，握着剑柄的五指便即松了。虚竹顺手将长剑抓在掌中。这一下夺剑，乃是"天山折梅手"中的高招，看似平平无奇，其实他小指的一拂之中，含有最上乘的"小无相功"，卓不凡的功力便再深三四十年，手中长剑一样的也给夺了下来。虚竹道："卓先生，这位段公子是好人，不可伤他性命。"顺手又将长剑塞还在卓不凡手中，低头去察看段誉伤势。

段誉叹道："王姑娘，我……我要死了，但愿你与慕容兄百年齐眉，白头偕老。爹爹，妈妈……我……我……"他伤势其实并不厉害，只是以为自己胸膛肚腹给人剖开了，当然是非死不可，一泄气，身子向后便倒。

王语嫣抢着扶住，垂泪道："段公子，你这全是为了我……"

虚竹出手如风，点了段誉胸腹间伤口左近的穴道，再看他伤口，登时放心，笑道："段公子，你的剑伤不碍事，三四天便好。"

段誉身子给王语嫣扶住，又见她为自己哭泣，早已神魂飘荡，欢喜万分，问道："王姑娘，你……你是为我流泪么？"王语嫣点了点头，珠泪又是滚滚而下。段誉道："我段誉得有今日，他便再刺我几十剑，我便为你死几百次，也是甘心。"虚竹的话，两人竟都全没听进耳中。王语嫣是心中感激，情难自已。段誉见到了意中人的眼泪，又知这眼泪是为自己所流，哪里还关心自己的生死？

虚竹夺剑还剑，只是一瞬间之事，除了慕容复看得清楚、卓不凡心中明白之外，旁人都道卓不凡手下留情，故意不取段誉性命。可是卓不凡心中惊怒之甚，实是难以形容，一转念间，心道："我在长白山中巧得前辈遗留的剑经，苦练三十年，当世怎能尚有敌手？是了，想必这小子误打误撞，刚好碰到我手腕上的太渊穴。天下十分凑巧之事，原是有的。倘若他真是有意夺我手中兵刃，夺了之后，又怎会还我？瞧这小子小小年纪，能有多大气候，岂能夺得了卓某手中长剑？"心念及此，豪气又生，说道："小子，你忒也多事！"长剑一递，剑尖指在虚竹的后心衣上，手劲轻送，要想刺破他的衣衫，便如对付段誉一般，令他也受些皮肉之苦。

虚竹这时体内北冥真气充盈流转，宛若实质，卓不凡长剑刺到，撞上了他体内真气，剑尖一歪，剑锋便从他身侧滑开。卓不凡大吃一惊，变招也真快捷，立时横剑削向虚竹胁下。这一招"玉带围腰"一剑连攻他前、右、后三个方位，三处都是致命的要害，凌厉狠辣。这时他已知虚竹武功之高，大出自己意料之外，这一招已是使上了全力。

虚竹"咦"的一声，身子微侧，不明白卓不凡适才还说得好端端地，何以突然翻脸，陡施杀手？嗤的一声，剑刃从他腋下穿过，将他的旧僧袍划破了长长的一条。卓不凡第二击不中，五分惊讶之外，更增了五分惧怕，身子滴溜溜的打了半个圈子，长剑一挺，剑尖上突然生出半尺吞吐不定的青芒。群豪中有十余人齐声惊呼："剑芒，剑芒！"那剑芒犹似长蛇般伸缩不定，卓不凡脸露狞笑，

·1439·

丹田中提一口真气，青芒突盛，向虚竹胸口刺来。

虚竹从未见过别人的兵刃上能生出青芒，听得群豪呼喝，料想是一门厉害武功，自己定然对付不了，脚步一错，滑了开去。卓不凡这一剑出了全力，中途无法变招，刷的一声响，长剑刺入了大石柱中，深入尺许。这根石柱乃极坚硬的花岗石所制，软身的长剑居然刺入一尺有余，可见他附在剑刃上的真力实是非同小可，群豪又忍不住喝采。

卓不凡手上运劲，将长剑从石柱中拔出，仗剑向虚竹赶去，喝道："小兄弟，你能逃到哪里去？"虚竹心下害怕，滑脚又再避开。

左侧突然有人嘿嘿一声冷笑，说道："小和尚，躺下罢！"是个女子声音。两道白光闪处，两把飞刀在虚竹面前掠过。虚竹虽只在最初背负童姥之时，得她指点过一些轻功，但他内力深湛浑厚，举手投足之际，自然而然的轻捷无比，身随意转，飞刀来得虽快，他还是轻轻巧巧的躲过了。但见一个身穿淡红衣衫的中年美妇双手一招，便将两把飞刀接在手中。她掌心之中，倒似有股极强的吸力，将飞刀吸了过去。

卓不凡赞道："芙蓉仙子的飞刀神技，可教人大开眼界了。"

虚竹蓦地想起，那晚众人合谋进攻缥缈峰之时，卓不凡、芙蓉仙子二人和不平道人乃是一路，不平道人在雪峰上被自己以松球打死，难怪二人要杀自己为同伴报仇。他自觉内疚，停了脚步，向卓不凡和芙蓉仙子不住作揖，说道："我确是犯了极大的过错，当真该死，虽然当时我并非有意，唉，总之是铸成了难以挽回的大错。两位要打要骂，我……我这个……再也不敢躲闪了。"

卓不凡和芙蓉仙子崔绿华对望了一眼，均想："这小子终于害怕了。"其实他们并不知道不平道人是死在虚竹的手下，即使知道，也不拟杀他为不平道人报仇。两人一般的心思，同时欺近身去，一左一右，抓住了虚竹的手腕。

虚竹想到不平道人死时的惨状，心中抱憾万分，不住讨饶："我做错了事，当真后悔莫及。两位尽管重重责罚，我心甘情愿的领受，就是要杀我抵命，那也不敢违抗。"

卓不凡道："你要我不伤你性命，那也容易，你只须将童姥临死时的遗言，原原本本的说与我听，便可饶了你。"崔绿华微笑道："卓先生，小妹能不能听？"卓不凡道："咱们只要寻到破解生死符的法门，这里众位朋友人人都受其惠，又不是在下一人能得好处。"他既不说让崔绿华同听秘密，亦不说不让她听，但言下之意，显然是欲独占成果。

崔绿华微笑道："小妹却没你这么好良心，我便是瞧着这小子不顺眼。"左手紧紧抓着虚竹的手腕，右手一扬，两柄飞刀便往虚竹胸口插了下来。

童姥既死，卓不凡的师门大仇已难以得报，这时他只想找到破解生死符的法门，挟制群豪，作威作福。崔绿华的用意却全然不同。她兄长为三十六洞的三个洞主联手所杀，她想只要杀了虚竹，无人知道童姥的遗言，那三个洞主身上的生死符就永远难以破解，势必比她兄长死得惨过百倍，远胜于自己亲手杀人报仇，是以突然之间，猛施杀手。她这下出手好快，卓不凡长剑本已入鞘，忙去拔剑，眼看已然慢了一步。

虚竹一惊之下，不及多想，自然而然的双手一振，将卓不凡和崔绿华同时震开数步。

崔绿华一声呼喝，飞刀脱手，疾向虚竹射去。她虽跌出数步，但以投掷暗器而论，仍可说相距极近。卓不凡怕虚竹被杀，举剑往飞刀上撩去。崔绿华早料到卓不凡定会出剑相救，两柄飞刀脱手，跟着又有十柄飞刀连珠般掷出，其中三刀掷向卓不凡，志在将他挡得一挡，其余七刀都是向虚竹射去，面门、咽喉、胸膛、小腹，尽在飞刀的笼罩之下。

虚竹双手连抓，使出"天山折梅手"来，随抓随抛，但听得玎玎珰珰之声不绝，霎时之间，将十三件兵刃投在脚边。十二柄是崔绿华的飞刀，第十三件却是卓不凡的长剑。原来他一使上这"天山折梅手"，惶急之下，没再细想对手是谁，只是见兵刃便抓，顺手将卓不凡的长剑也夺了下来。

他夺下十三件兵刃，一抬头见到卓不凡苍白的脸色，回过头来，再见到崔绿华惊惧的眼神，心道："糟糕，糟糕，我又得罪了人啦。"忙道："两位请勿见怪，在下行事卤莽。"俯身拾起地下十三件兵刃，双手捧起，送到卓崔二人身前。

崔绿华还道他故意来羞辱自己，双掌运力，猛向他胸膛上击去。但听得拍的一声响，一股猛烈无比的力道反击而来，崔绿华"啊"的一声惊呼，身子向后飞出，砰的一下，重重撞在石墙之上，喷出两口鲜血。

卓不凡此次与不平道人、崔绿华联手，事先三人暗中曾相互伸量过武功内力，虽然卓不凡较二人为强，但也只稍胜一筹而已，此刻见虚竹双手捧着兵刃，单以体内的一股真气，便将崔绿华弹得身受重伤，自己万万不是对手。他知道今日已讨不了好去，双手向虚竹一拱，说道："佩服，佩服，后会有期。"

虚竹道："前辈请取了剑去。在下无意冒犯，请前辈不必介意。前辈要打要骂，为不平道长出气，我……我决计不敢反抗。"

在卓不凡听来，虚竹这几句话全成了刻毒的讥讽。他脸上已无半点血色，大踏步向厅外走去。

忽听得一声娇叱，一个女子的声音说道："站住了！灵鹫宫是什么地方，容得你要来便来，要去便去吗？"卓不凡一凛，顺手便按剑柄，一按之下，却按了个空，这才想起长剑已给虚竹夺去，只见大门外拦着一块巨岩，二丈高，一丈宽，将大门密不透风的堵死了。这块巨岩不知是何时无声无息的移来,自己竟全然没有警觉。

群豪一见这等情景,均知已陷入了灵鹫宫的机关之中。众人一路攻战而前,将一干黄衫女子杀的杀,擒的擒,扫荡得干干净净,进入大厅之后,也曾四下察看有无伏兵,但此后有人身上生死符发作,各人触目惊心,物伤其类,再加上一连串变故接踵而来,竟没想到身处险地,危机四伏,待得见到巨岩堵死了大门,心中均是一凛:"今日要生出灵鹫宫,只怕大大的不易了。"

忽听得头顶一个女子的声音说道:"童姥姥座下四使婢,参见虚竹先生。"虚竹抬起头来,只见大厅靠近屋顶之处,有九块岩石凸了出来,似乎是九个小小的平台,其中四块岩石上各有一个十八九岁的少女,正自盈盈拜倒。四女一拜,随即纵身跃落,身在半空,手中已各持一柄长剑,飘飘而下。四女一穿浅红,一穿月白,一穿浅碧,一穿浅黄,同时跃下,同时着地,又向虚竹躬身拜倒,说道:"使婢迎接来迟,主人恕罪。"虚竹作揖还礼,说道:"四位姊姊不必多礼。"

四个少女抬起头来,众人都是一惊。但见四女不但高矮秾纤一模一样,而且相貌也没半点分别,一般的瓜子脸蛋,眼如点漆,清秀绝俗,所不同的只是衣衫颜色。

那穿浅红衫的女子道:"婢子四姊妹一胎孪生,童姥姥给婢子取名为梅剑,这三位妹子是兰剑、竹剑、菊剑。适才遇到昊天、朱天诸部姊妹,得知诸般情由。现下婢子已将独尊厅大门关上了,这一干大胆作反的奴才如何处置,便请主人发落。"

群豪听她自称为四姊妹一胎孪生,这才恍然,怪不得四人相貌一模一样,但见她四人容颜秀丽,语音清柔,各人心中均生好感,不料说到后来,那梅剑竟说什么"一干大胆作反的奴才",实是无礼之极。两条汉子抢了上来,一人手持单刀,一人拿着一对判官笔,齐声喝道:"小妞儿,你口中不干不净的放……"

突然间青光连闪,兰剑、竹剑姊妹长剑掠出,跟着当当两声响,两条汉子的手腕已被截断,手掌连着兵刃掉在地下。这一招迅捷无伦,那二人手腕已断,口中还在说道:"……什么屁!哎唷!"齐声大叫,向后跃开,只洒得满地都是鲜血。

二女一出手便断了二人手腕,其余各人虽然颇有自忖武功比那两条大汉要高得多的,却也不敢贸然出手,何况眼见这座大厅四壁都是厚实异常的花岗岩,又不知厅中另有何等厉害机关,各人面面相觑,谁也没有作声。

寂静之中,忽然人丛中又有一人"荷荷荷"的咆哮起来。众人一听,都知又有人身上的生死符催命来了。

群豪相顾失色之际,一条铁塔般的大汉纵跳而出,双目尽赤,乱撕自己胸口衣服。许多人叫了起来:"铁鳌岛岛主!铁鳌岛岛主哈大霸!"那哈大霸口中呼叫,直如一头受伤了的猛虎,他提起铁钵般的拳头,砰的一声,将一张茶几击得粉碎,随即向菊剑冲去。

菊剑见到他可怖的神情,忘了自己剑法高强,心中害怕,一钻头便缩入了虚竹的怀中。哈大霸张开蒲扇般的大手,向梅剑抓来。这四个孪生姊妹心意相通,菊剑吓得浑身发抖,梅剑早受感应,眼见哈大霸扑到,"啊"的一声惊呼,躲到了虚竹背后。

哈大霸一抓不中,翻转双手,便往自己两只眼睛中挖去。虚竹叫道:"使不得!"衣袖挥出,拂中他的臂弯,哈大霸双手便即垂下。虚竹道:"这位兄台体内所种的生死符发作,在下来想法子给你解去。"当即使出"天山六阳掌"中的一招"阳歌天钩",在哈大霸背心"灵台穴"上一拍。哈大霸几下剧震,全身宛如虚脱。

青光闪处,两柄长剑分别向哈大霸刺到,正是兰剑、竹剑二姝乘机出手。虚竹道:"不可!"夹手将双剑夺过,喃喃念道:"糟糕,糟糕!不知他的生死符在何处?"他虽学会了生死符的破解之法,究竟见识浅陋,看不出哈大霸身上生死符的所在,这一招"阳歌天钩"又出力太猛，哈大霸竟然受不起。

哈大霸说道："中……中在……悬枢……气……气海……丝……丝竹空……"适才虚竹一招"阳歌天钩"，已令他神智恢复。

虚竹喜道："你自己知道，那就好了。"当即以童姥所授法门，用天山六阳掌的纯阳之力，将他悬枢、气海、丝空竹三处穴道中的寒冰生死符化去。

哈大霸站起身来，挥拳踢腿，大喜若狂，突然扑翻在地，砰砰砰的向虚竹磕头，说道："恩公在上，哈大霸的性命，是你老人家给的，此后恩公但有所命，哈大霸赴汤蹈火，在所不辞。"虚竹对人向来恭谨，见哈大霸行此礼，忙跪下还礼，也砰砰砰的向他磕头，说道："在下不敢受此重礼，你向我磕头，我也得向你磕头。"哈大霸大声道："恩公快快请起，你向我磕头，可真折杀小人了。"为了表示感激之意，又多磕几个头。虚竹见他又磕头，当下又磕头还礼。

两人爬在地下，磕头不休。猛听得几百人齐声叫了起来："给我破解生死符，给我破解生死符。"身上中了生死符的群豪蜂涌而前，将二人团团围住。一名老者将哈大霸扶起，说道："不用磕头啦，大伙儿都要请恩公疗毒救命。"

虚竹见哈大霸站起，这才站起身来，说道："各位别忙，听我一言。"霎时之间，大厅上没半点声息。虚竹说道："要破解生死符，须得确知所种的部位，各位自己知不知道？"

霎时间众人乱成一团，有的说："我知道！"有的说："我中在委中穴、内庭穴！"有的说："我全身发疼，他妈的也不知中在什么鬼穴道！"有的说："我身上麻痒疼痛，每个月不同，这生死符会走！"

突然有人大声喝道："大家不要吵，这般嚷嚷的，虚竹子先生能听得见么？"出声呼喝的正是群豪之首的乌老大，众人便即静了下来。

虚竹道："在下虽蒙童姥授了破解生死符的法门……"七八个人忍不住叫了起来："妙极，妙极！""吾辈性命有救了！"只听虚竹续道："……但辨穴认病的本事却极肤浅。不过各位也不必担心，若是自己确知生死符部位的，在下逐一施治，助各位破解。就算不知，咱们慢慢琢磨，再请几位精于医道的朋友来一同参详，总之是要治好为止。"

群豪大声欢呼，只震得满厅中都是回声。过了良久，欢呼声才渐渐止歇。

梅剑冷冷的道："主人应允给你们取出生死符，那是他老人家的慈悲。可是你们大胆作乱，害得童姥离宫下山，在外仙逝，你们又来攻打缥缈峰，害死了我们钩天部的不少姊妹，这笔帐却又如何算法？"

此言一出，群豪面面相觑，心中不禁冷了半截，寻思梅剑所言确是实情，虚竹既是童姥的传人，对众人所犯下的大罪不会置之不理。有人便欲出言哀恳，但转念一想，害死童姥、倒反灵鹫宫之罪何等深重，岂能哀求几句，便能了事？话到口边，又缩了回去。

乌老大道："这位姊姊所责甚是有理，吾辈罪过甚大，甘领虚竹子先生的责罚。"他摸准了虚竹的脾气，知他忠厚老实，绝非阴狠毒辣的童姥可比，若是由他出手惩罚，下手也必比梅兰竹菊四剑为轻，因之向他求告。

群豪中不少人便即会意，跟着叫了起来："不错，咱们罪孽深重，虚竹子先生要如何责罚，大家甘心领罪。"有些人想到生死符催命时的痛苦，竟然双膝一曲，跪了下来。

虚竹浑没了主意，向梅剑道："梅剑姊姊，你瞧该当怎么办？"梅剑道："这些都不是好人，害死了钩天部这许多姊妹，非叫他们偿命不可。"

无量洞副洞主左子穆向梅剑深深一揖,说道:"姑娘,咱们身上中了生死符,实在是惨不堪言,一听到童姥姥她老人家不在峰上,不免着急,以致做错了事,实在悔之莫及。求你姑娘大人大量,向虚竹子先生美言几句。"

梅剑脸一沉,说道:"那些杀过人的,快将自己的右臂砍了,这是最轻的惩戒了。"她话一出口,觉得自己发号施令,于理不合,转头向虚竹道:"主人,你说是不是?"虚竹觉得如此惩罚太重,却又不愿得罪梅剑,嗫嚅道:"这个……这个……嗯……那个……"

人群中忽有一人越众而出,正是大理国王子段誉。他性喜多管闲事,评论是非,向虚竹拱了拱手,笑道:"仁兄,这些朋友们来攻打缥缈峰,小弟一直极不赞成,只不过说干了嘴,也劝他们不听。今日大伙儿闯下大祸,仁兄欲加罪责,倒也应当。小弟向仁兄讨一个差使,由小弟来将这些朋友们责罚一番如何?"

那日群豪要杀童姥,歃血为盟,段誉力加劝阻,虚竹是亲耳听到的,知道这位公子仁心侠胆,对他好生敬重,自己负了童姥给李秋水从千丈高峰打下来,也曾得他相救,何况自己正没做理会处,听他如此说,忙拱手道:"在下识见浅陋,不会处事。段公子肯出面料理,在下感激不尽。"

群豪初听段誉强要出头来责罚他们,如何肯服?有些脾气急躁的已欲破口大骂,待听得虚竹竟一口应允,话到口边,便都缩回去了。

段誉喜道:"如此甚好。"转身面对群豪说道:"众位所犯过错,实在太大,在下所定的惩罚之法,却也非轻。虚竹子先生既让在下处理,众位若有违抗,只怕虚竹子老兄便不肯给你们拔去身上的生死符了。嘿嘿,这第一条嘛,大家须得在童姥灵前,恭恭敬敬的磕上八个响头,肃穆默念,忏悔前非,磕头之时,倘若心中暗咒童姥者,罪加一等。"

虚竹喜道:"甚是,甚是!这第一条罚得很好。"

· 1447 ·

群豪本来都怕这书呆子会提出什么古怪难当的罚法来，都自惴惴不安，一听他说在童姥灵前磕头，均想："人死为大，在她灵前磕几个头，又打甚紧？何况咱们心里暗咒老贼婆，他又怎会知道，老子一面磕头，一面暗骂老贼婆便是。"当即齐声答应。

段誉见自己提出的第一条众人欣然同意，精神一振，说道："这第二条，大家须得在钧天部诸死难姊姊的灵前行礼。杀伤过人的，必须磕头，默念忏悔，还得身上挂块麻布，服丧志哀。没杀过人的，长揖为礼，虚竹子仁兄提早给他们治病，以资奖励。"

群豪之中，一大半手上没在缥缈峰顶染过鲜血，首先答应。杀伤过钧天部诸女之人，听他说不过是磕头服丧，比之梅剑要他们自断右臂，惩罚轻了万倍，自也不敢异议。

段誉又道："这第三条吗，是要大家永远臣服灵鹫宫，不得再生异心。虚竹子先生说什么，大家便得听从号令。不但对虚竹子先生要恭敬，对梅兰竹菊四位姊姊妹妹们，也得客客气气，化敌为友，再也不得动刀弄枪。倘若有哪一位不服，不妨上来跟虚竹子先生比上三招两式，且看是他高明呢，还是你厉害！"

群豪听段誉这么说，都欢然道："当得，当得！"更有人道："公子定下的罚章，未免太便宜了咱们，不知更有什么吩咐？"

段誉拍了拍手，笑道："没有了！"转头向虚竹道："小弟这三条罚章定得可对？"

虚竹拱手连说："多谢，多谢，对之极矣。"他向梅剑等人瞧了一眼，脸上颇有歉然之色。兰剑道："主人，你是灵鹫宫之主，不论说什么，婢子们都得听从。你气量宽宏，饶了这些奴才，可也不必对我们有什么抱歉。"虚竹一笑，道："不敢！嗯，这个……我心中还有几句话，不知……不知该不该说？"

乌老大道："三十六洞、七十二岛，一向是缥缈峰的下属，尊主有何吩咐，谁也不敢违抗。段公子所定的三条罚章，实在是宽大之至。尊主另有责罚，大伙儿自然甘心领受。"

虚竹道："我年轻识浅，只不过承童姥姥指点几手武功，'尊主'什么的，真是愧不敢当。我有两点意思，这个……这个……也不知道对不对，大胆说了出来，这个……请各位前辈琢磨琢磨。"他自幼至今一直受人指使差遣，向居人下，从来不会自己出什么主意，而当众说话更是窘迫，这几句说得吞吞吐吐，语气神色更是谦和之极。

梅兰竹菊四姝均想："主人怎么啦，对这些奴才也用得着这么客气？"

乌老大道："尊主宽洪大量，赦免了大伙儿的重罪，更对咱们这般谦和，众兄弟便肝脑涂地，也难报恩德于万一。尊主有命，便请吩咐罢！"

虚竹道："是，是！我若说错了，诸位不要……不要这个见笑。我想说两件事。第一件嘛，好像有点私心，在下……在下出身少林寺，本来……本是个小和尚，请诸位今后行走江湖之时，不要向少林派的僧俗弟子们为难。那是我向各位求一个情，不敢说什么命令。"

乌老大大声道："尊主有令：今后众兄弟在江湖上行走，遇到少林派的大师父和俗家朋友们，须得好生相敬，千万不可得罪了，否则严惩不贷。"群豪齐声应道："遵命。"

虚竹见众人答允，胆子便大了些，拱手道："多谢，多谢！这第二件事，是请各位体念上天好生之德，我佛慈悲为怀，不可随便伤人杀人。最好是有生之物都不要杀，蝼蚁尚且惜命，最好连腥荤也不吃，不过这一节不大容易，连我自己也破戒吃荤了。因此……这个……那个杀人嘛，总之不好，还是不杀人的为妙，只不过我……我也杀过人，所以嘛……"

乌老大大声道："尊主有令：灵鹫宫属下一众兄弟，今后不得妄杀无辜，胡乱杀生，否则重重责备。"群豪又齐声应道："遵命！"

虚竹连连拱手，说道："我……我当真感激不尽，话又说回来，各位多做好事，不做坏事，那也是各位自己的功德善业，必有无量福报。"向乌老大笑道："乌先生，你几句话便说得清清楚楚，我可不成，你……你的生死符中在哪里？我先给你拔除了罢！"

乌老大所以干冒奇险，率众谋叛，为来为去就是要除去体内的生死符，听得虚竹答应为他拔除，从此去了这为患无穷的附骨之疽，当真是不胜之喜，心中感激，双膝一曲，便即拜倒。虚竹急忙跪倒还礼，又问："乌先生，你肚子上松球之伤，这可痊愈了么？你服过童姥的什么'断肠腐骨丸'，咱们也得想法子解了毒性才是。"

梅剑四姊妹开动机关，移开大门上的巨岩，放了朱天、昊天、玄天九部诸女进入大厅。

风波恶和包不同大呼小叫，和邓百川、公冶乾一齐进来。他四人出门寻童姥相斗，却撞到八部诸女。包不同言词不逊，风波恶好勇斗狠，三言两语，便和诸女动起手来。不久邓百川、公冶乾加入相助，他四人武功虽强，但终究寡不敌众，四人且斗且走，身上都带了伤，倘若大门再迟开片刻，梅兰竹菊不出声喝止，他四人若不遭擒，便难免丧生了。

慕容复自觉没趣，带同邓百川等告辞下山。卓不凡和芙蓉仙子崔绿华却不别而行。

虚竹见慕容复等要走，竭诚挽留。慕容复道："在下得罪了缥缈峰，好生汗颜，承兄台不加罪责，已领盛情，何敢再行叨扰？"虚竹道："哪里，哪里？两位公子文武双全，英雄了得，在下仰慕得紧，只想……只想这个……向两位公子领教。我……我实在笨得……那个要命。"

包不同适才与诸女交锋，寡不敌众，身上受了好几处剑伤，正没好气，听虚竹啰里啰唆的留客，又听慕容复低声说他怀中藏了王语嫣的图像，寻思："这小贼秃假仁假义，身为佛门子弟，却对我家王姑娘暗起歹心，显然是个不守清规的淫僧。"便道："小师父留英雄是假，留美人是真，何不直言要留王姑娘在缥缈峰上？"

虚竹愕然道："你……你说什么？我要留什么美人？"包不同道："你心怀不轨，难道姑苏慕容家的都是白痴么？嘿嘿，太也可笑！"虚竹搔了搔头，说道："我不懂先生说些什么，不知什么事可笑。"

包不同虽然身在龙潭虎穴之中，但一激发了他的执拗脾气，早将生死置于度外，大声叫道："你这小贼秃，你是少林寺的和尚，既是名门弟子，怎么又改投邪派，勾结一众妖魔鬼怪？我瞧着你便生气。一个和尚，逼迫几百名妇女做你妻妾情妇，兀自不足，却又打起我家王姑娘的主意来！我跟你说，王姑娘是我家慕容公子的人，你癞虾蟆莫想吃天鹅肉，乘早收了歹心的好！"怒火上冲，拍手顿足，指着虚竹的鼻子大骂。

虚竹莫名其妙，道："我……我……我……"忽听得呼呼两声，乌老大挺起绿波香露鬼头刀，哈大霸举起一柄大铁椎，齐声大喝，双双向包不同扑来。

慕容复知道虚竹既允为这些人解去生死符之毒，已得群豪死力，若是混战起来，凶险无比，眼见乌老大和哈大霸同时扑到，身形一晃，抢上前去，使出"斗转星移"的功夫，一带之间，鬼头刀砍向哈大霸，而大铁椎砸向乌老大，当的一声猛响，两般兵刃激得火花四溅。慕容复反手在包不同肩头轻轻一推，将他推出丈余，向虚竹拱手道："得罪，告辞了！"身形晃处，已到大厅门口。他适才见过门口的机关，倘若那巨岩再移过来挡住了大门，那便只有任人宰杀了。

虚竹忙道："公子慢走，决不……不是这个意思……我……"慕容复双眉一挺，转身过来，朗声道："阁下是否自负天下无敌，要指点几招么？"虚竹连连摇手，道："不……不敢……"慕容复

· 1451 ·

道:"在下不速而至,来得冒昧,阁下真的非留下咱们不可么?"虚竹摇头道:"不……不是……是的……唉!"

慕容复站在门口,傲然瞧着虚竹、三十六洞、七十二岛群豪,以及梅兰竹菊四剑、九天九部诸女。群豪诸女为他气势所慑,一时竟然无人敢于上前。隔了半晌,慕容复袍袖一拂,道:"走罢!"昂然跨出大门。王语嫣、邓百川等五人跟了出去。

乌老大愤然道:"尊主,倘若让他活着走下缥缈峰,大伙儿还用做人吗?请尊主下令拦截。"虚竹摇头道:"算了。我……我真不懂,为什么他忽然生这么大的气,唉,真是不明白……"乌老大道:"那么待属下去擒了那位王姑娘来。"虚竹忙道:"不可,不可!"

王语嫣见段誉未出大厅,回头道:"段公子,再见了!"

段誉一震,心口一酸,喉头似乎塞住了,勉强说道:"是,再……再见了。我……我还是跟你一起……"眼见她背影渐渐远去,更不回头,耳边只响着包不同那句话:"他说王姑娘是慕容公子的人,叫旁人趁早死了心,不可癞虾蟆想吃天鹅肉。不错,慕容公子临出厅门之时,神威凛然,何等英雄气概!他一举手间便化解了两个劲敌的招数,又是何等深湛的武功!以我这等手无缚鸡之力的人,到处出丑,如何在她眼下?王姑娘那时瞧着她表哥的眼神脸色,真是深情款款,既仰慕,又爱怜,我……我段誉,当真不过是一只癞虾蟆罢了。"

一时之间,大厅上怔住了两人,虚竹是满腹疑云,搔首踟蹰,段誉是怅惘别离,黯然魂消。两人呆呆的茫然相对。

过了良久,虚竹一声长叹。段誉跟着一声长叹,说道:"仁兄,你我同病相怜,这铭心刻骨的相思,却何以自遣?"虚竹一听,不由得满面通红,以为他知道自己"梦中女郎"的艳迹,嗫嚅问道:"段……段公子,你却又如……如何得知?"

段誉道:"不知子都之美者,无目者也。不识彼姝之美者,非

·1452·

人者也。爱美之心，人皆有之。仁兄，你我同是天涯沦落人，此恨绵绵无绝期！"说着又是一声长叹。他认定虚竹怀中私藏王语嫣的图像，自是和自己一般，对王语嫣倾倒爱慕，适才慕容复和虚竹冲突，当然也是为着王语嫣了，又道："仁兄武功绝顶，可是这情之一物，只讲缘份，不论文才武艺，若是无缘，说什么也不成的。"

虚竹喃喃道："是啊，佛说万法缘生，一切只讲缘份……不错……那缘份……当真是可遇不可求……是啊，一别之后，茫茫人海，却又到哪里找去？"他说的是"梦中女郎"，段誉却认定他是说王语嫣。两人各有一份不通世故的呆气，竟然越说越投机。

灵鹫宫诸女摆开筵席，虚竹和段誉便携手入座。诸洞岛群豪是灵鹫宫下属，自然谁也不敢上来和虚竹同席。虚竹不懂款客之道，见旁人不过来，也不出声相邀，只和段誉讲论。

段誉全心全意沉浸在对王语嫣的爱慕之中，没口子的夸奖，说她性情如何和顺温婉，姿容如何秀丽绝俗。虚竹只道段誉在夸奖他的"梦中女郎"，不敢问他如何认得，更不敢出声打听这女郎的来历，一颗心却是怦怦乱跳，寻思："我只道童姥一死，天下便没人知道这位姑娘的所在，天可怜见，段公子竟然认得。但听他之言，对这位姑娘也充满了爱慕之情、思恋之意，我若吐露风声，曾和她在冰窖之中有过一段因缘，段公子势必大怒，离席而去，我便再也打听不到了。"听段誉没口子夸奖这位姑娘，正合心意，便也随声附和，其意甚诚。

两人各说各的情人，缠夹在一起，只因谁也不提这两位姑娘名字，言语中的榫头居然接得丝丝入扣。虚竹道："段公子，佛家道万法都是一个缘字。经云：'诸法从缘生，诸法从缘灭。我佛大沙门，常作如是说。'达摩祖师有言：'众生无我，苦乐随缘'，如有什么赏心乐事，那也是'宿因所构，今方得之。缘尽还无，何喜之有？'"段誉道："是啊！'得失随缘，心无增减'！话虽如此说，但吾辈凡夫，怎能修得到这般'得失随缘，心无增减'的境地？"

大理国佛法昌盛，段誉自幼诵读佛经，两人你引一句《金刚经》，我引一段《法华经》，自宽自慰，自伤自叹，惺惺相惜，同病相怜。梅兰竹菊四姝不住轮流上来劝酒。段誉喝一杯，虚竹便也喝一杯，唠唠叨叨的谈到半夜。群豪起立告辞，由诸女指引歇宿之所。虚竹和段誉酒意都有八九分了，仍是对饮讲论不休。

那日段誉和萧峰在无锡城外赌酒，以内功将酒水从指甲中逼出，此刻借酒浇愁，却是真饮，迷迷糊糊的道："仁兄，我有一位结义金兰的兄长，姓乔名峰，此人当真是大英雄，真豪杰，武功酒量，无双无对。仁兄若是遇见，必然也爱慕喜欢，只可惜他不在此处，否则咱三人结拜为兄弟，共尽意气之欢，实是平生快事。"

虚竹从不喝酒，全仗内功精湛，这才连尽数斗不醉，但心中飘飘荡荡地，说话舌头也大了，本来拘谨胆小，忽然豪气陡生，说道："段公子若是……那个不是……不是瞧不起我，咱二人便先结拜起来，日后寻到乔大哥，再拜一次便了。"段誉大喜，道："妙极，妙极！兄长几岁？"

二人叙了年纪，虚竹大了三岁。段誉叫道："二哥，受小弟一拜！"推开椅子，跪拜下去。虚竹急忙还礼，脚下一软，向前直摔。

段誉见他摔跌，忙伸手相扶，两人无意间真气一撞，都觉对方体中内力充沛，急忙自行收敛克制。这时段誉酒意已有十分，脚步踉跄，站立不定。突然之间，两人哈哈大笑，互相搂抱，滚跌在地。段誉道："二哥，小弟没醉，咱俩再来喝他一百杯！"虚竹道："小兄自当陪三弟喝个痛快。"段誉道："人生得意须尽欢，莫使金樽空对月，哈哈，会须立尽三百杯！"两人越说越迷糊，终于都醉得人事不知。

·1454·

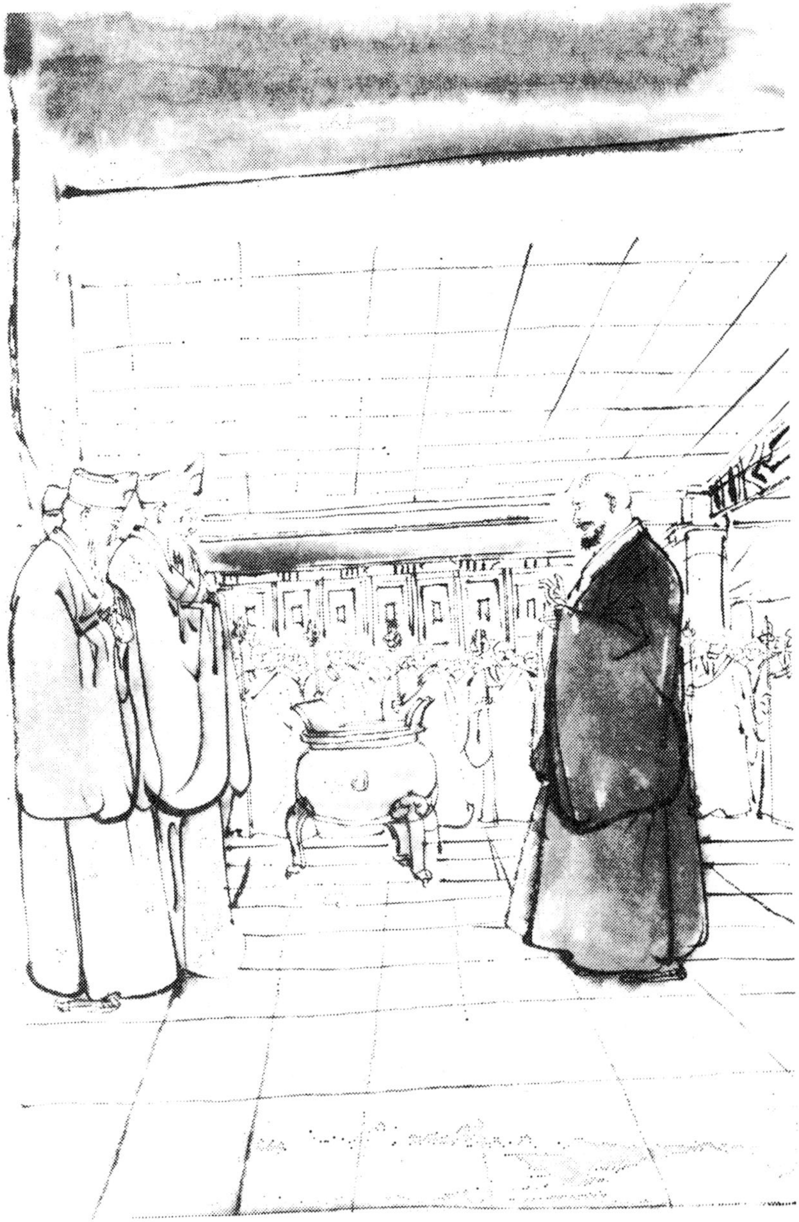

香灰渐渐散落,露出地下一只黄铜手掌,五指宛然,掌缘指缘闪闪生光,灿烂如金,掌背却呈灰绿色。

三十九

解不了　名缰系嗔贪

虚竹次日醒转，发觉睡在一张温软的床上，睁眼向帐外看去，见是处身于一间极大的房中，空荡荡地倒与少林寺的禅房差不多，房中陈设古雅，铜鼎陶瓶，也有些像少林寺中的铜钟香炉。这时兀自迷迷糊糊，于眼前情景，惘然不解。

一个少女托着一只瓷盘走到床边，正是兰剑，说道："主人醒了？请漱漱口。"

虚竹宿酒未消，只觉口中苦涩，喉头干渴，见碗中盛着一碗黄澄澄的茶水，拿起便喝，入口甜中带苦，却无茶味，便骨嘟骨嘟的喝个清光。他一生中哪里尝过什么参汤？也不知是什么苦茶，欷然一笑，说道："多谢姊姊！我……我想起身了，请姊姊出去罢！"

兰剑尚未答口，房门外又走进一个少女，却是菊剑，微笑道："咱姊妹二人服侍主人换衣。"说着从床头椅上拿起一套淡青色的内衣内裤，塞在虚竹被中。

虚竹大窘，满脸通红，说道："不，不，我……我不用姊姊们服侍。我又没受伤生病，只不过是喝醉了，唉，这一下连酒戒也犯了。经云：'饮酒有三十六失'。以后最好不饮。三弟呢？段公子呢？他在哪里？"

兰剑抿嘴笑道："段公子已下山去了。临去时命婢子禀告主人,说道待灵鹫宫中诸事定当之后,请主人赴中原相会。"

虚竹叫声:"啊哟!"说道:"我还有事问他呢,怎地他便走了?"心中一急,从床上跳了起来,要想去追赶段誉,问他"梦中女郎"的姓名住处,突然见自身穿着一套干干净净的月白小衣,"啊"的一声,又将被子盖在身上,惊道:"我怎地换了衣衫?"他从少林寺中穿出来的是套粗布内衣裤,穿了半年,早已破烂污秽不堪,现下身上所服,着体轻柔,也不知是绫罗还是绸缎,但总之是贵重衣衫。

菊剑笑道:"主人昨晚醉了,咱四姊妹服侍主人洗澡更衣,主人都不知道么?"

虚竹更是大吃一惊,一抬头见到兰剑、菊剑,人美似玉,笑靥胜花,不由得心中怦怦乱跳,一伸臂间,内衣从手臂间滑了上去,露出隐隐泛出淡红的肌肤,显然身上所积的污垢泥尘都已被洗擦得干干净净。他兀自存了一线希望,强笑道:"我真醉得胡涂了,幸好自己居然还会洗澡。"兰剑笑道:"昨晚主人一动也不会动了,是我们四姊妹替主人洗的。"虚竹"啊"的一声大叫,险些晕倒,重行卧倒,连呼:"糟糕,糟糕!"

兰剑、菊剑给他吓了一跳,齐问:"主人,什么事不对啦?"虚竹苦笑道:"我是个男人,在你们四位姊姊面前……那个赤身露体,岂不……岂不是糟糕之极?何况我全身老泥,又臭又脏,怎可劳动姊姊们做这等污秽之事?"兰剑道:"咱四姊妹是主人的女奴,便为主人粉身碎骨也所应当,奴婢犯了过错,请主人责罚。"说罢,和菊剑一齐拜伏在地。

虚竹见她二人大有畏惧之色,想起余婆、石嫂等人,也曾为自己对她们以礼相待,因而吓得全身发抖,料想兰剑、菊剑也是见惯了童姥的词色,只要言辞稍和,面色略温,立时便有杀手相继,便道:"两位姊……嗯,你们快起来,你们出去罢,我自己穿衣,不用你们服侍。"兰菊二人站起身来，泪盈于眶，倒退着出去。虚竹心中奇怪，问道："我……是我得罪了你们么？你们为什么不高兴，眼泪汪汪的？只怕我说错了话，这个……"

菊剑道："主人要我姊妹出去，不许我们服侍主人穿衣盥洗，定是讨厌了我们……"话未说完，珠泪已滚滚而下。虚竹连连摇手，说道："不，不是的。唉，我不会说话，什么也说不明白。我是男人，你们是女的，那个……那个不大方便……的的确确没有他意……我佛在上，出家人不打诳语，我决不骗你们。"

兰剑、菊剑见他指手划脚，说得情急，其意甚诚，不由得破涕为笑，齐声道："主人莫怪。灵鹫宫中向无男人居住，我们更从来没见过男子。主人是天，奴婢们是地，哪里有什么男女之别？"二人盈盈走近，服侍虚竹穿衣着鞋。不久梅剑与竹剑也走了进来，一个替他梳头，一个替他洗脸。虚竹吓得不敢作声，脸色惨白，心中乱跳，只好任由她四姊妹摆布，再也不敢提一句不要她们服侍的话。

他料想段誉已经去远，追赶不上，又想洞岛群豪身上生死符未除，不能就此猝然离去，用过早点后，便到厅上和群豪相见，替两个痛得最厉害之人拔除了生死符。

拔除生死符须以真力使动"天山六阳掌"，虚竹真力充沛，纵使连拔十余人，也不会疲累，可是童姥在每人身上所种生死符的部位各不相同，虚竹细思拔除之法，却颇感烦难。他于经脉、穴道之学所知极浅，又不敢随便动手，若有差失，不免使受治者反蒙毒害。到得午间，竟只治了四人。食过午饭后，略加休息。

梅剑见他皱起眉头，沉思拔除生死符之法，颇为劳心，便道："主人，灵鹫宫后殿，有数百年前旧主人遗下的石壁图像，婢子曾听姥姥言道，这些图像与生死符有关，主人何不前去一观？"虚竹喜道："甚好！"

当下梅兰竹菊四姝引导虚竹来到花园之中，搬开一座假山，现出地道入口，梅剑高举火把，当先领路，五人鱼贯而进。一路上梅剑在隐蔽之处不住按动机括，使预伏的暗器陷阱不致发动。那地道曲曲折折，盘旋向下，有时豁然开朗，现出一个巨大的石窟，可见地道是依着山腹中天然的洞穴而开成。

竹剑道："这些奴才攻进宫来，钧天部的姊姊们都给擒获，我们四姊妹眼见抵敌不住，便逃到这里躲避，只盼到得天黑，再设法去救人。"兰剑道："其实那也只是我们报答姥姥的一番心意罢了。主人倘若不来，我们终究都不免丧生于这些奴才之手。"

行了二里有余，梅剑伸手推开左侧一块岩石，让在一旁，说道："主人请进，里面便是石室，婢子们不敢入内。"虚竹道："为什么不敢？里面有危险么？"梅剑道："不是有危险。这是本宫重地，婢子们不敢擅入。"虚竹道："一起进来罢，那有什么要紧？外边地道中这么窄，站着很不舒服。"四姝相顾，均有惊喜之色。

梅剑道："主人，姥姥仙去之前，曾对我姊妹们说道，倘若我四姊妹忠心服侍，并无过犯，又能用心练功，那么到我们四十岁时，便许我们每年到这石室中一日，参研石壁上的武功。就算主人恩重，不废姥姥当日的许诺，那也是廿二年之后的事了。"虚竹道："再等廿二年，岂不气闷煞人？到那时你们也老了，再学什么武功？一齐进去罢！"四姝大喜，当即伏地跪拜。虚竹道："请起，请起。这里地方狭窄，我跪下还礼，大家挤成一团了。"

四人走进石室，只见四壁岩石打磨得甚是光滑，石壁上刻满了无数径长尺许的圆圈，每个圈中都刻了各种各样的图形，有的是人像，有的是兽形，有的是残缺不全的文字，更有些只是记号和线条，圆圈旁注着"甲一"、"甲二"、"子一"、"子二"等数字，圆圈之数若不逾千，至少也有八九百个，一时却哪里看得周全？

竹剑道："咱们先看甲一之图，主人说是吗？"虚竹点头称是。当下五人举起火把，端相编号"甲一"的圆圈，虚竹一看之下，便认出圈中所绘，是天山折梅手第一招的起手式，道："这是'天山折梅手'。"看甲二时，果是天山折梅手的第二招，依次看下去，天山折梅手图解完后，便是天山六阳掌的图解，童姥在西夏皇宫中所传的各种歌诀奥秘，尽皆注在圆圈之中。

石壁上天山六阳掌之后的武功招数，虚竹就没学过。他按着图中所示，运起真气，只学得数招，身子便轻飘飘地凌虚欲起，只是似乎还在什么地方差了一点，以致无法离地。

正在凝神运息、万虑俱绝之时，忽听得"啊、啊"两声惊呼，虚竹一惊，回过头来，但见兰剑、竹剑二姝身形晃动，跟着摔倒在地。梅菊二姝手扶石壁，脸色大变，摇摇欲堕。虚竹忙将兰竹二姝扶起，惊道："怎么啦？"梅剑道："主……主人，我们功力低微，不能看这里的……这里的图形……我……我们在外面伺候。"四姝扶着石壁，慢慢走出石室。

虚竹呆了一阵，跟着走出，只见四姝在甬道中盘膝而坐，正自用功，身子颤抖，脸现痛苦神色。虚竹知道她们已受颇重的内伤，当即使出天山六阳掌，在每人背心的穴道上轻拍几下。一股阳和浑厚的力道透入各人体内，四姝脸色登时平和，不久各人额头渗出汗珠，先后睁开眼来，叫道："多谢主人耗费功力，为婢子治伤。"翻身拜倒，叩谢恩德。虚竹忙伸手相扶，道："那……那是怎么回事？怎么好端端地会受伤昏晕？"

梅剑叹了口气，说道："主人，当年姥姥要我们到四十岁之后，才能每年到这石室中来看图一日，原来大有深意。这些图谱上的武功太也深奥，婢子们不自量力，照着'甲一'图中所示一练，真气不足，立时便走入了经脉岔道。若不是主人解救，我四姊妹只怕便永远瘫痪了。"兰剑道："姥姥对我们期许很切，盼望我姊妹到四十岁后，便能习练这上乘武功，可是……可是婢子们资质庸劣，便算再练二十二年，也未必敢再进这石室。"

虚竹道:"原来如此,那却是我的不是了,我不该要你们进去。"四剑又拜伏请罪,齐道:"主人何出此言?那是主人的恩德,全怪婢子们狂妄胡为。"

菊剑道:"主人功力深厚,练这些高深武学却是大大有益。姥姥在石室之中,往往经月不出,便是揣摩石壁上的图谱。"梅剑又道:"三十六洞、七十二岛那些奴才们逼问钧天部的姊姊们,要知道姥姥藏宝的所在。诸位姊姊宁死不屈。我四姊妹本想将他们引进地道,发动机关,将他们尽数聚歼在地道之中,只是深恐这些奴才中有破解机关的能手,倘若进了石室,见到石壁图解,那就遗祸无穷。早知如此,让他们进来反倒好了。"

虚竹点头道:"确实如此,这些图解若让功力不足之人见到了,那比任何毒药利器更有祸害,幸亏他们没有进来。"兰剑微笑道:"主人真是好心,依我说啊,要是让他们一个个练功而死,那才好看呢。"

虚竹道:"我练了几招,只觉精神勃勃,内力充沛,正好去给他们拔除一些生死符。你们上去睡一睡,休息一会。"五人从地道中出来,虚竹回入大厅,拔除了三人的生死符。

此后虚竹每日替群豪拔除生死符,一感精神疲乏,便到石室中去习练上乘武功。四姝在石室外相候,再也不敢踏进一步。虚竹每日亦抽暇指点四姝及九部诸女的武功。

如此直花了二十余天时光,才将群豪身上的生死符拔除干净,而虚竹每日精研石壁上的图谱,武功也是大进,比之初上缥缈峰时已大不相同。

群豪当日臣服于童姥,是为生死符所制,不得不然,此时灵鹫宫易主,虚竹以诚相待,以礼相敬,群豪虽都是桀傲不驯的人物,却也感恩怀德,心悦诚服,一一拜谢而去。

待得各洞主、各岛主分别下山,峰上只剩下虚竹一个男子。他暗自寻思："我自幼便是孤儿，全仗寺中师父们抚养成人，倘若从此不回少林，太也忘恩负义。我须得回到寺中，向方丈和师父领罪，才合道理。"当下向四妹及九部诸女说明原由，即日便要下山，灵鹫宫中一应事务，吩咐由九部之首的余婆、石嫂、符敏仪等人会商处理。

四妹意欲跟随服侍，虚竹道："我回去少林，重做和尚。和尚有婢女相随，天下焉有是理？"说之再三，四妹总不肯信。虚竹拿起剃刀，将头发剃个清光，露出顶上的戒点来。四妹无奈，只得与九部诸女一齐送到山下，洒泪而别。

虚竹换上了旧僧衣，迈开大步，东去嵩山。以他的性情，路上自然不会去招惹旁人，而他这般一个衣衫褴褛的青年和尚，盗贼歹人也决不会来打他的主意。一路无话，太太平平的回到了少林寺。

他重见少林寺屋顶的黄瓦，心下不禁又是感慨，又是惭愧，一别数月，自己干了许许多多违犯清规戒律之事，杀戒、淫戒、荤戒、酒戒，不可赦免的"波罗夷大戒"无一不犯，不知方丈和师父是否能够见恕，许自己再入佛门。

他心下惴惴，进了山门后，便去拜见师父慧轮。慧轮见他回来，又惊又喜，问道："方丈差你出寺下书，怎么到今天才回来？"

虚竹俯伏在地，痛悔无已，放声大哭，说道："师父，弟子……弟子真是该死，下山之后，把持不定，将师父……师父平素的教诲，都……都不遵守了。"慧轮脸上变色，问道："怎……怎么？你沾了荤腥么？"虚竹道："是，还不止沾了荤腥而已。"慧轮骂道："该死，该死！你……喝了酒么？"虚竹道："弟子不但喝酒，而且还喝得烂醉如泥。"慧轮叹了一口长气，两行泪水从面颊上流下来，道："我看你从小忠厚老实，怎么一到花花世界之中，便竟堕落如此，咳，咳……"虚竹见师父伤心，更是惶恐，道:"师父在上,弟子所犯戒律,更有胜于这些的,还……还犯了……"还没说到犯了杀戒、淫戒,突然间钟声当当响起,每两下短声,便略一间断,乃是召集慧字辈诸僧的讯号。

慧轮立即起身,擦了擦眼泪,说道:"你犯戒太多,我也无法回护于你。你……你……自行到戒律院去领罪罢!这一下连我也有大大的不是。唉,这……这……"说着匆匆奔出。

虚竹来到戒律院前,躬身禀道:"弟子虚竹,违犯佛门戒律,恭恳掌律长老赐罚。"他说了两遍,院中走出一名中年僧人来,冷冷的道:"首座和掌律师叔有事,没空来听你的,你跪在这里等着罢!"虚竹道:"是!"这一跪自中午直跪到傍晚,竟没人过来理他。幸好虚竹内功深厚,虽不饮不食的跪了大半天,仍是浑若无事,没丝毫疲累。

耳听得暮鼓响起,寺中晚课之时已届,虚竹低声念经忏悔过失。那中年僧人走将过来,说道:"虚竹,这几天寺中正有大事,长老们没空来处理你的事。我瞧你长跪念经,还真有虔诚悔悟之意。这样罢,你先到菜园子去挑粪浇菜,静候吩咐。等长老们空了之后,再叫你来问明实况,按情节轻重处罚。"虚竹恭恭敬敬的道:"是,多谢慈悲。"合什行礼,这才站起身来,心想:"不将我立即逐出寺门,看来事情还有指望。"心下甚慰。

他走到菜园子中,向管菜园的僧人说道:"师兄,小僧虚竹犯了本门戒律,戒律院的师叔罚我来挑粪浇菜。"

那僧人名叫缘根,并非从少林寺出家,因此不依"玄慧虚空"字辈排行。他资质平庸,既不能领会禅义,练武也没什么长进,平素最喜多管琐碎事务。这菜园子有两百来亩地,三四十名长工,他统率人众,倒也威风凛凛,遇到有僧人从戒律院里罚到菜园来做工,更是他大逞威风的时候。他一听虚竹之言,心下甚喜,问道:"你犯了什么戒?"虚竹道:"犯戒甚多,一言难尽。"缘根怒道："什么一言难尽。我叫你老老实实，给我说个明白。莫说你是个没职司的小和尚，便是达摩院、罗汉堂的首座犯了戒，只要是罚到菜园子来，我一般要问个明白，谁敢不答？我瞧你啊，脸上红红白白，定是偷吃荤腥，是也不是？"

虚竹道："正是。"缘根道："哼，你瞧，我一猜便着。说不定私下还偷酒喝呢，你不用赖，要想瞒我，可没这么容易。"虚竹道："正是，小僧有一日喝酒喝得烂醉如泥，人事不知。"缘根笑道："啧啧啧，真正大胆。嘿嘿，灌饱了黄汤，那便心猿意马，这'色即是空，空即是色'八个字，定然也置之脑后了。你心中便想女娘们，是不是？不但想一次，至少也想了七次八次，你敢不敢认？"说时声色俱厉。

虚竹叹道："小僧何敢在师兄面前撒谎？不但想过，而且犯过淫戒。"

缘根又惊又喜，戟指大骂："你这小和尚忒也大胆，竟敢败坏我少林寺的清誉。除了淫戒，还犯过什么？偷盗过没有？取过别人的财物没有？和人打过架、吵过嘴没有？"

虚竹低头道："小僧杀过人，而且杀了不止一人。"

缘根大吃一惊，脸色大变，退了三步，听虚竹说杀过人，而且所杀的不止一人，登时心惊胆战，生怕他狂性发作动粗，自己多半不是敌手，当下定了定神，满脸堆笑，说道："本寺武功天下第一，既然练武，难免失手伤人，师弟的功夫，当然是非常了得的啦。"

虚竹道："说来惭愧，小僧所学的本门功夫，已全然被废，眼下是半点也不剩了。"

缘根大喜，连道："那很好，那很好。好极，妙极！"听说他本门功夫已失，只道他犯戒太多，给本寺长老废去了武功，登时便换了一番脸色。但转念又想："虽说他武功已废，但倘若尚有几分剩余，总是不易对付。"说道："师弟，你到菜园来做工忏悔，

· 1465 ·

那也极好。可是咱们这里规矩，凡是犯了戒律、手上沾过血腥的僧侣，做工时须得戴上脚镣手铐。这是列祖列宗传下来的规矩，不知师弟肯不肯戴？倘若不肯，由我去禀告戒律院便了。"虚竹道："规矩如此，小僧自当遵从。"

缘根心下暗喜，当下取出钢铐钢镣，给他戴上。少林寺数百年来传习武功，自难免有不肖僧人为非作歹，而这些犯戒僧人往往武功极高，不易制服，是以戒律院、忏悔堂、菜园子各地，都备得有精钢铸成的铐镣。缘根见虚竹戴上铐镣，心中大定，骂道："贼和尚，瞧你不出小小年纪，居然如此胆大妄为，什么戒律都去犯上一犯。今日不重重惩罚，如何出得我心中恶气？"折下一根树枝，没头没脑的便向虚竹头上抽来。

虚竹收敛真气，不敢以内力抵御，让他抽打，片刻之间，便给打得满头满脸都是鲜血。他只是念佛，脸上无丝毫不愉之色。

缘根见他既不闪避，更不抗辩，心想："这和尚果然武功尽失，我大可作践于他。"想到虚竹大鱼大肉、烂醉如泥的淫乐，自己空活了四十来岁，从未尝过这种滋味，妒忌之心不禁油然而生，下手更加重了，直打断了三根树枝，这才罢手，恶狠狠的道："你每天挑一百担粪水浇菜，只消少了一担，我用硬扁担、铁棍子打断你的两腿。"

虚竹苦受责打，心下反而平安，自忖："我犯了这许多戒律，原该重责，责罚越重，我身上的罪孽便化去越多。"当下恭恭敬敬的应道："是！"走到廊下提了粪桶，便去挑粪加水，在畦间浇菜。这浇菜是一瓢瓢的细功夫，虚竹毫不马虎，匀匀净净、仔仔细细的灌浇，直到深夜一百桶浇完，这才在柴房中倒头睡觉。

第二日天还没亮，缘根便过来拳打脚踢，将他闹醒，骂道："贼和尚，懒秃！青天白日的，却躲在这里睡觉，快起来劈柴去。"虚竹道："是！"也不抗辩，便去劈柴。如此一连六七日，日间劈柴,晚上浇粪,苦受折磨,全身伤痕累累,也不知已吃了几千百鞭。

第八日早晨,虚竹正在劈柴,缘根走近身来,笑嘻嘻的道:"师兄你辛苦啦!"取过钥匙,便给他打开了铐镣。虚竹道:"也不辛苦。"提起斧头又要劈柴,缘根道:"师兄不用劈了,师兄请到屋里用饭。小僧这几日多有得罪,当真该死,还求师兄原宥。"

虚竹听他口气忽然大变,颇感诧异,抬起头来,只见他鼻青目肿,显是曾给人狠狠的打了一顿,更是奇怪。缘根苦着脸道:"小僧有眼不识泰山,得罪了师兄,师兄倘若不原谅,我……我……便大祸临头了。"虚竹道:"小僧自作自受,师兄责罚得极当。"

缘根脸色一变,举起手来,拍拍拍拍,左右开弓,在自己脸上重重打了四记巴掌,求道:"师兄,师兄,求求你行好,大人不记小人过,我……我……"说着又是拍拍连声,痛打自己的脸颊。虚竹大奇,问道:"师兄此举,却是何意?"

缘根双膝一曲,跪倒在地,拉着虚竹的衣裾,道:"师兄若不原谅,我……我一对眼珠便不保了。"虚竹道:"我当真半点也不明白。"缘根道:"只要师兄饶恕了我,不挖去我的眼珠子,小僧来生变牛变马,报答师兄的大恩大德。"虚竹道:"师兄说哪里话来?我几时说过要挖你的眼珠?"缘根脸如土色,道:"师兄既一定不肯相饶,小僧有眼无珠,只好自求了断。"说着右手伸出两指,往自己眼中插去。

虚竹伸手抓住他手腕,道:"是谁逼你自挖眼珠?"缘根满额是汗,颤抖道:"我……我不敢说,倘若说了,他……他们立即取我性命。"虚竹道:"是方丈么?"缘根道:"不是。"虚竹又问:"是达摩院首座?罗汉堂首座?戒律院首座?"缘根都说不是,并道:"师兄,我是不敢说的,只求求你饶恕了我。他们说,我要想保全这对眼珠子,只有求你亲口答应饶恕。"说着偷眼向旁

·1467·

一瞥，满脸都是惧色。

虚竹顺着他眼光瞧去，只见廊下坐着四名僧人，一色灰布僧袍、灰布僧帽，脸孔朝里，瞧不见相貌。虚竹寻思："难道是这四位师兄？想来他们必是寺中大有来头之人遣来，惩罚缘根擅自作威作福，责打犯戒的僧人。"便道："我不怪罪师兄，早就原谅了你。"缘根喜从天降，当即跪下，砰砰磕头。虚竹忙跪下还礼，说道："师兄快请起。"

缘根站起身来，恭恭敬敬的将虚竹请到饭堂之中，亲自斟茶盛饭，殷勤服侍。虚竹推辞不得，眼见若不允他服侍，缘根似乎便会遭逢大祸，也就由他。

缘根低声道："师兄要不要喝酒？要不要吃狗肉？我去给师兄弄来。"虚竹惊道："阿弥陀佛，罪过，罪过，这如何使得？"缘根眨一眨眼，道："一切罪业，全由小僧独自承当便是。我这便去设法弄来，供师兄享用。"虚竹摇手道："不可，不可！万万不可。"

缘根陪笑道："师兄若嫌在寺中取乐不够痛快，不妨便下山去，戒律院中问将起来，小僧便说是派师兄出去采办菜种，一力遮掩，决无后患。"虚竹听他越说越不成话，摇头道："小僧诚心忏悔以往过误，一应戒律，再也不敢违犯。师兄此言，不可再提。"

缘根道："是。"脸上满是怀疑神色，似乎在说："你这酒肉和尚怎么假惺惺起来，到底是何用意？"但不敢多言，服侍他用过素餐，请他到自己的禅房宿息。一连数日，缘根都是竭力伺候，恭敬得无以复加。

过了三日，这天虚竹食罢午饭，缘根泡了壶清茶，说道："师兄，请用茶。"虚竹道："小僧是待罪之身，师兄如此客气，教小僧如何克当？"站起身来，双手去接茶壶。

忽听得钟声铛铛大响，连续不断，是召集全寺僧众的讯号。除了每年佛诞、达摩祖师诞辰等几日之外，寺中向来极少召集全体僧众。缘根有些奇怪，说道："方丈鸣钟集众，咱们都到大雄宝殿去罢。"虚竹道："正是。"随同菜园中的十来名僧人，匆匆赶到大雄宝殿。

只见殿上已集了二百余人，其余僧众不断的进来。片刻之间，全寺千余僧人都已集在殿上，各分行辈排列，人数虽多，却静悄悄地鸦雀无声。

虚竹排在"虚"字辈中，见各位长辈僧众都是神色郑重，心下惴惴："莫非我所犯戒律太大，是以方丈大集寺众，要重重的惩罚？瞧这声势，似乎要破门将我逐出寺去，那便如何是好？"正栗栗危惧间，只听钟声三响，诸僧齐宣佛号："南无释迦如来佛！"

方丈玄慈与玄字辈的三位高僧，陪着七位僧人，从后殿缓步而出。殿上僧众一齐躬身行礼。玄慈与那七僧先参拜了殿上佛像，然后分宾主坐下。

虚竹抬起头来，见那七僧年纪都已不轻，服色与本寺不同，是别处寺院来的客僧，其中一僧高鼻碧眼，头发鬈曲，身形甚高，是一位胡僧。坐在首位的约有七十来岁年纪，身形矮小，双目炯炯有神，顾盼之际极具威严。

玄慈朗声向本寺僧众说道："这位是五台山清凉寺方丈神山上人，大家参见了。"众僧听了，心中都是一凛。众僧大都知道神山上人在武林中威名极盛，与玄慈大师并称"降龙""伏虎"两罗汉，以武功而论，据说神山上人还在玄慈方丈之上。只是清凉寺规模较小，在武林中的地位更远远不及少林，声望却是不如玄慈了，均想："听说神山上人自视极高，曾说僧人而过问武林中俗务，不免落了下乘，向来不愿跟本寺打什么交道，今日亲来，不知是为了什么大事。"当下各人又都躬身向神山上人行礼。

玄慈伸手向着其余六僧，逐一引见，说道："这位是开封府大相国寺观心大师，这位是江南普渡寺的道清大师，这位是庐山东林寺觉贤大师，这位是长安净影寺融智大师，这位是五台山清凉寺的神音大师，是神山上人的师弟。"观心大师等四僧都是来自名山古刹，只是大相国寺、普渡寺等向来重佛法而轻武功，这四僧虽然武林中大大有名，在其本寺的位份却并不高。少林寺众僧躬身行礼，观心大师等起身还礼。

玄慈方丈伸手向着那胡僧道："这一位大师来自我佛天竺上国，法名哲罗星。"众僧又都行礼。那哲罗星还过礼后，说道："少林寺好大，这么多的老……老和尚、中和尚、小和尚。"说的华语音调不正，什么"中和尚、小和尚"，也有些不伦不类。

玄慈说道："七位大师都是佛门的有道大德。今日同时降临，实是本寺大大的光宠，故此召集大家出来见见。甚盼七位大师开坛说法，宏扬佛义，合寺僧众，同受教益。"

神山上人道："不敢当！"他身形矮小，不料话声竟然奇响，众僧不由得都是一惊，但他既不是放大了嗓门叫喊，亦非运使内力，故意要震人心魄，乃是自自然然，天生的说话高亢。他接着说道："少林庄严宝刹，小僧心仪已久，六十年前便来投拜求戒，却被拒之于山门之外。六十年后重来，垣瓦依旧，人事已非，可叹啊可叹。"

众僧听了，心中都是一震，他说话颇有敌意，难道竟是前来寻仇生事不成？

玄慈说道："原来师兄昔年曾来少林寺出家。天下寺院都是一家，师兄今日主持清凉，凡我佛门子弟，无不崇仰。当年少林寺未敢接纳，得罪了师兄，小僧恭谨谢过。但师兄因此另创天地，弘法普渡，有大功德于佛门。当年之事，也未始不是日后的因缘呢。"说着双手合什，深深行了一礼。

神山上人合什还礼，说道："小僧当年来到宝刹求戒，固然是仰慕少林寺数百年执武林牛耳，武学渊深，更要紧的是，天下传言少林寺戒律精严，处事平正。"突然双目一翻，精光四射，仰头瞧着佛祖的金像，冷冷的道："岂知世上尽有名不副实之事。早知如此，小僧当年也不会有少林之行了。"

少林寺千余僧众一齐变色，只是少林寺戒律素严，虽然人人愤怒，竟无半点声息。

玄慈方丈道："师兄何出此言？敝寺上下，若有行事乖谬之处，还请师兄明言。有罪当罚，有过须改。师兄一句话抹煞少林寺数百年清誉，未免太过。"神山上人道："请问方丈师兄，佛门寺院，可是官府、盗寨？"玄慈道："小僧不解师兄言中含意，还请赐示。"神山道："官府逮人监禁，盗寨则掳人勒赎，事属寻常。可是少林寺一非官府，二非盗寨，何以擅自扣押外人，不许离去？请问师兄，少林寺干下这等强凶霸道的行径，还能称得上'佛门善地'四字么？"

玄慈向那天竺胡僧哲罗星瞧了一眼，心下隐约已明七僧齐至少林的原由，说道："上人指摘敝寺'强凶霸道'，这四字未免言重了。"

神山眼望如来佛像，说道："我佛在上，'妄语'乃是佛门重戒！"转头向玄慈方丈道："请问方丈，贵寺可是扣押了一位天竺高僧？这位哲罗星师兄的师弟，波罗星大师，可是给少林派拘禁在寺，数年不得离去吗？"说话时神色严峻，语气更是咄咄逼人。

玄慈转头向戒律院首座玄寂大师道："玄寂师弟，请你向七位高僧述说其中原由。"玄寂应道："是。"向前走上两步。他执掌戒律，向来铁面无私，合寺僧众见了他无不畏惧三分。虚竹更加不敢向他望上一眼。

只听玄寂大师朗声道："七年之前，天竺高僧波罗星师兄光降敝寺，合寺僧众自方丈师兄以下，皆大欢喜，恭敬接待。波罗星师兄言道，数百年来，天竺国外道盛行，佛法衰微，佛经大半散失，因此他师兄哲罗星大师派他到中华来求经。敝寺方丈师兄言道：敝邦佛经原是从天竺国求来，现下上国转来东土取经，那是莫大的因缘，我们得以上报佛恩，少林寺深感荣幸。方丈师兄当即亲自陪同波罗星师兄前赴藏经楼，说道本寺藏经甚是齐备，源自天竺的经律论三藏译文，以及东土支那高僧大德的撰述，不下七千余卷，梵文原本亦复不少。若有复本，波罗星师兄尽可取去一部，倘若只有孤本的，本寺派出三十名僧人帮同钞录副本。方丈师兄又道，此去天竺路途遥远，经卷繁多，途中恐有失散。波罗星师兄取经回国之时，敝寺当派出十名僧众，随同护送，务令全部经典平安返抵佛国。"

普渡寺道清大师合什道："善哉，善哉！方丈师兄此举真是莫大的功德，可与当年鸠摩罗什大师、玄奘大师先后辉映。"

玄慈欠身道："敝寺此举是应有之义，师兄赞叹，愧不敢当。"

玄寂续道："这位波罗星师兄便在藏经楼翻阅经卷。本寺玄惭师兄奉方丈师兄之命，督率僧众帮同钞经，不敢稍有怠懈。岂知四个月之后，玄惭师兄竟然发觉，这位波罗星师兄每晚深夜，悄悄潜入藏经楼秘阁，偷阅本寺所藏的武功秘笈。"

观心、道清、觉贤、融智四僧不约而同的都惊噫一声。

玄寂续道："玄惭师兄禀告方丈师兄。方丈师兄便向波罗星师兄劝谕，说道这些武功秘笈是本寺历代高僧所撰，既非天竺传来，亦与佛法全无干系，本寺数百年来规矩，不能泄示于外人。波罗星师兄既已看了一部份，那也罢了，此后请他不可再去秘阁。波罗星师兄一口答允，又连声致歉，说道不知少林寺的规矩，此后决不再去偷看武功秘笈。哪知道过得几个月，波罗星师兄假装生病，却偷偷挖掘地道，又去秘阁偷阅。待得玄惭师兄发觉，已是在数年之后，波罗星师兄已偷阅了不少本寺的武学珍典。玄惭师兄出手阻止，交手之下，更察觉波罗星师兄不但偷阅本寺武功秘笈，更已学了本寺七十二项绝技中的三项武功。"

观心等四僧都是"哦"的一声,同时瞧向哲罗星,眼色中都露出责备之意。

玄寂向神山瞧了一眼,说道:"方丈师兄当下召集玄字辈的诸位师兄弟会商,大家都说,我少林派武功虽然平平无奇,但列祖列宗的规矩,非本派弟子不传。武林中千百年的规矩,偷学别派武功,实是大忌。何况我中土武功传到了天竺,说不定后患无穷。这位波罗星师兄的所作所为,决非佛门弟子的清净梵行,说不定他并非释家比丘,却是外道邪徒,此举不但于我少林派不利,于中土武林不利,而且也于天竺佛门不利。当下众位师兄弟提出诸般主张。方丈师兄言道:我佛慈悲为怀,这位波罗星师兄的真正来历,咱们无法查知,就算是外道邪徒,也不便太过严厉对付,还是请他长自驻锡本寺,受佛法熏陶,一来是盼望他终于能够开悟证道,二来也免得种种后患。几年来敝寺对这位波罗星师兄好好供养,除了请他不必离寺之外,不敢丝毫失了恭敬之意。"

观心等四僧微微点头。神山却道:"这位玄寂师兄的话,只是少林寺的一面之词,真相到底如何,我们谁也不知。但少林寺将这位天竺高僧扣押在寺,七年不放,总是实情。老衲听这位哲罗星师兄言道,他在天竺数年不得师弟音讯,放心不下,派了两名弟子前来少林寺探问,少林寺却不许他们和波罗星师兄相见,此事可是有的?"

玄慈点头道:"不错。波罗星师兄既已偷学了敝寺的武功,敝寺势不能任由他将武功转告旁人。"

神山哈哈一笑,声震屋瓦,连殿上的大钟也嗡嗡作声,良久不绝。

玄慈见他神色傲慢,却也不怒,说道:"师兄,老衲有一事不明,敬请师兄指教。倘若有外人来到五台山清凉寺,偷阅了贵寺的

《伏虎拳拳谱》、《五十一招伏魔剑》的剑经,以及《心意气混元功》和《普门杖法》的秘奥,师兄如何处置?"

神山上人微笑道:"武功高下,全凭各人修为,拳经剑谱之类,实属次要。要是有哪一位英雄好汉能来到清凉寺中,盗去了敝寺的拳经剑谱,老衲除了自认无能,更有什么话说?难道人家瞧一瞧你的武学法门,还能要人家性命么?还能将人家关上一世吗?嘿嘿,那也太过岂有此理了。"

玄慈也是微微一笑,说道:"倘若这些武功典籍平平无奇,公之于世又有何碍?但贵派的拳经剑谱内容精微,武林中素所钦仰,要是给旁人盗去传之于外,辗转落入狂妄自大、心胸狭窄之辈手中,那未免贻患无穷,决非武林之福。"这几句话仍是语意平和,但"狂妄自大,心胸狭窄"八字评语,显然是指神山上人而言。各人都听了出来,玄慈简直是明斥神山居心叵测,所以来索波罗星,主旨在于自己想看看少林派的武功秘笈。

神山一听,登时脸上变色,玄慈这几句话,正是说中了他的心事。

当年神山上人到少林寺求师,还只一十七岁。少林寺方丈灵门禅师和他接谈之下,便觉他锋芒太露,我慢贡高之气极盛,器小易盈,不是传法之人,若在寺中做个寻常僧侣,他又必不能甘居人下,日后定生事端,是以婉言相拒。神山这才投到清凉寺中,只三十岁时便技盖全寺,做了清凉寺的方丈。神山上人天资颖悟,识见卓超,可算得是武林中的奇才,只是清凉寺的武学渊源远逊于少林,寺中所藏的拳经剑谱、内功秘要等等,不但为数有限,而且大部份粗疏简陋,不是第一流功夫。四十多年来他内功日深,早已远远超过清凉寺上代所传的武学典籍中所载,但拳剑功夫,终究有所不足,每当想起少林派的七十二项绝技,总不自禁又是艳羡,又是恼恨。

这一日事有凑巧，他师弟神音引了一名天竺胡僧来到清凉寺，那胡僧便是哲罗星。

哲罗星倒确是佛门弟子，在天竺算得是武学中的一流高手，与人动手，受了挫折，想起素闻东土少林寺有七十二项绝技，便心生一计，派遣记心奇佳的师弟波罗星来到少林，以求经为名，企图盗取武功绝技。不料波罗星行径为人揭破，被少林寺扣留不放。哲罗星派遣弟子前来少林探问，也不得与波罗星相见，于是哲罗星亲自东来，只盼能接回师弟，少林绝技既然盗不成，也只有罢手了。

他来到东土后，径向少林寺进发，途中遇到一个老僧，手持精钢禅杖，不住向他打量。哲罗星不明东土武林情状，只道凡是会武功的僧人便是少林僧，一见便心中有气，便喝令老僧让道，言词极是无礼。那老僧反唇相稽，三言两语，便即斗了起来。斗了一个多时辰，兀自不分高下，两人内功各有所长，兵刃上也是互相克制，谁也胜不了谁。

又斗良久，天已昏黑，那老僧喝令罢斗，说道："兀那番僧，你武功甚高，只可惜脾气太也暴躁，忒少涵养。"哲罗星道："你我半斤七两，你的脾气难道好了？"他的华语学得不甚到家，本想说"半斤八两"，却说成了"半斤七两"。那老僧甚奇，问道："什么叫做'半斤七两'？"哲罗星脸上一红，道："啊，我说错了，是八斤半两。"

那老僧哈哈大笑，道："我教你罢，是半斤八两。这样寻常的话也说不上，我们的中国话，你还得好好学几年再说不迟。"哲罗星道："知之为知之，不知为不知，是知也。"那老僧笑道："嘿嘿，书袋你倒会掉，却不知半斤乃是八两。"哲罗星、波罗星师兄弟一意到中土盗取武功秘诀，读了不少中国书，所知的华语都是来自书本子的，于"半斤八两"这些俗语反而一知半解，记不清楚。

两僧打了半天，都已有惺惺相惜之意，言笑之间，互通姓名。

那老僧便是清凉寺方丈神山的师弟神音。哲罗星得知他不是少林寺的，更加全无嫌隙。神音问起他东来的原由。哲罗星便说师弟来到中土，往少林寺挂单，不知何故，竟为少林寺扣留不放。神音一来好事，二来对少林寺的威名远扬本就心中不服，三来要在这位新交的朋友之前逞逞威风，便道："我师兄神山武功天下无敌，从来就没将少林寺瞧在眼里。我带你去见我师兄，定有法子救你师弟出来。"当下神音将哲罗星带到清凉寺去，会见了神山。

神山心想少林寺方丈玄慈为人宽和，好端端地为什么扣留波罗星，其中定有重大缘由，当下善加款待，慢慢套问，不到半个月，便将哲罗星心中隐藏的言语套了出来，只不过他咬定说想取佛经，用以在天竺弘扬佛法。

神山寻思："波罗星去少林寺，志在盗经，如在刚盗到手时便被发觉，少林寺也不过将原经夺回，不致再加难为。现下将他扣留不放，定是他不但盗到了手，而且已记熟于心。再说，这番僧所盗的若是经论佛典，少林寺非但不会干预，反而会慎择善本，欣然相赠。所以将他监留于寺，七年不放，定然他所盗的不是佛经，而是武学秘笈。"一想到"少林寺的武学秘笈"，不由得心痒难搔。数日筹思，打定了主意："我去代他出头，将波罗星索来。少林寺中高手虽多，但天下之事，抬不过一个理去。少林派是武林领袖，又是佛门弟子，难道真能逞强压人么？只要波罗星到手，不愁他不吐露少林寺的武学秘要。"

当下派遣弟子持了自己名帖，邀请开封大相国寺观心大师、江南普渡寺道清大师、庐山东林寺觉贤大师、长安净影寺融智大师，随同神音和哲罗星，一同到少林寺来。邀请这四位武林中大有名望的高僧到场，是要少林寺碍于佛门与武林中的清议，非讲理放人不可。

这时神山听得玄慈语带讥刺，勃然说道："哲罗星师兄万里东来，难道方丈连他师兄弟相会一面，也是不许么？"

玄慈心想："倘若坚决不许波罗星出见，反而显得少林理屈了，普渡、东林诸寺高僧也必不服。"便道："有请波罗星师兄！"

执事僧传下话去，过不多时，四名老僧陪同波罗星走上殿来。那波罗星身形矮小，面容黝黑，他见到师兄，悲喜交集，涌身而前，抱住哲罗星，泪水潸潸而下。两人咭咭呱呱的说得又响又快，不知是天竺哪一处地方的方言土语，旁人也无法听懂，料想是波罗星述说盗经遭擒，被少林扣押不放的情由。

哲罗星和师弟说了良久，大声用华语道："少林寺方丈说假话，波罗星没有盗武功书，只偷看佛家书。佛家书，本来是我天竺来的，看看，又不犯戒！达摩祖师，是我天竺人，他教你们武功，你们反而关住了天竺比丘，这是忘恩负……负……那个，总之是不好！"

他的华语虽不流畅，理由倒十分充分，少林僧众一时无言可驳，他抵死不认偷盗武学经籍，此时并无赃物在身，实难逼他招认。

玄慈道："出家人不打诳语。波罗星师兄，你若说谎，不怕堕阿鼻地狱么？"波罗星道："我决不说谎！"玄慈道："我少林派的《大金刚拳经》，你偷看过没有？"波罗星道："没有，我只借看一部《金刚经》。"玄慈道："我少林派的《般若掌法》，你偷看过没有？"波罗星道："没有，我只借看过一部《小品般若经》。"玄慈道："那么我少林派的《摩诃指诀》，难道你也没偷看么？那日我玄惭师弟在藏经楼畔遇到你之时，你不是正偷了这部指法要诀，从藏经楼的秘阁中溜出来么？"

波罗星道："小僧只在贵寺藏经楼借阅过一部《摩诃僧祇律》。贵国晋朝隆安三年，高僧法显来我天竺取经，得经书宝典多部，《摩诃僧祇律》即其一也。小僧借阅此书，不知犯了贵寺何等戒律？"他聪明机变，学问渊博，否则他师兄也不会派他来担当盗经的重任了，此刻侃侃道来，竟将盗阅武术秘笈之事推得干干净净，反而显得少林寺全然理亏。

玄慈眉头一皱，口宣佛号："阿弥陀佛！"一时倒难以和他辩驳。

突然身旁风声微动，黄影闪处，一人呼的一拳向波罗星后心击去，这一拳迅速沉猛，凌厉之极。拳风所趋，正对准了波罗星后心的至阳穴要害。

这一招来得太过突然，似乎已难解救。波罗星立即双手反转，左掌贴于神道穴，右掌贴于筋缩穴，掌心向外，掌力疾吐，那神道穴是在至阳穴之上，筋缩穴在至阳穴之下，双掌掌力交织成一片屏障，刚好将至阳要穴护住，手法巧妙之极。

大雄宝殿上众高手见他这一招配合得丝丝入扣，倒似发招者故意凑合上去，要他一显身手一般，又似是同门师兄弟拆招，试演上乘掌法，忍不住都喝一声："好掌法！"

波罗星双掌之力将那人来拳挡过，那人跟着变拳为掌，斩向波罗星的后颈。这时众人已看清偷袭之人是少林寺中一名中年僧人。这和尚变招奇速，等波罗星回头转身，右掌跟着斩下。波罗星左指挥出，削向他掌缘。那僧人若不收招，刚好将小指旁的后豁穴送到他的指尖上去，其时波罗星全身之力聚于一指，立时便能废了那僧人的手掌。这一指看似平平无奇，但部位之准，力道之凝，的是非同凡俗。又有人叫道："好指法！"

那僧人立即收掌，双拳连环，瞬息间连出七拳。这七拳分击波罗星的额、颚、颈、肩、臂、胸、背七个部位，快得难以形容。波罗星无法闪避，也是连出七拳，但听得砰砰砰砰砰砰砰连响七下，每一拳都和那僧人的七拳相撞。他在这电光石火般的刹那之间，居然每一拳都刚好撞在敌人的来拳之上，要不是事先练熟，凭你武功再高，那也是决不可能之事。

七拳一击出，波罗星蓦地想起一事，"啊"的一声惊呼，向后跃开。那中年僧人却也不再进击，缓缓退开三步，合什向玄慈与神山行礼，说道："小僧无礼，恕罪则个。"

　　玄慈笑吟吟的合什还礼。神山脸有怒色，哼了一声。玄慈向观心、道清、觉贤、融智四僧说道："还请四位师兄主持公道。"一时大殿之中，肃静无声。

　　自从神山上人提到少林寺扣押天竺僧波罗星之事，虚竹便知眼前的事与己无涉，已放了一大半心；待见一位师叔祖出手袭击而波罗星一一化解，两人拆了招之后分开，但觉攻守双方所使招数，也并不如何了不起，却不知何以本寺方丈等人颇有得色，对方却有理屈惭愧之意，他只觉得波罗星在这三招上实在半点也没有吃亏。

　　观心大师咳嗽一声，说道："三位意下如何？"道清大师道："适才波罗星师兄所使的三招，第一招似乎是《般若掌法》中的'天衣无缝'；第二招似乎是《摩诃指》的'以逸待劳'；第三招似乎是《大金刚拳》中的'七星聚会'。"

　　神山上人接口道："哈哈，中土佛门果然受惠于天竺佛国不浅。当年达摩祖师挟天竺武技东来，传于少林，天竺武技流传至今，少林高僧的出手，居然和天竺高僧的天竺武功仍然若合符节，实乃可喜可贺。'般若'、'摩诃'是梵语，'金刚'是梵神，东西为一，万法同源，可说是武学中的无分别境界了，哈哈，哈哈。"

　　少林群僧一听之下，均有怒色。适才波罗星矢口不认偷看过少林寺的武功秘录，倒也难以指证其非。那中年少林僧法名玄生，是玄慈的师弟，武功既高，性情亦复刚猛，突然间出其不意的向波罗星袭击。他事先盘算已定，所使招数以及袭向的部位，逼得波罗星不得不以般若掌、摩诃指、大金刚拳中的三招来拆解。倘若波罗星从未学过这三门功夫，当然另有本门功夫拆解，但新学乍练，这些时日心中所想，手上所习，定然都是少林派功夫，仓卒之际不及细想，定会顺手以这三招最方便的招数应付。不料神山强辞夺理，反说这是天竺武技。但少林派的武功源自达摩祖师。达摩是天竺僧人，梁朝时自天竺东来与梁武帝讲论佛法，话不投机，于是驻锡少林，传下禅宗心法与绝世武功，那也是天下皆知之事。神山上人机变绝伦，一口咬定少林派的武功般若掌、摩诃指与大金刚拳系从天竺传来，那么波罗星会使这三种武功便毫不希奇，决不能因此而证明他曾偷看过少林寺的武功秘录。

玄慈缓缓说道："本寺佛法与武功都是传自达摩祖师，那是一点不假。来于天竺，还于天竺，原也合情合理。波罗星师兄只须明言相求，本寺原可将达摩祖师所遗下的武经恭录以赠。但这般若掌创于本寺第八代方丈元元大师，摩诃指系一位在本寺挂单四十年的七指头陀所创。那大金刚拳法，则是本寺第十一代通字辈的六位高僧，穷三十六年之功，共同钻研而成。此三门全系中土武功，与天竺以意御劲、以劲发力的功夫截然不同。众位师兄都是武学高人，其中差别一见而知，原不必老衲多所饶舌。"

观心大师、融智大师均觉玄慈之言不错，齐声向神山上人道："师兄你意下如何？"

神山上人微微一笑，说道："少林方丈所言，当然高明，不过未免有一点故意分别中华与天竺的门户之见。其实我佛眼中，众生无别，中华、天竺，皆是虚幻假名。日前哲罗星师兄与小僧讲论天竺中土武功异同之时，也曾提到般若掌、摩诃指和大金刚拳的招数。他说那一招'天衣无缝'，梵文叫做'阿伐岂耶'，翻成华语，是'莫可名状'之意，这一招右掌力微而实，左掌力沉而虚，虚实交互为用，敌人不察，极易上当。方丈师兄，哲罗星师兄这句话，不知对也不对？"

玄慈脸上黄气一闪而过，说道："师兄眼光敏锐，佩服，佩服。"

神山聪明颖悟，武学上识见又高，只见到波罗星和玄生对了那一掌，便瞧出了"天衣无缝"这招的精义所在，假言闻之于哲罗星，总之是要证明此乃天竺武学。他见波罗星与玄生对拆的三招变化奇巧，对少林武功又增几分向慕之情，心下只想："少林寺这些和尚都是饭桶，上辈传下来这么高明的武学，只怕领悟到的还不到三成。只要能让我好好的钻研，再加变化，数年之内，便可压得少林派从此抬不起头来。"

玄慈自然知道，神山这番话，是适才见了波罗星的招数而发，什么哲罗星早就跟他说过云云，全是欺人之谈，但他于一瞥之间便看破了这一招高深掌法中的秘奥，此人天份之高，眼力之利，确也是世所罕见。他微一沉吟，便道："玄生师弟，烦你到藏经楼去，将记载这三门武功的经籍，取来让几位师兄一观。"

玄生道："是！"转身出殿，过不多时，便即取到，交给玄慈。大雄宝殿和藏经楼相距几达三里，玄生在片刻间便将经书取到，身手实是敏捷之极。外人不知内情，也不以为异，少林寺僧众却无不暗自赞叹。

那三部经书纸质黄中发黑，显是年代久远。玄慈将经书放在方桌之上，说道："众位师兄请看，三部经书中各自叙明创功的经历。众位师兄便不信老衲的话，难道少林寺上代方丈大师这等高僧硕德，也会妄语欺人？又难道早料到有今日之事，在数百年前便先行写就了，以便此刻来强辞夺理？"

神山装作没听出他言外之意，将《般若掌法》取了过来，一页页的翻阅下去。观心大师便取阅《摩诃指秘要》，道清大师取阅《大金刚拳神功》。观心、道清二人只随意看了看序文、跋记，便交给觉贤、融智二位。这四位高僧均觉一来这是少林派的武功秘本，自己是别派高手名宿，身份有关，不便窥探人家的隐秘；二来玄慈大师是一代高僧，既然如此说，决无虚假，若再详加审阅，不免有见疑之意，礼貌上颇为不敬。

神山上人却是认真之极，一页页的慢慢翻阅，显是在专心找寻其中的破绽疑窦，要拿来反驳玄慈。一时大殿上除了众人轻声呼吸之外，便是书页的翻动之声。神山上人翻完《般若掌法》，接看《摩诃指秘要》，再看《大金刚拳神功》，都是一页页的慢慢阅读。

少林群僧注视神山上人的脸色，想知道他是否能在这三本古籍之中找到什么根据，作为强辩之资，但见他神色木然，既无喜悦之意，亦无失望之情。眼见他一页页的慢慢翻完，合上了最后一本《大金刚拳神功》，双手捧着，还给了玄慈方丈，闭眼冥想，一言不发。玄慈见他这等模样，倒是莫测高深。

过了好一会，神山上人张开眼来，向哲罗星道："师兄，那日你将般若掌的要诀念给我听，我记得梵语是：因苦乃罗斯，不尔甘儿星，柯罗波基斯坦，兵那斯尼，伐尔不坦罗……翻成华语是：'如或长夜不安，心念纷飞，如何慑伏，乃练般若掌内功第一要义。'是这句话么？"哲罗星一怔，不明白他是什么意思，随口答道："是啊，师兄翻得甚是精当。"

少林众高僧面面相觑，无不失色，辈份较低之众僧却都侧耳倾听。

神山又叽哩咕噜的说了一大篇梵语，说道："这段梵文译成华语，想必如此：却将纷飞之心，以究纷飞之处，究之无处，则纷飞之念何存？返究究心，则能究之心安在？能照之智本空，所缘之境亦寂，寂而非寂者，盖无能寂之人也，照而非照者，盖无所照之境也。境智俱寂，心虑安然。外不寻尘，内不住定，二途俱泯，一性怡然，此般若掌内功之要也。"

哲罗星这时已猜到了他的用意，欣然道："正是，正是！那日小僧与师兄在五台山清凉寺谈佛法，论武功，所说我天竺佛门般若掌的内功要诀，确是如此。"

神山上人道："那日师兄所说的大金刚拳要旨和摩诃指秘诀，小僧倒也还记得。"说着又滔滔不绝的说一段梵语，背一段武经的经文。

玄慈及少林众高僧听神山所背诵的虽非一字不错，却也大致无误，正是那三部古籍中所记录的要诀，不由得都脸色大变。想不到此人居然有此奇才，适才默默翻阅一过，竟将三部武学要籍暗记在心，而且又精通梵语，先将经诀译成梵语，再依华语背诵。道清、融智、玄慈等均通梵文，听来华梵语义甚合，倒似真的先有梵文，再有华文译本一般。这么一来，波罗星偷阅经书的罪名固然洗刷得干干净净，而元元大师、七指头陀等少林上辈高僧，反成了抄袭篡窃、欺世盗名之徒。这件事若要据理而争，那神山伶牙利齿，未必辩他得过。玄慈气恼之极，一时却也想不出对付之策。

玄生忽又越众而出，向哲罗星道："大师，你说这般若掌、摩诃指、大金刚拳，都是本寺传自天竺，大师自然精熟无比。此事真假极易明白。小僧要领教大师这三门武功的高招，小僧所使招数，决不出这三门武功之外。大师下手指点时，也请以这三门武功为限。"说着身形一晃，已站到了哲罗星的身前。

玄慈暗叫："惭愧！这法子甚是简捷，只须那胡僧一出手，真伪便即立判，怎么我竟然念不及此？"神山上人也是心中一凛："这一着倒也厉害，哲罗星自然不会什么般若掌、摩诃指、大金刚拳，却教他如何应付？"

哲罗星神色尴尬，说道："天竺武功，著名的约有三百六十门，小僧虽然都约略知其大要，却不能每一门皆精。据闻少林寺武功有七十二门绝技，请问师兄，是不是七十二门绝技件件精通？倘若小僧随便请师兄施展七十二门绝技中的三项，师兄是不是都能施展得出？"

这番话一说，倒令玄生怔住了。少林寺绝技，每位高僧所会者

·1483·

最多不过五六门，倘若有人任意指定三门，要哪一位高僧施展，那确是无人能够办到。玄生于武学所知算得甚博，但七十二门绝技中所会者亦不过六门而已。哲罗星的反驳甚是有理，确也难以应付。

突然外面一个清朗的声音远远传来，说道："天竺大德、中土高僧，相聚少林寺讲论武功，实乃盛事。小僧能否有缘做个不速之客，在旁恭聆双方高见么？"一字一句，清清楚楚的送入了各人耳中。声音来自山门之外，入耳如此清晰，却又中正平和，并不震人耳鼓，说话者内功之高之纯，可想而知；而他身在远处，却又如何得知殿中情景？

玄慈微微一怔，便运内力说道："既是佛门同道，便请光临。"又道："玄鸣、玄石两位师弟，请代我迎接嘉宾。"玄鸣、玄石二人躬身道："是！"刚转过身来，待要出殿，门外那人已道："迎接是不敢当。今日得会高贤，实是不胜之喜。"

他每说一句，声音便近了数丈，刚说完"之喜"两个字，大殿门口已出现了一位宝相庄严的中年僧人，双手合什，面露微笑，说道："吐蕃国山僧鸠摩智，参见少林寺方丈。"

群僧见到他如此身手，已是惊异之极，待听他自己报名，许多人都"哦"的一声，说道："原来是吐蕃国师大轮明王到了！"

玄慈站起身来，抢上两步，合什躬身，说道："国师远来东土，实乃有缘。敝寺今日正有一事难以分剖，便请国师主持公道，代为分辨是非。"说着便替神山、哲罗星师兄弟、观心等诸大师逐一引见。

众僧相见罢，玄慈在正中设了一个座位，请鸠摩智就座。鸠摩智略一谦逊，便即坐了，这一来，他是坐在神山的上首。旁人倒也没什么，神山却暗自不忿："你这番僧装神弄鬼，未必便有什么真实本领，待会倒要试你一试。"

鸠摩智道："方丈要小僧主持公道，分辨是非，那是万万不敢。只是小僧适才在山门外听到玄生大师和哲罗星大师讲论武功，颇觉两位均有不是之处。"

群僧都是一凛，均想："此人口气好大。"玄生道："敬请国师指点开示。"

鸠摩智微微一笑，说道："哲罗星师兄适才质询大师，言下之意似乎是说，少林派有七十二门绝技，未必有人每一门都能精通，此言错矣。大师以为摩诃指、般若掌、大金刚拳是少林派秘传，除了贵派嫡传弟子之外，旁人便不会知晓，否则定是从贵派偷学而得，这句话却也不对。"他这番话连责二人之非，群僧只听得面面相觑，不知他其意何指。

玄生朗声道："据国师所言，有人以一身而能兼通敝派七十二门绝技？"鸠摩智点头道："不错！"玄生道："敢问国师，这位大英雄是谁？"鸠摩智道："殊不敢当。"玄生变色道："便是国师？"鸠摩智点头合什，神情肃穆，道："正是。"

这两字一出口，群僧尽皆变色，均想："此人大言炎炎，一至于此，莫非是疯了？"

少林七十二门绝技有的专练下盘，有的专练轻功，有的以拳掌见长，有的以暗器取胜，或刀或棒，每一门各有各的特长，使剑者不能使禅杖，擅大力神拳者不能收发暗器。虽有人同精五六门绝技，那也是以互相并不抵触为限。玄生与波罗星都练了般若掌、摩诃指、大金刚拳三门功夫，那均是手上的功夫。故老相传，上代高僧之中曾有人兼通一十三门绝技，号称"十三绝神僧"，少林寺建寺数百年，只此一人而已。少林诸高僧固所深知，神山、道清等也皆洞晓。要说一身兼擅七十二绝技，自是欺人之谈。

少林七十二门绝技之中，更有十三四门异常难练，纵是天资极高之人，毕生苦修一门，也未必一定能够练成。此时少林全寺僧众千余人，以千余僧众所会者合并，七十二绝技也数不周全。眼看鸠摩智不过四十来岁年纪，就说每年能成一项绝技，一出娘胎算起，那也得七十二年功夫，这七十二项绝技每一项都是艰深繁复之极，难道他竟能在一年之中练成数种？

玄生心中暗暗冷笑，脸上仍不脱恭谨之色，说道："国师并非我少林派中人，然则摩诃指、般若掌、大金刚拳等几项功夫，却也精通么？"

鸠摩智微笑道："不敢，还请玄生大师指教。"身形略侧，左掌突然平举，右拳呼的一声直击而出，如来佛座前一口烧香的铜鼎受到拳劲，铛的一声，跳了起来，正是大金刚拳法中的一招"洛钟东应"。拳不着鼎而铜鼎发声，还不算如何艰难，这一拳明明是向前击出，铜鼎却向上跳，可见拳力之巧，实已深得"大金刚拳"的秘要。

鸠摩智不等铜鼎落下，左手反拍出一掌，姿式正是般若掌中的一招"慑伏外道"。铜鼎在空中转了半个圈子，拍的一声，有什么东西落下来，只是鼎中有许多香灰跟着散开，烟雾弥漫，一时看不清是什么物件。其时"洛钟东应"这一招余力已尽，铜鼎急速落下，鸠摩智伸出大拇指向前一捺，一股凌厉的指力射将过去，铜鼎突然向左移开了半尺。鸠摩智连捺三下，铜鼎移开了一尺又半，这才落地。

少林众高僧心下叹服，知他这三捺看似平凡无奇，其中所蕴蓄的功力实已到了超凡入圣的境地，正是摩诃指的正宗招数，叫做"三入地狱"。那是说修习这三捺时用功之苦，每捺一下，便如入了一次地狱一般。

香灰渐渐散落，露出地下一块手掌大的物事来，众僧一看，不禁都惊叫一声，那物事是一只黄铜手掌，五指宛然，掌缘指缘闪闪生光，灿烂如金，掌背却呈灰绿色。

鸠摩智袍袖一拂，笑道："这'袈裟伏魔功'练得不精之处，还请方丈师兄指点。"一句话方罢，他身前七尺外的那口铜鼎竟如活了一般，忽然连打几个转，转定之后，本来向内的一侧转而向外，但见鼎身正中剜去了一只手掌之形，割口处也是黄光灿然。辈份较低的群僧这才明白，鸠摩智适才使到般若掌中"慑伏外道"那一招之时，掌力有如宝刀利刃，竟在鼎上割下了手掌般的一块。

玄生见他这三下出手，无不远胜于己，霎时间心丧若死："只怕这位神僧所言不错，我少林派七十二门绝技确是传自天竺，他从原地习得秘奥，以致比我中土高明得多。"当即合什躬身，说道："国师神技，令小僧大开眼界，佩服，佩服！"

鸠摩智最后所使的"袈裟伏魔功"，玄慈方丈毕生在这门武功上花的时日着实不少，以致颇误禅学进修，有时着实后悔，觉得为了一拂之纯，穷年累月的练将下去，实甚无谓。但想到自己这门袖功足可独步天下，也觉自慰，此刻一见鸠摩智随意拂袖，潇洒自在，而口中谈笑，袍袖已动，竟不怕发声而泄了真气，更非自己所能，不由得百感交集。

霎时之间，大殿上寂静无声，人人均为鸠摩智的绝世神功所镇慑。

过了良久，玄慈长叹一声，说道："老衲今日始知天外有天，人上有人。老衲数十年苦学，在国师眼中，实是不足一哂。波罗星师兄，少林寺浅水难养蛟龙，福薄之地，不足以留佳客，你请自便罢！"

玄慈此言一出，哲罗星与波罗星二人喜动颜色。神山上人却是又喜又愁，喜的是波罗星果然精熟少林派绝技，而玄慈方丈准他离寺；愁的是此事自己实在无甚功绩，全是鸠摩智一力促成，此人武功高极，既已控制全局，自己再要想从波罗星手中转得少林绝技，只怕难之又难，何况波罗星所盗到的少林武功秘笈，不过寥寥数项，又如何能与鸠摩智所学相比？世上既有鸠摩智其人，则自己一切图谋，不论成败，都已殊不足道。

鸠摩智不动声色，只合什说道："善哉，善哉！方丈师兄何必太谦？"

少林合寺僧众却个个垂头丧气，都明白方丈被逼到要说这番话，乃是自认少林派武功技不如人。少林派数百年来享誉天下，执中原武学之牛耳。这么一来，不但少林寺一败涂地，亦使中土武人在番人之前大大的丢了脸面。观心、道清、觉贤、融智、神音诸僧也均觉面目无光，事情竟演变到这步田地，实非他们初上少林寺时所能逆料。

玄慈实已熟思再三。他想少林寺所以要扣留波罗星，全是为了不令本寺武功绝技泄之于外，但眼见鸠摩智如此神功，虽然未必当真能尽本寺七十二门绝技，总之为数不少，则再扣留波罗星又有何益？波罗星所记忆的本寺绝技，不过三门，比诸鸠摩智所知，实不可同日而语。这位大轮明王武功深不可测，本寺诸僧无一能是他敌手，若说寺中诸高手一拥而上，倚多为胜，那变成了下三滥的无赖匪类，岂是少林派所能为？这波罗星今日一下山，不出一月，江湖上少不免传得沸沸扬扬，天下皆知，少林寺再不能领袖武林，自己也无颜为少林寺的方丈。这一切他全了然于胸，但形格势禁，若非如斯，又焉有第二条路好走？

殿上诸般事故，虚竹一一都瞧在眼里，待听方丈说了那几句话后，本寺前辈僧众个个神色惨然。他斜眼望看师父慧轮时，但见他泪水滚滚而下，实是伤心已极，更有几位师叔连连捶胸，痛哭失声。他虽不明其中关节，但也知鸠摩智适才显露的武功，本寺无人能敌，方丈无可奈何，只有让他将波罗星带走。

可是他心中却有一事大惑不解。眼见鸠摩智使出大金刚拳拳法、般若掌掌法、摩诃指指法,招数是对是错,他没有学过这几门功夫,自是无法知晓,但运用这拳法、掌法、指法的内功,他却瞧得清清楚楚,那显然是"小无相功"。

这小无相功他得自无崖子,后来天山童姥在传他天山折梅手的歌诀之时,发觉他身有此功,曾大为恼怒伤心,因此功她师父只传李秋水一人,虚竹既从无崖子身上传得,则无崖子和李秋水之间的干系,自是不问可知了。天山童姥息怒之后,曾对他说过"小无相功"的运用之法,但童姥所知也属有限,直到后来他在灵鹫宫地下石室的壁上圆圈之中,才体会到不少"小无相功"的秘奥。

"小无相功"是道家之学,讲究清静无为,神游太虚,较之佛家武功中的"无色无相"之学,名虽略同,实质大异。虚竹一听到鸠摩智在山门外以中气传送言语,心中便已一凛,知他的"小无相功"修为甚深,此后见他使动拳法、掌法、指法、袖法,招数虽变幻多端,却全是以小无相功催动。玄生师叔祖以及波罗星所使的"天衣无缝"等招,却从内至外全是佛门功夫,而且般若掌有般若掌的内功,摩诃指有摩诃指的内功,大金刚拳有大金刚拳的内功,泾渭分明,截不相混。

他听鸠摩智自称精通本派七十二门绝技,然而施展之时,明明不过是以一门小无相功,使动般若掌、摩诃指、大金刚拳等招数,只因小无相功威力强劲,一使出便镇慑当场,在不会这门内功之人眼中,便以为他真的精通少林派各门绝技。这虽非鱼目混珠,小无相功的威力也决不在任何少林绝技之下,但终究是指鹿为马,混淆是非。虚竹觉得奇怪的是,此事明显已极,少林寺自方丈以下,千余僧众竟无一人直斥其非。

他可不知这小无相功博大精深,又是道家的武学,大殿上却无一个不是佛门弟子,武功再高,也不会去修习道家内功,何况"小无相功"以"无相"两字为要旨,不着形相,无迹可寻,若非本人

·1489·

也是此道高手，决计看不出来。玄慈、玄生等自也察觉鸠摩智的内功与少林内功颇有不同，但想天竺与中土所传略有差异，自属常情。地隔万里，时隔数百年，少林绝技又多经历代高僧兴革变化，两者倘若仍是全然一模一样，反而不合道理了，是以丝毫不起疑心。

虚竹初时只道众位前辈师长别有深意，他是第三辈的小和尚，如何敢妄自出头？但眼见形势急转直下，众师长尽皆悲怒沮丧，无可奈何，本寺显然面临重大劫难，便欲挺身而出，指明鸠摩智所施展的不是少林派绝技。但二十余年来，他在寺中从未当众说过一句话，在大殿中一片森严肃穆的气象之下，话到口边，不禁又缩了回去。

只听鸠摩智道："方丈既如此说，那是自认贵派七十二门绝技，实在并非贵派自创，这个'绝'字，须得改一改了。"

玄慈默然不语，心中如受刀剜。

玄字班中一个身形高大的老僧厉声说道："国师已占上风，本寺方丈亦许天竺番僧自行离去，何以仍如此咄咄逼人，不留丝毫余地？"

鸠摩智微笑道："小僧不过想请方丈应承一句，以便遍告天下武林同道。以小僧之见，少林寺不妨从此散了，诸位高僧分投清凉、普渡诸处寺院托庇安身，各奔前程，岂非胜在浪得虚名的少林寺中苟且偷安？"

他此言一出，少林群僧涵养再好，也都忍耐不住，纷纷大声呵斥。群僧这时方始明白，这鸠摩智上得少室山来，竟是要以一人之力将少林寺挑了，不但他自己名垂千古，也使得中原武林从此少了一座重镇，于他吐蕃国大有好处。

只听他朗声说道："小僧孤身来到中土，本意想见识一下少林寺的风范，且看这号称中原武林泰山北斗之地，是怎样一副庄严宏伟的气象。但听了诸位高僧的言语，看了各位高僧的举止，嘿嘿嘿，似乎还及不上僻处南疆的大理国天龙寺。唉！这可令小僧大大失望了。"

玄字班中有人说道："大理天龙寺枯荣大师和本因方丈佛法渊深，凡我释氏弟子，无不仰慕。出家人早无竞胜争强之念，国师说我少林不及天龙，岂足介意？"那人一面说，一面缓步而出，乃是个满面红光的老僧。他右手食指与中指轻轻搭住，脸露微笑，神色温和。

鸠摩智也即脸露笑容，说道："久慕玄渡大师的'拈花指'绝技练得出神入化，今日得见，幸何如之。"说着右手食中两指也是轻轻搭住，作拈花之状。二僧左手同时缓缓伸起，向着对方弹了三弹。

只听得波波波三响，指力相撞。玄渡大师身子一晃，突然间胸口射出三支血箭，激喷数尺。两股指力较量之下，玄渡不敌，给鸠摩智三股指力都中在胸口，便如是利刃所伤一般。

这玄渡大师为人慈和，极得寺中小辈僧侣爱戴。虚竹十六岁那年，曾奉派替玄渡扫地烹茶，服侍了他八个月。玄渡待他十分亲切，还指点了他一些罗汉拳的拳法。此后玄渡闭关参禅，虚竹极少再能见面，但往日情谊，长在心头。这时见他突为指力所伤，知道救援稍迟，立有性命之忧，他曾得聋哑老人苏星河授以疗伤之法，后来又学了破解生死符的秘诀，熟习救伤扶死之道，眼见玄渡胸口鲜血喷出，不暇细想，身子一晃之间，已抢到玄渡对面，虚托一掌。

其时相去只一瞬之间，三股血水未及落地，在他掌力一逼之下，竟又迅速回入了玄渡胸中。虚竹左手如弹琵琶，一阵轮指虚点，顷刻间封了玄渡伤口上下左右的十一处穴道，鲜血不再涌出，再将一粒灵鹫宫的治伤灵药九转熊蛇丸喂入他口中。

当日虚竹得段延庆指点，破解无崖子所布下的珍珑棋局之时，鸠摩智曾见过他一面，此刻突然见他越众而出，以轮指虚点，封闭玄渡的穴道，手法之妙，功力之强，竟是自己生平所未见，不由得大吃一惊。

慧方等六僧那日见虚竹一掌击死玄难，又见他做了外道别派的掌门人，种种怪异之处，无法索解，当即负了玄难尸身，回到少林寺中。玄慈方丈与众高僧详加查询，得悉玄难是死于丁春秋"三笑逍遥散"的剧毒，久候虚竹不归，派了十多名僧人出外找寻，也始终未见他的踪影。

虚竹回寺之日，适逢少林寺又遇重大变故，丐帮帮主庄聚贤竟然遣人下帖，要少林奉他为中原武林盟主。玄慈连日与玄字辈、慧字辈群僧筹商对策，实不知那名不见经传的庄聚贤是何等样人物。丐帮是江湖上第一大帮会，实力既强，向来又以侠义自任，与少林派互相扶持，主持江湖上正气、武林中公道，突然要强居于少林派之上，倒令众高僧不知如何应付才是。虚竹的师父慧轮见方丈和一众师伯、师叔有要务在身，便不敢禀告虚竹回寺、连犯戒律之事。是以他在园中挑粪浇菜，众高僧也均不知，这时突然见他显示高妙手法，倒送鲜血回入玄渡体内，自是人人惊异。

虚竹说道："太师伯，你且不要运气，以免伤口出血。"撕下自己僧袍，裹好了他胸口伤处。玄渡苦笑道："大轮明王……的……拈花指功……如此……如此了得！老衲拜……拜服。"虚竹道："太师伯，他使的不是拈花指，也不是佛门武功。"

群僧一听，都暗暗不以为然，鸠摩智的指法固然和玄渡一模一样，连两人温颜微笑的神情也是毫无二致，却不是少林七十二绝技之一的"拈花指"是什么？群僧都知鸠摩智是吐蕃国的护国法师，敕封大轮明王，每隔五年，便在大雪山大轮寺开坛，讲经说法，四方高僧居士云集聆听，执经问难，无不赞叹。他是佛门中天下知名的高僧，所使的如何会不是佛门武功？

鸠摩智心中却又是一惊："这小和尚怎知我使的不是拈花指？

不是佛门武功?"一转念间,便即恍然:"是了!那拈花指本是一门十分王道和平的功夫,只点人穴道,制敌而不伤人,我急切求胜,指力太过凌厉,竟在那老僧胸口戳了三个小孔,便不是迦叶尊者拈花微笑的本意了,这小和尚想必由此而知。"

他天生睿智,自少年时起便迭逢奇缘,生平从未败于人手,一离吐蕃,在大理国天龙寺中连胜枯荣、本因、本相等高手,此番来到少林,原是想凭一身武功,单枪匹马的斗倒这座千年古刹,眼见虚竹只不过二十来岁,虽然适才"轮指封穴"之技颇为玄妙,料想武功再高也高不到哪里去,当下便微笑道:"小师父竟说我这拈花指不是佛门武学,却令少林绝技置身何地?"

虚竹不善言辩,只道:"我玄渡太师伯的拈花指,自然是佛门武学,你……你大师所使这个……却不是……"一面说,一面提起左手,学着玄渡的手法,也弹了三弹,指力中使上了小无相功。他对人恭谨,这三弹不敢正对鸠摩智,只是向无人处弹去,只听得铛、铛、铛三响,大殿上一口铜钟发出巨声。虚竹这三下指力都弹在钟上,便如以钟槌用力撞击一般。

鸠摩智叫道:"好功夫!你试我一招般若掌!"说着双掌一立,似是行礼,双掌却不合拢,呼的一声,一股掌力从双掌间疾吐而出,奔向虚竹,正是般若掌的"峡谷天风"。

虚竹见他掌势凶猛,非挡不可,当即以一招"天山六阳掌"将他掌力化去。

鸠摩智感到他这一掌之中隐含吸力,刚好克制自己这一招的掌力,宛然便是小无相功的底子,心中一凛,笑道:"小师父,你这是佛门功夫么?我今日来到宝刹,是要领教少林派的神技,你怎么反以旁门功夫赐招?少林武功在大宋国向称数一数二,难道徒具虚名,不足以与异邦的武功相抗么?"他一试出虚竹的内功特异,自己没有制胜把握,便以言语挤兑,要他只用少林派的功夫。

虚竹怎明白他的用意,直言相告:"小僧资质愚鲁,于本派武功只学了一套罗汉拳,一套韦陀掌,那是本派扎根基的入门功夫,如何能与国师过招?"鸠摩智哈哈一笑,道:"既然如此,你倒也有自知之明,不是我的对手,那便退下罢!"虚竹道:"是!小僧告退。"合什行礼,退入虚字辈群僧的班次。

玄慈方丈却精明之极,虽不明白虚竹武功的由来,但看他适才所演的几招,招数精奇,内功深厚,足可与鸠摩智相匹敌,少林寺今日面临存亡荣辱的大关头,不如便遣他出去抵挡一阵,纵然落败,也总是一个转机,胜于一筹莫展,当即说道:"国师自称精通少林派七十二门绝技,高明渊博,令人佩服之至。少林派的入门粗浅功夫,自是更加不放在国师眼里了。虚竹,本寺僧众现今以'玄、慧、虚、空'排行,你是本派的第三代弟子,本来决无资格跟吐蕃国第一高手国师过招动手,但国师万里远来,良机难逢,你便以罗汉拳和韦陀掌的功夫,请国师指点几招。"他将话说在头里,虚竹只不过是少林寺中第三代"虚"字辈的小僧,败在鸠摩智手下,于少林寺威名并无所损,但只要侥幸勉强支持得一炷香、两炷香的时刻,自己乘势喝止双方,鸠摩智便无颜再纠缠下去了。

虚竹听得方丈有令,自是不敢有违,躬身应道:"是。"走上几步,合什说道:"国师手下留情!"心想对方是前辈高人,决不会先行出招,当即双掌一直拜了下去,正是韦陀掌的起手式"灵山礼佛"。他在少林寺中半天念经,半天练武,十多年来,已将这套罗汉拳和韦陀掌练得纯熟无比。这招"灵山礼佛"本来不过是礼敬敌手的姿式,意示佛门弟子礼让为先,决非好勇斗狠之徒。但他此刻身上既具逍遥派三大高手深厚内力,复得童姥尽心点拨,而灵鹫宫地下石窟中数月面壁揣摩,更是得益良多,双掌一拜下,身上僧衣便即微微鼓起,真气流转,护住了全身。

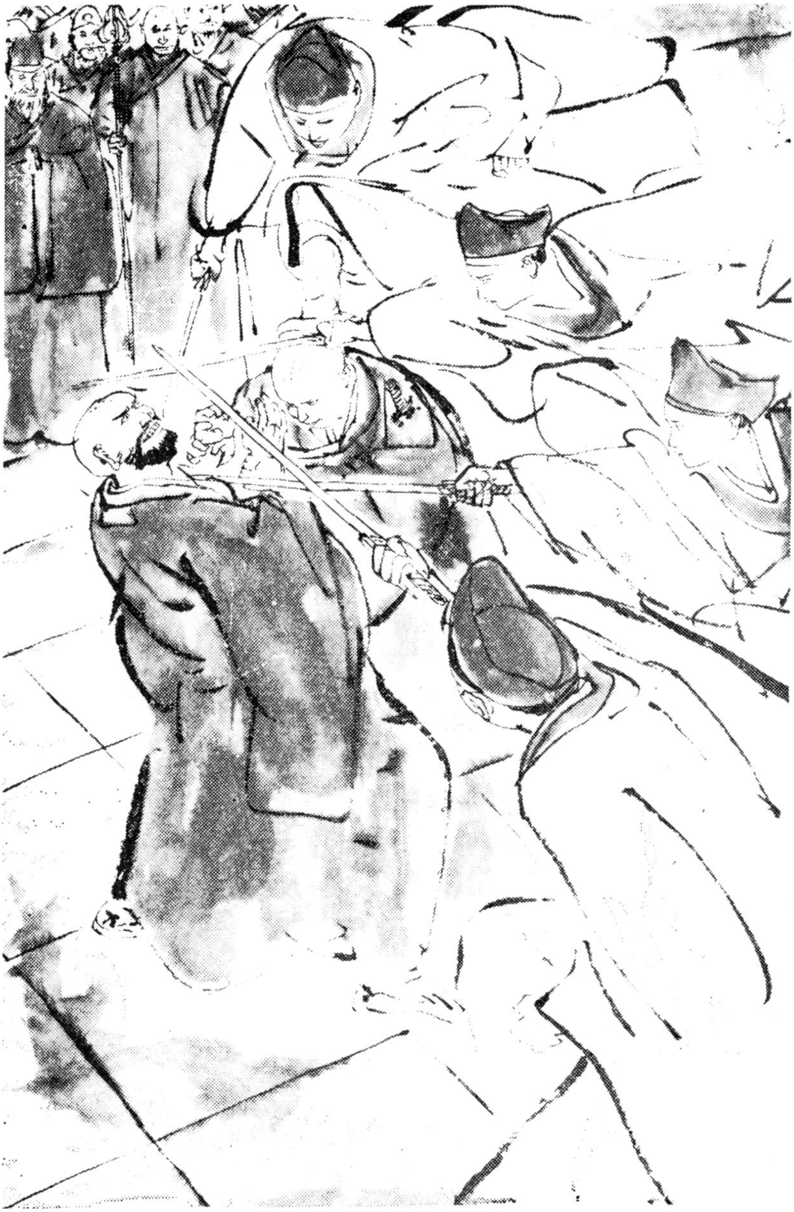

突然人丛中抢出四名僧人，青光闪闪，四柄长剑同时刺向鸠摩智咽喉。四僧一齐跃出，一齐出手，四柄长剑指的是同一方位。

四十

却试问　几时把痴心断

鸠摩智明知跟这小僧动手，胜之不武，不胜为笑，但情势如此，已不由得自己避战，当即挥掌击出，掌风中隐含必必卜卜的轻微响声，姿式手法，正是般若掌的上乘功夫。

韦陀掌是少林派的扎根基武功，少林弟子拜师入门，第一套学"罗汉拳"，第二套学的便是"韦陀掌"。般若掌却是最精奥的掌法，自韦陀掌学到般若掌，循序而进，通常要花三四十年功夫。般若掌既是少林七十二绝技之一，练将下去，永无穷尽，掌力越练越强，招数愈练愈纯，那是学无止境。自少林创派以来，以韦陀掌和般若掌过招，实是从所未有。两者深浅精粗，正是少林武功的两个极端，会般若掌的前辈僧人，决不致和只会韦陀掌的本门弟子动手，就算是师徒之间喂招学艺，师父既然使到般若掌，做弟子的至少也要以达摩掌、伏虎掌、如来千手法等等掌法应接。

虚竹眼见对方掌到，斜身略避，双掌推出，仍是韦陀掌中一招，叫做"山门护法"，招式平平，所含力道却甚是雄浑。

鸠摩智身形流转，袖里乾坤，无相劫指点向对方。虚竹斜身闪避，鸠摩智早料到他闪避的方位，大金刚拳一拳早出，砰的一声，正中他肩头。虚竹踉踉跄跄的退了两步。鸠摩智哈哈一笑，说道："小师父服了么？"料想这一掌开碑裂石，已将他肩骨击成碎片。

哪知虚竹有"北冥真气"护体，只感到肩头一阵疼痛，便即猱身复上，双掌自左向右划下，这一招叫做"恒河入海"，双掌带着浩浩真气，当真便如洪水滔滔、东流赴海一般。

鸠摩智见他吃了自己一拳恍若不觉，两掌击到，力道又如此沉厚，不由得暗自惊异，出掌挡过，身随掌起，双腿连环，霎时之间连踢六腿，尽数中在虚竹心口，正是少林七十二绝技之一的"如影随形腿"，一腿既出，第二腿如影随形，紧跟而至，第二腿随即自影而变为形，而第三腿复如影子，跟随踢到，直踢到第六腿，虚竹才来得及仰身飘开。

鸠摩智不容他喘息，连出两指，嗤嗤有声，却是"多罗指法"。虚竹坐马拉弓，还击一拳，已是"罗汉拳"中的一招"黑虎偷心"。这一招拳法粗浅之极，但附以小无相功后，竟将两下穿金破石的多罗指指力消于中途。

鸠摩智有心炫耀，多罗指使罢，立时变招，单臂削出，虽是空手，所使的却是"燃木刀法"。这路刀法练成之后，在一根干木旁快劈九九八十一刀，刀刃不能损伤木材丝毫，刀上发出的热力，却要将木材点燃生火，当年萧峰的师父玄苦大师即擅此技，自他圆寂之后，寺中已无人能会。"燃木刀法"是单刀刀法，与鸠摩智当日在天龙寺所使"火焰刀法"的凌虚掌力全然不同，他此刻是以手掌作戒刀，狠砍狠斫，全是少林派武功的路子。他一刀劈落，波的一响，虚竹右臂中招。虚竹叫道："好快！"右拳打出，拳到中途，右臂又中一刀。鸠摩智真力贯于掌缘，这一斩已不逊钢刀，一样的能割首断臂，但虚竹右臂连中两刀，竟浑若无事，反震得他掌缘隐隐生疼。

鸠摩智骇异之下，心念电转，寻思："这小和尚便练就了金钟罩、铁布衫功夫，也经不起我这几下重手，却是何故？啊，是了，此人僧衣之内定是穿了什么护身宝甲。"一想到此节，出招便只攻击虚竹面门，"大智无定指"、"去烦恼指"、"寂灭抓"、"因

· 1498 ·

陀罗抓"，接连使出六七门少林神功，对准虚竹的眼目咽喉招呼。

鸠摩智这么一轮快速之极的抢攻，虚竹手忙足乱，无从招架，惟有倒退，这时连"韦陀掌"也使不上了，一拳又一拳的打出，全是那一招"黑虎偷心"，每发一拳，都将鸠摩智逼退半尺，就是这么半尺之差，鸠摩智种种神妙变幻的招数，便都不能及身。

顷刻之间，鸠摩智又连使十六门少林绝技，少林群僧只看得目眩神驰，均想："此人自称一身兼通本派七十二绝技，果非大言虚语。"但虚竹用以应付的，却只一门"罗汉拳"，而且在对方迅若闪电的急攻之下，心中手上全无变招的余裕，打出一招"黑虎偷心"，又是一招"黑虎偷心"，来来去去，便只依样葫芦的一招"黑虎偷心"，拳法之笨拙，纵然是市井武师，也不免为之失笑。但这招"黑虎偷心"中所含的劲力，却竟不断增强，两人相去渐远，鸠摩智手指手爪和虚竹的面门相距已逾一尺。

鸠摩智早已发觉，虚竹拳力中隐隐也有小无相功，而且还远在自己之上，只是似乎不大会使，未能发挥威力而已。眼见虚竹又是一招"黑虎偷心"打到，突然间手掌一沉，双手陡探，已抓住虚竹拳头，正是少林绝技"龙爪功"中的一招，左手拿着虚竹的小指，右手拿住他拇指，运力向上急拗，准拟这一下立时便拗断他两根手指。

虚竹两指被拗，不能再使"黑虎偷心"，手指剧痛之际，自然而然的使出"天山折梅手"来，右腕转个小圈，翻将过来，拿住了鸠摩智的左腕。

鸠摩智一抓得手，正欣喜间，万料不到对方手上突然会生出一股怪异力道，反拿己腕。他所知武学甚为渊博，但这"天山折梅手"却全然不知来历，心中一凛，只觉左腕已如套在一只铁箍之中，再也无法挣脱。总算虚竹惊惶中只求自解，不暇反攻，因此牢牢抓住鸠摩智的手腕，志在不让他再拗自己手指，忘了抓他脉门。便这么偏了三分，鸠摩智内力已生，微微一收，随即激迸而出，只盼震裂虚竹的虎口。

　　虚竹手上一麻，生怕对方脱手之后，又使厉害手法，忙又运劲，体内北冥真气如潮水般涌出。他和段誉所练的武功出于同源，但没如段誉那般练过吸人内力的法门，因此虽抓住了鸠摩智手腕，却没能吸他内力。饶是如此，鸠摩智三次运劲未能挣脱，不由得心下大骇，右手成掌，斜劈虚竹项颈。他情急之下，没想到再使少林派武功，这一劈已是他吐蕃的本门武学。虚竹左手忙以一招天山六阳掌化解。鸠摩智次掌又至，虚竹的六阳掌绵绵使出，将对方势若狂飙的攻势一一化解。

　　其时两人近身肉搏，呼吸可闻，出掌时都是曲臂回肘，每发一掌都只七八寸距离，但相距虽近，掌力却仍是强劲之极。鸠摩智掌声呼呼，群僧均觉这掌力刮面如刀，寒意侵体，便似到了高山绝顶，狂风四面吹袭。少林寺辈份较低的僧侣渐渐抵受不住，一个个缩身向后，贴墙而立。玄字辈高僧自不怕掌力侵袭，但也各运内力抗拒。

　　虚竹为了要替三十六洞、七十二岛的群豪解除生死符，在这天山六阳掌上用功甚勤，种种精微变化全已了然于胸，而灵鹫宫地底石壁上的图谱，更令他大悟其中奥妙。不过他从未用之与人过招对拆，少了习练，一上来便与一位当今数一数二的高手生死相搏，掌法虽高，内力虽强，使得出来的却不过二三成而已。

　　鸠摩智掌力越来越凌厉，虚竹心无二用，但求自保，每一招都是守势。他决不是想拿住鸠摩智，只是眼见对方武功胜己十倍，单掌攻击已这般厉害，倘若任他双掌齐施，自己非命丧当场不可，因此死命拿住他左腕，要令他左掌无法出招。虚竹这个念头虽笨，竟也大有用处。鸠摩智左手被抓，双掌连环变化、交互为用的诸般妙着便使不出来。虚竹本来掌法不甚纯熟，使单掌较使双掌为便。一个打了个对折，十成掌法只剩五成，一个却将二三成的功夫提升到了四五成。一炷香时刻过去，两人已交拆数百招，仍是僵持之局。

玄慈、玄渡、神山、观心、哲罗星等诸高僧都已看出，鸠摩智左腕受制，挣扎不脱，但虚竹的左掌却全然处于下风，只有招架之功，无丝毫还手之力，两人都是右优左劣。这般打法，众高僧虽见多识广，却是生平从所未见。其中少林众僧更多了一份惊异，一份忧心，虚竹自幼在本寺长大，下山半年，却不知从何处学了这一身惊人技艺回来，又见他抓住敌人，并不能制敌，但鸠摩智每一掌中都含着摧筋断骨、震破内家真气的大威力，只要给击中了一下，非气绝身亡不可。

此刻少林众僧中，不论哪一个出手相助，只须轻轻一指，都能取了鸠摩智的性命，但这番相斗，并非志在杀了对方，而是为了维护少林一派的声誉，若有人上前杀了鸠摩智，只有大损少林派令誉。群僧个个提心吊胆，手心中捏一把汗，瞧着二人激斗。

又拆百余招，虚竹惊恐之心渐去，于天山六阳掌的精妙处领悟越来越多，十招中于九招守御之余，已能还击一招。他既还击一招，鸠摩智便须出招抵御，攻势不免略有顿挫。其间相差虽然甚微，消长之势，却是渐渐对虚竹有利。又过了一顿饭时分，虚竹已能在十招中反攻两三招。少林群僧见他渐脱困境，无不暗暗欢喜。

神山上人自从鸠摩智一现身，心情便甚矛盾，既盼鸠摩智杀灭少林派的威风，又不愿异邦僧人到中土来横行无忌，自己却无力将之制服；待见鸠摩智与虚竹相持不决，只盼两人两败俱伤，同归于尽。自己即使无法从波罗星手中再取其他少林绝技，但般若掌、摩诃指、大金刚拳三门绝技的秘诀，总已记在心中，回寺后详加参研，凭着一己的聪明智慧，当可将这三门武功大加变通，要旨虽同，招式外形却可大异，那时便成为清凉寺的三门绝技，而自己便是创建这三门绝技的鼻祖了。

波罗星却又是另一番心情。他这些时日中研习般若掌、摩诃指、大金刚拳三门武功，但觉其中奥妙无穷。今日师兄哲罗星来接他出寺，自忖心中所得记忆者，还不到少林武功的半成，回归故乡虽然欢喜，但眼见寺中宝藏如此丰富，一出少林山门，从此再无缘得窥，却也是不胜遗憾。其后见到虚竹与鸠摩智相斗，两人内力之强，招数之奇，自己连半点边儿也摸不到。他却不知虚竹所使的并非少林武功，只觉少林寺中一个青年僧人已如此了得，自己万里奔波，好容易有缘出入藏经阁，却只记得几部武学经书回去，虽不是如入宝山空手而回，但所得者决非真正贵重之物，只怕此后一生之中，不免日日夜夜，悔恨无尽。

武学之道，便和琴棋书画，以及佛学、易理等等繁难奥妙的功夫学问无异，愈是钻研，愈是兴味盎然，只要得悉世上另有比自己所学更高一层的功夫学问，千方百计的也要观摩一番。波罗星是天竺高僧中大有才智之士，初到少林寺时，一意在盗取武经，回去光大天竺武学，但见到少林寺的武学竟如此浩如烟海，不由得恋恋不舍，不肯遽此离去了。

这时虚竹已能占到四成攻势，虽然兀自遮拦多，进攻少，但内力生发，逍遥派武学的诸般狠辣招数自然而然的使了出来。旁观者不禁胆战心惊，均想："我若中了这一招，不免死得惨酷无比。"少林派僧俗弟子，数百年来并无一个女子，历代创建全是走刚阳路子，因系佛门武功，出手的用意均是制敌而非杀人，与童姥、李秋水的招数截然相反。玄慈等少林高僧见虚竹所使招数渐趋阴险刻毒，不由得都皱起了眉头。

鸠摩智连运三次强劲，要挣脱虚竹的右手，以便施用"火焰刀"绝技，但已力加强，对方的指力亦相应而增，情急之下，杀意陡盛，左手呼呼呼连拍三掌，虚竹挥手化解。鸠摩智缩手弯腰，从布袜中取出一柄匕首，陡向虚竹肩头刺去。

虚竹所学全是空手拆招，突然间白光闪处，匕首刺到，不知如何招架才是，抢着便去抓鸠摩智的右腕，这一抓是"天山折梅手"的擒拿手法，既快且准，三根手指一搭上他手腕，大拇指和小指跟着便即收拢。便在这时，鸠摩智掌心劲力一吐，匕首脱手而出。虚竹双手都牢牢抓着对方的手腕，噗的一声，匕首插入了他肩头，直没至柄。

旁观群僧齐声惊呼。观心等都不自禁的摇头，均想："以鸠摩智如此身份，斗不过少林寺一个青年僧人，已然声名扫地，再使兵刃偷袭，简直不成体统。"

突然人丛中抢出四名僧人，青光闪闪，四柄长剑同时刺向鸠摩智咽喉。四僧一齐跃出，一齐出手，四柄长剑指的是同一方位，剑法奇快，狠辣无伦。鸠摩智双足运力，要待向后跃避，一拉之下，虚竹竟纹丝不动，但觉喉头一痛，四剑的剑尖已刺上了肌肤。只听四僧齐声喝道："不要脸的东西，快纳命罢！"声音娇嫩，竟似是少女的口音。

虚竹转头看时，这四僧居然是梅兰竹菊四剑，只是头戴僧帽，掩住了头上青丝，身上穿的却是少林寺僧衣。他惊诧无比，叫道："休伤他性命！"四剑齐声答应："是！"剑尖却仍然不离鸠摩智的咽喉。

鸠摩智哈哈一笑，说道："少林寺不但倚多为胜，而且暗藏春色，数百年令誉，原来如此，我今日可领教了！"

虚竹心下惶恐，不知如何是好，当即松手放开了鸠摩智手腕。菊剑替他拔下肩头匕首，鲜血立涌。菊剑忙摔下长剑，从怀中取出手帕，替他裹好伤口。梅兰竹三姝的长剑仍指在鸠摩智喉头。虚竹问道："你……你们，是怎么来的？"

鸠摩智右掌一划，"火焰刀"的神功使出，当当当三声，三柄长剑从中断绝。三姝大吃一惊，向后飘跃丈许，看手中时，长剑都只剩下了半截。鸠摩智仰天长笑，向玄慈道："方丈大师，却如何说？"

玄慈面色铁青，说道："这中间的缘由，老衲委实不知，即当查明，按本寺戒律处置。国师和众位师兄远来辛苦，便请往客舍奉斋。"

鸠摩智道："如此有扰了。"说着合什行礼，玄慈还了一礼。

鸠摩智合着双手向旁一分，暗运"火焰刀"神功，噗噗噗噗四响，梅兰竹菊四姝齐声惊呼，头上僧帽无风自落，露出乌云也似的满头秀发，数百茎断发跟着僧帽飘了下来。

鸠摩智显这一手功夫，不但炫耀己能，断发而不伤人，表示手下容情，同时明明白白的显示于众，四姝乃是女子，要少林僧无可抵赖。

玄慈面色更是不豫，说道："众位师兄，请！"

神山、观心、道清、融智等诸高僧陡见少林寺中竟会有僧装女子出现，无不大感惊讶，别说少林寺是素享清誉的名山古刹，就是寻常一座小小的庙宇，也决不容许有这等大违戒律的行径，听到玄慈方丈一个"请"字，都站了起来。知客僧分别迎入客舍，供奉斋饭。

一众外客刚转过身子，还没走出大殿，梅剑便道："主人，咱姊妹私自下山，前来服侍你，你可别责怪。"兰剑道："那缘根和尚对主人无礼，咱姊妹狠狠的打了他几顿，他才知道好歹，唉，没料想这西域和尚又伤了主人。"

虚竹"哦"了一声，这才恍然，缘根所以前倨后恭，原来是受她四姊妹的胁迫，如此说来，她四人乔装为僧，潜身寺中，已有多日，不由得跺脚道："胡闹，胡闹！"随即在如来佛像前跪倒，说道："弟子前生罪业深重，今生又未能恪守清规戒律，以致为本寺惹下无穷祸患，恭请方丈重重责罚。"

菊剑道："主人，你也别做什么劳什子的和尚啦，大伙儿不如回缥缈峰去罢，在这儿青菜豆腐，没半点油水，又得受人管束，有什么好！"竹剑指着玄慈道："老和尚，你言语中对我们主人若有得罪，我四姊妹对你可也不客气啦，你还是多加小心为妙。"

虚竹连连喝止,说道:"你们不得无礼,怎么到寺里胡闹?唉,快快住嘴。"

四姊妹却你一言我一语,咭咭呱呱的,竟将玄慈等高僧视若无物。少林群僧相顾骇然,眼见四姊妹相貌一模一样,明媚秀美,娇憨活泼,一派无法无天,实不知是什么来头。

原来四姝是大雪山下的贫家女儿,其母已生下七个儿女,再加上一胎四女,实在无力养育,生下后便弃在雪地之中。适逢童姥在雪山采药,听到啼哭,见是相貌相同的四个女婴,觉得有趣,便携回灵鹫宫抚养长大,授以武功。四姝从未下过缥缈峰一步,又怎懂得人情世故、大小辈份?她们生平只听童姥一人吩咐。待虚竹接为灵鹫宫主人,她们也就死心塌地的侍奉。只是虚竹温和谦逊,远不如童姥御下有威,她们对之就不怎么惧怕,只知对主人忠心耿耿,浑不知这些胡闹妄为有什么不该。

玄慈说道:"除玄字辈众位师兄弟外,余僧各归僧房。慧轮留下。"众僧齐声答应,按着辈份鱼贯而出。片刻之间,大雄宝殿上只留着三十余名玄字辈的老僧,虚竹的师父慧轮,以及虚竹和灵鹫宫四女。

慧轮也在佛像前跪倒,说道:"弟子教诲无方,座下出了这等孽徒,请方丈重罚。"

竹剑噗哧一笑,说道:"凭你这点儿微末功夫,也配做我主人的师父?前天晚上松树林中,连绊你八交的那个蒙面人,便是我二姊了。我说呢,你的功夫实在稀松平常。"虚竹暗暗叫苦:"糟糕,糟糕!她们连我师父也戏弄了。"又听兰剑笑道:"我听缘根说,你是咱们主人的师父,便来考较考较你。三妹今日倘若不说,只怕你永远不知道前晚怎么会连摔八个筋斗,哈哈,嘻嘻,有趣,有趣!"

玄慈道:"玄惭、玄愧、玄念、玄净四位师弟,请四位女施主不可妄言妄动。"

四名老僧躬身道:"是!"转身向四女道:"方丈法旨,请四位不可妄言妄动。"

梅剑笑道:"我们偏偏要妄言妄动,你管得着么?"四僧齐声道:"如此得罪了!"僧袍一扬,双手隔着衣袖分拿四女的手腕。玄惭使的是"龙爪功",玄愧使的是"虎爪手",玄念使的是"鹰爪功",玄净使的则是"少林擒拿十八打",招数不同,却均是少林派的精妙武功。四女中除了菊剑外,三女的长剑都已被鸠摩智削断。菊剑长剑抖动,护住了三个姊姊。梅兰竹三女各使断剑,从菊剑的剑光下攻将出来。

虚竹叫道:"抛剑,抛剑!不可动手!"

四姝听得主人呼喝,都是一怔,手中兵刃便没敢全力施为。四女的武功本来远不及四位玄字辈高僧,一失先机,立时便分给四僧拿住。梅剑用力一挣,没能挣脱,嗔道:"咱们听主人的话,才对你们客气,哎唷,痛死了,你捏得这么重干什么?"兰剑叫道:"小贼秃,快放开我。"抓住她手腕的玄愧大师须眉皆白,已七十来岁年纪,她却呼之为"小贼秃"。竹剑道:"你再不放手,我可要骂你老婆了。"菊剑道:"我吐他口水。"一口唾液,向玄净喷去。玄净侧头让过,手指加劲,菊剑只痛得"哎唷,哎唷"大叫。大雄宝殿本是庄严佛地,霎时间成了小儿女的莺啼燕叱之场。

玄慈道:"四位女施主安静毋躁,若再出声,四位师弟便点了她们的哑穴。"四姝一听要点哑穴,都觉不是玩的,嘟起了嘴不敢作声。玄惭等四位大师便也放开了她们手腕,站在一旁监视。

玄慈道:"虚竹,你将经过情由,从头说来,休得稍有隐瞒。"

虚竹道:"是。弟子诚心禀告。"当下将如何奉方丈之命下山投帖,如何遇到玄难、慧方等众僧,如何误打误撞的解开珍珑棋局而成为逍遥派掌门人,玄难如何死于丁春秋的剧毒之下,如何为阿紫作弄而破戒开荤，直说到如何遇到天山童姥，如何深入西夏皇宫的冰窖，而致成为灵鹫宫的主人。这段经历过程繁复，他口齿笨拙，结结巴巴的说来，着实花了老大时光，虽然拖泥带水，不大清楚明白，但事事交代，毫无避漏，在冰窖内与梦中女郎犯了淫戒一事，也吞吞吐吐的说了。

众高僧越听越感惊讶，这个小弟子遇合之奇之巧，武林中实是前所未闻。众僧适才见到了他剧斗鸠摩智的身手，对他所述均无怀疑，都想："若不是他一身而集逍遥派三大高手的神功，又在灵鹫宫石壁上领悟了上乘武技，如何能敌得住吐蕃国师的绝世神通？"

虚竹说罢，向着佛像五体投地，稽首礼拜，说道："弟子无明障重，尘垢不除，一遇外魔，便即把持不定，连犯荤戒、酒戒、杀戒、淫戒，背弃本门，学练旁门外道的武功，又招致四位姑娘入寺，败坏本寺清誉，罪大恶极，罚不胜罚，只求我佛慈悲，方丈慈悲。"他越想越难过，不由得痛哭失声。

梅剑和菊剑同时哼的一声，要想说话，劝他不必再做什么和尚了。玄惭、玄净二僧立即伸手，隔衣袖扣住了二女脉门。二女无可奈何，话到口边复又缩回，向两个老僧狠狠白了一眼，心中暗骂："死和尚，臭贼秃！"

玄慈沉吟良久，说道："众位师兄、师弟，虚竹此番遭遇，委实大异寻常，事关本寺千年的清誉，本座一人也不便擅自作主，要请众位共同斟酌。"

玄生大声道："启禀方丈，虚竹过失虽大，功劳也是不小。若不是他在危急之际出手镇住那个番僧，本寺在武林中哪里还有立足余地？那番僧叫咱们各自散了，去托庇于清凉、普渡诸寺，这等奇耻大辱，全仗虚竹一人挽救。依小僧之见，命他忏悔前非，以消罪业，然后在达摩院中精研武技，此后不得出寺，不得过问外务，也就是了。"进达摩院研技，是少林僧一项尊崇之极的职司，若不是武功到了极高境界，决计无此资格。玄字辈三十余高僧中，得进达摩院的也只八人而已，玄生自己便尚未得进。他倡议虚竹进达摩院，非但不是惩罚，反而是大大的奖赏了。

戒律院首座玄寂说道："依他武功造诣，这达摩院原也去得。但他所学者乃旁门武功，少林达摩院中，可否容得这旁门高手？玄生师弟，可曾细思过此节没有？"

此言一出，群僧便均觉玄生之议颇为不妥。玄生道："以师兄之见，那便如何？"

玄寂道："唔，这个嘛，我实在也打不定主意。虚竹有功有过，有功当奖，有过当罚。这四个姑娘来到本寺，乔装为僧，并非出于虚竹授意，咱们坦诚向鸠摩智、神山诸位说明真相，也就是了。他们信也罢，不信也罢，咱们无愧于心，也不必理会旁人妄自猜测，那倒不在话下。但虚竹背弃本门，另学旁门武功，少林寺中，只怕再也容不了他。"他这么说，竟是要驱逐虚竹出寺。"破门出教"是佛教最重要的惩罚。群僧一听，都是相顾骇然。

玄寂又道："虚竹仗着武功，连犯诸般戒律，本当废去他的功夫，这才逐出山门。但他原练的武功早已为人化去。他目下身上所负功夫并非学自本门，咱们自也无权废去。"

虚竹垂泪求道："方丈，众位太师伯、太师叔，请瞧在我佛面上，慈悲开恩，让弟子有一条改过自新之路。不论何种责罚，弟子都甘心领受，就是别把弟子赶出寺去。"

众老僧你瞧瞧我，我瞧瞧你，都拿不定主意，耳听虚竹如此说法，确是悔悟之意甚诚。所谓"放下屠刀，立地成佛"，所谓"苦海无边，回头是岸"，佛门广大，普渡众生，于穷凶极恶、执迷不悟之人，尚且要千方百计的点化于他，何况于这个迷途知返、自幼出家的本寺弟子，岂可绝了他向善之路？少林寺属于禅宗，向来讲究"顿悟"，呵佛骂祖尚自不忌，本不如律宗等宗斤斤于严守戒律。今日若无外人在场,众僧眼见他真心忏悔,决不致将他破门逐出。但眼前之事,不但牵涉鸠摩智、哲罗星等番邦胡僧,而中土的清凉、普渡等诸大寺也各有高僧在座,若对虚竹责罚不严,天下势必都道少林派护短,但重门户,不论是非,只讲武功,不管戒律。这等说法流传出外,却也是将少林寺的清誉毁了。

便在此时,一位老僧在两名弟子搀扶之下,从后殿缓步走了出来,正是玄渡。他被鸠摩智指力所伤,回入僧房休息,关心大殿上双方争斗的结局,派遣弟子不断回报,待听得鸠摩智已暂时退开,群僧质讯虚竹,大有见罚之意,当即扶伤又到大雄宝殿,说道:"方丈,我这条老命,是虚竹所救的。我有一句话,不知该不该说。"

玄渡年纪较长,品德素为合寺所敬。玄慈方丈忙道:"师兄请坐,慢慢的说,别牵动了伤处。"

玄渡道:"救我一命不算什么。可是眼前有六件大事,尚未办妥,若留虚竹在寺,大有助益,倘若将他逐了出去,那……那……那可难了。"

玄寂道:"师兄所说六件大事,第一件是指鸠摩智未退;第二件,当是指波罗星偷盗本寺武经;那第三件,是丐帮新任帮主庄聚贤欲为武林盟主。其余三件,师兄何指?"

玄渡长叹一声,道:"玄悲、玄苦、玄痛、玄难四位师弟的性命。"他一提到四僧,众僧一齐合什念佛:"阿弥陀佛!"

众僧认定玄苦死于乔峰之手,玄痛、玄难为丁春秋所害,这两个对头太强,大仇迄未得报,而杀害玄悲大师的凶手究竟是谁也还不知。大家只知玄悲是胸口中了"韦陀杵"而死,"韦陀杵"乃少林七十二门绝技之一,正是玄悲苦练了数十年的功夫。以前均以为是姑苏慕容氏"以彼之道,还施彼身"而下毒手,后来慧方、慧镜等述说与邓百川、公冶乾等人结交的经过,均觉慕容氏显然无意与武林中人为敌,而慕容氏门下诸人也均非奸险之辈。适才又看到鸠

·1509·

摩智的身手,他既能使诸般少林绝技,则这一招"韦陀杵"是他所击固有可能,就算另有旁人,也不为奇。四位高僧分别死在三个对头手下,因此玄渡说是三件大事。

玄慈说道:"老衲职为本寺方丈,于此六件大事,无一件能善为料理,实是汗颜无地。可是虚竹身上功夫,全是逍遥派的武学,难道……难道少林寺的大事……"

他说到这里,言语已难以为继,但群僧都明白他的意思:虚竹武功虽高,却全是别派旁门功夫,即使他能出手将这六件大事都料理了,有识之士也均知道少林派是因人成事,非依靠逍遥派武功不可,不免为少林派门户之羞;就算大家掩饰得好,旁人不知,但这些有道高僧,岂能作自欺欺人的行径?

一时之间,众高僧都默不作声。隔了半晌,玄渡道:"以方丈之见,却是如何?"

玄慈道:"阿弥陀佛!我辈接承列祖列宗的衣钵,今日遭逢极大难关,以老衲之见,当依正道行事,宁为玉碎,不作瓦全。倘若大伙尽心竭力,得保少林令誉,那是我佛慈悲,列祖列宗的遗荫;设若魔盛道衰,老衲与众位师兄弟以命护教,以身殉寺,却也问心无愧,不违我佛教的正理。少林寺千年来造福天下不浅,善缘深厚,就算一时受挫,也决不致一败涂地,永无兴复之日。"这番话说得平平和和,却是正气凛然。

群僧一齐躬身说道:"方丈高见,愿遵法旨。"

玄慈向玄寂道:"师弟,请你执行本寺戒律。"玄寂道:"是!"转头向知客僧侣道:"有请吐蕃国师与众位高僧。"知客僧侣躬身答应,分头去请。

玄渡、玄生等暗暗叹息,虽有维护虚竹之意,但方丈所言,乃是以大义为重,不能以一时的权宜利害,毁了本寺戒律清誉。各人都已十分明白,倘若赦免虚竹的罪过,那是虽胜亦败,但如秉公执法，则虽败犹荣。方丈已说到了"以命护教，以身殉寺"的话，那是破釜沉舟，不存任何侥幸之想，虚竹如何受罚，反而不是怎么重要之事了。

虚竹也知此事已难挽回，哭泣求告，都是枉然，心想："人人都以本寺清誉为重，我是自作自受，决不可在外人之前露出畏缩乞怜之态，教人小觑了少林寺的和尚。"

过不多时，鸠摩智、神山、哲罗星等一干人来到大殿。钟声响起，慧字辈、虚字辈、空字辈群僧又列队而入，站立两厢。

玄慈合什说道："吐蕃国国师、列位师兄请了。少林寺虚字辈弟子虚竹，身犯杀戒、淫戒、荤戒、酒戒四大戒律，私学旁门别派武功，擅自出任旁门掌门人，少林寺戒律院首座玄寂，便即依律惩处，不得宽贷。"

鸠摩智和神山等一听之下，倒也大出意料之外，眼见梅兰竹菊四女乔装为僧，只道虚竹胆大妄为，私自在寺中窝藏少女，所犯者不过淫戒而已，岂知方丈所宣布的罪状尚过于此。

普渡寺道清大师中年出家，于人情世故十分通达，兼之性情慈祥，素喜与人为善，说道："方丈师兄，这四位姑娘眉锁腰直、颈细背挺，显是守身如玉的处女，适才向国师出手，使的又是童贞功的剑功，咱们学武之人一见便知。虚竹小师兄行为不检，容或有之，'淫戒'二字，却是言重了。"

玄慈道："多谢师兄点明。虚竹所犯淫戒，非指此四女而言。虚竹投入别派，作了天山缥缈峰灵鹫宫的主人，此四女是灵鹫宫旧主的侍婢，私入本寺，意在奉侍新主，虚竹并不得知。少林寺疏于防范，好生惭愧，倒不以此见罪于他。"

童姥武功虽高，但从不履足中土，只是和边疆海外诸洞、诸岛的旁门异士打交道，因此"灵鹫宫"之名，群僧都是首次听到。只有鸠摩智在吐蕃国曾听人说过，却也不明底细。

道清大师道："既然如此，外人不便多所置喙了。"鸠摩智、哲罗星和神山上人等对少林寺本来不怀善意，但见玄慈一秉至公，毫不护短，虚竹所犯戒律外人本来不知，他却当众宣示，心下也不禁钦佩。

玄寂走上一步，朗声问道："虚竹，方丈所指罪业，你都承认么？有何辩解？"虚竹道："弟子承认，罪重孽大，无可辩解，甘领太师叔责罚。"

群僧心下悚然，眼望玄寂，听他宣布如何处罚。

玄寂朗声说道："虚竹擅犯杀、淫、荤、酒四大戒律，罚当众重打一百棍。虚竹，你心服么？"虚竹听说只罚打他一百棍子，衡之自己所犯四大戒律，实在一点也不算重，忙道："多谢太师叔慈悲，虚竹心服。"玄寂又道："你未得掌门方丈和受业师父许可，擅学旁门武艺，罚你废去全身少林派武功，自今而后，不得再为少林派弟子。你心服么？"

虚竹心中一酸，情知此事已无可挽救，道："弟子该死，太师叔罚得甚是公正。"

别派群僧适才见他和鸠摩智激斗，以"韦陀掌"和"罗汉拳"少林武功大显神威，谁都不知虚竹的真正武功，其实已不是少林一派。鸠摩智自称一身兼七十二门绝技，实则所通者不过表面招式而已，真正的少林派内功他所知极少。虚竹和他相斗时所使的小无相功，他自然是懂的，但北冥真气、天山六阳掌、天山折梅手等高深武功，他却也以为是少林派功夫，听得玄寂说要废去他的少林派武功，不由得大喜，心想："你们自毁长城，去了我的心腹之患，那是再好也没有了。"觉贤、道清等高僧心中却连呼："可惜，可惜！"

玄寂又道："你既为逍遥派掌门人，为缥缈峰灵鹫宫的主人，便当出教还俗，不能再作佛门弟子，从今而后，你不再是少林寺僧侣了。如此处置，你心服么？"

虚竹无爹无娘，童婴入寺，自幼在少林寺长大，于佛法要旨虽然领悟不多，但少林寺是他在这世上唯一的安身立命之地，一旦被逐出寺，不由得悲从中来，泪如雨下，伏地而哭，哽咽道："少林寺自方丈大师以次，诸位太师伯、太师叔，诸位师伯、师叔以及恩师，人人对弟子恩义深重，弟子不肖，有负众位教诲。"

道清大师忍不住又来说情，说道："方丈师兄，玄寂师兄，依老衲看来，这位小佛兄迷途知返，大有悔改之意，何不给他一条自新之路？"

玄慈道："师兄指点得是。但佛门广大，何处不可容身？虚竹，咱们罚你破门出寺，却非对你心存恶念，断你皈依我佛之路。天下庄严宝刹，何止千千万万。倘若你有皈依三宝之念，还俗后仍可再求剃度。盼你另投名寺，拜高僧为师，发宏誓愿，清净身心，早证正觉。就算不再出家为僧，在家的居士只须勤修六度万行，一般也可证道，为大菩萨成佛。"说到后来，言语慈和恳切，甚有殷勤劝诫之意。

虚竹更是悲切，行礼道："方丈太师伯教诲，弟子不敢忘记。"

玄寂又道："慧轮听者。"慧轮走上几步，合什跪下。玄寂道："慧轮，你身为虚竹的业师，平日惰于教诲，三毒六根之害，未能详予指点，致成今日之祸。罚你受杖三十棍，入戒律院面壁忏悔三年。你可心服么？"慧轮颤声道："弟子……弟子心服。"

虚竹说道："太师伯，弟子愿代师父领受三十杖责。"

玄寂点了点头，道："既是如此，虚竹共受杖责一百三十棍。掌刑弟子，取棍侍候。此刻虚竹尚为少林僧人，加刑不得轻纵。出寺之后，虚竹即为别派掌门，与本寺再无瓜葛，本派上下，须加礼敬。"

四名掌刑弟子领命而出，不久回入大殿，手中各执一条檀木棍。

玄寂正要传令用刑，突然一名僧人匆匆入殿，手中持了一大叠名帖，双手高举，交给玄慈，说道："启禀方丈，河朔群雄拜山。"

玄慈一看名帖，共有三十余张，列名的都是北方一带成名的英雄豪杰，突于此刻同时赶到，却不知为了何事。只听得寺外话声不绝，群豪已到门口。玄慈说道："玄生师弟，请出门迎接。"又道："列位师兄，嘉宾光临，本派清理门户之事，只好暂缓一步，以免怠慢了远客。"当即站起身来，走到大殿檐下。

过不多时，便见数十位豪杰在玄生及知客僧陪同下，来到大殿之前。

玄慈、玄寂、玄生等虽是勤修佛法的高僧，但究是武学好手，遇到武林中的同道，都有惺惺相惜的亲近之意，这时突见这许多成名的英豪到来，虽然正当清理门户之际，心头十分沉重，也不禁精神为之一振。少林群僧在外行道，结交方外朋友甚多，所来的英豪之中，颇有不少是玄字辈、慧字辈僧侣的至交，各人执手相见，欢然道故，迎入殿中，与鸠摩智、哲罗星等人引见。神山、观心等威名素著，群豪若非旧识，也是仰慕已久。

玄慈正欲问起来意，知客僧又进来禀报，说道山东、淮南有数十位武林人物前来拜山。

玄慈出去迎进殿来。一条黑汉子大声说道："丐帮庄帮主邀咱们来瞧热闹，他自己还没到么？"一个阴声细气的声音说道："老兄你急什么？既然来了，要瞧热闹，还少得了你一份么？当然咱们小脚色先上场，正角儿慢慢再出台。"

玄慈朗声说道："诸位不约而同的降临敝寺，少林寺至感荣幸。只是招待不周，还请原谅则个。"群豪都道："好说，好说，方丈不必客气。"

这时和少林僧交好的豪客，早已说知来寺原委，各人都接到丐帮帮主庄聚贤的英雄帖，说道少林派和丐帮向来并峙中原，现庄聚贤新任丐帮帮主，意欲立一位中原的武林盟主，并定下若干规章，以便同道一齐遵守，定六月十五亲赴少林寺，与玄慈方丈商酌。各人出示英雄帖，帖上言语虽颇谦逊，但摆明了是说，武林盟主舍我其谁？庄聚贤要来少林寺，显然是要凭武功击败少林群僧，压下少林派数百年享誉武林的威风。

帖中并未邀请群雄到少林寺，但武林人物个个喜动不喜静，对于丐帮与少林派互争雄长的大事，哪一个不想亲眼目睹，躬与其盛？是以不约而同的纷纷到来。这时殿中众人说得最多的便是一句话："那庄聚贤是谁？"人人都问这句话，却没一人能答。

玄慈方丈和师兄弟会商数日，都猜测这庄聚贤多半便是乔峰的化名，以他的武功机谋，要杀了丐帮中与他为敌的长老，夺回帮主之位，自不为难，否则丐帮与少林寺素来交好，怎地忽有此举？乔峰大战聚贤庄，天下皆知，他化名为庄聚贤，其实已是点明了自己来历。

过不多时，两湖、江南各地的英雄到了，川陕的英雄到了，两广的英雄也到了。群雄南北相隔千里，却都于一日之中络绎到来，显然丐帮准备已久，早在一两个月前便已发出英雄帖。玄慈和诸僧口中不言，心下却既感愤怒，又是担忧，仅在数日之前，自称丐帮帮主的庄聚贤才有书信到来，说到要选武林盟主之事，并说日内将亲来拜山，恭聆玄慈方丈教益，信中既未说明拜山日期，更未提到邀请天下英雄。哪知突然之间，群贤毕集，少林寺竟被闹了个手忙脚乱。丐帮发动已久，少林派虽在江湖上广通声气，居然事先绝无所闻，尚未比试，已然先落下风。丐帮此举，更是胜券已握的模样，所以不言明邀请群雄，只不过不便代少林寺作主人，但大撒英雄帖，实是不邀而邀。群僧又想："丐帮不邀咱们赴他总舵，面子上是对咱们礼敬，他帮主亲自移步，实则是要令少林派事先全无预备，攻咱们一个措手不及。"

玄生向他好友河北神弹子诸葛中发话:"好啊,诸葛老儿,你得到讯息,也不捎个信来给我,咱们三十年的交情,就此一笔勾销。"诸葛中老脸胀得通红,连连解释:"我……我是三天前才接帖子,一碗饭也没得及吃完,连日连夜的赶来,途中累死了两匹好马,唯恐错过了日子,不能给你这臭贼秃助一臂之力。怎……怎么反怪起我来?"玄生哼了一声,道:"你倒是一片好心了!"诸葛中道:"怎么不是好心?你少林派武功再高,老哥哥来呐喊助威,总不见得是坏心啊!你们方丈本来派出英雄帖,约我九月初九来少林寺,会一会姑苏慕容氏,现下哥哥早来了几个月,可没对你不起。"

玄生这才释然,一问其他英豪,路远的接帖早,路近的接帖迟,但个个是马不停蹄的趱路,方能及时赶到。倒不是这许多朋友没一个事先向少林寺送信,而是丐帮策划周详,算准了各人到达少林寺的日程,令他们无法早一日赶到少林寺。群僧想到此节,都觉得丐帮谋定而后动,帮主和帮众未到,已然先声夺人,只怕尚有不少厉害后着。

这一日正是六月十五,天气炎热。少林群僧先是应付神山上人和哲罗星等一众高僧,跟着与鸠摩智相斗,盘问虚竹,已耗费了不少精神,突然间四面八方各路英雄豪杰纷纷赶到,寺中僧人虽多,但事出仓卒,也不免手忙脚乱。幸好知客院首座玄净大师是位经理长才,而寺产素丰,物料厚积,群僧在玄净分派之下,接待群豪,却也礼数不缺。

玄慈等迎接宾客,无暇屏人商议,只有各自心中嘀咕。忽听知客僧报道:"大理国镇南王段殿下驾到。"

为了少林寺玄悲大师身中"韦陀杵"而死之事,段正淳曾奉皇兄之命,前来拜会玄慈方丈。大理段氏是少林寺之友,此刻到来,实是得一强助,玄慈心下一喜,说道:"大理段王爷还在中原吗?"率众迎了出去。玄慈与段正淳以及他的随从范骅、华赫艮、巴天石、朱丹臣等已是二度重会，寒暄得几句，便即迎入殿中，与群雄引见。

第一个引见的便是吐蕃国国师鸠摩智。段正淳立时变色，抱拳道："犬子段誉得蒙明王垂青，携之东来，听犬子言道，一路上多聆教诲，大有进益，段某感激不尽，这里谢过。"鸠摩智微笑道："不敢！段公子怎么不随殿下前来？"段正淳道："犬子不知去了何处？说不定又落入了奸人恶僧之手，正要向国师请教。"鸠摩智连连摇头，说道："段公子的下落，小僧倒也知道。唉！可惜啊可惜！"

段正淳心中怦的一跳，只道段誉遭了什么不测，忙问："国师此言何意？"他虽多经变故，但牵挂爱子安危，不由得声音也颤了。

数月前他父子欢聚，其后段誉去参与聋哑先生棋会，不料归途中自行离去，事隔数月，段正淳不得丝毫音讯，生怕他遭了段延庆、鸠摩智或丁春秋等人的毒手，一直好生挂念。这日听到讯息，丐帮新任帮主庄聚贤要和少林派争夺武林盟主，当即匆匆赶来，主旨便在寻访儿子。他段氏是武林世家，于丐帮、少林争夺中原盟主一事自也关心。

鸠摩智道："小僧在天龙宝刹，得见枯荣大师、本因方丈以及令兄，个个神定气闲，庄严安详，真乃有道之士。镇南王威名震于天下，却何以舐犊情深，大有儿女之态？"

段正淳定了定心神，寻思："誉儿若已身遭不测，惊慌也已无益，徒然教这番僧给小觑了。"便道："爱惜儿女，人之常情。世人若不生儿育女，呵之护之，举世便即无人。吾辈凡夫俗子，如何能与国师这等四大皆空、慈悲有德的高僧相比？"

鸠摩智微微一笑，说道："小僧初见令郎，见他头角峥嵘，知他必将光大段门，为大理国日后的有道明君，实为天南百万苍生之福。"段正淳道："不敢！"心想："这贼秃好不可恶，故意这般说话不着边际，令我心急如焚。"

鸠摩智长叹一声,道:"唉,真是可惜,这位段君福泽却是不厚。"他见段正淳又是脸上变色,这才微微一笑,说道:"他来到中原,见到一位美貌姑娘,从此追随于石榴裙边,什么雄心壮志,一古脑儿的消磨殆尽。那位姑娘到东,他便随到东;那姑娘到西,他便跟到西。任谁看来,都道他是一个游手好闲、不务正业的轻薄子弟,那不是可惜之至么?"

只听得嘻嘻一声,一人笑了出来,却是女子的声音。众人向声音来处瞧去,却是个面目猥琐的中年汉子。此人便是阮星竹,这几个月来,她一直伴着段正淳。段正淳来少林寺,她也跟着来了,知道少林寺规矩不许女子入寺,便改装成个男子。她是阿朱之母,天生有几分乔装改扮的能耐,此刻扮成男子,形容举止,无一不像,决不似灵鹫宫四姝那般一下子便给人瞧破,只是她声音娇嫩,却不及阿朱那般学男人说话也是唯妙唯肖。她见众人目光向自己射来,便即粗声粗气的道:"段家小皇子家学渊源,将门虎子,了不起,了不起。"

段正淳到处留情之名,播于江湖,群雄听她说段誉苦恋王语嫣乃是"家学渊源,将门虎子",都不禁相顾莞尔。

段正淳也哈哈一笑,向鸠摩智道:"这不肖孩子……"鸠摩智道:"并非不肖,肖得很啊,肖得紧!"段正淳知他是讥讽自己风流放荡,也不以为忤,续道:"不知他此刻到了何方,国师若知他的下落,便请示知。"鸠摩智摇头道:"段公子勘不破情关,整日价憔悴相思。小僧见到他之时,已是形销骨立,面黄肌瘦,此刻是死是活,那也难说得很。"

忽然一个青年僧人走上前来,向段正淳恭恭敬敬的行礼,说道:"王爷不必忧心,我那三弟精神焕发,身子极好。"段正淳还了一礼,心下甚奇,见他形貌打扮,是少林寺中的一个小辈僧人,却不知如何称段誉为"三弟",问道:"小师父最近见过我那孩儿么?"那青年僧人便是虚竹,说道:"是,那日我跟三弟在灵鹫宫喝得大醉……"

突然段誉的声音在殿外响起:"爹爹,孩儿在此,你老人家身子安好!"声音甫歇,一人闪进殿来,扑在段正淳的怀里,正是段誉。他内功深厚,耳音奇佳,刚进寺门便听得父亲与虚竹的对答,当下迫不及待,展开"凌波微步",抢了进来。

父子相见,都说不出的欢喜。段正淳看儿子时,见他虽然颇有风霜之色,但神采奕奕,决非如鸠摩智所说的什么"形销骨立,面黄肌瘦"。

段誉回过头来,向虚竹道:"二哥,你又做和尚了?"

虚竹在佛像前已跪了半天,诚心忏悔已往之非,但一见段誉,立时便想起"梦中姑娘"来,不由得面红耳赤,神色甚是忸怩,又怎敢开口打听?

鸠摩智心想,此刻王语嫣必在左近,否则少林寺中便有天大的事端,也决难引得段誉这痴情公子来到少室山上,而王语嫣对她表哥一往情深,也决计不会和慕容复分手,当即提气朗声说道:"慕容公子,既已上得少室山来,怎地还不进寺礼佛?"

"姑苏慕容"好大的声名,群雄都是一怔,心想:"原来姑苏慕容公子也到了。是跟这番僧事先约好了,一起来跟少林寺为难的吗?"

但寺门外声息全无,过了半晌,远处山间的回音传来:"慕容公子……少室山来……进寺礼佛?"

鸠摩智寻思:"这番可猜错了,原来慕容复没到少室山,否则听到了我的话,决无不答之理!"当下仰天打个哈哈,正想说几句话遮掩,忽听得门外一个阴恻恻的声音说道:"慕容公子和丁老怪恶斗方酣,待杀了丁老怪,再来少林寺敬礼如来。"

段正淳、段誉父子一听,登时脸上变色,这声音正是"恶贯满盈"段延庆。

便在此时，身穿青袍、手拄双铁杖的段延庆已走进殿来，他身后跟着"无恶不作"叶二娘，"凶神恶煞"南海鳄神，"穷凶极恶"云中鹤。四大恶人，一时齐到。

玄慈方丈对客人不论善恶，一般的相待以礼。少林寺规矩虽不接待女客，但玄慈方丈见到叶二娘后只是一怔，便不理会。群僧均想："今日敌人众多，相较之下，什么不接待女客的规矩只是小事一桩，不必为此多起纠纷。"

南海鳄神一见到段誉，登时满脸通红，转身欲走。段誉笑道："乖徒儿，近来可好？"南海鳄神听他叫出"乖徒儿"三字，那是逃不脱的了，恶狠狠的道："他妈的臭师父，你还没死么？"殿上群雄多数不明内情，眼见此人神态凶恶，温文儒雅的段誉居然呼之为徒，已是一奇，而他口称段誉为师，言辞却无礼之极，更是大奇。

叶二娘微笑道："丁春秋大显神通，已将慕容公子打得全无招架之功。大伙儿可要去瞧瞧热闹么？"

段誉叫声："啊哟！"首先抢出殿去。

那一日慕容复、邓百川、公冶乾、包不同、风波恶、王语嫣六人下得缥缈峰来。慕容复等均觉没来由的混入了灵鹫宫一场内争，所谋固然不成，脸上也没什么光采，好生没趣。只有王语嫣却言笑晏晏，但教能伴在表哥身畔，便是人间至乐。

六人东返中原。这日下午穿过一座黑压压的大森林，风波恶突然叫道："有血腥气。"拔出单刀，循着气息急奔过去，心想："有血腥气处，多半便有架打。"越奔血腥气越浓，蓦地里眼前横七竖八的躺着十几具尸首，兵刃四散，鲜血未干，这些人显是死去并无多时，但一场大架总是已经打完了。风波恶顿足道："糟糕，来迟了一步。"

慕容复等跟着赶到，见众尸首衣衫褴褛，背负布袋，都是丐帮中人。公冶乾道："有的是四袋弟子，有的是五袋弟子，不知怎地遭了毒手？"邓百川道："咱们把尸首埋了罢。"公冶乾道："正是。公子爷、王姑娘，你们到那边歇歇。我们四个来收拾。"拾起地下一根铁棍，便即掘土。

忽然尸首堆中有呻吟声发出。王语嫣大惊，抓住了慕容复左手。

风波恶抢将过去，叫道："老兄，你这还没死透吗？"尸首堆中一人缓缓坐起，说道："还没死透，不过……那也差不多……差不多啦。"这人是个五十来岁的老丐，头发花白，脸上和胸口全是血渍，神情甚是可怖。风波恶忙从怀中取出一枚伤药，喂在他口中。

那老丐咽下伤药，说道："不……不中用啦。我肚子上中了两刀，活……活不成了。"风波恶道："是谁害了你们的？"那老丐摇了摇头，说道："说来惭愧，是……是我们丐帮内哄……"风波恶、包不同等都"啊"的一声。那老丐道："这事……这事本来不便跟外人说，但……但是闹到这步田地，也已隐瞒不了。不知各位尊姓大名，多……多谢救援，唉，丐帮弟子自相残杀，反不及素不相识的武林同道。适才……适才听得几位说要掩埋我们的尸体，仁侠为怀，老儿感激之极……"包不同道："非也，非也。你还没死，不算死尸，我们不会埋你，那就不用感激。"那老丐道："丐帮自己兄弟杀了我们，连……尸首也不掩埋，那……那还算是什么好兄弟？简直禽兽也不如……"包不同欲待辩说，禽兽不会掩埋尸体，见慕容复使眼色制止，便住口不说了。

那老丐道："老儿请各位带一个讯息给敝帮……敝帮吴长老，说新帮主庄聚贤这小子只是个傀儡，全……全是听全冠清这……这……这奸贼的话。我们不服这姓庄的做帮主，全冠清派……派人来杀……我们。他们这就要去对付吴长老，请他老人家千……千万小心。"

·1521·

慕容复点了点头,心道:"原来如此。"说道:"老兄放心好了,这讯息我们必当设法带到,但不知贵帮吴长老此刻在哪里?"

那老丐双目无神,茫然瞧着远处,缓缓摇头,说道:"我……我也不知道。"

慕容复道:"那也不妨。我们只须将这讯息在江湖上广为传布,自会传入吴长老耳中,说不定全冠清他们听到之后,反而不敢向吴长老下手了。"那老丐连连点头,道:"正是,正是。多谢!"慕容复问道:"贵帮那新帮主庄聚贤,却是什么来头?我们孤陋寡闻,今日第一次听到他的名字。"那老丐气愤愤的道:"这铁头小子……"

慕容复等都是一惊,齐声道:"便是那铁头怪人?"

那老丐道:"我刚从西夏回来,也没见过这小子,只听帮中兄弟们说,这小子本来……本来头上镶着个铁套子,后来全冠清给他设法除去了,一张脸……唉,弄得比鬼怪还难看。那也不用说了。这小子武功很厉害,几个月前丐帮君山大会,大伙儿推选帮主,争持不决,终于说好凭武功而定,这铁头小子打死了帮中十一名高手,便……便当上了……帮主,许多兄弟不服,全冠清这奸贼……全冠清这奸贼……"越说声音越低,似乎便要断气。

邓百川道:"老兄,待兄弟瞧瞧你伤口,咱们想法子治好伤再说。"那老丐道:"肚子穿了,肠子也流出来啦……多谢,不过……"说着伸手要到怀中去掏摸什么东西,却是力不从心,道:"劳……劳驾……"公冶乾猜到他心意,问道:"尊驾要取什么物事?"那老丐点点头。公冶乾便将他怀中物事都掏了出来,摊在双手手掌之中,什么火刀、火折、暗器、药物、干粮、碎银之类,着实不少,都沾满了鲜血。

那老丐道:"我……我不成了。这一张……一张榜文,甚是要紧,恳请恩公念在江湖一脉,交到……交到丐帮随便哪一位长老手中……就是不能交给那铁头小子和……和全冠清那奸贼。小老儿在九泉之下，也是感激不尽。"说着伸出不住颤抖的右手，从公冶乾掌中抓起了一张折叠着的黄纸。

慕容复道："阁下放心，你伤势倘若当真难愈，这张东西，我们担保交到贵帮长老手中便是。"说着将黄纸接了过去。

那老丐低声道："在下姓易，名叫易大彪。相烦……相烦足下传言，我自西夏国来，这是……西夏国国王招婿的榜文。此事……此事非同小可，有关大宋的安危气运。可是我刚回中原，便遇上帮中这等奸谋，只盼见到吴长老才跟他……跟他说，哪知……哪知却再也见他不着了。只盼足下瞧在天下千万苍生……苍生……苍生……"连说了三个"苍生"，一口气始终接不上来。他越焦急，越说不出话，猛地里喷出一大口鲜血，眼睛一翻，突然见到慕容复俊雅的形相，想起一个人来，问道："阁下……阁下是谁？是姑苏……姑苏……"

慕容复道："不错，在下姑苏慕容复。"

那老丐惊道："你……你是本帮的大仇人……"伸手抓住慕容复手中黄纸，用力回夺。

慕容复任由他抢了回去，心想："丐帮一直疑心我害死他们副帮主马大元，近来虽谣言稍戢，但此人仍然认定我是他们的大仇人。他是临死之人，也不必跟他计较。"

只见那老丐双手用力，想扯破黄纸，蓦地里双足一挺，鲜血狂喷，便已毙命。

风波恶扳开那老丐手指，取过黄纸，见纸上用朱笔写着弯弯曲曲的许多外国文字，文末还盖着一个大章。公冶乾颇识诸国文字，从头至尾看了一遍，说道："果然是西夏国王招驸马的榜文。文中言道：西夏国文仪公主年将及笄，国王要征选一位文武双全、俊雅英伟的未婚男子为驸马，定于今年八月中秋起选拔。不论何国人士，自信为天下一等一人才者，于该日之前投文晋谒，国王皆予优容接见。即令不中驸马之选，亦当量才录用，授以官爵，更次一等者赏以金银……"

公冶乾还未说完，风波恶已哈哈大笑起来，说道："这位丐帮仁兄当真好笑，他巴巴的从西夏国取了这榜文来，难道要他帮中哪一个长老去应聘，做西夏国的驸马爷么？"

包不同道："非也，非也！四弟有所不知，丐帮中那几个长老固然既老且丑，但帮中少年弟子，自也有不少文武双全、英俊聪明之辈。要是哪一个丐帮弟子当上了西夏国的驸马，丐帮那还不飞黄腾达么？"

邓百川皱眉道："素闻丐帮好汉不求功名富贵，何以这易大彪却如此利欲薰心？"公冶乾道："大哥，这人说道：'此事非同小可，有关大宋的安危气运。'又说瞧在天下苍生什么的，他未必是为了求丐帮的功名富贵。"包不同摇头道："非也，非也！"

公冶乾道："三弟又有什么高见？"包不同道："二哥，你问我'又'有什么高见，这个'又'字，乃是说我已经表露过高见了。但我并没说过什么高见，可知你实在不信我会有什么高见。你问我又有什么高见，真正含意，不过是说：'包老三又有什么胡说八道了？'是也不是？"风波恶虽爱和人打架，自己兄弟究竟是不打的。包不同爱和人争辩，却不问亲疏尊卑，一言不合，便争个没了没完。公冶乾自是深知他的脾气，微微一笑，说道："三弟已往说过不少高见，我这个'又'字，是真的盼望你再抒高见。"

包不同摇头道："非也，非也！我瞧你说话之时嘴角含笑，其意不诚……"他还待再说，邓百川打断了他的话头，道："三弟，这易大彪拿了这张西夏国招驸马的榜文回来，如此郑重拜托，请我们交到丐帮长老手中，以你之见，他有什么用意？"包不同道："这个，我又不是易大彪，怎知他有什么用意？"

慕容复眼光转向公冶乾，征询他的意见。

公冶乾微笑道："我的想法，和三弟大大不同。"他明知不论自己说什么话，包不同一定反对，不如将话说在头里。包不同道："非也，非也！这一次你可猜错了，我的想法恰巧和你一模一样，全然没有差别。"公冶乾笑道："这可妙之极矣！"

慕容复道："二哥，到底你以为如何？"公冶乾道："当今之世，大辽、大宋、吐蕃、西夏、大理五国并峙，除了大理一国僻处南疆，与世无争之外，其余四国，都有混一宇内、并吞天下之志……"

包不同道："二哥，这就是你的不是了。我大燕虽无疆土，但公子爷时时刻刻以兴复为念，焉知我大燕日后不能重振祖宗雄风，中兴复国？"

慕容复、邓百川、公冶乾、风波恶一齐肃立，容色庄重，齐声道："复国之志，无时或忘！"五人或拔腰刀，或提长剑，将兵刃举在胸前。

慕容复的祖宗慕容氏，乃是鲜卑族人。当年五胡乱华之世，鲜卑慕容氏入侵中原，大振威风，曾建立前燕、后燕、南燕、西燕等好几个朝代。其后慕容氏为北魏所灭，子孙散居各地，但祖传孙、父传子，世世代代，始终存着这中兴复国的念头。中经隋唐各朝，慕容氏日渐衰微，"重建大燕"的雄图壮志虽仍承袭不替，却眼看越来越渺茫了。

到得五代末年，慕容氏中出了一位武学奇才慕容龙城，创出"斗转星移"的高妙武功，当世无敌，名扬天下。他不忘祖宗遗训，纠合好汉，意图复国，但天下分久必合，赵匡胤建立大宋，四海清平，人心思治，慕容龙城武功虽强，终于无所建树，郁郁而终。

数代后传到慕容复手中，慕容龙城的武功和雄心，也尽数移在慕容复身上。大燕图谋复国，在宋朝便是大逆不道，作乱造反，是以慕容氏虽暗中纠集人众，聚财聚粮，却半点不露风声。武林中说起"姑苏慕容",只觉这一家人武功极高,而行踪诡秘,似是妖邪一路。慕容氏心怀大志,与一般江湖人物所作所为大大不同,在寻常武人看来,自是极不顺眼,再加上"以彼之道,还施彼身"的名头流传,渐渐的竟致众恶所归。

其时旷野之中,四顾无人,包不同提到了中兴燕国的大志,各人情不自禁,拔剑而起,慷慨激昂的道出了胸中意向。

王语嫣却缓缓的转过了身去,慢慢走开,远离众人。她母亲向来反对慕容氏作乱造反的图谋,认为称王称帝,只是慕容氏数百年来的痴心妄想,复国无望,灭族有份。是以她母亲一直不许慕容复上门,自行隐居在菱湖深处,不愿与慕容家有纠葛来往。

公冶乾向王语嫣的背影瞧了一眼,说道:"辽宋两国连年交兵,大辽虽占上风,但要灭却宋国,却也万万不能。西夏、吐蕃雄踞西陲,这两国各拥精兵数十万,不论是西夏还是吐蕃,助辽则大宋岌岌可危,助宋则大辽祸亡无日。"

风波恶大声道:"二哥此言有理。丐帮对宋朝向来忠心耿耿,这易大彪取榜文回去,似是盼望大宋有什么少年英雄,去应西夏驸马之征。倘若宋夏联姻,那就天下无敌了。"

公冶乾点了点头,道:"当真天下无敌,那也未必尽然,不过大宋财粮丰足,西夏兵马精强,这两国一联兵,大辽、吐蕃皆非其敌,小小的大理自是更加不在话下。据我推测,宋夏联兵之后,第一步是并吞大理,第二步才进兵辽国。"邓百川道:"易大彪的如意算盘,只怕当真如此,但宋夏联婚,未必能如此顺利。辽国、吐蕃、大理各国得知讯息,必定设法破坏。"公冶乾道:"不但设法破坏,而且各国均想娶了这位西夏公主。"

邓百川道:"不知这位西夏公主是美是丑,是性情和顺,还是骄纵横蛮。"包不同哈哈一笑,说道:"大哥何以如此挂怀,难道你想去西夏应征,弄个驸马爷来做做吗?"

邓百川笑道："倘若你邓大哥年轻二十岁，武功高上十倍，人品俊上百倍，我即刻便飞往西夏去了。"随即正色道："我大燕复国，图谋了数百年，始终是镜花水月，难以成功。归根结底，毕竟是在于少了个有力的强援。倘若西夏是我大燕慕容氏的姻亲，慕容氏在中原一举义旗，西夏援兵即发，大事还有不成么？"

公冶乾道："正是。当年春秋之季，秦晋两国世为婚姻，晋公子重耳失国，出亡于外，秦穆公发兵纳之于晋，卒成晋文公一代霸业。"

包不同本来事事要强词夺理的辩驳一番，但此刻听了邓百川和公冶乾的话，居然连连点头，说道："不错！只要此事有助于我大燕中兴复国，那就不管那西夏公主是美是丑，是好是坏，只要她肯嫁我包老三，就算她是一口老母猪，包老三硬起头皮，这也娶了。"

众人哈哈一笑，眼光都望到了慕容复脸上。

慕容复心中雪亮，四人是要自己上西夏去，应驸马之选。说到年貌人品，文才武功，当世恐怕也真没哪一个青年男子能胜过自己。自己去西夏求亲，这七八成把握自是有的。但若西夏国国王讲究家世门第，自己虽是大燕的王孙贵族，毕竟衰败已久，在大宋只不过是一介布衣，如果大宋、大理、大辽、吐蕃四国各派亲王公侯前去求亲，自己这没半点爵禄的白丁却万万比不上人家了。他思念及此，向那张榜文望了一眼。

公冶乾跟随他日久，很能测猜他的心意，说道："榜文上说得明明白白，应选者不论爵位门第，但论人品本事。既成驸马，爵位门第随之而至，但人品本事，却非帝王的一纸圣旨所能颁赐。公子爷，慕容氏数百年来的雄心，要……要着落在你身上了……"他说到后来，心神激荡，声音也发颤了。

包不同道："公子爷做晋文公，咱四兄弟便是狐毛、狐偃、介子推……"忽然想到介子推后来为晋文公放火烧死，此事大大不祥,便即一笑住口。

慕容复脸色苍白,手指微微发抖,他也知道这是千载难逢的良机,自来公主征婚,总是由国君命大臣为媒,选择功臣世家的子弟,封为驸马,决无如此张榜布告天下的公开择婿。他不由自主向王语嫣的背影望去,只见她站在一株柳树下,右手拉着一根垂下来的柳条,眼望河水,衣衫单薄,楚楚可怜。

慕容复自然深知表妹自幼便对自己钟情,虽然舅母与自己父母不睦,多方阻她与自己相见,但她一个身无武功的娇弱少女,竟毅然出走,流浪江湖,前来寻找自己,这番情意,实是世上少有。慕容复四方奔走,一心以中兴复国为念,连武功的修为也不能专心,于儿女之情更是看得极淡。但表妹对自己如此深情款款,岂能无动于中?这时突然间要舍她而去,另行去向一个从未见过面的公主求婚,他虽觉理所当然,却是于心不忍。

公冶乾轻轻咳嗽一声,说道:"公子,自古成大事者不拘小节,大英雄大豪杰须当勘破这'情'字一关。"

包不同道:"大燕若得复国,公子成了中兴之主,三宫六院,何足道哉?西夏公主是正宫娘娘,这位王家表姑娘,封她个西宫娘娘便是。公子心中要偏向她些,宠爱她些,又有谁管得着了?"他平时说话专门与人顶撞,这时临到商量大事,竟说得头头是道。

慕容复点了点头,心想父亲生前不断叮嘱自己,除了中兴大燕,天下更无别般大事,若是为了兴复大业,父兄可弑,子弟可杀,至亲好友更可割舍,至于男女情爱,越加不必放在心上。王语嫣虽对自己一往情深,自己却素来当她小妹妹一般,并无特别钟情之处,虽然在他心中,早就认定他日自必娶表妹为妻,但平时却极少想到此节,只因那是顺理成章之事,不必多想。只要大事可成,正如包不同所云,将来表妹为妃为嫔,自己多加宠爱便是。他微一沉吟,便不再以王语嫣为意,说道:"各位言之有理,这确是复兴大燕的一个良机，只不过大丈夫言而有信，这张榜文，咱们却要送到丐帮手中。"

邓百川道："不错，别说丐帮之中未必有哪一号人物能比得上公子，就算真有劲敌，咱们也不能私藏榜文，做这等卑鄙无耻之事。"风波恶道："这个当然。大哥、二哥保公子爷到西夏求亲，三哥和我便送这榜文去丐帮。到八月中秋，时候还长着呢，丐帮要挑人，尽来得及，也不能说咱们占了便宜。"

慕容复道："咱们行事须当光明磊落，索性由我亲自将榜文交到丐帮长老手中，然后再去西夏。"邓百川鼓掌道："公子爷此言极是。咱们决不能让人在背后说一句闲话。"公冶乾、包不同、风波恶三人一齐点头称是，当下将丐帮众人的尸体安葬了。

慕容复招呼王语嫣过来，道："表妹，这些丐帮弟子为人所杀，其中牵涉到一件大事，我须得亲赴丐帮总舵。我想先送你回曼陀山庄。"王语嫣吃了一惊，忙道："我……我不回家去，妈见了我，非杀了我不可。"慕容复笑道："舅母虽然性子暴躁，她跟前只你一个女儿，怎舍得杀你？最多不过责备几句，也就是了。"王语嫣道："不……不，我不回家去，我跟你一起去丐帮。"

慕容复既已决意去西夏求亲，心中对她颇感过意不去，寻思："暂且顺她之意，将来再说。"便道："这样罢！你一个女孩子家，跟着咱们在江湖上抛头露面，很是不妥，丐帮总舵嘛，你就别去啦。你既不愿去曼陀山庄，那就到燕子坞我家里去暂住，我事情一了，便来看你如何？"

王语嫣脸上一红，芳心窃喜，她一生愿望，便是嫁了表哥，在燕子坞居住，此刻听慕容复说要她去燕子坞住，虽非正式求亲，但事情显然是明明白白了。她不置可否，慢慢低下头来，眼睛中流露出异样的光采。

邓百川和公冶乾对望了一下，觉得欺骗了这个天真烂漫的姑娘，心中颇感内咎。忽听得拍的一声，风波恶重重打了自己一个耳光。王语嫣抬起头来，奇道："风四哥，怎么了？"风波恶道："一……一只蚊子叮了我一口。"

当下六人取道向东。走不到两天，段誉便贼忒嘻嘻的自后追到，说道："啊哟，可也真巧，慕容公子、邓大爷、公冶二爷、包三爷、风四爷、王姑娘，又撞到了你们。大伙儿正要东归，这就一块儿走罢，道上也热闹些。"

包不同对他虽感厌憎，但他曾先后救过风波恶、慕容复、王语嫣的性命，却也不便公然驱逐，不许同行，一路上少不免冷嘲热讽，而段誉或听而不闻，置之不理，或安之若素，顾而言他。

一行人途中得到讯息，丐帮与少林派争夺武林盟主。慕容复和邓百川等人悄悄商议，倘若丐帮与少林派斗了个两败俱伤，慕容氏渔翁得利，说不定能夺得武林盟主的名号，以此号令江湖豪杰，那是揭竿而起的一个大好机缘，决计不能放过，当即赶赴少林寺而来。不料甫到少室山下，便和星宿老怪丁春秋相遇。

这数月中，丁春秋大开门户，广收徒众，不论黑道绿林、旁门妖邪，只要是投拜门下，听他号令，那便来者不拒，短短数月之间，中原江湖匪人如蚁附膻，奔竞者相接于道路。

慕容复在苏星河棋会中险为丁春秋所害，第二次客店大战，侥幸脱身，此刻又再相逢，眼见对方徒众云集，心下暗暗忌惮。风波恶却是个天不怕、地不怕的人物，三言两语，便即冲入敌阵，和星宿派的门徒斗将起来。段誉要伴同王语嫣避开。但王语嫣关怀表哥，不肯离去。星宿派徒众潮水般的一冲，登时便将慕容复等一干人淹没其中。

段誉展开凌波微步，避开星宿派门人，接着便听到父亲的声音，入寺相见，待听叶二娘说慕容复已被打得无招架之功，心想："我快去背负王姑娘脱险。"飞步奔出。

飛雪連天射白鹿

笑書神俠倚碧鴛